Regele malefic

REGELE MALEFIC

Traducere din engleză de
Bogdan Voiculescu

STORIA BOOKS | COLECȚIA YOUNG ADULT

HOLLY BLACK

Titlul original al acestei cărţi este: *The Wicked King* de Holly Black.

Descrierea CIP a Bibliotecii Naţionale a României
BLACK, HOLLY

Regele malefic / Holly Black ; trad. din lb. engleză de Bogdan Voiculescu. - Bucureşti : Storia Books, 2019

ISBN 978-606-94622-7-0

I. Voiculescu, Bogdan (trad.)

821.111

EDITOR: Adriana Muraru

REDACTOR COORDONATOR: Ruxandra Tudor

CORECTOR: Rodica Creţu

COPERTĂ: Fésüs L. Barna

DTP: Dragoş Tudor

Pentru Kelly Link,
din neamul sirenelor

CARTEA ÎNTÂI

Să-i spuneţi că dispreţuiesc
Cuvântu-i mârşav şi grotesc
Şi că-n ochii lumii îl numesc
Duşmanul meu de moarte;
Că de s-ar face voia mea,
Nicio coroană n-ar purta,
Ci îndată i-ar cădea
*Şi de supuşi n-ar avea parte.**

– **Michael Drayton**

* Fragment din poemul „Nymphidia"; varianta în limba română aparţine traducătorului (n.t.).

Prolog

Jude a ridicat sabia greoaie, de antrenament, și a luat prima poziție – gata de luptă.

Obișnuiește-te cu greutatea ei, îi spusese Madoc. *Trebuie să fii suficient de puternică încât să lovești iar și iar și iar fără să obosești. Prima lecţie este să devii tu atât de puternică.*

Va fi dureros. Durerea te va întări.

Și-a fixat picioarele în iarbă. Vântul îi ciufulea părul, în timp ce trecea de la o poziție la alta. Prima: cu sabia în față, înclinată într-o parte, pentru a-i proteja trupul. A doua: cu mânerul înălțat, astfel încât lama părea un corn pe cap. A treia: cu sabia la șold, apoi coborâtă în față, cu o relaxare înșelătoare. Și a patra: din nou sus, la nivelul umărului. Din fiecare poziție se putea ataca sau para cu ușurință. Aceste lupte erau ca șahul: trebuia să anticipezi mișcarea adversarului și să o contracarezi fără a fi atins.

Dar era un șah jucat cu tot trupul. Un joc care o lăsa istovită, plină de vânătăi și supărată pe lumea întreagă și pe sine însăși.

Sau poate că mai degrabă era ca mersul pe bicicletă. Când învățase să meargă pe bicicletă, în lumea oamenilor, căzuse de multe ori. Pe genunchi a adunat atâtea cruste, încât mama ei s-a temut că ar putea rămâne cu cicatrici. Dar Jude a demontat singură roțile ajutătoare și nu a catadicsit să meargă cu grijă pe trotuar, așa cum făcea Taryn. Jude voia să meargă pe carosabil, cu viteză, așa cum făcea Vivi, iar, dacă în felul ăsta s-ar fi ales cu pielea julită și plină de pietriș, ei bine, atunci, seara tatăl ei i-ar fi curățat rănile cu o pensetă și cu asta basta!

Uneori lui Jude i se făcea dor de bicicletă, dar nu avea de unde să ia una pe Tărâmul Zânelor. În schimb, aici avea broaște uriașe, ponei subțiri, verzui, și cai cu ochi învăpăiați, supli ca niște umbre.

Și avea arme.

Și-l avea pe ucigașul părinților ei, care-i devenise tată vitreg. Madoc, generalul Înaltului Rege, care voia s-o învețe cum să călărească cu viteză prea mare și cum să lupte până la moarte. Cu oricâtă forță l-ar fi atacat cu sabia, nu făcea decât să-i stârnească râsul. Îi plăcea furia ei. O numea *foc*.

Și ei îi plăcea această furie. Mai bine furioasă decât speriată. Mai bine să țină minte că era o muritoare printre monștri. Aici nu mai avea varianta roților ajutătoare.

În celălalt capăt al câmpului, Madoc o trecea pe Taryn printr-o serie de poziții de luptă. Taryn știa și ea să folosească sabia, dar întâmpina alte dificultăți decât Jude. Avea postura mai corectă, dar detesta luptele. Folosea tactici evidente de apărare și atac, astfel încât era ușor să o ademenești să facă o serie de mișcări previzibile și apoi să o surprinzi cu o lovitură ieșită din tipar. De fiecare dată când se întâmpla așa, Taryn se înfuria, de parcă Jude ar fi încurcat pașii prestabiliți ai unui dans, și nu ar fi învins-o în luptă.

— Vino aici, a strigat-o Madoc pe Jude de dincolo de întinderea de iarbă argintie.

A pornit spre el, cu sabia atârnată peste umăr. Soarele tocmai apunea, însă zânele sunt ființe crepusculare și pentru ele ziua nu era nici la jumătate. Cerul era brăzdat în culorile cuprului și aurului. Jude a inspirat adânc mireasma de pin. Preț de o clipă s-a simțit ca un copil care învață un sport nou.

— Hai să ne luptăm, le-a îndemnat Madoc când s-a apropiat. Voi două împotriva acestui soldat bătrân.

Taryn s-a rezemat de sabie, iar vârful s-a adâncit în pământ. Nu era bine s-o țină așa – se uza tăișul –, dar Madoc nu a certat-o.

— Puterea, a spus el. Puterea este abilitatea de a obține ce vrei. Puterea este abilitatea de a deveni cel care ia deciziile. Și cum obținem puterea?

Jude s-a dus lângă sora ei geamănă. Era evident că Madoc aștepta un răspuns, dar și că se aștepta la unul greșit.

— Învățând să luptăm corect? a răspuns ea, ca să zică totuși *ceva*.

Când Madoc i-a zâmbit, i-a văzut vârfurile caninilor de jos, mai lungi decât restul dinților. I-a ciufulit părul și Jude a simțit pe creștet vârfurile ascuțite ale unghiilor lui ca niște gheare, nu cât să o doară, doar cât să-și amintească cu cine avea de-a face.

— Obținem puterea luând-o, pur și simplu.

Madoc a arătat spre un deal nu prea înalt, pe care se înălța un păducel.

— Din următorul exercițiu haideți să facem un joc. Acela e dealul meu. Cuceriți-l.

Foarte hotărâtă, Taryn a plecat în pas de marș spre deal, cu Jude în spatele ei. Madoc a mers la pas, zâmbind cu toți dinții.

— Și acum? a întrebat Taryn, fără prea mult entuziasm.

Madoc a privit în zare, de parcă atunci ar fi inventat regulile.

— Acum trebuie să-l apărați.

— Stai, ce? a întrebat Jude. Să-l apărăm de tine?

— E un joc de strategie sau un exercițiu de luptă? a adăugat și Taryn încruntată.

Madoc a luat-o de bărbie și i-a ridicat privirea până la ochii lui aurii, de pisică.

— Ce sunt luptele, dacă nu un joc de strategie desfășurat cu mare viteză? i-a replicat el grav. Sfătuiește-te cu sora ta. Când soarele va ajunge la trunchiul acelui copac, voi veni să cuceresc dealul. Ca să câștigați, e suficient să mă doborâți o singură dată.

Spunând acestea, a pornit spre un crâng din apropiere. Taryn s-a așezat pe iarbă.

— Nu vreau să fac așa ceva, a spus ea.

— E doar un joc, i-a amintit Jude neliniștită.

Taryn a privit-o îndelung - genul de privire pe care și-o aruncau când una dintre ele pretindea că lucrurile sunt normale.

— Bine, atunci *tu* ce zici să facem?

Jude a ridicat ochii la ramurile păducelului.

— Ce-ar fi ca una dintre noi să arunce cu pietre și cealaltă să-l înfrunte cu sabia?

— Bine, a spus Taryn, ridicându-se în picioare și începând să adune pietre în poalele fustei. Crezi că o să se supere?

Jude a clătinat din cap, dar a înțeles întrebarea lui Taryn. Dacă avea să le omoare din greșeală?

Trebuie să alegi dealul pe care ai să mori, îi spunea mama tatei. Era una dintre expresiile acelea ciudate pe care adulții se așteptau ca Jude să le priceapă, deși n-aveau niciun sens - cum ar fi „nu da vrabia din mână pe cioara de pe gard“, „orice băț are două capete“ sau deosebit de misterioasa „pisicile pot să se uite la un rege“. Aflându-se acum pe un deal adevărat, cu o sabie în mâini, a înțeles mult mai limpede sensul acelei zicale.

— Ia poziție, a spus Jude și Taryn s-a cățărat numaidecât în păducel.

Jude a verificat umbra de pe copac, întrebându-se ce șiretlicuri pregătea Madoc. Cu cât aștepta mai mult, cu atât se întuneca mai tare. El vedea în întuneric, nu și Jude și Taryn.

Totuși, în cele din urmă, nu a recurs la niciun truc. Ivindu-se dintre copaci, a năvălit peste ele, urlând de parcă ar fi condus o trupă de zeci de soldați. Lui Jude i s-au înmuiat genunchii de groază.

E doar un joc, și-a spus ea agitată. Dar, cu cât Madoc se apropia mai mult, cu atât trupul ei o asculta mai puțin. Toate instinctele ei animalice au intrat în alertă, pregătite de fugă.

Strategia lor părea puerilă acum, văzând cât de mare era el și cât de mici erau ele. I-a zburat gândul la mama ei sângerând pe podea, la mirosul măruntaielor ei care se revărsau pe afară. Amintirea îi bubuia în minte ca un tunet. Aici avea să moară.

Fugi!, o îndemna întregul ei trup. *FUGI!*

Nu, și mama ei fugise. Jude nu s-a clintit.

Și-a silit trupul să ia prima poziție, în ciuda faptului că picioarele îi tremurau. Avantajul era de partea lui Madoc, chiar și în pantă, pentru că în felul ăsta își lua avânt. Pietrele care cădeau peste el abia dacă-i încetineau pasul.

Jude a sărit în lături, fără să se mai obosească să pareze prima lovitură. Refugiindu-se de cealaltă parte a copacului, a evitat și a doua, și a treia lovitură. Însă a patra a trântit-o pe iarbă.

A închis ochii, așteptând lovitura fatală.

— Poți să iei un lucru când nu te vede nimeni. Dar să-l păstrezi, chiar și atunci când toate avantajele sunt de partea ta, nu e deloc ușor, i-a spus Madoc râzând.

A ridicat privirea și a văzut că Madoc îi întindea mâna.

— E mult mai ușor să obții puterea decât s-o păstrezi.

Groaza lui Jude s-a risipit. A fost, până la urmă, doar un joc. Doar o lecție nouă.

— N-a fost cinstit, s-a plâns Taryn.

Jude n-a scos o vorbă. Nimic nu era cinstit în Tărâmul Zânelor. A învățat să renunțe la astfel de așteptări.

Madoc a ajutat-o să se ridice și a cuprins-o de umeri cu brațul său greoi. Le-a strâns la piept pe ea și pe geamăna ei. Mirosea a fum și sânge uscat, iar Jude s-a relaxat în brațele lui. Era bine să te îmbrățișeze cineva. Chiar și un monstru.

Capitolul 1

Noul Înalt Rege al Tărâmului Zânelor stă lungit pe tron, cu coroana așezată nonșalant într-o parte și cu mantia lungă, de un stacojiu infam, întinsă de la umeri până la podea. În vârful uneia dintre urechile lui ascuțite strălucește un cercel. Inele grele îi sclipesc pe articulații. Însă podoaba lui cea mai provocatoare este gura catifelată și posacă.

Arată exact ca un ticălos, după cum și este.

Stau alături de el, în onorabila funcție de seneșal. Se presupune că aș fi cel mai de încredere consilier al Înaltul Rege Cardan, așa că am grijă să joc acest rol, fără să dezvălui poziția mea adevărată – mâna ascunsă din spatele tronului, cu puterea de a-i impune regelui să mă asculte chiar și atunci când ar vrea să mi se opună.

Mă uit în mulțime după un spion de la Curtea Umbrelor. Cei de acolo au interceptat un mesaj trimis din Turnul Uitării, unde e întemnițat fratele lui Cardan, și, în loc să-l transmită destinatarului, urmează să mi-l aducă mie.

Iar asta e doar cea mai recentă dintre probleme.

Au trecut cinci luni de când l-am silit pe Cardan să urce pe tronul regatului Elfhame ca să-mi servească drept rege-marionetă, cinci luni de când mi-am trădat familia, de când sora mea a plecat cu fratele meu mai mic spre tărâmul muritorilor, departe de coroana pe care ar fi putut să o poarte, de când l-am înfruntat pe Madoc cu sabia scoasă.

Cinci luni de când am dormit mai mult de câteva ore odată.

Mi s-a părut un schimb avantajos – un schimb demn de *o zână*: am pus pe tron pe cineva care mă detestă, ca să-l feresc pe Oak de pericole. A fost palpitant să-l păcălesc pe Cardan să-mi jure supunere pentru un an și o zi, de-a dreptul captivant când planul meu a dat roade. Atunci, un an și o zi păreau o veșnicie. Dar acum trebuie să găsesc o soluție să-l țin la cheremul meu – și să-l împiedic să-mi facă probleme – și după acest termen. Îndeajuns de mult timp încât să-l las pe Oak să se bucure de ceea ce eu n-am avut: o copilărie.

În momentul de față, un an și o zi mi se par o nimica toată.

Și, în ciuda faptului că l-am pus pe Cardan pe tron prin propriile mele intrigi, în ciuda manevrelor pe care le fac ca să nu-l miște nimeni de acolo, nu pot să nu mă îngrijorez când văd cât pare de relaxat.

Conducătorii zânelor sunt legați de pământ. Ei constituie sângele și inima vie a tărâmului într-un mod mistic, pe care nu-l înțeleg pe deplin. Dar cu siguranță nu e așa în cazul lui Cardan, care s-a dedicat total unei vieți de trântor și care nu face nimic din ce înseamnă guvernare adevărată.

În mare parte, responsabilitățile sale par să se rezume la a-i lăsa pe locuitorii Tărâmului să-i sărute mâinile încărcate cu inele și să-l lingușească după cum au chef. Sunt sigură că asta îi e pe plac – să le primească săruturile, plecăciunile și ploconirile. În orice caz, vinul sigur îi place. Cere întruna să i se umple pocalul incrustat cu caboșoane cu un lichior palid, verzui. Mi se învârte capul numai când îi simt mirosul.

Găsește o clipă de răgaz și ridică privirea la mine, ridicând dintr-o sprânceană.

— Te distrezi?

— Nu atât de bine ca tine, răspund eu.

Oricât i-aș fi displăcut când eram la școală, acea antipatie era doar o lumină pâlpâită pe lângă flacăra constantă a urii pe care mi-o poartă în prezent. Îmi zâmbește strâmbând din buze. Privirea îi sticlește malefic.

— Privește-i pe supușii tăi. Păcat că niciunul dintre ei nu știe cine e stăpânul lor adevărat.

Cuvintele lui mă fac să roșesc puțin. Are talentul de a transforma complimentele în insulte, în înțepături cu atât mai dureroase cu cât sunt tentată să le primesc drept complimente.

Am evitat să atrag atenția asupra mea la atâtea ospețe. Acum toți mă văd, scăldată în lumina lumânărilor, îmbrăcată cu una dintre cele trei tunici negre aproape identice pe care le port seară de seară, cu sabia mea, Piarză-Noapte, la șold. Dansează în cercuri și cântă, își beau vinul auriu și născocesc ghicitori și blesteme, în timp ce eu îi supraveghez de pe podiumul regal. Sunt frumoși și cumpliți și poate că îmi disprețuiesc mortalitatea, ba chiar o ridiculizează, dar în final eu sunt aici, sus, pe când ei, nu.

Desigur, probabil că și ăsta e un fel de a mă ascunde. Probabil că nu fac altceva decât să mă ascund în văzul tuturor. Cu toate acestea, nu pot să neg că mă bucur de puterea asta și că, atunci când cântăresc situația mea, simt un fior de încântare. Aș fi vrut doar să nu observe și Cardan acest lucru.

Dacă mă uit cu atenție, o pot zări pe sora mea geamănă, Taryn, dansând cu Locke, logodnicul ei. Locke, care am crezut cândva că mă iubește. Locke, pe care am crezut cândva că l-aș putea iubi. Dar cea care îmi lipsește e Taryn. În asemenea nopți îmi imaginez cum ar fi să sar de pe podium și mă duc la ea, să încerc să-i explic de ce am făcut alegerile pe care le-am făcut.

Nunta ei are loc peste trei săptămâni și noi încă nu ne-am vorbit.

Îmi tot zic că trebuie să aștept să vină ea la mine. M-a făcut să par o fraieră, împreuna cu Locke. Încă mă simt ca o fraieră când îi privesc. Dacă nu vrea să-și ceară iertare de la mine, atunci măcar să fie ea cea care pretinde că nu e nimic de iertat. Poate că aș accepta chiar și asta. Dar n-am să mă milogesc eu de Taryn.

O privesc cum dansează.

Nu are rost să mă uit după Madoc. Iubirea lui este parte din prețul pe care l-am plătit ca să ajung aici.

Un bărbat-zână scund și zbârcit, cu o coamă de păr argintiu și o haină stacojie îngenunchează în fața podiumului și așteaptă să fie remarcat. Are manșetele împodobite cu bijuterii și mantia sa e fixată cu o agrafă de forma unei molii, ale cărei aripi se mișcă de la sine. În ciuda posturii smerite, are o privire lacomă.

Lângă el stau două zâne ale dealurilor, cu brațe și picioare lungi și cu părul prin care parcă suflă vântul, deși nu se simte nicio adiere.

Beat sau treaz, acum, că e Înaltul Rege, Cardan trebuie să-i asculte pe supușii care îi cer să le judece vreo cauză, oricât de mică, sau să le facă vreo favoare. Nu înțeleg de ce ar alege cineva să-și pună soarta în mâinile lui, însă locuitorii Tărâmului Zânelor sunt plini de capricii.

Din fericire, îi sunt mereu alături și-l sfătuiesc în șoaptă, așa cum face orice seneșal. Diferența e că, în cazul de față, el e obligat să mă asculte. Și dacă se întâmplă ca în replică să-mi șoptească vreo două insulte oribile, ei bine, important e că e obligat să mi le spună în șoaptă.

Firește, acum se pune problema dacă merit toată puterea asta. *Nu am să comit nicio cruzime doar de dragul distracției,* îmi spun în sinea mea. *Asta trebuie să conteze în vreun fel.*

— Așa, spune Cardan, aplecându-se în față și făcând coroana să-i alunece și mai mult pe frunte.

Ia o gură mare de vin și le zâmbește celor trei.

— Trebuie să fie o problemă deosebit de gravă, dacă o aduceți în fața Înaltului Rege.

— Se poate să fi auzit deja de mine, spune bărbatul-zână. Eu sunt cel care a făurit coroana care vă stă pe cap. Mi se spune Fierarul Grimsen, cel de mult plecat în exil alături de Alderking. Acum oasele lui se odihnesc în țărână, iar în Fairfold a apărut un Alderking nou, după cum aici a venit un nou Înalt Rege.

— E vorba despre Severin, spun eu.

Fierarul se uită la mine, evident surprins că am vorbit. Apoi se întoarce iarăși către Înaltul Rege.

— Vă implor să mă primiți înapoi la Înalta Curte.

Cardan clipește de câteva ori, de parcă nu l-ar vedea bine pe petiționarul din fața sa.

— Păi, ai fost și tu exilat? Sau ai plecat de bunăvoie?

Îmi amintesc acum că mi-a povestit despre Severin, dar despre Grimsen nu mi-a zis nimic. Bineînțeles că am auzit de el. E fierarul care a făurit și fermecat Coroana Însângerată pentru Mab. Se spune că poate să făurească orice din metal, până și ființe vii – păsări din metal zburătoare, șerpi târâtori care pot să sară la atac. Tot el a făurit cele două săbii gemene, Caută-Inimă și Jură-Inimă, una care-și atinge mereu ținta și cealaltă care poate străpunge orice. Din păcate, le-a făurit pentru Alderking.

— Îi eram slujitor prin jurământ, spune Grimsen. Când fostul Alderking a fost exilat, am fost nevoit să plec odată cu el – și astfel, la rândul meu, să cad în dizgrație. Și, deși la Fairfold i-am făurit numai obiecte fără valoare, tatăl vostru a considerat totuși că serveam intereselor lui. Acum, din moment ce amândoi au murit, vă implor să-mi dați voie să-mi găsesc locul aici, la Curtea voastră. De veți pune capăt surghiunului meu, vă voi sluji cu un devotament care să egaleze înțelepciunea voastră.

Îl privesc pe micul fierar mai atent, convinsă, brusc, că se joacă cu vorbele. Dar în ce scop? Rugămintea lui pare sinceră, chiar dacă nu și umilința lui, dar asta nu e de mirare, având în vedere faima de care se bucură.

— Prea bine, spune Cardan, mulțumit, se pare, că i-a fost cerut ceva lesne de dăruit. Exilul tău ia sfârșit, declară el. Jură-mi credință și vei fi bine-venit la Înalta Curte.

Afișând o durere sufletească demnă de o piesă de teatru, Grimsen face o plecăciune adâncă.

— Nobile Rege, cereți cel mai neînsemnat și mai îndreptățit lucru de la slujitorul vostru, însă eu, după ce am suferit atât din cauza unor asemenea jurăminte, ezit să le fac din nou. Vă rog să-mi îngăduiți următoarele: să dovedesc devotamentul pe care vi-l port prin fapte, și nu printr-un legământ.

Îmi las mâna pe brațul lui Cardan, dar el nu ia în seamă acest avertisment și se eliberează din strânsoarea mea. Aș putea să spun ceva și – datorită unui ordin pe care i l-am dat anterior – Cardan ar fi obligat măcar să nu mă contrazică, doar că nu știu ce să spun. Nu e puțin lucru să-l avem pe fierar aici, făurind pentru Elfhame. Poate că merită să-l acceptăm chiar și fără jurământ.

Și totuși în privirea lui citesc o satisfacție și o siguranță de sine cam exagerate. Suspectez o înșelăciune.

Dar Cardan îi răspunde înainte să dezleg enigma.

— Accept condiția ta. Mai mult, îți ofer un dar. Într-un capăt al curții regale se află un atelier vechi cu forjă. Ți-l încredințez și îți voi pune la dispoziție tot metalul de care ai nevoie. Aștept să văd ce vei făuri pentru noi.

Grimsen face o plecăciune adâncă.

— Bunăvoința voastră nu va fi uitată.

Situația asta mă îngrijorează, dar poate că sunt prea precaută. Poate e doar faptul că fierarul mi-e antipatic. Până să chibzuiesc problema, apare încă o petiționară.

O cotoroanță – atât de bătrână și de puternică, încât aerul dimprejur pare că pârâie sub puterea magiei sale. Are degetele ca niște ramuri, părul de culoarea fumului și nasul ca tăișul unei coase. La gât poartă un șirag de pietre și pe fiecare sunt crestate spirale care par să atragă și să tulbure privirea. Hainele ei grele freamătă la fiecare mișcare, iar sub ele observ picioare cu gheare, ca ale unei păsări de pradă.

— Prințișor, spune cotoroanța. Mama Măduvă îți aduce daruri.

— Nu am nevoie decât de loialitatea ta, spune Cardan pe un ton relaxat. Deocamdată.

— A, sunt loială Coroanei, nu-i vorbă, spune ea și vâră mâna în unul dintre buzunare, scoțând la iveală o stofă mai neagră ca noaptea, atât de neagră, încât pare că soarbe lumina din jur.

Materialul se prelinge printre degetele ei.

— Dar am bătut tot drumul ăsta ca să-ți dăruiesc o comoară nemaivăzută.

Cei de aici nu vor să rămână datori, motiv pentru care nu răsplătesc favorurile cu un simplu *mersi*. Dă-le o turtă cu ovăz și o să-ți umple o cameră din casă cu grâu, plătindu-și datoria cu supra de măsură, ca să te îndatoreze pe tine. În schimb, Înaltului Rege i se aduc prinosuri zi de zi – aur, servicii, săbii cu nume deosebite. Numai că acestor lucruri nu li se spun *daruri*. Și nici *comori*.

Nu știu cum să interpretez micul ei discurs.

Vocea cotoroanței e mieroasă.

— Eu și fiica mea am urzit stofa asta din pânză de păianjen și coșmaruri. Veșmintele croite din ea vor devia ascuțișul oricărei săbii, dar vor fi ușoare și catifelate ca umbrele.

Cardan se încruntă, dar ochii îi alunecă iar și iar la materialul uimitor.

— Mărturisesc, nu știu să mai fi văzut ceva de felul ăsta.

— Așadar, primești ce-ți ofer? întreabă ea cu o scânteie vicleană în privire. Sunt mai bătrână decât tatăl tău și mama ta.

Mai bătrână decât pietrele acestui palat. La fel de bătrână ca oasele pământului. Chiar dacă ești Înaltul Rege, Mama Măduvă vrea să-ți audă promisiunea.

Cardan mijește ochii. Se vede că cotoroanța a reușit să-l enerveze.

E ceva necurat la mijloc și de data asta pricep ce anume. Înainte să înceapă Cardan să vorbească, spun:

— Ați vorbit despre *daruri*, însă ne-ați arătat doar această stofă minunată. Sunt convinsă că ar fi primită cu recunoștință de către Coroană, dacă i-ar fi dăruită fără obligații.

Cotoroanța mă fixează cu ochii ei aspri și reci ca noaptea.

— Și cine ești tu ca să vorbești în numele Înaltului Rege?

— Sunt seneșalul lui, Mamă Măduvă.

— Și îi vei permite acestei muritoare să răspundă în locul tău? îl întreabă ea pe Cardan.

Acesta mă privește cu atâta condescendență, încât mi se înfierbântă obrajii. Privirea zăbovește. Strâmbă din gură.

— Să zicem, spune el în cele din urmă. O amuză să mă țină departe de probleme.

Îmi mușc limba, în timp ce el întoarce o privire placidă spre Mama Măduvă.

— Îi merge mintea, spune cotoroanța cu ciudă, ca pe un blestem. Așa să fie, stofa îți aparține, Majestate. Ți-o ofer de bunăvoie. Îți dăruiesc stofa, dar nimic altceva.

Cardan se apleacă spre ea de parcă amândoi s-ar amuza de o glumă numai de ei știută.

— O, dar spune și restul. Îmi plac cursele și vicleșugurile. Chiar și cele cărora era să le cad pradă.

Mama Măduvă își mută greutatea de pe un picior pe altul, primul semn de nervozitate pe care îl arată. Până și pentru o cotoroanță cu oasele atât de bătrâne pe cât pretinde, mânia unui Înalt Rege e periculoasă.

— Prea bine. Dacă ai fi acceptat tot ce-ți ofeream, te-ai fi trezit sub puterea unui geas, care ți-ar fi permis să te căsătorești numai cu cineva capabil să urzească stofa din mâinile mele. Cu mine – sau cu fata mea.

Mă trece un fior rece gândindu-mă la ce s-ar fi putut întâmpla atunci. Ar fi putut fi silit Înaltul Rege al Tărâmului Zânelor să accepte o asemenea căsătorie? Sigur ar fi existat o soluție. Mă gândesc la fostul Înalt Rege, care nu s-a căsătorit niciodată.

Conducătorii Tărâmului nu obișnuiesc să se căsătorească, pentru că, după ce urcă pe tron, nu se despart de el decât după moarte sau dacă abdică. Printre zânele de rând și nobili, căsniciile sunt gândite astfel încât să poată fi anulate – spre deosebire de jurământul muritorilor, „până ce moartea ne va despărți", la ei se impun condiții precum „până când fiecare va renunța la celălalt", „până când unul dintre voi îl va lovi pe celălalt din mânie" sau cu viclean formulata „pe durata unei vieți", fără să se specifice a cui viață. Însă uniunea dintre regi și/sau regine nu poate fi anulată niciodată.

Dacă Cardan s-ar căsători, n-ar mai fi suficient să-l detronez doar pe el ca să-l încoronez pe Oak. Ar trebui să o înlătur și pe regina lui.

Cardan ridică din sprâncene, dar păstrează un aer de indiferență senină.

— Doamna mea, sunt măgulit. Nu mi-am închipuit că ai avea un asemenea interes.

Fără a-și lua privirea, cotoroanța înmânează darul său unuia dintre membrii gărzii personale a lui Cardan.

— Îți doresc să ajungi la înțelepciunea sfetnicilor tăi.

— Lucru pentru care se roagă fierbinte atât de mulți, spune el. Spune-mi, a venit și fiica ta?

— E aici, spune cotoroanța.

Din mulțime se ivește o fată care face o plecăciune adâncă înaintea lui Cardan. E tânără și are un păr bogat, pe care-l poartă liber. La fel ca mama ei, are brațe și picioare neobișnuit de lungi și subțiri, dar, pe când mama e supărător de costelivă, fata are o oarecare grație. Poate și datorită faptului că picioarele ei seamănă cu ale oamenilor.

Deși, ca să fim cinstiți, sunt întoarse în spate.

— Aș fi un soț jalnic, spune Cardan îndreptându-și atenția înspre tânără, care, sub greutatea privirii lui, pare că se strânge în sine. Dar onorează-mă cu un dans și am să-ți arăt celelalte talente ale mele.

Îi arunc o privire bănuitoare.

— Haide, îi spune Mama Măduvă fiicei sale și o înșfacă de braț, fără prea multă blândețe, îndrumând-o înspre mulțime.

Apoi se întoarce iarăși spre Cardan.

— Noi trei ne vom întâlni din nou, spune ea.

— Să știi că toate vor vrea să se mărite cu tine, spune Locke plictisit.

Îi recunosc vocea chiar înainte să văd că a apărut în locul părăsit de Mama Măduvă. Îi surâde lui Cardan, aparent încântat de sine, dar și de lumea întreagă.

— Ai face bine să-ți iei consoarte, spune el. Multe, multe consoarte.

— Bine spus, mai ales că urmează să te căsătorești, îi amintește Cardan.

— Hai, las-o baltă. Ca și Mama Măduvă, ți-am adus un dar.

Locke face un pas înspre podium.

— Unul mai puțin periculos.

Nu se uită la mine. Ca și când nu m-ar vedea sau aș fi la fel de neinteresantă ca mobila din jur. Aș vrea ca faptul ăsta să nu mă supere. Aș vrea să nu-mi amintesc clipele petrecute în vârful celui mai înalt turn de pe moșia lui, lipită de trupul lui cald. Aș vrea să nu se fi folosit de mine ca să testeze dragostea pe care i-o purta Taryn. Aș vrea ca Taryn să nu i-o fi permis.

Când o prinde mâţa pește, spunea tatăl meu muritor, *și coada la urs o crește.* Încă una dintre zicalele acelea care n-au noimă până nu le descoperi sensul pe pielea ta.

— Așa?

Cardan pare mai mult nedumerit decât curios.

— Îți prezint următorul dar: pe mine însumi – ca maestru de ceremonii în slujba ta, declară Locke. Numai să-mi oferi acest titlu și, cu spirit de datorie și cu mare plăcere, o să am grijă ca Înaltul Rege al regatului Elfhame să nu se plictisească niciodată.

Sunt atât de multe slujbe la palat – servitori și miniștri, ambasadori și generali, consilieri și croitori, bufoni și autori de ghicitori, îngrijitori de cai și crescători de păienjeni și încă vreo zece poziții pe care le-am uitat. Nici nu știam că există așa-zisul titlu de maestru de ceremonii. Poate că nici n-a existat până acum.

— O să-ți aduc bucurii cum nici nu-ți imaginezi.

Zâmbetul lui Locke e molipsitor. Probleme, asta o să aducă. Iar eu n-am timp de probleme.

— Ai grijă, spun eu, atrăgându-i privirea în sfârșit. Nu cred că dorești să jignești puterea de imaginație a Înaltului Rege.

— Chiar așa, nici eu nu cred, spune Cardan pe un ton greu de interpretat.

Zâmbetul lui Locke nu se clintește. În schimb, sare pe podium, moment în care cavalerii de o parte și de alta vin imediat să-l oprească. Cardan le face semn să plece.

— Dacă îl faci Maestru de Ceremonii... spun eu repede, disperată.

— Îmi dai ordine? mă întrerupe el, ridicând dintr-o sprânceană.

Știe că nu pot să spun „da", din moment ce s-ar putea să mă audă Locke.

— Nu, firește, spun eu printre dinți.

— Bine, spune Cardan, întorcându-și privirea. Mă gândesc să-ți fac pe plac, Locke. Viața a devenit anostă în ultimul timp.

Văd rânjetul lui Locke și mă mușc de obraz ca să-mi stăpânesc impulsul de a pronunța porunca. Ar fi fost o mare satisfacție să-i văd fața, să-mi etalez puterea sub ochii lui.

O mare satisfacție, dar o prostie.

— Înainte, Mierlele, Ciocârliile și Șoimii concurau pentru a câștiga inima Curții, spune Locke, referindu-se la facțiunile care preferau desfrâul, artele sau meșteșugul războiului.

Facțiuni care câștigau și pierdeau pe rând favoarea lui Eldred.

— Dar acum inima Curții îți aparține întru totul. Hai să o frângem.

Cardan se uită ciudat la Locke, ca și când s-ar gândi, aparent întâia oară, că viața Înaltului Rege ar putea fi *distractivă*. Ca și când și-ar închipui cum ar fi să domnească fără să se zbată în lanțurile cu care l-am legat.

Atunci, în capătul podiumului, o zăresc în sfârșit pe Bombă, o spioană a Curții Umbrelor, cu chipul brun înconjurat de aureola părului ei alb. Îmi face semn.

Nu-mi place că-i las pe Locke și Cardan împreună – nu-mi place ce înțeleg ei prin distracție –, dar mă străduiesc să uit un moment de problema asta și plec spre Bombă. În fond, nu am cum să uneltesc împotriva lui Locke, din moment ce interesele lui se schimbă în funcție de ceea ce-l atrage cel mai mult pe moment...

Până să ajung la Bombă, aud vocea lui Locke răsunând în mulțime.

— Vom sărbători Luna Vânătorului în Pădurea Albă, unde Înaltul Rege vă va oferi o orgie demnă de cântecele barzilor, aceasta v-o promit.

Mi se strânge stomacul de groază.

Locke apucă câteva pixi din mulțime și le urcă pe podium, iar aripile lor irizate lucesc în lumina lumânărilor. Una dintre fete izbucnește în râsete zgomotoase și înșfacă pocalul lui Cardan, golindu-l până la drojdii. Mă aștept ca el să izbucnească, s-o umilească sau să-i sfâșie aripile, dar nu face decât să-i zâmbească și să ceară iarăși vin.

Indiferent ce planuri ar avea Locke, Cardan pare dispus să-i facă pe plac. În Tărâmul Zânelor, toate încoronările sunt urmate de câte o lună de petreceri – festinuri, băutură, ghicitori, dueluri și altele. Din partea fiecăruia se așteaptă să danseze din noapte până-n zori, până când li se tocesc încălțările. Dar chiar și acum, după cinci luni de când Cardan a devenit Înalt Rege, marea sală e mereu plină, iar miedul și vinul de trifoi dau pe de lături din coarnele de băut. Petrecerile abia dacă au început să mai piardă din avânt.

A trecut multă vreme de când Elfhame a avut un Înalt Rege atât de tânăr și curtenii sunt intoxicați de cutezanță și dezmăț. Noaptea Lunii Vânătorului va veni în curând, mai curând chiar decât nunta lui Taryn. Dacă Locke are de gând să stârnească și mai mult văpăile desfrâului, cât va mai dura până când situația asta va deveni periculoasă?

Cu inima strânsă, mă întorc cu spatele la Cardan. În fond, ce rost ar avea să-i atrag atenția? Ura lui e atât de mare, încât va face tot ce poate ca să-mi ocolească ordinele și să mă sfideze. Și se pricepe de minune la sfidare.

Aș vrea să pot spune că m-a urât mereu, dar, pentru o vreme scurtă și stranie, am avut senzația că ne înțelegem reciproc, poate chiar că ne plăcem unul pe celălalt. O alianță în ansamblu improbabilă, care a început în momentul în care îi țineam sabia la beregată. În cele din urmă, Cardan a ajuns să aibă încredere în mine destul cât să mi se supună de bunăvoie.

Iar eu i-am înșelat încrederea.

Cândva mă chinuia pentru că era tânăr și plictisit și furios și crud. Dar acum i-am dat motive mai bune să mă tortureze după ce vor fi trecut un an și o zi. Va fi foarte dificil să-l am mereu la mâna mea.

Ajung la Bombă și îmi vâră în mână un bilețel.

— Încă un bilețel de la Balekin pentru Cardan, spune ea. Ăsta a ajuns tocmai la palat până să-l interceptăm.

— E la fel ca celelalte două?

Bomba încuviințează.

— Cam așa. Îl lingușește sperând să-l înduplece să meargă la el, la închisoare. Vrea să-i propună un târg.

— Bine-nțeles, îi răspund, bucurându-mă iarăși că am fost primită la Curtea Umbrelor și că cei de acolo încă îmi poartă de grijă.

— Ce-ai să faci? mă întreabă Bomba.

— Am să-i fac o vizită Prințului Balekin. Dacă vrea să-i prezinte o ofertă Înaltului Rege, va trebui ca mai întâi să-l convingă pe seneșalul lui.

Îmi zâmbește din colțul gurii.

— Vin cu tine.

Privesc înapoi, spre tron, și fac un gest nehotărât.

— Nu. Rămâi aici. Încearcă să-l ferești pe Cardan de probleme.

— *El însuși* e problema, îmi amintește ea, cu toate că nu pare din cale afară de îngrijorată de propria-i observație îngrijorătoare.

Pornind spre coridoarele care străbat palatul, îl zăresc pe Madoc în cealaltă parte a sălii, ascuns parțial în umbră, urmărindu-mă cu ochii lui de pisică. Nu e îndeajuns de aproape cât să-mi vorbească, dar, dacă ar fi fost, știu ce-ar fi zis.

E mult mai ușor să obţii puterea decât s-o păstrezi.

Capitolul 2

Balekin e întemnițat în Turnul Uitării, în cea mai nordică parte din Insweal, Insula Deznădejdii. Este una dintre cele trei insule ale regatului Elfhame și e legată de Insmire și Insmoor prin intermediul unor șiruri de stânci și porțiuni de uscat. Aici se găsesc numai câțiva brazi, cerbi argintii și, uneori, oameni-copac. Între Insmire și Insweal se poate trece la pas, dacă ești dispus să sari de pe-o stâncă pe alta, să traversezi Pădurea Albă de unul singur și, de regulă, să fii stropit măcar puțin de apa mării.

Mie nu-mi convine deloc, așa că mă hotărăsc să merg călare.

Fiind seneșalul Înaltului Rege, am dreptul să aleg orice cal din grajduri. Pentru că niciodată n-am fost cine știe ce călăreață, aleg o iapă care pare destul de blândă, de culoare negru-cenușiu, cu coama împletită în noduri complicate și probabil magice.

O conduc afară din grajd și un goblin îmi aduce un căpăstru.

Apoi mă urc în spinarea ei și o îndrum spre Turnul Uitării. Valurile se sfărâmă de stâncile de dedesubt. Apa sărată stârnește o ceață fină. Insweal e o insulă neprimitoare, cu suprafețe întinse lipsite de verdeață, numai cu stânci negre, bălți lăsate în urma refluxului și un turn brăzdat cu fier rece.

Leg iapa de unul dintre inelele de fier negru incrustate în zidul de piatră al turnului. Nechează neliniștită, lipindu-și coada de trup. O mângâi pe bot, sperând să o calmez.

— Nu stau mult, vom pleca îndată, îi spun eu, cu părere de rău că nu l-am întrebat pe grăjdar numele ei.

La fel de neliniștită, lovesc în ușa din lemn masiv.

Îmi deschide o creatură mare și păroasă. Poartă o cuirasă din plăci splendid făurită, printre golurile căreia îi iese blana gălbuie. E limpede că e soldat, fapt care altădată ar fi însemnat că se va purta frumos cu mine, de dragul lui Madoc, dar acum situația ar putea fi exact pe dos.

— Sunt Jude Duarte, seneșalul Înaltului Rege, îi spun eu. Am venit în numele Coroanei. Dă-mi voie să intru.

Se dă la o parte, deschizând ușa larg, iar eu pătrund în anticamera Turnului Uitării. Ochii mei de muritoare se obișnuiesc greu și insuficient cu lumina obscură. Nu am capacitatea zânelor de a vedea în întuneric. Mai sunt prezenți pe puțin încă trei paznici, dar îi percep mai curând drept contururi vagi.

— Bănuiesc că ai venit să-l vezi pe Prințul Balekin, spune o voce din capătul încăperii.

Mă irită faptul că nu pot vedea clar cine îmi vorbește, dar nu o arăt și încuviințez din cap.

— Duceți-mă la el.

— Vulciber, spune glasul acela. Du-o tu.

Turnul Uitării poartă numele ăsta pentru că e locul unde sunt trimiși supușii când regele vrea să fie șterși din amintirea Curții. Majoritatea infractorilor sunt pedepsiți cu blesteme ingenioase, misiuni dificile sau cu vreo altă formă a judecății capricioase a zânelor. Ca să ajungi aici trebuie să calci rău pe nervi pe cineva sus-pus.

Majoritatea paznicilor sunt soldați ale căror temperamente se potrivesc cu astfel de locuri sumbre și singuratice – sau ai căror comandanți vor să le servească o lecție de smerenie. Privind siluetele obscure, îmi e greu să ghicesc cărei categorii aparțin.

Se apropie Vulciber, în care îl recunosc pe soldatul păros care mi-a deschis la intrare. Pare a fi trol măcar în parte, are sprâncene stufoase și membre lungi.

— După tine, spun eu.

Îmi răspunde cu o privire aspră. Nu-mi dau seama ce anume nu-i place – faptul că sunt muritoare, poziția mea, faptul că-i deranjez liniștea în seara asta. Nu-l întreb. Doar îl urmez coborând trepte de piatră în întunericul jilav, cu mirosuri minerale. Floarea pământului plutește greoi în aer și simt o duhoare putrezită, ca de ciuperci, pe care n-o pot identifica.

Când întunericul se adâncește prea tare și am senzația că o să mă împiedic, mă opresc.

— Aprinde lămpile, spun eu.

Vulciber vine foarte aproape, îi simt respirația pe față, miroase a frunze umede.

— Și dacă n-o fac?

Un cuțit subțire îmi apare îndată în palmă, alunecând dintr-o teacă ascunsă sub mânecă. Împing vârful în burta lui, drept sub coaste.

— Mai bine n-ai afla.

— Dar nu vezi nimic, mă acuză el, ca și când i-aș juca o festă murdară prin faptul că nu mă las intimidată după cum se aștepta.

— Poate că doar prefer puțin mai multă lumină, atât, spun eu, încercând să-mi stăpânesc glasul, cu toate că inima îmi zvâcnește cumplit și palmele încep să-mi transpire.

Dacă va trebui să ne luptăm aici, pe trepte, aș face bine să atac iute și precis, pentru că probabil n-o să am ocazia s-o fac mai mult de o dată.

Vulciber se îndepărtează de mine și de cuțitul meu. Îi aud pașii greoi și încep să număr treptele în gând, în caz că va trebui să-l urmez prin beznă fără îndrumare. Dar chiar atunci se aprinde o torță cu flacără verzuie.

— Ei? se răstește el. Vii sau nu?

Treptele trec pe lângă câteva celule, dintre care unele sunt neocupate, pe când în altele deținuții stau prea departe de gratii încât să-i pot vedea în lumina torței. Nu recunosc pe nimeni – doar pe deținutul din ultima celulă.

Părul negru al lui Balekin e prins cu o diademă care amintește de obârșia lui regală. Deși e întemnițat, nu pare mai deloc tulburat. Pe podeaua umedă, de piatră, sunt așternute trei covoare. Stă pe un jilț sculptat și mă privește cu ochi întredeschiși și luminoși ca ai bufnițelor. Pe o măsuță elegantă se află un samovar auriu. Balekin învârte un robinet și într-o ceașcă de porțelan fin curge ceai aromat, aburit. Mirosul lui mă duce cu gândul la alge.

Dar, oricât de elegantă i-ar fi atitudinea, cert e că se află în Turnul Uitării, sub un tavan pe care odihnesc câteva molii roșii. Când a vărsat sângele fostului Înalt Rege, stropii s-au prefăcut în molii, care au fâlfâit în aer câteva momente uluitoare și apoi au părut să moară. Credeam că toate s-au stins, dar se pare că sunt câteva care încă îl urmăresc, amintindu-i de păcatele lui.

— Jude, domniță a Curții Umbrelor, spune el, de parcă s-ar aștepta ca titlul ăsta să mă măgulească. Te pot servi cu o ceașcă?

Sesizez mișcări în una dintre celelalte celule. Mă întreb cum decurg ceaiurile astea când nu sunt de față.

Nu mă încântă faptul că știe de existența Curții Umbrelor și de legăturile pe care le am cu ei, dar nici n-ar trebui să mă surprindă – Prințul Dain, stăpânul spionilor, era fratele lui Balekin. Și, dacă Balekin știa de Curtea Umbrelor, probabil că l-a recunoscut pe cel care a furat Coroana Însângerată și i-a pus-o fratelui meu în mâini ca el s-o poată așeza pe capul lui Cardan.

Balekin are motive bune să nu agreeze vizita mea în mod deosebit.

— Cu mare regret, va trebui să refuz, spun eu. Nu voi zăbovi mult. Ai trimis câteva mesaje Înaltului Rege. Cu propunerea unui fel de înțelegere? Un târg? Am venit în numele lui, ca să aflu ce ai de spus.

Zâmbetul lui pare că se contorsionează și se schimonosește.

— Ai impresia că am pierdut din putere, spune Balekin. Dar încă sunt Prinț al Tărâmului Zânelor, chiar și în locul acesta. Vulciber, ai vrea să-l iei pe seneșalul fratelui meu și să-i dai una peste chipul simpatic?

Încasez o lovitură cu palma deschisă, mai iute decât m-aș fi așteptat și care răsună uluitor de puternic în clipa în care îmi atinge pielea. Obrazul mă usturǎ și furia îmi clocotește.

Cuțitul e din nou în mâna mea dreaptă, perechea lui în palma stângă.

Vulciber mă privește cu o poftă nerăbdătoare.

Orgoliul mă îndeamnă să-l înfrunt, dar e mai mare ca mine și ne aflăm într-un spațiu care îi e bine cunoscut. Aici n-ar fi vorba despre un simplu exercițiu. Totuși dorința de a-l înfrânge, de a-i șterge de pe chip expresia îngâmfată este copleșitoare.

Aproape copleșitoare. *Mândria e pentru cavaleri,* îmi reamintesc, *nu pentru spioni.*

— *Chipul meu simpatic,* îi șoptesc lui Balekin, vârându-mi cuțitele înapoi în tecile lor.

Ridic mâna și-mi ating obrazul. Vulciber m-a lovit atât de tare, încât m-am rănit cu propriii mei dinți. Scuip sânge pe podeaua de piatră.

— Ce cuvinte măgulitoare, spun eu. Ți-am luat coroana de sub nas, deci să zicem că accept niște resentimente. Mai ales când vin cu un compliment. Dar să nu mai încerci una ca asta.

Brusc, Vulciber nu știe ce să mai creadă.

Balekin soarbe din ceai.

— Ai limba slobodă, fată muritoare.

— Și de ce să n-o am? spun eu. Prin mine vorbește Înaltul Rege. Aveai impresia că ar fi venit tocmai până aici, lăsând palatul și plăcerile sale, ca să negocieze cu fratele lui mai mare, la mâna căruia a suferit atâtea?

În jilțul său, Balekin se apleacă în față.

— Mă întreb despre ce ai impresia că vorbești.

— Iar eu mă întreb ce mesaj vrei să-i transmiți Înaltului Rege.

Balekin mă privește atent – fără îndoială că unul dintre obraji mi s-a înroșit. Soarbe iarăși cu grijă din ceai.

— Am auzit că muritorii, când se îndrăgostesc simt ceva asemănător cu frica. Inima vă bate mai repede. Simțurile vi se ascut. Amețiți și poate chiar aveți senzația că plutiți.

Balekin se uită la mine.

— E adevărat? S-ar explica multe despre specia voastră dacă ar fi adevărat că încurcați cele două trăiri între ele.

— Nu am fost îndrăgostită niciodată, spun eu, refuzând să mă las întărâtată.

— Și, bineînțeles, puteți minți, spune el. Înțeleg de ce Cardan consideră că îi ești de ajutor. Și de ce Dain a fost de aceeași părere. A fost deștept că te-a primit în mica lui gașcă de derbedei. Deștept că și-a dat seama că Madoc te-ar fi iertat. Orice s-ar putea spune despre fratele meu, dar sentimental nu a fost niciodată. Eu, unul, abia dacă m-am gândit la tine și atunci a fost numai ca să-l zgândăresc pe Cardan cu realizările tale. Însă tu ai ceea ce lui Cardan i-a lipsit dintotdeauna: *ambiția*. Dacă mi-aș fi dat seama de acest lucru, acum aș fi avut pe cap o coroană. Dar cred că și tu m-ai judecat greșit.

— Așa să fie?

Presimt că n-o să-mi placă ce urmează.

— Nu-ți voi încredința mesajul destinat lui Cardan. Va ajunge la el pe altă cale și va ajunge în curând.

— Atunci irosești și timpul meu, și pe al tău, spun eu iritată. Am venit tocmai până aici și am fost lovită și înspăimântată în zadar.

— Ah, timpul, spune el. Tu ești cea care nu are destul, muritoareo.

Balekin îi face semn lui Vulciber.

— Poți să o conduci spre ieșire.

— Haide, spune paznicul și-mi dă brânci înspre trepte fără prea multă delicatețe.

În timp ce urc arunc o privire înapoi, la chipul lui Balekin, sever în lumina verde a torței. Mă neliniștește cât de mult seamănă cu Cardan.

Sunt la jumătatea urcușului când degetele lungi ale unei mâini se ivesc printre gratii și mă apucă de gleznă. Surprinsă, îmi pierd echilibrul și mă prăbușesc pe trepte, rănindu-mi palmele și lovindu-mă la genunchi. Brusc, rana veche din centrul mâinii stângi zvâcnește dureros. Abia reușesc să-mi găsesc echilibrul înainte s-o iau în jos pe scări.

Lângă mine apare chipul subțire al unei femei a zânelor. Coada i se încolăcește în jurul uneia dintre gratii. Coarne scurte îi răsar din frunte, îndreptate înapoi.

— Am cunoscut-o pe Eva a ta, îmi spune ea, cu ochii sclipindu-i în întuneric. Am cunoscut-o pe mama ta. Am știut atâtea dintre micile ei secrete.

Sar în picioare și urc treptele cât pot de repede. Inima îmi bate mai iute decât în momentele în care am crezut că va trebui să mă lupt cu Vulciber pe întuneric. Respir scurt și sacadat, încât încep să mă doară plămânii.

În capătul scărilor mă opresc o clipă, îmi șterg palmele sângerii de tunică și încerc să mă stăpânesc.

— A, îi spun lui Vulciber după ce mă liniștesc puțin. Aproape c-am uitat. Înaltul Rege mi-a încredințat un sul cu ordine înscrise. S-au hotărât câteva modificări în ceea ce privește modul în care trebuie tratat fratele lui. Le-am lăsat afară, în genţile de şa. Dacă ai binevoi să mă urmezi...

Vulciber se uită la paznicul care l-a trimis să mă ducă la Balekin, adresându-i o întrebare mută.

— Mergi repede, îi spune silueta din umbră.

Vulciber mă conduce afară prin uşa masivă a Turnului Uitării. În lumina lunii, stâncile negre lucesc umezite de apa sărată a mării, ca fructele însiropate. Mă străduiesc să fiu atentă la paznic, şi nu la numele mamei mele, pe care nu l-am mai auzit de atât de mulţi ani, încât în prima clipă nu am ştiut de ce mi se părea important.

Eva.

— Calul n-are decât căpăstrul, spune Vulciber, uitându-se încruntat la fugarul negru legat de zid. Dar ai zis că...

Îl înţep în braţ cu un ac mic pe care-l ţin ascuns în căptuşeala tunicii mele.

— Am minţit.

Cu mare efort îl ridic în spinare şi-l urc pe iapă. A fost antrenată să răspundă la comenzi militare obişnuite, printre care comanda să îngenuncheze, fapt ce îmi e de ajutor. Mă grăbesc cât pot, de teamă că vreun paznic ar putea veni să vadă ce fac, însă am noroc. Până să apară cineva, pornim la drum.

Încă un motiv să mergi la Insweal călare – niciodată nu poţi să ştii dacă nu va trebui să aduci ceva cu tine la întoarcere.

Capitolul 3

— Te lauzi că ești șefa spionilor, spune Gândacul, uitându-se întâi la mine și apoi la prizonier. Dar postul ăsta presupune și chibzuință. Dacă te bizui numai pe tine însăți, ai s-o dai în bară foarte ușor. Data viitoare ia cu tine pe cineva din garda regală. Ia pe cineva dintre noi. Ia un nor de spriți sau un spriggan beat. Numai ia pe cineva.

— Cel care mi-ar păzi spatele ar avea ocazia ideală să-mi înfigă un cuțit în el, îi amintesc eu.

— Parcă ar fi vorbit Madoc însuși, spune Gândacul pufnind iritat din nasul său lung și strâmb.

Stă la masa de lemn din Curtea Umbrelor, bârlogul spionilor ascuns în adâncul tunelurilor de sub Palatul regatului Elfhame. Arde într-o flacără vârfurile unor săgeți de arbaletă și apoi le îmbracă cu o smoală groasă și lipicioasă.

— Dacă n-ai încredere în noi, spune deschis. Așa cum am reușit să facem o înțelegere, putem să facem una nouă.

— Nu asta vreau să zic, îi replic, lăsându-mi capul în mâini un moment lung.

Chiar am încredere în ei. Altfel nu le-aș fi vorbit atât de deschis. Dar începe să mi se vadă încordarea.

Stau de cealaltă parte a mesei și mănânc brânză, pâine unsă cu unt și mere. Pentru mine e prima masă de azi și burta îmi chiorăie flămândă, un alt indiciu cu privire la diferența dintre trupul meu și al lor. Zânelor nu le chiorăie mațele.

Poate sunt irascibilă din cauza foamei. Mă ustură obrazul și, cu toate că am reușit să întorc situația în favoarea mea, a fost mai dificil decât aș fi dispusă să recunosc. Pe lângă asta, tot nu știu ce voia să-i spună Balekin lui Cardan.

Cu cât am să mă istovesc mai mult, cu atât am să fac mai multe greșeli. Trupurile noastre umane ne trădează. Flămânzesc, se îmbolnăvesc și slăbesc. Știu bine lucrul ăsta și totuși mereu sunt atâtea altele de făcut.

Vulciber stă lângă noi prins de un scaun și legat la ochi.

— Vrei puțină brânză? îl întreb eu.

Paznicul mârâie indecis, dar se sforțează împotriva legăturilor, văzând că i se acordă atenție. Și-a revenit cu câteva minute în urmă și între timp, văzând că nimeni nu-i zice nimic, a devenit din ce în ce mai încordat.

— Ce-i aici? strigă el în cele din urmă, zbătându-se și agitând scaunul înainte și-napoi. Dați-mi drumul!

Scaunul cade într-o parte și îl izbește de podea. De pe jos, încearcă să forțeze frânghiile din toate puterile.

Gândacul ridică din umeri, se ridică și-i dezleagă pânza de la ochi.

— Bine-ai venit, spune el.

De cealaltă parte a camerei, Bomba se curăță sub unghii cu un cuțit lung, în formă de semilună. Stafia stă într-un colț atât de tăcut, încât uneori parcă nici n-ar fi aici. Ne privesc și câțiva dintre noii recruți, curioși să vadă ce urmează – un băiat cu aripi ca ale unei vrăbii, trei spriggani și o fată sluagh. Nu sunt obișnuită cu un astfel de public.

Vulciber se holbează la Gândac, la pielea lui verzuie, de goblin, la ochii lui portocaliu-lucios, la nasul lung și la singurul lui smoc de păr din cap. Privește de jur-împrejur.

— Înaltul Rege n-o să îngăduie una ca asta, spune Vulciber.

Îi zâmbesc amar.

— Înaltul Rege nu știe și îți va fi greu să-i spui după ce-ți voi tăia limba.

Văzând cum îi crește frica, sunt cuprinsă de o satisfacție vecină cu voluptatea. Eu, care în viață am avut puțină putere, trebuie să mă feresc de sentimentul ăsta. Puterea mi se urcă la cap prea iute, precum vinul zânelor.

— Lasă-mă să ghicesc, spun eu, întorcându-mă în scaun ca să-l privesc cu o răceală calculată. Ți-ai spus că poți să mă lovești fără consecințe.

Tresare când îmi aude vorbele.

— Ce dorești?

— Cine-a zis că doresc ceva anume? i-o întorc. Poate doar să ți-o plătesc puțin...

Ca și când am fi regizat momentul dinainte, Gândacul scoate de la curea un cuțit deosebit de sinistru și-l ridică deasupra lui Vulciber. Îl privește rânjind.

Bomba ridică privirea de la unghiile sale și-l urmărește pe Gândac cu un zâmbet discret.

— Văd că-ncepe spectacolul.

Vulciber se zvârcolește, agitându-și capul înainte și-napoi. Aud cum pârâie lemnul scaunului, dar nu reușește să se elibereze. Gâfâie câteva momente și se lasă moale.

— Te rog, șoptește el.

Îmi ating bărbia, de parcă tocmai mi-ar fi venit o idee.

— Sau ai putea să ne ajuți. Balekin voia să facă o înțelegere cu Cardan. Ai putea să-mi povestești despre asta.

— Nu știu nimic, spune el cu disperare.

— Păcat.

Ridic din umeri și iau încă o bucată de brânză, pe care mi-o vâr în gură.

El se uită scurt la Gândac și la cuțitul lui hidos.

— Dar știu un secret. Are o valoare mai mare decât viața mea, mai mare decât ce-o fi vrând Balekin de la Cardan. Dacă ți-l spun, îmi juri că o să pot pleca de aici nevătămat în noaptea asta?

Gândacul se întoarce spre mine și eu dau din umeri.

— Prea bine, îi confirmă Gândacul. Dacă secretul ăsta e atât de valoros precum crezi și dacă juri că n-ai să dezvălui nimănui faptul că ai fost în vizită la Curtea Umbrelor, atunci spune și noi o să te petrecem de-aici cu bine.

— Regina Mării de Jos, spune Vulciber, deodată nerăbdător să vorbească. Creaturile ei urcă stâncile noaptea și-i șoptesc lui Balekin. Nu știm cum, dar se furișează în turn și-i lasă scoici și colți de rechin. Schimbă mesaje între ei, dar nu reușim să le descifrăm. Se șoptește că Orlagh are de gând să încalce tratatul încheiat cu uscatul și să se folosească de informațiile pe care i le strecoară Balekin ca să-l distrugă pe Cardan.

Dintre toate amenințările posibile la adresa domniei lui Cardan pe care mi le-am închipuit, la Marea de Jos nu m-am gândit. Regina Mării de Jos are o singură fiică – pe Nicasia, care a fost crescută pe uscat și a devenit unul dintre prietenii lui oribili. La fel ca în cazul lui Locke, între mine și Nicasia s-au petrecut multe. Și tot ca-n cazul lui Locke, cele petrecute n-au fost de bine.

Dar aveam impresia că, din moment ce Nicasia și Cardan sunt prieteni, Orlagh era fericită că e el pe tron.

— Data viitoare când între ei are loc un astfel de schimb, spun eu, vino la mine numaidecât. Și, dacă se întâmplă să afli și alte lucruri care ar putea să mă intereseze, să vii să mi le spui și pe alea.

— Nu așa ne-am înțeles, protestează Vulciber.

— Adevărat, îi răspund. Ne-ai spus deja o poveste și a fost una bună. Astăzi îți dăm drumul. Dar eu pot să te răsplătesc mult mai bine decât prințul ăla ucigaș care nu se bucură și nici nu se va bucura de favoarea Înaltului Rege. Există funcții mai bune decât păzirea Turnului Uitării – poți să le preiei oricând. Și bani. Degeaba te bucuri de recompensele pe care Balekin ți le promite, nu cred că va apuca să ți le dea vreodată.

Mă privește cu o expresie ciudată, întrebându-se probabil dacă, având în vedere că el m-a lovit și că eu l-am otrăvit, ar mai fi posibil să devenim aliați.

— Tu ai puterea să minți, spune el în cele din urmă.

— Garantez eu răsplata, intervine Gândacul.

Se apropie și taie funiile folosindu-se de cuțitul său înspăimântător.

— Dacă-mi promiți un post departe de Turn, spune Vulciber, masându-și încheieturile și ridicându-se în picioare, am să ascult de tine ca și când ai fi însuși Înaltul Rege.

Auzind acestea, Bomba izbucnește în râs și-mi face cu ochiul. Ei nu știu exact ce putere am asupra lui Cardan, dar știu că am făcut cu el o înțelegere în urma căreia conducerea regatului mi-a revenit mie în mare parte și Curtea Umbrelor a ajuns să servească Coroanei în mod direct și să fie răsplătiți pe măsură.

Mă joc de-a Înaltul Rege în micul ei spectacol, a spus odată Cardan în apropierea mea. Gândacul și Bomba au râs; Stafia, nu.

După ce facem schimb de promisiuni cu Vulciber și Gândacul îl leagă la ochi și-l conduce prin tunel, departe de bârlogul nostru, Stafia se apropie și ia loc lângă mine.

— Hai să ne antrenăm, mă îndeamnă, luând o felie de măr din farfuria mea. Să mai eliberăm din furia asta clocotitoare.

Râd încet.

— Nu râde de mine. Nu e ușor să mențin temperatura, îi spun eu.

— Și nici s-o menții atât de sus, mi-o întoarce el, privindu-mă atent cu ochii săi căprui.

Îmi dau seama că are și origini umane – sesizez faptul ăsta când mă uit la forma urechilor și la părul lui blond, o culoare neobișnuită în Tărâmul Zânelor. Dar nu mi-a povestit nimic despre viața lui și mi-e jenă să-l întreb aici, în acest loc al secretelor.

Deși Curtea Umbrelor nu-mi este supusă, toți patru am făgăduit un lucru. Am promis că vom apăra persoana și poziția Înaltului Rege, pentru a asigura integritatea și prosperitatea regatului Elfhame, în speranța că vărsarea de sânge se va diminua și aurul se va înmulți. Așa am jurat. Astfel mi-au îngăduit să jur, în ciuda faptului că jurământul meu nu mă obligă așa cum îi obligă pe ei, prin legături magice. Eu sunt obligată de simțul meu de onoare și de convingerea lor că am așa ceva.

— Regele însuși s-a văzut cu Gândacul de trei ori în ultimele două săptămâni. Învață să fure din buzunare. Dacă nu ai grijă, o să ajungă să aibă pasul mai ușor ca al tău.

Stafia a fost inclusă în garda personală a Înaltului Rege, fapt care îi permite să-l apere pe Cardan, dar și să-i învețe obiceiurile.

Oftez. Noaptea s-a lăsat cu totul și am multe de făcut până la răsărit. Și totuși mi-e greu să-i ignor invitația, pentru că mi-ar știrbi orgoliul.

Mai ales acum că spionii noi ne aud conversația. Am recrutat membri noi, care și-au pierdut posturile după ce familia regală a fost ucisă. Fiecare prinț și fiecare prințesă avea în slujba sa câțiva spioni, iar acum toți au ajuns în slujba noastră. Sprigganii sunt circumspecți ca niște pisici, dar se pricep de minune la dibuit scandaluri. Băiatul-vrabie e la fel de necopt cum am fost și eu la început. Aș prefera să inspir acestei Curți a Umbrelor, aflată în continuă expansiune, convingerea că nu mă feresc de provocări.

— Greu va fi când cineva va încerca să-l învețe pe regele nostru cum să țină în mână o sabie, spun eu, amintindu-mi cât de mult îl frustra problema asta pe Balekin și declarația lui Cardan cum că singura lui virtute ar fi că nu e ucigaș.

O virtute pe care eu nu o împărtășesc.

— Chiar așa? se miră Stafia. Poate că va trebui să-l înveți chiar tu.

— Haide, spun eu și mă ridic. Să vedem dacă te pot învăța *pe tine*.

Auzind asta, Stafia izbucnește în râs de-a dreptul. Madoc m-a crescut cu sabia în mână, dar, înainte să mă alătur Curții Umbrelor, cunoșteam un singur stil de luptă. Stafia are mai multă experiență și cunoaște mult mai multe.

Îl urmez spre Pădurea Albă, unde albinele cu ace negre zumzăie în stupii aflați sus, în copacii cu coaja albă. Oamenii-rădăcină dorm. Marea lovește marginile stâncoase ale insulei. Când ne înfruntăm, lumea pare că amuțește. Sunt obosită, dar mușchii mei au o memorie mai vie decât a mea.

Scot sabia Piarză-Noapte. Stafia se repede la mine aprig, cu vârful sabiei năvălind spre inima mea, și eu o deviez, coborându-mi sabia pe lângă trupul lui.

— Nu ți-ai ieșit din mână pe cât mă așteptam, spune el în timp ce facem schimb de lovituri, testându-ne puterea unul celuilalt.

Nu-i povestesc despre exercițiile pe care le fac înaintea oglinzii, după cum nu-i spun despre niciuna dintre feluritele metode după care mă străduiesc să-mi îndrept neajunsurile.

Ca seneșal al înaltului Rege și conducător de facto, trebuie să învăț multe. Alianțe militare, mesaje primite de la vasali, cereri trimise din toate colțurile ținutului Elfhame și scrise în tot atâtea limbi. Numai cu câteva luni în urmă încă primeam lecții, încă scriam teme care apoi erau corectate de savanți. Ideea că aș putea să le descâlcesc pe toate pare la fel de imposibilă precum urzitul aurului din paie și totuși tocmai asta mă străduiesc să fac noapte de noapte, rămânând trează până când soarele e sus pe cer.

Asta e problema cu guvernele-marionetă: nu se conduc singure.

E posibil ca adrenalina să nu poată înlocui experiența.

După ce îmi verifică tehnicile de bază, Stafia dă startul luptei adevărate. Sare sprinten pe iarbă, cu atâta agilitate, încât pașii abia i se aud. Atacă amețitor iar și iar. Parez loviturile cu disperare, fiecare gând concentrat asupra acestui moment, asupra luptei. Atenția mi se ascute, iar grijile și preocupările se risipesc în fundal. Până și istovirea mea se spulberă precum puful de păpădie.

E glorios.

Schimbăm lovituri, atacăm rând pe rând, înainte și-napoi.

— Ți-e dor de lumea muritorilor? întreabă el.

Prind curaj văzând că nu respiră atât de lejer.

— Nu, spun eu. Abia am apucat să o cunosc.

Atacă din nou, cu sabia țâșnind ca un pește argintiu în oceanul nopții.

Urmărește sabia, nu soldatul, mi-a spus de multe ori Madoc. *Oțelul nu te înșală niciodată.*

Ciocnim armele iar și iar, învârtindu-ne în cerc.

— Nu se poate să nu-ți amintești câte ceva.

Îmi amintesc numele mamei șoptit printre gratiile din Turn.

Se face că sare într-o parte și, neatentă, sesizez prea târziu ce vrea să facă. Mă lovește în umăr cu latul sabiei. Ar fi putut să-mi străpungă pielea dacă n-ar fi întors tăișul în ultima clipă, dar, chiar și așa, o să-mi apară o vânătaie.

— Nimic important, spun eu, chinuindu-mă să nu iau în seamă durerea.

Nu numai el se pricepe să distragă atenția.

— Poate că tu o știi mai bine, îi replic. Ce-ți amintești?

Ridică din umeri.

— Ca și tine, m-am născut acolo.

Țâșnește cu vârful sabiei înainte și eu parez.

— Dar aș zice că era altă lume acum o sută de ani.

Ridic din sprâncene și parez încă o lovitură, sărind în spate, dincolo de lungimea brațului lui.

— Ai fost fericit în copilărie?

— Eram un copil magic. Cum să nu fiu?

— *Magic,* spun eu și, răsucind sabia - o tehnică de-a lui Madoc - îi azvârl arma din mâini.

Stafia clipește descumpănit. Ochi aurii. Cască gura pieziș, uluit.

— Ai...

— Progresat? închei eu, atât de încântată, încât uit de durerea de la umăr.

Mă simt de parcă aș fi obținut o victorie, dar, dacă ne-am fi înfruntat cu adevărat, probabil că rana de la umăr m-ar fi împiedicat să fac ultima mișcare. Totuși, surprinderea lui mă încântă aproape la fel de mult ca victoria.

— E bine că Oak va crește altfel decât noi, spun după un moment. Departe de Curte. Departe de toate astea.

Ultima dată când l-am văzut pe frățiorul meu stătea la masa din apartamentul lui Vivi și învăța înmulțirea numerelor de parcă ar fi fost un joc cu ghicitori. Mânca o bucată de cașcaval-sfoară. Râdea.

— *Când Regele se va întoarce,* recită Stafia dintr-o baladă, *înaintea sa se vor așterne petale de trandafir și pașii lui vor pune capăt urgiei.* Dar cum va putea să domnească acest Oak al tău dacă are tot atât de puține amintiri legate de Tărâmul Zânelor câte avem noi despre lumea muritorilor?

Bucuria victoriei se stinge. Stafia îmi zâmbește discret, ca pentru a retrage înțepătura vorbelor sale.

Mă duc la un pârâu din apropiere și îmi cufund mâinile, bucurându-mă de apa rece. Duc mâinile căuș la gură și beau cu un sentiment de recunoștință, simțind gust de ace de pin și nămol.

Mă gândesc la Oak. Un copil de zână absolut obișnuit, nici predispus în mod deosebit la cruzime, nici total lipsit de ea.

Răsfățat și ferit mereu de neplăceri sub grija exagerată a Orianei. Și acum se obișnuiește cu cereale dulci, desene animate și cu o viață lipsită de intrigă. Mă gândesc la fiorul de bucurie pe care l-am simțit în clipa victoriei de moment împotriva Stafiei, la încântarea pe care o resimt știind că reprezint puterea din spatele tronului, la satisfacția îngrijorătoare pe care am gustat-o când l-am intimidat pe Vulciber. E mai bine că Oak nu cunoaște pornirile astea sau îi va fi imposibil să domnească vreodată fără ele?

Și acum că am descoperit înăuntrul meu setea de putere, îmi va fi oare greu să renunț la ea?

Îmi șterg fața cu mâinile ude și alung gândurile astea.

Există doar prezentul. Doar ziua de mâine și noaptea asta și momentul de față și viitorul apropiat și viitorul imposibil.

Pornim înapoi umăr la umăr, în timp ce răsăritul aprinde cerul în nuanțe aurii. În zare aud geamătul unui cerb și ceea ce par a fi bătăi de tobe.

La jumătatea drumului, Stafia face o plecăciune scurtă.

— În noaptea asta m-ai învins. Nu o voi mai permite.

— Cum zici tu, îi răspund eu zâmbind larg.

Când sosesc la palat, soarele e pe cer și nu vreau altceva decât să dorm. Dar, când ajung în camerele mele, găsesc pe cineva în fața ușii.

Sora mea geamănă, Taryn.

— Ți-a apărut o vânătaie pe obraz, spune ea.

Sunt primele cuvinte pe care mi le adresează după cinci luni întregi.

Capitolul 4

Părul lui Taryn e prins sub o coroniță de lauri, iar rochia ei e de un brun-șters, cu broderii verzi și aurii. S-a îmbrăcat astfel încât să-și pună în evidență liniile coapselor și ale pieptului, neobișnuite în Tărâmul Zânelor, unde trupurile sunt subțiri până la extrem. Hainele îi stau bine și i se potrivește și acest ceva deosebit din postura umerilor.

E o oglindă care îmi arată cine aș fi putut fi, dar nu sunt.

— E târziu, spun eu cu stângăcie, descuind ușa de la odaie. Mă așteptam ca toată lumea să fi adormit.

Soarele a trecut deja de amiază. E liniște în tot palatul și probabil că așa va rămâne până după-amiază, când slugile aleargă pe coridoare și bucătarii aprind focurile. Curtenii se vor scula mult mai târziu, după ce se va fi lăsat întunericul.

În ciuda faptului că mi-am dorit atât de mult să o văd, acum, că o întâlnesc față în față, mă cuprinde neliniștea. Trebuie că urmărește ceva, din moment ce a făcut efortul ăsta așa, deodată.

— Am mai venit de două ori, spune ea, urmându-mă înăuntru. Erai plecată. De data asta m-am decis să aștept, chiar și toată ziua.

Aprind lămpile; deși afară e soare, camerele mele se află prea departe de exterior ca să aibă ferestre.

— Arăți bine.

Îmi alungă politețea rece cu un gest din mână.

— Trebuie neapărat să rămânem certate în veci? Vreau să-ți pui o coroană de flori și să dansezi la nunta mea. Vivienne vine din lumea muritorilor. Îl aduce și pe Oak. Madoc promite că n-o să se certe cu tine. Te rog, promite-mi că o să vii.

Vivi îl aduce pe Oak? Icnesc în sinea mea și mă întreb dacă am vreo șansă să o fac să se răzgândească. Uneori îi e greu să asculte de mine în mod serios, poate pentru că e sora mai mare.

Mă așez pe canapea și la fel face și Taryn.

Mă gândesc iar la enigma vizitei ei. Mă întreb dacă ar trebui s-o pun să-și ceară scuze sau dacă ar fi mai bine s-o las să treacă peste asta, după cum în mod clar își dorește.

— Bine, cedez eu.

Mi-a lipsit prea mult ca acum să risc s-o pierd din nou. Pentru că suntem surori, am să încerc să uit cum a fost să-l sărut pe Locke. De dragul meu, am să încerc să uit faptul că ea știa că se joacă cu mine în vremea în care îi făcea curte.

O să dansez la nunta ei, deși mă tem că o să simt ca și cum aș dansa pe ghimpi.

Taryn vâră mâna în geanta de la picioarele sale și scoate animalele mele de pluș.

— Ține, spune ea. Cred că ai fi vrut să le iei.

Sunt relicve din viața noastră muritoare, dinainte, ca niște talismane. Le iau și le strâng la piept, așa cum fac uneori cu pernele. În momentul de față am senzația că-mi amintesc de toate punctele mele vulnerabile. Îmi dau impresia că sunt o copilă amestecată într-un joc pentru adulți.

O urăsc puțin pentru că mi le-a adus.

Reprezintă amintiri ale trecutului nostru comun - amintiri pe care mi le stârnește în mod intenționat, de parcă n-ar fi avut încredere că mi-aș putea aminti și singură. Mă silesc să simt toate terminațiile nervoase ale ființei mele într-un moment în care depun atâtea eforturi să nu simt nimic.

Pentru că tac câteva clipe bune, Taryn continuă:

— Și Madoc îți simte lipsa. Mereu ai fost preferata lui.

Pufnesc neîncrezătoare.

— Vivi e moștenitoarea lui. Prima-născută. În căutarea ei a venit în lumea muritorilor. Ea e *preferata* lui. Apoi ești tu – locuiești cu el și nu l-ai trădat.

— Nu vreau să zic că ești preferata lui și *în prezent*, precizează Taryn râzând. Deși a fost mândru de tine într-o oarecare măsură după ce l-ai întrecut și l-ai urcat pe tron pe Cardan. Chiar dacă a fost o prostie. Aveam impresia că-l urăști pe Cardan. Credeam că-l urâm amândouă.

— Îl uram, spun eu fără sens. Îl urăsc și acum.

Taryn mă privește cu o expresie ciudată.

— Credeam că aveai de gând să i-o plătești pentru tot ce a făcut.

Îmi amintesc cât de îngrozit a fost de propria-i dorință atunci când mi-am apropiat buzele de ale lui, cu cuțitul în mână, cu tăișul atingându-i pielea. De plăcerea extraordinară, corozivă, a acelui sărut. Chiar am simțit că i-o plăteam – îl pedepseam și pe el, și pe mine, în același timp.

Îl uram atât de mult.

Taryn îmi răscolește toate emoțiile pe care vreau să le ignor, toate lucrurile pe care vreau să le dau uitării.

— Am făcut o înțelegere, îi spun eu, ceea ce e aproape de adevăr. Cardan mă lasă să-i fiu sfetnic. Am obținut statut și putere, iar Oak e ferit de pericol.

Aș vrea să-i povestesc și restul, dar nu îndrăznesc. Ar putea să-i spună lui Madoc, poate chiar și lui Locke. Nu pot să-i destăinui secretele mele, nici măcar ca să mă laud.

Și recunosc că vreau cu disperare să mă laud.

— Și în schimb i-ai dăruit coroana Tărâmului...

Taryn se uită la mine de parcă ar ului-o obrăznicia mea. La urma urmelor, cine sunt eu, o fată muritoare, să hotărăsc cine se va așeza pe tronul regatului Elfhame?

Ca să obținem puterea, trebuie să o luăm pur și simplu.

Habar nu are cât de obraznică am fost dincolo de asta. *Am furat coroana Tărâmului Zânelor,* aș vrea eu să-i spun. *Înaltul Rege, Cardan, vechiul nostru dușman, e la cheremul meu.* Bineînțeles că nu pot spune asta. Uneori, mi se pare periculos chiar și numai să gândesc așa.

— Cam așa ceva, spun eu până la urmă.

— Trebuie să fie foarte obositor să-i fii sfetnic.

Privește încăperea de jur împrejur, silindu-mă să o văd așa cum o vede ea. Am preluat camerele astea, dar nu am niciun servitor în afară de slugile de la palat, cărora rareori le permit să intre aici. Rafturile sunt pline de cești, pe podea sunt întinse farfurioare și platouri murdare, acoperite cu coji de fructe și pâine. Hainele sunt împrăștiate în locurile în care le-am aruncat după ce le-am tras de pe mine. Toate mesele și suprafețele sunt acoperite cu hârtii și cărți.

— Te deșiri ca un mosor. Ce-o să se întâmple când o să rămâi fără fir?

— O să torc mai mult fir, spun eu, continuând metafora.

— Lasă-mă să te ajut, mă roagă ea, luminându-se la față.

Ridic din sprâncene.

— Vrei să torci?

Își dă ochii peste cap.

— Of, haide. Pot să mă ocup de lucrurile de care n-ai timp. Te-am văzut la Curte. Probabil că ai vreo două tunici bune. Aș putea să-ți aduc câteva dintre bijuteriile și rochiile tale vechi - Madoc n-ar băga de seamă și, chiar dacă ar observa, nu s-ar supăra.

Tărâmul Zânelor funcționează pe baza datoriilor, promisiunilor și obligațiilor. Din moment ce am crescut și eu aici, pricep ce-mi propune - un dar, o favoare, în locul scuzelor.

— Am *trei* tunici, spun eu.

Taryn ridică din sprâncene.

— Ei, atunci aș zice că ai tot ce-ți trebuie.

Nu pot să nu mă mir că a venit tocmai acum, imediat după ce Locke a fost făcut Maestru de Ceremonii. Și, din moment ce încă locuiește cu Madoc, mă întreb cărei cauze politice îi e devotată.

Mi-e rușine că am asemenea gânduri. Nu vreau să o privesc pe Taryn așa cum trebuie să-i privesc pe toți ceilalți. E sora mea geamănă și mi-a fost dor de ea și am sperat că va veni, iar acum a venit.

— Bine, spun eu. Dacă vrei, ar fi grozav dacă mi-ai aduce lucrurile.

— Bine! exclamă Taryn și se ridică. Și ai face bine să recunoști câtă răbdare îmi trebuie ca să nu te întreb de unde ai venit în noaptea asta și cum ai reușit să te rănești.

De data asta zâmbetul meu e instantaneu și sincer.

Taryn întinde un deget și mângâie trupul de pluș al șarpelui meu.

— Să știi că te iubesc. Așa cum te iubește și Dl Ssst. Și niciunul dintre noi nu vrea să fie lăsat în urmă.

— Noapte bună, îi urez și, când îmi sărută obrazul vânăt, o strâng în brațe scurt și pătimaș.

După plecarea ei, iau animalele de pluș și le așez lângă mine pe covor. Cândva îmi aminteau că existase o lume înaintea Tărâmului Zânelor, când viața era normală. Cândva îmi ofereau mângâiere. Le privesc îndelung o ultimă oară și apoi le arunc, pe rând, în flăcări.

Nu mai sunt copil și nu am nevoie de mângâiere.

...

După ce termin, înșirui înaintea mea sticluțe sclipitoare.

Se numește mitridatism – e procesul prin care, consumând cantități mici de otravă, te imunizezi împotriva unor doze mari. Am început să-l practic cu un an în urmă, e una dintre metodele prin care îmi corectez neajunsurile.

Încă sufăr efecte secundare. Ochii mei au un luciu pronunțat. Semilunile unghiilor au culoare albăstrie, ca și când sângele nu mi s-ar oxigena cum trebuie. E ciudat când dorm, somnul mi-e plin de vise deosebit de vii.

Un strop din lichidul sângeriu extras din ciuperca-cuc, care provoacă paralizie cu posibil efect fatal. O petală de moarte-dulce, care poate provoca un somn de o sută de ani. O felie subțire de bobul-strigoiului, care grăbește circulația sângelui și induce o agitație nebună, după care îți oprește inima. Și o sămânță de măr-veșnic – *fructul zânelor* – care încețoșează mințile muritorilor.

Amețesc și mi se face puțin rău când otrava îmi ajunge în sânge, dar mi-ar fi și mai rău dacă aș sări o doză. Trupul meu s-a adaptat și acum tânjește după ceea ce ar trebui să respingă.

E o metaforă potrivită și pentru alte situații.

Merg greoi până la canapea și mă întind. În aceeași clipă, cuvintele lui Balekin îmi răsună în gând: *Am auzit că muritorii, când se îndrăgostesc, simt ceva asemănător cu frica. Inima vă bate mai repede. Simțurile vi se ascut. Amețiți și poate chiar aveți senzația că plutiți. E adevărat?*

Nu știu dacă reușesc să adorm, dar știu că încep să visez.

Capitolul 5

Mă foiesc agitată într-un cuib de pături, hârtii și suluri întinse pe covor când mă trezește Stafia. Am degetele pătate cu cerneală și ceară. Privesc împrejur și încerc să-mi amintesc când m-am ridicat de pe canapea, ce anume scriam și cui.

Gândacul stă în dreptul intrării în pasajul secret care pornește din camerele mele și mă privește cu ochii săi meditativi, inumani.

Îmi simt pielea transpirată și rece. Inima îmi bate puternic. Încă simt pe limbă gustul amar și înecăcios al otrăvurilor.

— A luat-o de la capăt, spune Stafia.

Nu e nevoie să întreb la cine se referă. L-oi fi păcălit pe Cardan să poarte coroana, dar încă n-am descoperit secretul de a-l învăța să se poarte cu o solemnitate demnă de-un rege.

În vremea în care am fost plecată să adun informații, el și-a făcut de cap în compania lui Locke. Știam că vor apărea probleme.

Mă frec pe față cu podul palmei, cu pielea îngroșată.

— Gata, m-am trezit, spun eu.

Încă îmbrăcată cu hainele de azi-noapte, îmi netezesc jacheta și mă rog să se termine cât mai bine. Merg în dormitor și-mi strâng părul la spate, legându-l cu o fâșie de piele și acoperind toată harababura sub o beretă de catifea.

Gândacul mă privește încruntat.

— Ești șifonată toată. Maiestatea Sa n-ar trebuie să umble alături de un seneșal care arată de parcă abia s-a dat jos din pat.

— Val Moren a purtat bețe în păr în ultimii zece ani, îi amintesc eu, luând din dulăpior câteva frunze de mentă parțial uscate pe care încep să le mestec, ca să scap de respirația urât mirositoare. Seneșalul fostului Înalt Rege era muritor, la fel ca mine, îi plăceau profețiile cam îndoielnice și mai toată lumea îl credea nebun. Probabil chiar *aceleași* bețe, adaug eu.

Gândacul mormăie nemulțumit.

— Val Moren e poet. Regulile sunt diferite pentru poeți.

Nu-l iau în seamă și urmez Stafia în pasajul secret care duce în inima palatului, oprindu-mă o clipă doar ca să mă asigur că încă am cuțitele ascunse în cutele hainelor. Stafia pășește cu atât de puțin zgomot, încât, atunci când lumina devine prea obscură ca să pot vedea cu ochii mei umani, mă simt ca și când aș fi de una singură.

Gândacul nu vine după noi. Pornește bombănind în direcția opusă.

— Unde mergem? întreb întunericul.

— Spre camerele *lui*, îmi spune Stafia în momentul în care pătrundem într-o sală aflată cu un etaj mai jos decât dormitorul lui Cardan, la care se ajunge urcând un set de trepte. S-a iscat un fel de scandal, adaugă el.

Mi-e greu să-mi imaginez ce probleme ar putea stârni Înaltul Rege în propriile lui camere, dar aflu în scurt timp. Când ajungem, îl zăresc pe Cardan stând liniștit printre rămășițele mobilei sale. Draperiile au fost smulse de pe șine, ramele tablourilor sunt crăpate, pânzele lor, străpunse și mobilierul e făcut bucăți. Un foc mic mocnește într-un colț și totul duhnește a fum și a vin vărsat.

Și nu e singur. Pe o canapea din apropiere stau Locke și două zâne frumoase – un băiat și o fată –, dintre care una are coarne de berbec și cealaltă are urechi lungi, cu vârfuri pufoase, ca ale bufnițelor. Toți sunt într-un stadiu avansat de nuditate și beție. Toți urmăresc cum arde încăperea, cu un fel de fascinație morbidă.

Servitorii așteaptă îngroziți pe hol, încercând să hotărască dacă au destul curaj să înfrunte mânia regelui ca să facă curățenie. Până și cei din garda lui par intimidați. Așteaptă stânjeniți pe coridor, în dreptul ușilor masive - dintre care una abia se mai ține în balamale -, gata să-l apere pe Înaltul Rege de orice pericol în afară de cel al propriei persoane.

— Carda...

Îmi amintesc unde mă aflu și îndată fac o plecăciune adâncă.

— Maiestatea Voastră *Infernală.*

Cardan se întoarce și, preț de o clipă, pare că privește drept prin mine, de parcă n-ar avea idee cine sunt. Are buzele aurite și pupilele îi sunt dilatate de atâta intoxicare. Apoi colțurile gurii i se ridică, într-un rânjet bine știut.

— Tu.

— Da, spun. Eu.

Îmi face semn cu burduful din mână.

— Bea ceva.

Cămașa lui de in, cu mâneci largi, purtată la vânătoare, atârnă pe el descheiată. E în picioarele goale. E bine că măcar poartă pantaloni.

— Nu țin la băutură, Maiestate, spun eu cu sinceritate și mijesc ochii amenințător.

— Oare nu sunt regele tău? întreabă el, provocându-mă să-l contrazic.

Provocându-mă să-l refuz.

Pentru că sunt persoane de față, iau burduful, îl duc la gură și-l înclin cu buzele închise, prefăcându-mă că înghit îndelung.

Îmi dau seama că n-am reușit să-l păcălesc, dar nu insistă.

— Toți ceilalți pot să plece.

Le fac semn zânelor de pe canapea, inclusiv lui Locke.

— Și voi. Valea! Acum.

Cei doi pe care nu-i știu se întorc spre Cardan cu o privire rugătoare, dar el parcă abia îi observă și nu revocă ordinul meu. După un lung moment, se desprind unul de altul îmbufnați și ies pe ușa ruptă.

Locke se ridică mai greu. Pornind spre ușă, îmi zâmbește insinuant și nu pot să înțeleg cum de acel zâmbet mi s-a părut vreodată fermecător. Se uită la mine de parcă am împărtăși secrete, deși nu există așa ceva. Nu împărtășim nimic.

Mă gândesc la Taryn, care aștepta în camera mea când a început distracția asta. Mă întreb dacă a auzit ceva. Mă întreb dacă are obiceiul să stea cu Locke până târziu și să privească cum lucrurile ard în jur.

Stafia se uită la mine și clatină din capul lui cu păr blond, cu ochii licărind de umor. E îmbrăcat în uniforma palatului. În ochii cavalerilor din sală și ai oricărei alte persoane care poate ne privește, e doar un membru ca oricare altul al gărzii personale a Înaltului Rege.

— Ei bine? întreb, privind în jur.

Cardan ridică din umeri și se așază pe canapeaua acum goală. Trage de o bucată din umplutura de păr de cal, care iese în afară prin pânza ruptă. Fiecare mișcare a lui e languroasă. Am senzația că ar fi periculos să-l privesc îndelung, ca și când ar fi atât de depravat încât m-aș putea molipsi de la el.

— Erau mai mulți musafiri, spune el, de parcă asta ar explica ceva. Dar au plecat.

— Nu-mi pot imagina de ce, îi replic pe un ton cât se poate de sec.

— Mi-au spus o poveste, continuă Cardan. Vrei s-o auzi? Odată ca niciodată, o copilă umană a fost răpită de zâne și, din cauza asta, a jurat să le nimicească.

— Uau, fac eu. Asta chiar dovedește ce rege slab ești, dacă ai impresia că domnia ta ar putea să distrugă Tărâmul Zânelor.

Totuși spusele lui mă neliniștesc. Nu vreau să se preocupe nimeni de intențiile mele. Nu trebuie să creadă nimeni că am vreo influență. Nimeni nu trebuie să se gândească la mine defel.

Stafia revine de pe hol și se sprijină de cadrul ușii, acoperind intrarea pe cât posibil. Ochii săi aurii sunt adumbriți.

Mă întorc iar spre Cardan.

— Nu pentru povestioara asta am fost chemată. Ce s-a întâmplat?

— Asta, spune el și merge împleticit în încăperea cu patul.

Aici, în lemnul sfărâmat al panoului de la capul patului sunt înfipte două săgeți negre de arbaletă.

— Te-ai supărat pentru că unul dintre musafirii tăi a tras în pat? întreb eu, încercând să ghicesc.

Cardan izbucnește în râs.

— Nu țintea patul.

Își dă cămașa la o parte și observ gaura din material și o dungă de piele jupuită în coasta lui.

Respirația mi se oprește un moment.

— Cine a făcut-o? întreabă Stafia alarmat.

Și apoi, privindu-l pe Cardan mai îndeaproape:

— Și de ce sunt atât de puțin tulburate gărzile de afară? Nu se poartă de parcă n-ar fi reușit să împiedice o tentativă de asasinat.

Cardan ridică din umeri.

— Am impresia că gărzile cred că am încercat să trag în musafirii mei.

Mă apropii și observ câtiva stropi de sânge pe suprafața uneia dintre pernele șifonate. Găsesc și câteva flori albe care par să crească din loc în loc direct din pânză.

— A mai fost rănit cineva?

Cardan încuviințează din cap.

— Săgeata a nimerit-o în picior pe una dintre zâne și aceasta a început să țipe și să strige fără noimă. Prin urmare, vedeți de ce s-ar putea crede că am tras în ea când nu mai era altcineva de față. Adevăratul făptaș a fugit înapoi, în pereți.

Cardan mijește ochii la mine și la Stafie și își înclină capul într-o parte, cu flăcări acuzatoare în privire.

— Se pare că e un fel de pasaj secret, spune el.

Palatul regal din Elfhame e construit înăuntrul unui deal, iar chiar în centrul lui se află vechile camere ale Înaltului Rege Eldred, ale căror pereți sunt acoperiți de rădăcini și lujeri înfloriți. Curtea întreagă se aștepta să preia Cardan camerele acestea, dar el s-a mutat în locul cel mai îndepărtat cu putință, tocmai în vârful dealului, în suprafața căruia erau încorporate geamuri de cristal, ca niște ferestre. Înainte de încoronarea lui, încăperile astea aparținuseră membrilor mai puțin îndrăgiți ai familiei regale. Acum locatarii se calcă în picioare și se repoziționează astfel încât să fie cât mai aproape de Înaltul Rege. Iar camerele lui Eldred – părăsite și prea somptuoase ca să poată fi luate în primire în mod justificat de către altcineva – au rămas nelocuite.

Cunosc numai câteva căi de acces în încăperile lui Cardan – o singură fereastră mare, din sticlă groasă, care a fost fermecată astfel încât să nu se spargă niciodată, două uși duble și, se pare, un pasaj secret.

— Nu apare pe hărțile tunelurilor de care dispunem, îi spun eu.

— Aha, spune el.

Nu știu dacă mă crede.

— Ai văzut cine a tras în tine? Și de ce nu le-ai spus propriilor tale gărzi ce s-a întâmplat de fapt? întreb eu mânioasă.

Se uită la mine exasperat.

— Am văzut umbre întunecate. Cât despre motivul pentru care nu le-am zis gărzilor – te protejam pe tine și Curtea

Umbrelor. Am presupus că n-ați dori ca toată garda regală să umble prin pasajele voastre secrete!

De data asta nu am replică. Tulburător la Cardan e măsura în care reușește să facă pe prostul pentru a-și ascunde inteligența.

În partea opusă patului este construit un dulap, care ocupă toată lungimea peretelui. Pe fața lui este vopsit un cadran de ceas cu constelații în loc de cifre. Brațele ceasului indică o configurație de stele care profețesc apariția unui iubit deosebit de pasional.

Pe dinăuntru pare a fi un simplu șifonier în care a fost îngrămădită garderoba lui Cardan. Scot hainele afară, adunându-le într-o movilă de manșete de catifea și articole din satin sau piele. Din pat, Cardan scoate un strigăt de exasperare prefăcută.

Apropii urechea de peretele de lemn din fund și ascult să văd dacă se aude șuieratul vântului sau dacă se simte vreun curent de aer. Stafia face același lucru în celălalt capăt al șifonierului. Degetele sale descoperă un zăvor și se deschide o ușă subțire.

Deși știam că palatul e împânzit de pasaje secrete, nu mi-aș fi închipuit niciodată că unul dintre ele duce chiar în dormitorul lui Cardan. Și totuși... Ar fi trebuit să verific fiecare centimetru pătrat din pereți. Aș fi putut măcar să rog pe unul dintre ceilalți spioni să o facă. Dar am evitat să fac asta, pentru că am evitat să fiu singură cu Cardan.

— Rămâi cu regele, îi spun Stafiei și, luând o lumânare, pornesc în întunericul de după perete, evitând din nou să fiu singură cu el.

Tunelul e luminat slab, pe toată întinderea sa, de mâini din aur în care sunt fixate torțe care ard cu flăcări verzi, fără urmă de fum. Pe podeaua de piatră e așternut un covor roș, un detaliu decorativ ciudat, fiind vorba despre un pasaj secret.

După câțiva pași descopăr arbaleta. Nu e vorba despre o variantă compactă, ca aceea pe care o port eu. E uriașă, lungă cât jumătate din înălțimea mea și chiar mai mult și e clar că a fost târâtă până aici – se văd locurile unde covorul a fost deranjat.

Oricine a tras, a tras de aici.

Sar peste arbaletă și merg mai departe. Mă așteptam ca un asemenea pasaj să aibă multe ramificații, dar nu are niciuna. Din loc în loc coboară răsucit în pantă, dar merge într-o singură direcție – drept înainte. Grăbesc pasul, înaintez din ce în ce mai repede, ferind flacăra lumânării cu mâna, ca să nu se stingă.

Ajung înaintea unui perete greoi din lemn, pe care e sculptată stema regală, aceeași care se regăsește pe inelul cu sigiliu al lui Cardan.

Împing în perete și se deplasează. E limpede că e fixat pe șine. De cealaltă parte e o bibliotecă.

Până acum doar am auzit povești despre splendoarea camerelor Înaltului Rege Eldred aflate în inima palatului, chiar deasupra marii săli, prin pereții cărora șerpuiesc ramurile mărețe ale tronului însuși. Deși nu le-am văzut niciodată, judecând după descrierile cunoscute, mi-e imposibil să cred că mă aflu altundeva.

Pășesc în încăperile enorme, cavernoase, ale lui Eldred, cu lumânarea într-o mână și cu un cuțit în cealaltă.

Și aici, așezată pe patul Înaltului Rege, cu fața mânjită de lacrimi, o descopăr pe Nicasia.

Fata lui Orlagh, Prințesă a Mării de Jos, crescută la Curtea Înaltului Rege în baza condițiilor convenite în tratatul de pace încheiat între Orlagh și Eldred în urmă cu zeci de ani. Cândva Nicasia a făcut parte din grupul de patru persoane format din Cardan și cei mai apropiați și mai odioși prieteni ai săi. I-a fost și iubită, până când l-a trădat pe Cardan cu Locke. Nu am mai văzut-o atât de des în compania lui de când a urcat pe tron, dar, dacă Cardan a început s-o ignore, nu pot să cred că jignirea asta ar fi făcut-o să-i ia viața.

Oare despre asta șușotea Balekin cu reprezentanții Mării de Jos? Așa avea să fie nimicit Cardan?

— *Tu?* strig eu. *Tu* ai tras în Cardan?

— Nu-i spune!

Se uită furioasă la mine, ștergându-și ochii umezi.

— Și lasă cuțitul ăla, spune ea.

Nicasia poartă un halat brodat cu numeroase imagini ale păsării phoenix, lipit strâns de trup. În urechi îi sclipesc câte trei cercei, urcând până la vârfurile albăstrui, membranoase. Părul i-a devnit mai închis de când am văzut-o ultima oară. Mereu l-a avut în diverse nuanțe ale mării, dar acum e vorba despre mare în timpul unei furtuni - de un negru verzui întunecat.

— Ți-ai pierdut mințile? strig eu. Ai încercat să-l asasinezi pe Înaltul Rege al Tărâmului Zânelor.

— Nu, spune ea. Jur că nu. Am vrut doar s-o omor pe fata care era cu el.

Încremenesc, câteva clipe sunt prea năucită de cruzimea și nepăsarea ei ca să pot vorbi.

O privesc din nou, privesc halatul pe care-l ține atât de strâns împrejur. Cu vorbele ei care îmi sună în minte ca un ecou, înțeleg brusc cum s-a petrecut.

— Voiai să-i faci o vizită-surpriză în dormitor.

— Da, spune ea.

— Dar nu era singur... adaug, sperând ca va continua ea povestea.

— Am văzut arbaleta agățată de perete și m-am gândit că nu va fi dificil să țintesc, continuă ea, uitând de faptul că a târât-o prin pasaj, deși e o armă grea și incomodă și nu se poate să-i fi fost ușor.

Mă întreb cât de mânioasă o fi fost, cât de nechibzuită în furia ei. Desigur, se poate, de fapt, să fi avut mintea perfect limpede.

— Asta e trădare, să știi, spun cu voce tare.

Descopăr că tremur toată. Pentru că am crezut că cineva încercase să-l asasineze pe Cardan, pentru că mi-am dat seama că ar fi putut să moară.

— Te vor executa, continui. Te vor sili să dansezi până mori, cu încălțăminte din fier încins. Dacă ai noroc, te vor vârî în Turnul Uitării.

— Sunt Prințesă a Mării de Jos, spune ea trufașă, dar observ șocul de pe fața ei pe măsură ce realizează ce spun. Sunt exceptată de la legile tărâmului. Pe lângă asta, ți-am zis, nu țînteam spre el.

Acum înțeleg comportamentul ei odios de la lecții: credea că nu va putea fi pedepsită orice ar face.

— Ai mai folosit vreo arbaletă până acum? întreb eu. I-ai pus viața în pericol. Ar fi putut să moară. Idioato, *ar fi putut să moară.*

— Ți-am zis... dă ea să repete.

— Da, da, pactul dintre mare și uscat, o întrerup eu, fumegând de mânie. Dar întâmplarea face să știu că mama ta are de gând să încalce tratatul. Vezi tu, va zice că înțelegerea a fost făcută între regina Orlagh și Înaltul Rege Eldred, nu între regina Orlagh și Înaltul Rege Cardan. Tratatul nu mai are valoare. Deci nu te va proteja.

Auzind acestea, Nicasia se holbează la mine, în sfârșit înspăimântată.

— De unde știi?

Nu eram sigură, îmi spun în sinea mea. *Dar acum sunt.*

— Să presupunem că știu totul, îi răspund până la urmă. Totul. Clipă de clipă. Dar sunt dispusă să fac o înțelegere cu tine. Le voi spune lui Cardan, gărzilor și celorlalți că făptașul a reușit să fugă, dacă vei face și tu ceva pentru mine.

— Accept, spune ea înainte ca măcar să precizez condițiile, dezvăluind astfel cât de disperată e.

Preț de o clipă, simt cum crește în mine dorința de răzbunare. Cândva, Nicasia s-a amuzat văzându-mă umilită. Acum aș putea să-i arăt cât mă bucur de umilința ei.

Asta e senzația puterii, a puterii pure, nestăvilite. E *minunată*.

— Spune-mi ce pune la cale Orlagh, îi cer eu, alungând gândurile astea.

— Credeam că deja știi totul, mi-o întoarce ea cu dibăcie, în timp ce se apropie de marginea patului și se ridică, ținând încă strâns halatul.

Bănuiesc că pe dedesubt e îmbrăcată foarte sumar sau deloc.

Ar fi trebuit să intri peste ei, pur și simplu, îmi vine deodată să-i zic. *Ar fi trebuit să-i spui să uite de fata aia. Poate că chiar ar fi făcut-o.*

— Vrei să-mi cumperi tăcerea sau nu? întreb eu, așezându-mă pe marginea pernelor. În curând cineva va veni în căutarea mea. Dacă te vor vedea, nu va mai rămâne loc de negare.

Nicasia oftează exasperată.

— Mama mea spune că e un rege tânăr și slab, că se lasă prea mult influențat de alții.

Spunând acestea, mă privește aspru.

— Crede că va ceda pretențiilor ei. În cazul ăsta, nu se va schimba nimic.

— Și dacă nu va ceda...?

Nicasia ridică capul.

— Atunci pactul dintre uscat și mare va lua sfârșit și uscatul va suferi cel mai mult. Insulele regatului Elfhame se vor scufunda sub valuri.

— Și apoi? întreb eu. Nu cred că ai avea șanse să te giugiulești cu Cardan dacă mama ta ar inunda totul.

— Nu înțelegi. Vrea să ne căsătorească. Vrea să devin regină.

Sunt atât de surprinsă, încât câteva secunde nu fac decât să mă zgâiesc la ea, străduindu-mă să-mi stăpânesc un fel de râs nebun și îngrozit.

— Tocmai *ai tras* în el.

Îmi aruncă o privire mai presus de ură.

— Ei, și tu l-ai omorât pe Valerian, nu-i așa? M-am întâlnit cu el în noaptea în care a dispărut și a vorbit despre tine, despre cum voia să ți-o plătească pentru că-l înjunghiasei. Lumea zice că a murit la ceremonia de încoronare, dar eu cred altceva.

Trupul lui Valerian e îngropat pe moșia lui Madoc, lângă grajduri și, dacă ar fi fost dezgropat, aș fi aflat deja. Nicasia doar își dă cu presupusul.

Și, oricum, ce dacă l-am omorât? Mă aflu de-a dreapta Înaltului Rege al Tărâmului Zânelor. Îmi poate grația toate nelegiuirile.

Totuși, amintindu-mi de acel moment, mă cuprinde iarăși teroarea luptei pe viață și pe moarte. Și mă gândesc iarăși că Nicasia s-ar fi bucurat dacă aș fi murit, așa cum s-a bucurat de tot ce mi-a făcut sau a încercat să-mi facă Valerian. Așa cum se bucura de ura pe care mi-o purta Cardan.

— N-ai decât să mă silești să mărturisesc secretele *mele* când ai să mă găsești *pe mine* vinovată de trădare, spun eu. Dar acum aș prefera să aud ce are de gând să facă mama ta cu Balekin.

— Nimic, spune Nicasia.

— Și eu care credeam că zânele nu pot să mintă, spun eu.

Nicasia începe să se plimbe agitată prin cameră. În picioare poartă papuci de casă ale căror vârfuri se încovoaie ca niște ferigi.

— Nu mint! Mama crede că Cardan va accepta pretențiile ei. Pe Balekin nu face decât să-l măgulească. Îi lasă impresia că e o persoană importantă, dar nu e. Nu va fi.

Încerc să pun cap la cap elementele complotului.

— Pentru că la el va apela doar dacă Cardan va refuza să se căsătorească cu tine.

Mintea îmi vuiește în jurul certitudinii că, mai presus de orice, nu pot să-l las pe Cardan să se căsătorească cu Nicasia. Dacă ar face-o, ar fi imposibil să-i dau jos de pe tron pe amândoi. Oak n-ar mai apuca să domnească.

Aș pierde totul.

Nicasia se încruntă la mine.

— Ți-am spus destule.

— Încă ai impresia că ăsta e un fel de joc, o atenționez.

— Toate sunt jocuri, Jude, îmi răspunde. Știi bine. Și acum e rândul tău să faci o mutare.

Zicând acestea, pornește spre ușile imense și, împingând cu putere, deschide una dintre ele.

— N-ai decât să le spui dacă vrei, spune ea, dar să știi un lucru – cineva în care ai încredere deja te-a trădat.

Aud papucii ei plesnind podeaua și zgomotul puternic pe care îl face ușa când se trântește.

Gândurile îmi roiesc confuze, în timp ce traversez pasajul înapoi. Cardan mă așteaptă în camera principală a odăilor sale, întins pe o canapea, cu o expresie vicleană pe chip. Și-a lăsat cămașa descheiată, dar rana îi e acoperită cu bandaje proaspete. Printre degetele lui dansează o monedă – recunosc unul dintre trucurile Gândacului.

Cineva în care ai încredere deja te-a trădat.

Prin cadrul ușii sfărâmate, Stafia privește înăuntru, alături de garda personală a Înaltului Rege. Îmi surprinde privirea.

— Ei bine? întreabă Cardan. Nu ai descoperit nimic despre asasinul care aproape mi-a luat viața?

Clatin din cap, pentru că nu mă simt în stare să dau glas minciunii. Privesc mobila distrusă dimprejur. Nu oferă nicio siguranță și totul duhnește a fum.

— Haide, spun eu, luându-l pe Cardan de braț și ridicându-l încet în picioare. Nu poți să dormi aici.

— Ce ai pățit la obraz? întreabă el, uitându-se la mine cu privirea încețoșată.

E destul de aproape încât să îi disting genele lungi și inelele aurii care-i înconjoară irisul negru al ochilor.

— Nimic, spun eu.

Mă lasă să-l conduc afară, pe hol. Când ieșim, Stafia și celelalte gărzi se aliniază într-o clipă și iau poziție de drepți.

— Pe loc repaus, spune Cardan, făcând un gest vag cu mâna. Seneșalul meu mă conduce undeva. Nu vă temeți. Sunt convins că are vreun plan.

Gărzile se încolonează în spatele nostru, unii dintre ei încruntați, în timp ce eu îl conduc pe Cardan, în parte cărându-l, spre camerele mele. Nu vreau să-l duc la mine, dar nu am încredere că va fi în siguranță în altă parte.

Privește în jur uluit, admirând debandada.

— Unde... Tu chiar dormi aici? Poate c-ar fi mai bine să-ți dai și tu foc la camere.

— Poate, spun eu, conducându-l spre patul meu.

E ciudat să-i pun mâna pe spate. Îi simt căldura pielii, prin materialul subțire al cămășii, și mușchii încordați.

Mi se pare nefiresc să-l ating de parcă ar fi o persoană obișnuită, de parcă n-ar fi atât Înaltul Rege, cât și dușmanul meu.

Nu are nevoie de niciun imbold ca să se întindă pe salteaua mea, cu capul pe pernă, cu părul negru revărsându-se ca penele unui corb. Mă privește cu ochii lui de culoarea nopții, frumoși și cumpliți în aceeași măsură.

— Pentru o clipă, spune el, m-am întrebat dacă nu trăgeai chiar tu în mine cu săgeți.

Îl privesc încruntată.

— Și cum te-ai convins că nu eram eu?

Rânjește la mine.

— Nu și-au atins ținta.

Am mai spus că are talentul de a face complimente dureroase. Totodată, uneori spune cuvinte care ar trebui să mă jignească, dar într-un mod care mă face să mă simt remarcată cu adevărat.

Privirile ni se întâlnesc și între ele se aprinde o scânteie periculoasă.

Te urăște, îmi spun iarăși în sinea mea.

— Sărută-mă încă o dată, spune el, beat și nechibzuit. Sărută-mă până mi s-o face silă.

Resimt cuvintele astea în profunzime, ca pe o lovitură în stomac. Observă expresia de pe chipul meu și râde. E un sunet plin de batjocură. Nu știu sigur de care dintre noi râde.

Te urăște. Chiar dacă tânjește după tine, te urăște.

Poate că din cauza asta te urăște și mai mult.

După câteva clipe închide ochii. Glasul i se stinge până la șoaptă, ca și când ar vorbi doar pentru el.

— Dacă tu ești boala, bănuiesc că nu poți fi și leacul.

Adoarme, dar eu rămân perfect trează.

Capitolul 6

Toată dimineața zac într-un scaun sprijinit de peretele dormitorului. În poală țin sabia făurită de tatăl meu. Mă gândesc întruna la ce mi-a spus Nicasia.

Nu înțelegi. Vrea să ne căsătorească. Vrea să devin regină.

Cu toate că mă aflu în celălalt capăt al încăperii, privirea îmi fuge adesea la pat și la băiatul care doarme în el.

La ochii lui negri, închiși, la părul negru răsfirat pe perna mea. La început nu reușea să-și găsească locul și încurca așternutul între picioare, dar, în cele din urmă, respirația i-a devenit egală și s-a liniștit. Are aceeași frumusețe uluitoare dintotdeauna, gura moale, buzele ușor depărtate, gene atât de lungi, încât, când ține ochii închiși, îi ajung la obraji.

M-am obișnuit cu frumusețea lui Cardan, dar nu și cu vreun semn de vulnerabilitate. E ciudat să-l văd fără hainele lui simandicoase, fără limba ascuțită și privirea malițioasă care-l protejează ca o armură.

În cele cinci luni care au trecut de la înțelegerea noastră, m-am străduit să preîntâmpin ce poate fi mai rău. I-am dat ordine astfel încât să-l împiedic să mă evite, să mă ignore sau să se descotorosească de mine. Am formulat reguli care să nu le permită zânelor să-i păcălească pe muritori astfel încât să-i robească ani în șir și l-am silit să le promulge.

Dar mereu am senzația că nu e suficient.

Îmi amintesc de o seară, la asfințit, când mă plimbam cu

el în grădinile palatului. Cardan ținea mâinile la spate și s-a oprit o clipă ca să miroasă floarea imensă a unui trandafir alb, cu marginile stacojii, moment în care acesta a început să muște aerul, plesnind ca din niște fălci. Cardan mi-a rânjit, ridicând dintr-o sprânceană, dar eu eram prea încordată ca să-i zâmbesc la rândul meu.

În spatele lui, la marginea grădinii, așteptau vreo șase cavaleri din garda personală, căreia Stafia deja îi fusese desemnată.

Cu toate că mă gândisem îndelung la ce aveam să-i spun, încă mă simțeam ca o neghioabă care are impresia că poate cumva să ceară să i se îndeplinească douăsprezece dorințe când i-a fost promisă împlinirea uneia singure, doar de-ar formula cererea în chip potrivit.

— Am să-ți dau câteva ordine.

— Chiar așa, a spus el.

Pe capul lui, coroana de aur a regatului Elfhame reflecta lumina asfințitului.

Am inspirat adânc și am început:

— Nu o să-mi refuzi niciodată cererile pentru întrevederi și nici nu o să dai vreun ordin ca să mă ții departe.

— De ce aș vrea să te țin departe? a întrebat el pe un ton sec.

— Și nu poți să dai niciodată ordin să fiu arestată, întemnițată sau ucisă, am spus eu, fără să-i iau în seamă replica. Sau rănită. Nici măcar reținută.

— Dar dacă i-aș cere unei slugi să-ți pună o pietricică foarte colțuroasă în gheată? a întrebat el, privindu-mă cu o gravitate enervantă.

I-am răspuns cu o privire, am sperat eu, usturătoare.

— Și nici nu trebuie ca vreodată să ridici tu însuți mâna asupra mea.

A gesticulat, de parcă toate astea ar fi fost ridicol de evidente, de parcă faptul că-i dădeam ordinele acestea în mod explicit ar fi fost un gest de rea-credință.

Nu m-am lăsat și am spus în continuare:

— În fiecare seară, înainte de cină, ne vom întâlni în camerele tale și vom discuta politicile regatului. Și, dacă afli că urmează să mi se facă rău, trebuie să mă previi. Trebuie să ai grijă să nu afle nimeni cum te controlez. Și, oricâtă silă ți-ar provoca rolul de Înalt Rege, trebuie să ascunzi acest lucru.

— Nu-i așa, a spus el, privind cerul.

M-am întors spre el surprinsă.

— Cum adică?

— Nu mi-e silă să fiu Înalt Rege, mi-a explicat. Nu întotdeauna. Mă așteptam să-mi fie și totuși nu-mi este. Interpretează situația cum dorești.

M-a tulburat să aud asta, pentru că era mult mai simplu să am certitudinea nu numai că nu e în stare să conducă, dar și că nu-l interesa s-o facă. De fiecare dată când vedeam Coroana Însângerată de pe capul lui, trebuia să pretind că nu e acolo.

Nu m-a încântat nici faptul că a reușit într-un timp atât de scurt să convingă nobilimea de dreptul lui de a le fi conducător. Le-a fost teamă să i se pună împotrivă din cauza reputației lui de persoană crudă. Libertatea pe care le-a acordat-o i-a făcut să creadă că orice desfătare era permisă.

— Așadar, am continuat, îți face plăcere să fii marioneta mea?

A zâmbit leneș, ca și când nu l-ar fi deranjat faptul că încercam să-l întărât.

— Deocamdată.

L-am privit aspru.

— O vreme mult mai lungă.

— Ai obținut de la mine un an și o zi, mi-a spus. Dar într-un an și o zi se pot întâmpla multe. N-ai decât să-mi dai câte ordine vrei, dar nu vei reuși niciodată să prevezi totul.

Cândva, eu eram aceea care îl debusola, eu îi stârneam mânia și-l făceam să-și piardă stăpânirea de sine, dar între timp, cine știe cum, rolurile s-au inversat. De atunci, în fiecare zi simt cum situația îmi scapă din mână puțin câte puțin.

Acum, când îl privesc întins pe patul meu, mă simt mai debusolată ca oricând.

...

Gândacul dă buzna în cameră în aceeași după-amiază. Pe umărul lui e cocoțată bufnița cu chip de hob, care cândva servea ca mesager al lui Dain și acum e mesagerul Curții Umbrelor. I se spune Snapdragon, dar nu știu dacă așa îl cheamă sau dacă e un nume de cod.

— Cei din Consiliul Viu vor să te vadă, spune Gândacul.

Snapdragon se uită la mine clipind somnoros din ochii săi negri.

Oftez.

— De fapt, zice arătând spre pat, pe *el* ar vrea să-l vadă, dar numai ție își permit să-ți dea porunci.

Mă ridic și mă dezmorțesc. Apoi îmi leg teaca la brâu și ies în salonul apartamentului, ca să nu-l trezesc pe Cardan.

— Ce face Stafia?

— Se odihnește, răspunde Gândacul. Circulă multe zvonuri legate de cele petrecute azi-noapte, chiar și printre paznicii palatului. Bârfitorii au început să-și țeasă pânzele.

Mă duc în camera de baie să mă spăl. Fac gargară cu apă sărată și mă curăț la subsuori cu un ștergar înmuiat în săpun cu verbină și lămâie. Îmi descâlcesc părul, dar sunt prea obosită ca să-l aranjez în moduri mai complicate de atât.

— Bănuiesc că ai verificat deja pasajul, strig eu.

— Într-adevăr, spune Gândacul. Și înțeleg de ce nu apare pe niciuna dintre hărțile noastre – nu are legătură cu niciun alt pasaj pe lungimea lui. Nici nu știu sigur dacă a fost construit odată cu celelalte.

Îmi amintesc de pictura cu cadranul de ceas și constelațiile. Stelele care profețeau apariția unei iubiri.

— Cine a dormit acolo înaintea lui Cardan? întreb eu.

Gândacul ridică din umeri.

— Mai multe zâne. Nimeni ieșit din comun. Musafiri ai Coroanei.

— Amanți, spun eu, punând totul cap la cap în sfârșit. Amantele Înaltului Rege care nu erau consoarte.

— Chiar așa?

Cu o mișcare a capului, Gândacul arată spre dormitorul meu, spre Cardan.

— Și tocmai acolo a hotărât Regele *nostru* să doarmă? observă el.

Mă privește cu o expresie plină de înțeles, de parcă ar trebui să cunosc rezolvarea acestui puzzle, când eu, de fapt, nici nu mi-am dat seama că se punea problema vreunui puzzle.

— Nu știu ce să zic, mai adaug.

Gândacul clatină din cap.

— Mai bine te-ai grăbi să ajungi la ședința Consiliului.

Nu pot să neg că e o ușurare faptul că nu voi fi de față când se va trezi Cardan.

Capitolul 7

Consiliul Viu a fost constituit sub domnia lui Eldred, în aparență pentru a-l asista pe Înaltul Rege în luarea deciziilor, și a prins rădăcini într-atât încât în prezent e dificil să i te opui. Nu e vorba că miniștrii ar avea, individual, mare putere – deși mulți dintre ei sunt influenți și pe cont propriu –, ci mai degrabă au autoritatea colectivă de a lua multe decizii mai puțin importante cu privire la mersul regatului. Genul de mici decizii care, luate împreună, l-ar putea pune în dificultate și pe rege.

După ceremonia de încoronare eșuată și uciderea familiei regale, după discontinuitățile legate de coroană, Consiliul îl privește cu neîncredere pe Cardan din cauza vârstei lui fragede și e descumpănit de puterea pe care am căpătat-o.

Snapdragon mă conduce la întâlnire, care are loc sub crengile întrepătrunse ale unor sălcii, la o masă din lemn pietrificat. Pășind pe iarbă sub privirile miniștrilor, mă uit la fiecare pe rând – Ministrul Unseelie, un trol cu părul gros și încâlcit, împletit cu bucăți de metal; Ministrul Seelie, o femeie verzuie, care seamănă cu o călugăriță; Marele General, Madoc; Astrologul Regal, un bărbat foarte înalt, cu ten măsliniu, cu barba atent îngrijită și cu ornamente celeste prinse în părul său lung, bleumarin; Ministrul Cheilor, un hob bătrân și încărunțit, cu coarne de berbec și ochi ca ai caprelor; și Marele Bufon, care poartă pe cap flori de lavandă, pe măsura hainelor violete, pestrițe.

Pe toată lungimea mesei sunt așezate carafe cu apă și vin și platouri cu fructe uscate.

Mă apropii de unul dintre servitori și-l trimit după un ibric de ceai, cel mai tare cu putință. Voi avea nevoie de el.

Randalin, Ministrul Cheilor, stă în jilțul Înaltului Rege; pe suprafața spătarului de lemn e gravată stema regală. Notez mișcarea – și sensul ei subînțeles. În cele cinci luni care au trecut de când a preluat mantia Înaltului Rege, Cardan nu a venit niciodată la întrunirile Consiliului. Un singur scaun e neocupat – aflat între Madoc și Fala, Marele Bufon. Rămân în picioare.

— Jude Duarte, spune Randalin, fixându-mă cu ochii săi de capră. Unde este Înaltul Rege?

Mereu mă intimidez când mă prezint înaintea lor, iar prezența lui Madoc mă încurcă și mai mult. Mă face să mă simt ca un copil, nerăbdător să spun sau să fac ceva inteligent. O parte din mine își dorește mai mult ca orice să le demonstreze că sunt mai presus de imaginea pe care o au ei despre mine – o fată fragilă și neghioabă desemnată într-o funcție importantă de către un rege fragil și neghiob.

Să le demonstrez că faptul că pot să mint nu e singurul motiv pentru care Cardan a ales o muritoare pe post de seneșal.

— Am venit să îi țin locul, spun eu. Și să vorbesc în numele lui.

În privirea lui Randalin se citește un dispreț usturător.

— Circulă un zvon potrivit căruia azi-noapte a tras în una dintre iubitele lui. E adevărat?

Un servitor aduce ibricul cu ceai pe care l-am cerut și-l așază lângă mine, la îndemână, și sunt recunoscătoare atât pentru efectul revigorant, cât și pentru că am o scuză să nu răspund imediat.

— Astăzi curtenii m-au informat că fata aceea poartă la gleznă un inel cu rubine suspendate, care i-a fost trimis în semn de scuze, și că nu putea sta pe picioare fără ajutor, spune Nihuar, reprezentanta Curților Seelie.

Strânge din buzele sale mici și verzi.

— Toată această situație mi se pare de prost-gust, conchide ea.

Bufonul Fala izbucnește în râs, e limpede că *el* are alte gusturi.

— Rubine pentru vărsarea sângelui ei rubiniu.

Nu poate fi adevărat. Cardan ar fi trebuit să aranjeze trimiterea cadoului în timpul în care am ajuns eu din camerele mele până la Consiliu. Dar e posibil ca altcineva să-l fi trimis în numele lui. Toți sunt nerăbdători să vină în ajutorul regelui.

— Ar fi fost mai bine dacă ar fi omorât-o de-a dreptul? mă răstesc eu.

Afinitatea mea pentru diplomație nu se apropie câtuși de puțin de priceperea cu care reușesc să înfurii lumea. Pe lângă asta, sunt și obosită.

— Pe mine nu m-ar fi deranjat, spune chicotind Mikkel, reprezentantul Curților Unseelie. Noul Înalt Rege pare să aibă o fire întru totul Unseelie și probabil că ne va favoriza. Putem să-i oferim desfrâuri mai mari decât cele cu care se laudă Maestrul lui de Ceremonii, acum, că începem să-i cunoaștem gusturile.

— Circulă și relatări diferite, spune Randalin în continuare. Cum că una dintre gărzi ar fi tras în Înaltul Rege Cardan pentru a salva viața acelei fete. Cum că aceasta ar purta în pântec moștenitorul regal. Trebuie neapărat să-i comunici Înaltului Rege că acest Consiliu este pregătit să-l sfătuiască cum să-și ferească domnia de astfel de povești.

— Așa am să fac, spun eu.

Astrologul Regal, Baphen, mă privește iscoditor, de parcă ar fi ghicit în mod corect intenția mea de a nu-i spune lui Cardan nimic din toate astea.

— Înaltul Rege e legat de tărâm și de supușii săi. Regele este un simbol viu, o inimă vie, o stea pe care e scris viitorul regatului Elfhame.

Vorbește încet, dar vocea lui se aude limpede.

— Ai observat, fără îndoială, că, de când a început domnia lui, insulele s-au schimbat. Furtunile izbucnesc mai aprig. Culorile sunt puțin mai vii și mirosurile, mai tari. În păduri au fost zărite anumite vietăți. Vietăți străvechi, despre care mult timp s-a crezut că au dispărut, vin să-l vadă. Când el se îmbată, supușii săi amețesc fără să înțeleagă de ce. Unde îi cade sângele, cresc lucruri. Păi, Înalta Regină Mab a ridicat insulele Insmire, Insmoor și Insweal din mare. Toate insulele regatului Elfhame s-au format într-o singură oră.

Inima îmi bate mai iute cu fiecare cuvânt al lui Baphen. Am senzația că nu-mi intră destul aer în plămâni. Pentru că nimic din toate astea nu poate avea legatură cu Cardan. Nu se poate să fie legat de tărâm într-un mod atât de profund, nu se poate să aibă o asemenea putere și totuși să fie sub stăpânirea mea.

Îmi amintesc de sângele vărsat pe cuvertura patului său – și de petalele albe risipite în jurul lui.

Acolo unde îi cade sângele, cresc lucruri.

— Așadar, vezi, intervine Randalin, fără să-și dea seama că mă pierd cu firea, fiecare decizie a Înaltului Rege schimbă regatul Elfhame și îi influențează pe locuitorii lui. În timpul domniei lui Eldred, nou-născuții erau aduși înaintea lui ca să depună jurământul de credință față de regat. Dar la Curțile inferioare, unii moștenitori erau crescuți în lumea muritorilor, departe de influența lui Eldred. Acești copii de schimb se întorceau și domneau fără să se fi jurat Coroanei Însângerate. Cel puțin una dintre Curți a făcut regină dintr-un astfel de copil de schimb. Și cine știe câte zâne sălbatice au reușit să evite jurământul. Iar generalul Curții Dinților, Grima Mog, pare să-și fi pierdut postul. Nimeni nu știe ce are de gând să facă. Nu-i putem permite Înaltului Rege să fie neglijent.

Am mai auzit de Grima Mog. E îngrozitoare, dar nu la fel de îngrozitoare precum Orlagh.

— Trebuie să stăm cu ochii și pe Regina Mării de Jos, îi atenționez. Își face planuri și va acționa împotriva noastră.

— Ce spui? întreabă Madoc, interesat întâia oară de conversație.

— Imposibil, se opune Randalin. De unde să fi aflat tu așa ceva?

— Balekin s-a întâlnit cu trimișii ei, mai adaug.

Randalin pufnește disprețuitor.

— Și îmi închipui că tocmai prințul ți-a spus toate astea, așa-i?

Dacă mi-aș mușca limba și mai tare, aș spinteca-o în două de-a binelea.

— Am aflat din mai multe surse. Dacă alianța a fost încheiată între ei și Eldred, atunci s-a terminat.

— Locuitorii apelor sunt reci la inimă, spune Mikkel, ceea ce-mi dă inițial impresia că e de acord cu mine, numai că a spus-o mai degrabă cu admirație.

— Ce-ar fi ca Baphen să-și consulte hărțile astrologice? propune Randalin pentru a-i împăca pe toți. Dacă e profețită vreo amenințare, vom discuta.

— Eu vă zic... insist eu iritată.

Acesta e momentul în care Fala sare pe masă și începe să danseze – un dans interpretativ, cred. Madoc râde aspru. O pasăre aterizează pe umărul lui Nihuar și cu toții încep să pălăvrăgească între ei în șoapte și chicoteli.

E clar că niciunul dintre ei nu vrea să mă creadă. În fond, cum ar fi posibil ca eu să știu ceva ce ei nu știu? Sunt prea tânără, prea naivă, prea *muritoare*.

— Nicasia... încerc să vorbesc iarăși.

Madoc zâmbește.

— Prietena ta de la școală.

Aș vrea să-i spun lui Madoc că numai datorită mie și-a păstrat locul în Consiliu. Cu toate că l-a străpuns pe Dain cu propria-i sabie, a rămas Marele General. Aș putea să spun că am vrut să-i dau o ocupație, că e o armă pe care e mai bine să o mânuim noi, și nu dușmanii noștri, că spionilor mei le e mai ușor să-l urmărească atunci când știu unde e, dar o parte din mine e conștientă că Madoc a rămas Marele General numai pentru că m-a durut inima să iau atâta putere din mâinile tatălui meu.

— Rămâne problema legată de Grimsen, continuă Mikkel discuția ca și când nu aș fi zis nimic. Înaltul Rege l-a primit pe fierarul lui Alderking, făuritorul Coroanei Însângerate. Acum locuiește printre noi, dar încă nu meșterește pentru noi.

— Trebuie să-l primim călduros, se entuziasmează Nihuar, un moment rar de înțelegere între facțiunile Seelie și Unseelie. Maestrul de Ceremonii a propus anumite planuri pentru petrecerea de Luna Vânătorului. Ar putea include un eveniment în cinstea lui Grimsen.

— Depinde ce activități sunt pe placul lui... spun eu, renunțând să-i conving că Orlagh va acționa împotriva noastră. Sunt pe cont propriu.

— Să scormonească în pământ, intervine Fala. În căutarea tufelor.

— A trufelor, îl corectează Randalin imediat.

— A, nu, spune Fala, strâmbând din nas. Din alea, nu.

— Voi încerca să aflu ce forme de divertisment îi plac, anunță Randalin, însemnând scurt pe o foaie de hârtie. Mi s-a spus, de asemenea, că la petrecerea de Luna Vânătorului va participa și un reprezentant al Curții Termitelor.

Mă străduiesc să nu-mi arăt surpriza. Curtea Termitelor, condusă de Lordul Roiben, m-a ajutat să-l urc pe Cardan pe tron. Și, în schimbul eforturilor lor, am promis că-l voi ajuta pe Roiben atunci când mi-o va cere. Dar nu am idee ce-și dorește și ăsta nu e momentul potrivit pentru alte complicații.

Randalin își drege glasul și se întoarce spre mine, privindu-mă cu subînțeles.

— Transmite-i Înaltului Rege regretele noastre că nu am putut să-l sfătuim direct și amintește-i că suntem gata să-i venim în ajutor. Dacă nu vei reuși să-l convingi de acest lucru, vom căuta alte căi de a o face.

Fac o plecăciune scurtă, dar nu dau niciun răspuns acestei amenințări evidente.

La plecare mi se alătură Madoc.

— Am aflat că ai vorbit cu sora ta, spune el, cu sprâncenele sale groase aplecate astfel încât măcar să simuleze preocuparea pe care ar avea-o față de mine.

Ridic din umeri, amintindu-mi că nu a spus niciun cuvânt în favoarea mea astăzi.

Mă privește iritat.

— Să nu-mi spui cât de ocupată ești cu regele ăla băiat, deși îmi închipui că nu e ușor să-i porți de grijă.

Cumva, în numai câteva secunde, m-a transformat pe mine într-o fiică bosumflată și pe el într-un tată a cărui răbdare e pusă la încercare.

Oftez, înfrântă.

— Da, am vorbit cu Taryn.

— Foarte bine, spune el. Petreci prea mult timp de una singură.

— Nu te preface că ești îngrijorat din cauza mea, îi replic. Ne jignești pe amândoi.

— Ai impresia că nu-mi pasă de tine, chiar și după ce m-ai trădat?

Mă privește cu ochii săi de pisică.

— Am rămas tatăl tău, conchide el.

— Ești *ucigașul* tatălui meu, spun eu deodată.

— Pot să fiu și una, și alta, spune Madoc zâmbind, arătându-și dinții aceia.

Am încercat să-l tulbur, dar am reușit numai să mă tulbur pe mine însămi. În ciuda faptul că au trecut atâtea luni de atunci, în mintea mea nu s-a estompat amintirea acelui ultim atac nereușit pe care l-a făcut după ce și-a dat seama că-l otrăvisem. Îmi amintesc cum m-a privit de parcă ar fi vrut să mă rupă-n două.

— De aceea, niciunul dintre noi n-ar trebui să pretindă că nu ești furios pe mine.

— O, sunt furios, fata mea, dar sunt și curios.

Face cu mâna un gest plin de dispreț spre Palatul Regatului Elfhame.

— Oare chiar asta ți-ai dorit? L-ai dorit *pe el?*

Ca și în cazul lui Taryn, mă înec cu explicația pe care nu pot să i-o dau.

Văzând că nu spun nimic, Madoc trage singur concluziile.

— După cum am bănuit. Nu te-am apreciat cum trebuia. Nu am luat în serios dorința ta de a deveni cavaler. Nu am luat în serios puterea ta, priceperea ta la strategie – și înclinația ta spre cruzime. Asta a fost greșeala mea, pe care n-am s-o repet.

Nu-mi dau seama dacă mă amenință sau dacă-și cere scuze.

— Cardan este noul Înalt Rege și, atât timp cât va purta Coroana Însângerată, voi fi obligat să-l slujesc, spune el. Dar pe tine nu te leagă niciun jurământ. Dacă regreți mișcarea pe care ai făcut-o, fă alta. Sunt și alte jocuri care merită jucate.

— Am câștigat deja, îi amintesc eu.

Madoc zâmbește.

— Mai vorbim.

Ne despărțim și-mi spun că poate era mai bine înainte, când mă ignora.

Capitolul 8

Mă întâlnesc cu Bomba în fostul apartament al Înaltului Rege Eldred. De data asta sunt hotărâtă să verific fiecare centimetru din încăperi înainte să se mute Cardan aici – și sunt hotărâtă să fac în așa fel încât să rămână aici, în cel mai sigur loc din palat, indiferent care ar fi preferințele lui.

Când sosesc, Bomba tocmai aprinde ultima lumânare groasă de deasupra șemineului, cu firele de ceară revărsate împrejur și întărite formând parcă o sculptură. E ciudat să fiu aici acum, fără Nicasia pe care s-o iau la întrebări sau orice altceva care să-mi distragă atenția de la încăperea din jur. Pereții plini de mică lucesc, iar tavanul e acoperit de crengi și lujeri verzi. În anticameră luminează o cochilie de melc uriașă, ca o lampă de mărimea unei mese mai mici.

Bomba îmi surâde scurt. Are părul prins la spate, împletit cu câteva mărgele argintii, sclipitoare.

Cineva în care ai încredere deja te-a trădat.

Încerc să uit cuvintele Nicasiei. În fond, ar putea să însemne orice. Sunt aiureli obișnuite de-ale zânelor, sună real, dar pot fi valabile în atât de multe situații, încât ar putea foarte bine să fie un indiciu cu privire la o capcană care urmează să fie declanșată, după cum la fel de bine ar putea fi o aluzie la ceva petrecut în vremea în care luam lecții împreună cu toții. Poate că Nicasia m-a avertizat că în cercul meu umblă un spion sau poate că s-a referit la relația dintre Taryn și Locke.

Și totuși nu pot să-mi iau gândul de la asta.

— Zici că asasinul a scăpat pe aici? întreabă Bomba. Stafia zice că ai fugit după el.

Clatin din cap.

— N-a fost vorba despre niciun asasin. A fost o neînțelegere romantică.

Bomba ridică din sprâncene.

— Înaltul Rege nu prea se pricepe la relațiile romantice, adaug eu.

— Așa o fi, spune ea. Ei, vrei să te ocupi tu de camera de zi, ca să mă apuc eu de dormitor?

— Sigur, încuviințez și pornesc într-acolo.

Pasajul secret începe lângă un șemineu cioplit sub forma gurii rânjitoare a unui goblin. Biblioteca a rămas deplasată într-o parte, dezvăluind treptele care urcă în spirală prin zid. O închid la loc.

— Chiar crezi că poți să-l convingi pe Cardan să se mute aici? îmi strigă Bomba din camera alăturată. E așa o risipă să lași atâta amar de spațiu neocupat.

Mă aplec și încep să scot cărți de pe rafturi, deschizându-le și scuturându-le puțin, în speranța că voi găsi ceva înăuntru. Câteva pagini îngălbenite și fărâmicioase cad pe podea, împreună cu o pană și un cuțit de scrisori din os cioplit. Una dintre cărți e golită pe dinăuntru, dar nu mai e nimic în spațiul liber. Un alt volum a fost mâncat tot de insecte. Pe ăsta îl arunc.

— Ultima cameră în care a locuit Cardan a luat foc, îi strig Bombei la rândul meu. Să reformulez. A luat foc pentru că *el i-a dat foc.*

Bomba începe să râdă.

— Ar avea nevoie de zile întregi ca să dea foc la apartamentul ăsta.

Mă uit la cărți și nu sunt așa de convinsă. Sunt destul de uscate încât să izbucnească în flăcări numai dacă mă uit mai mult la ele. Oftând, le așez în teancuri și trec la pernele întinse pe jos, apoi strâng covoarele. Dedesubtul lor găsesc numai praf.

Vărs conținutul tuturor sertarelor pe biroul masiv, ca o masă lungă: penițe metalice, de condei, pietre pe care sunt cioplite diverse chipuri, trei inele cu sigiliu, dintele lung al vreunei creaturi pe care n-o pot identifica și trei sticluțe al căror conținut lichid, negru, s-a uscat și s-a solidificat.

Într-un alt sertar găsesc bijuterii. Un colier din pietre negre, de jais, o brățară din mărgele, cu clamă, inele grele, din aur.

În ultimul sertar găsesc cristale de cuarț tăiate sub forma unor globuri, cu vârfuri netede, șlefuite. Când ridic unul dintre ele la lumină, înăuntrul lui sesizez mișcări.

— Bombă? strig eu, pe un ton cam ascuțit.

Intră în cameră îmbrăcată cu o haină incrustată cu atâtea pietre prețioase, încât mă mir că e cineva dispus să o poarte.

— Ce-i?

— Ai mai văzut așa ceva?

Îi arăt globul de cristal.

Bomba privește în inima lui.

— Uite-l pe Dain.

Îl apropii și mă uit și eu. O versiune tânără a Prințului Dain stă călare pe un cal, cu un arc într-o mână și câteva mere în cealaltă. Elowyn stă pe un ponei de o parte a lui și Rhyia, de cealaltă. Dain aruncă trei mere în aer și toți își încordează arcurile și trag.

— Oare astea chiar s-au petrecut? întreb eu.

— Probabil, spune ea. Cineva trebuie să fi fermecat globurile astea pentru Eldred.

Mă gândesc la săbiile legendare făurite de Grimsen, la ghinda de aur care a vărsat ultimele cuvinte ale lui Liriope, la stofa urzită de Mama Măduvă, care ar fi respins până și cel mai ascuțit tăiș, și la toată magia uluitoare de care au parte

Înalții Regi. Globurile astea erau atât de banale, încât au fost îndesate într-un sertar și uitate.

Le scot pe rând pe fiecare și le privesc conținutul. Îl văd pe Balekin ca nou-născut, când ghimpii deja îi creșteau din piele. Urlă în brațele unei moașe muritoare, a cărei privire e încețoșată de farmece.

— Uită-te la asta, spune Bomba cu o expresie ciudată pe chip.

Îl descopăr pe Cardan la o vârstă foarte fragedă. Poartă o cămașă prea mare pentru el. Atârnă pe el ca o rochie. E desculț și are picioarele și cămașa pline de noroi, iar de urechi îi atârnă doi cercei rotunzi și prea mari pentru el, de parcă ar fi primiți de la un adult. În apropiere e o femeie-zână cu coarne pornindu-i din frunte și, în momentul în care Cardan aleargă la ea, îl înșfacă de încheieturi, ca să nu-i mânjească fustele cu mâinile lui murdare.

Îi spune ceva cu o privire severă și-l îmbrâncește. Cardan cade, dar ea abia dacă observă, atentă la conversația purtată cu alți curteni. Mă aștept ca băiatul să izbucnească în plâns, dar nu o face. În loc de asta, Cardan pornește cu pași mari spre un copac, în care se cațără un băiat mai mare. Băiatul spune ceva și Cardan îl apucă de gleznă. Într-o clipă, victima cade la pământ și Cardan își încleștează pumnul mic și năclăit. Auzind zgomotul încăierării lor, femeia întoarce privirea spre ei și izbucnește în râs, în mod clar încântată de aventura lui.

Când Cardan o privește la rândul său, descopăr că zâmbește.

Îndes cristalul înapoi în sertar. Cine ar putea să prețuiască o asemenea amintire? E oribilă.

Și totuși nu e *periculoasă.* Nu am de ce să mut globul din locul în care l-am găsit. Împreună cu Bomba, scotocesc mai departe prin încăpere. După ce ne convingem că nu există niciun pericol, trecem printr-o ușă cu imaginea sculptată a unei bufnițe, înapoi în dormitorul regelui.

În mijlocul camerei se află un pat uriaș, acoperit pe jumătate de un baldachin cu perdele verzi, cu stema neamului Salcei brodată cu fir auriu, strălucitor. Peste o saltea care miroase de parcă ar fi îndesată cu flori sunt întinse uniform pături groase, din pânză de păianjen.

— Haide, spune Bomba, trântindu-se pe pat și întorcându-se cu fața la tavan. Să ne asigurăm că poate fi folosit în siguranță de Înaltul Rege, că n-ai de unde ști.

Tresar surprinsă, dar îi urmez exemplul. Salteaua se lasă sub greutatea mea și mă copleșește cu o aromă amețitoare de trandafir.

Întinsă pe cuverturile patului regelui din Elfhame, respirând aerul care-i parfuma nopțile, mă simt aproape hipnotizată. Bomba își sprijină capul pe brațe, de parcă n-ar fi mare scofală, dar eu îmi amintesc cum Înaltul Rege Eldred își lăsa mâna pe capul meu și fiorul subtil de neliniște și mândrie pe care-l resimțeam de fiecare dată când mă lua în seamă. Stând întinsă în patul lui, mă simt de parcă mi-aș șterge tălpile murdare, de țărănoi de rând, de stofa tronului său.

Și totuși cum aș putea să n-o fac?

— Regele nostru e-un băiat norocos, spune Bomba. Mi-ar plăcea și mie să am un pat ca ăsta, îndeajuns de mare cât să-ncapă-n el vreo doi musafiri.

— Chiar așa? întreb eu, tachinând-o așa cum cândva poate că le-aș fi tachinat pe surorile mele. Te gândești la cineva anume?

Bomba își întoarce fața de la mine, fapt ce-mi atrage atenția. Mă ridic în cot.

— Stai așa! E vorba de vreo persoană pe care-o cunosc?

Câteva clipe nu răspunde, fapt ce-mi confirmă bănuiala.

— Chiar este? Stafia?

— Jude! icnește ea. Nu.

Mă încrunt.

— Gândacul?

Bomba se ridică în capul oaselor și, apucând cuvertura cu degetele ei lungi, o adună în jurul ei. Din moment ce nu poate minți, nu face decât să ofteze.

— Nu înțelegi.

Bomba e foarte frumoasă, are trăsături delicate și un ten măsliniu și cald, părul de un alb viu și ochi luminoși. Când mă gândesc la ea, îmi spun că are o combinație de farmec și inteligență care i-ar permite să aleagă pe oricine i-ar dori inima.

Datorită limbii lui negre, a nasului său răsucit și a smocului de păr gros ca lâna din creștetul capului, Gândacul are o înfățișare impunătoare și fioroasă, dar, chiar și după gusturile Tărâmului Zânelor, chiar și în acest loc în care frumusețea inumană e sărbătorită laolaltă cu hidoșeniile aproape opulente, mă îndoiesc că ar ghici chiar și el că Bomba îl place.

Eu n-aș fi ghicit niciodată.

Însă nu știu cum să i-o spun Bombei fără să-i dau impresia că-l jignesc.

— Așa o fi, recunosc eu.

Bomba își trage o pernă în poală.

— Neamul meu s-a pierdut în urmă cu un secol într-un război intern cumplit, între Curți, și așa am rămas singură. Am plecat în lumea oamenilor și am devenit o hoață de doi bani. Nu prea mi-a ieșit. În mare parte, m-am folosit de farmece ca să-mi ascund greșelile. Atunci m-a găsit Gândacul. Mi-a atras atenția că, deși n-aveam cine știe ce talent la furat, aveam dexteritatea potrivită să fac bombe și poțiuni. Am hoinărit împreună zeci de ani. El era atât de simpatic, atât de galant și de fermecător, încât păcălea oamenii pe față, fără magie.

Zâmbesc când mi-l imaginez purtând gambetă și vestă cu ceas de buzunar, amuzându-se pe seama lumii și a tuturor lucrurilor găsite acolo.

— Și așa, la un moment dat, i-a venit ideea să furăm de la Curtea Dinților, din nord. Escrocheria nu ne-a ieșit. Cei de la Curte ne-au chinuit și ne-au vărsat în cap blesteme peste blesteme. Ne-au schimbat. Ne-au silit să devenim slugile lor.

Bomba pocnește din degete, scoțând scântei.

— Distractiv, nu? încheie ea.

— Sunt sigură că n-a fost, spun eu.

Se întinde pe spate și povestește mai departe.

— Gândacul - Van... nu pot să-i zic Gândacul dacă tot vorbesc așa. Datorită lui Van am supraviețuit acelor vremuri. Mi-a spus povești, despre cum Regina Mab a întemnițat un uriaș de gheață, despre cum a înlănțuit toți monștrii din vechime și cum a câștigat Înalta Coroană. Povești despre realizări imposibile. Nu știu dacă aș mai fi în viață dacă n-ar fi fost Van. Apoi am dat-o-n bară într-o misiune și Dain a pus mâna pe noi. A pus la cale un plan prin care să trădăm Curtea Dinților și să ne alăturăm lui. Și așa am făcut. Stafia deja era în slujba lui și toți trei, împreună, am devenit o echipă de neînvins. Eu, cu explozivele. Gândacul, cu tâlhăriile, reușind să fure orice și să răpească pe oricine. Iar Stafia cu arbaleta, cu o precizie în tragere fără egal și cu pasul ușor, silențios. Și iată-ne, ajunși cine știe prin ce noroc la Curtea Regatului Elfhame, în subordinea Înaltului Rege însuși. Iată-mă întinsă chiar în patul lui regal. Dar aici Van nu are niciun motiv să mă țină de mână sau să-mi cânte când sunt amărâtă. N-are motiv să se sinchisească de mine câtuși de puțin.

Se lasă tăcerea. Privim amândouă în tavan.

— Ar trebui să-i zici, o îndemn.

Nu cred că e un sfat rău. Eu, una, n-aș asculta de el, dar asta nu înseamnă neapărat că e un sfat rău.

— Poate.

Bomba se ridică de pe pat.

— Nimic suspect, nicio capcană. Crezi că putem să-l aducem pe rege aici?

Mă duc cu gândul la băiatul din globul de cristal, la zâmbetul lui mândru și la pumnul său încleștat. Mă gândesc la femeia-zână încornorată care trebuie să fi fost mama lui, îmi amintesc cum l-a îmbrâncit. Mă gândesc la tatăl lui, la Înaltul Rege, care nu s-a sinchisit să intervină, care nici măcar nu a avut grijă ca băiatul lui să fie îmbrăcat, să aibă obrajii curați. Îmi amintesc cu câtă hotărâre evita Cardan încăperile astea.

Oftez.

— Aș vrea să-mi vină-n minte vreun loc mai sigur.

...

La miezul nopții sunt obligată să particip la un banchet. Sunt așezată la câteva scaune distanță de tron și ciugulesc dintr-o farfurie cu țipari prăjiți. Un trio de zâne pixi cântă a capella, în timp ce curtenii se întrec în vorbe de duh. Deasupra tuturor, lumânările candelabrelor întind fire lungi de ceară.

Înaltul Rege Cardan le zâmbește îngăduitor celor din lungul mesei și cască pisicește. Are părul ciufulit, de parcă n-ar fi făcut decât să-și treacă degetele prin el de când s-a trezit. Ni se întâlnesc privirile și eu sunt cea care și-o ferește, înfierbântându-se la față.

Sărută-mă până mi s-o face silă.

Se aduce vin în carafe colorate. Sclipesc în nuanțe de acvamarin și safire, de citrin și rubine, de ametiste și topaze. Se servește următorul preparat, cu violete în zahăr și rouă înghețată.

Urmează cupole de sticlă, sub care numeroși peștișori argintii sunt așezați într-o ceață albastru-pal.

— Din partea Mării de Jos, spune unul dintre bucătari, îmbrăcat la patru ace, potrivit ocaziei.

Spunând acestea, face o plecăciune.

Îl privesc peste masă pe Randalin, Ministrul Cheilor, însă el mă ignoră ostentativ.

Peste tot, în jurul meu, cupolele sunt ridicatc și ceața fumurie, mirosind a piper negru și diverse ierburi, se răspândește în încăpere.

Observ că Locke s-a așezat lângă Cardan, urcând-o pe genunchi pe fata care stătea acolo. Aceasta lovește din picioarele sale cu copite și-și dă pe spate capul încornorat, râzând în hohote.

— O, spune Cardan, ridicând un inel de aur din farfuria sa. Se pare că peștele meu ascundea ceva în burtă.

— Și al meu, spune o curteană așezată de cealaltă parte a lui Cardan, ridicând o singură perlă lucioasă, mare cât unghia de la degetul mare.

Fata râde încântată.

— Un dar din partea mării, spune ea.

Fiecare peștișor argintiu conține câte o comoară. Sunt chemați bucătarii, dar aceștia se dezic bâlbâindu-se, jurând că peștii erau proaspăt prinși și că nu fuseseră hrăniți de slugile din bucătărie decât cu ierburi și mirodenii. Privesc încruntată în farfurie, la mărgelele de sticlă marină pe care le găsesc ascunse printre branhiile peștelui meu.

Când înalț privirea, îl văd pe Locke ținând între degete o singură monedă de aur, poate un rest al comorii de pe vreo corabie a oamenilor.

— Te văd cum te holbezi la el, spune Nicasia, luând loc lângă mine.

În noaptea asta poartă o rochie cu dantelă aurie. Părul ei întunecat, în nuanțe de turmalină, e ridicat și prins cu doi piepteni din aur, de forma unor fălci de rechin, cu tot cu dinți.

— Poate că mă holbez doar la fleacurile și la aurul cu care mama ta își închipuie că poate cumpăra favoarea Curții, zic eu.

Nicasia ia una dintre violetele din farfuria mea și și-o așază delicat pe limbă.

— Am dat dragostea lui Cardan pe cuvintele frivole și săruturile și mai frivole ale lui Locke, îmbrăcate în zahăr precum aceste flori, spune ea. Sora ta a pierdut dragostea *ta* pentru a pune mâna pe el, așa-i? Nu e niciun mister ce ai pierdut tu.

— Pe Locke? întreb eu râzând. Drum bun și cale bătută!

Mă privește încruntată.

— Nu se poate să te fi holbat la Înaltul Rege însuși!

— Nu se poate, îi răspund eu, dar fără să-i întâlnesc privirea.

— Vrei să știi de ce n-ai spus nimănui secretul meu? întreabă ea. Probabil că-ți zici că e minunat să mă ai la mână cu ceva. Dar, de fapt, cred că n-ai făcut-o pentru că știai că nimeni nu te-ar crede. Eu aparțin acestei lumi. Tu n-ai ce căuta aici. Și o știi bine.

— Tu n-ai ce căuta *pe uscat*, prințesă a apelor, îi amintesc.

Și totuși, fără să vreau, îmi amintesc cum Consiliul Viu a refuzat să-mi dea crezare. Fără să vreau, las cuvintele Nicasiei să mi se strecoare pe sub piele.

Cineva în care ai încredere deja te-a trădat.

— Asta nu va fi lumea ta în veci, *muritoareo,* spune ea.

— Asta *este* lumea mea, i-o întorc, nesăbuită din cauza furiei. Tărâmul meu și regele meu. Și le voi apăra pe amândouă. Spune-o și tu, să te aud.

— Nu poate să te iubească, îmi spune ea cu o voce deodată tremurândă.

E evident că nu-i surâde ideea că aș putea pune mâna pe Cardan, evident că încă e îndrăgostită de el și e tot atât de evident că habar nu are ce să facă.

— Ce vrei de la mine? o întreb. Stăteam și eu aici și-mi vedeam de treabă, luam cina. Tu ai venit la mine. Tu mă acuzi de... nici nu știu de ce anume.

— Spune-mi ce putere ai asupra lui, îmi cere Nicasia. Cum l-ai păcălit să te pună mâna lui dreaptă, pe tine, cea pe care o disprețuia și o detesta? Cum se face că ascultă de tine?

— Am să-ți spun, dacă-mi spui și tu ceva.

Mă întorc spre ea, privind-o cu toată atenția. Am tot încercat să descifrez misterul pasajului secret din palat, al femeii din cristal.

— Ți-am spus tot ce sunt dispusă să... începe Nicasia.

— Mă refer la altceva. La mama lui Cardan, spun eu, tăindu-i vorba. Cine a fost? Unde e acum?

Nicasia încearcă să-și prefacă surpriza în batjocură.

— Dacă sunteți prieteni atât de apropiați, de ce nu-l întrebi pe el?

— N-am zis că suntem prieteni.

Un servitor cu gura plină de dinți ascuțiți și aripi de fluture pe spate aduce următorul fel de mâncare. Inimă de cerb în sânge, umplută cu alune prăjite. Nicasia prinde carnea și-și înfige dinții în ea, cu sângele curgându-i pe degete.

Își plimbă limba peste dinții roșii.

— Era un nimeni, o fată oarecare de la una dintre Curțile inferioare. Eldred nu a făcut-o consoartă niciodată, nici după ce i-a născut un copil.

Clipesc, evident surprinsă.

Pare insuportabil de încântată, de parcă faptul că nu știam lucrurile astea ar dovedi definitiv cât de nepotrivită e prezența mea aici.

— Acum e rândul tău.

— Vrei să știi ce i-am făcut ca să-mi dea această funcție? întreb eu, apropiindu-mă de ea, atât de aproape cât să simtă căldura respirației mele. L-am sărutat pe gură și apoi l-am amenințat că-l sărut din nou dacă nu face exact ce vreau.

— Mincinoaso, șuieră ea.

— Dacă sunteți prieteni atât de buni, spun eu, repetându-i

propriile cuvinte cu o satisfacție malițioasă, de ce nu-l întrebi pe el?

Nicasia își întoarce privirea spre Cardan, care are buzele înroșite de sângele inimii de cerb și coroana până la sprâncene. Par două exemplare făurite după același model, o pereche de monștri. El nu se uită la noi, îl ascultă cu atenție pe muzicianul care tocmai a compus, pe loc, o odă vioaie în onoarea domniei lui.

E regele meu, îmi spun în sinea mea. *Dar numai un an și o zi, și deja au trecut cinci luni.*

Capitolul 9

Când mă întorc în camerele mele, o găsesc pe Tatterfell care, privindu-mă dezaprobator cu ochii ei ca de cărăbuș, ridică pantalonii Înaltului Rege de pe canapeaua mea.

— Deci așa îți duci viața, mormăie micul imp. Ca o larvă într-un cocon de fluture.

Familiaritatea reproșurilor ei e liniștitoare, dar asta nu înseamnă că le agreez. Îmi întorc privirea să nu vadă cât de rușine îmi este că am ajuns să las atâta dezordine. Ca să nu mai vorbesc despre ce sugerează că aș fi făcut și cu cine.

Din moment ce a jurat să-l slujească pe Madoc până când își va fi plătit cine știe ce datorie de onoare, nu se poate ca Tatterfell să fi venit aici fără știrea lui. O fi avut ea grijă de mine de când eram mică – mi-a pieptănat părul, mi-a dres rochiile și mi-a făcut șiraguri de scorușe care să mă păzească de farmece –, dar devotamentul ei e față de Madoc. Nu că nu m-ar îndrăgi, în felul ei, dar niciodată nu am confundat afecțiunea ei cu dragostea.

Oftez. Slugile palatului ar fi putut să-mi facă ordine în apartament dacă le-aș fi dat voie, dar atunci ar fi observat programul meu neobișnuit și ar fi putut să umble prin hârtiile mele, ca să nu mai zic de otrăvuri. Nu, e mai bine să zăvorăsc ușa și să dorm într-o cocină.

Vocea surorii mele se aude din dormitor.

— Te-ai întors devreme.

Scoate capul pe ușă, purtând în mâini niște haine.

Cineva în care ai încredere deja te-a trădat.

— Cum ați intrat? întreb eu.

Am învârtit cheia în broască și am simțit că i se opune rezistență. Cilindrii s-au deplasat. Am fost instruită în arta umilă a spargerii încuietorilor și, chiar dacă nu se poate zice că am un talent înnăscut pentru așa ceva, știu măcar să-mi dau seama când o ușă e încuiată.

— A, spune Taryn râzând. Am pretins că ești tu și am cerut o copie a cheii tale.

Îmi vine să izbesc un perete. Sigur știe toată lumea că am o soră geamănă. Sigur știu toți că muritorii pot minți. N-ar fi trebuit ca cineva măcar s-o verifice punându-i vreo întrebare dificilă înainte s-o lase să intre în camerele palatului? Totuși, să nu fiu nedreaptă, trebuie să recunosc că eu însămi am mințit de nenumărate ori fără nicio consecință. Nu prea îmi permit să-i port pică lui Taryn numai pentru că a procedat la fel.

E ghinionul meu că a decis să dea buzna tocmai în noaptea asta, când hainele lui Cardan sunt împrăștiate pe covorul meu și pe o măsuță sunt adunate grămadă bandajele sale însângerate.

— L-am înduplecat pe Madoc să-ți încredințeze ce a mai rămas din datoria lui Tatterfell față de el, mă înștiințează Taryn. Și ți-am adus toate rochiile și bijuteriile.

Mă uit în ochii înguști, de culoarea cernelii, ai micului imp.

— Cu alte cuvinte, Madoc a trimis-o să mă spioneze.

Tatterfell strâmbă din buze și îndată îmi amintesc cât de usturătoare sunt ciupiturile ei.

— Poftim, ce fată vicleană și bănuitoare ai devenit! Cum să spui una ca asta? Să-ți fie rușine.

— Îți sunt recunoscătoare pentru grija pe care mi-ai purtat-o, spun eu. Dacă într-adevăr Madoc a lăsat datoria ta în seama mea, consideră că ai răscumpărat-o cu mult timp în urmă.

Tatterfell se încruntă.

— Madoc i-a cruțat viața iubitului meu, deși avea dreptul să i-o curme. I-am jurat că-l voi servi o sută de ani, care se vor împlini în curând. Nu dezonora jurământul meu închipuindu-ți că poate fi șters cu un singur gest al mâinii *tale*.

Cuvintele ei mă ustură.

— Îți pare rău că te-a trimis la mine?

— Deocamdată nu, spune ea și își vede de treabă mai departe.

Pornesc spre dormitor, luând bandajele însângerate lăsate de Cardan înainte să pună Tatterfell mâna pe ele. Când trec pe lângă cămin, le arunc în flăcări. Focul se aprinde cu vâlvătăi.

— Și ce mi-ai adus mai exact? o întreb pe sora mea.

Taryn arată spre pat, unde a întins lucrurile mele vechi, peste așternutul recent deranjat. E ciudat să văd hainele și bijuteriile la care am renunțat cu luni în urmă, lucrurile pe care mi le-a cumpărat Madoc, pe care și Oriana le-a aprobat. Tunici, rochii, echipament militar, pieptare. Taryn a adus până și rochia de casă pe care am purtat-o când m-am furișat în Conacul Scorburos și hainele pe care le îmbrăcam când mergeam în lumea muritorilor.

Mă uit la toate acestea și regăsesc o persoană familiară, dar în același timp străină. O copilă care mergea la școală fără să-și închipuie că lucrurile învățate îi vor fi atât de utile. O fată care dorea să câștige admirația singurului tată pe care-l știa și să obțină un loc la curte, o fată care încă mai credea în onoare.

Nu știu dacă hainele mi se mai potrivesc.

Totuși le agăț de umerașele din șifonier, lângă cele două tunici negre și singura pereche de cizme.

Deschid o cutie cu bijuteriile mele. Cercei primiți la diferite aniversări, manșete cu butoni de aur, trei inele – unul incrustat cu un rubin, pe care mi l-a dăruit Madoc într-o noapte de Luna Vânătorului, unul cu stema lui, pe care nici nu mai știu când l-am primit, și unul subțire, de aur, pe care mi l-a făcut cadou Oriana. Șiraguri de adulare, pietre de cuarț și ornamente din os cioplit. Îmi pun inelul cu rubin la mâna stângă.

— Și am adus niște schițe, spune ea, scoțând la iveală un bloc de desen și așezându-se pe pat cu picioarele încrucișate.

Niciuna dintre noi nu are înclinații artistice deosebite, dar desenele ei cu îmbrăcăminte sunt ușor de descifrat.

— Vreau să le duc la croitoreasa mea, adaugă.

M-a imaginat îmbrăcată cu diverse jachete negre, cu guler înalt, și cu fuste despicate lateral, pentru a permite ușurință în mișcări. Umerii arată de parcă ar fi plăcuțe de armură și, în câteva cazuri, a desenat ceea ce pare a fi o singură mânecă lucioasă de metal.

— Poate să ia măsurile mele, spune ea. Nici măcar nu e nevoie să mergi să le probezi.

Privesc lung la ea. Lui Taryn nu-i plac conflictele. A făcut față ororii și confuziei din viețile noastre învățând să se adapteze cu o ușurință neîntrecută, ca acele șopârle care-și schimbă culoarea în funcție de mediul înconjurător. Știe cum să se îmbrace și cum să se poarte, pentru că e atentă la persoanele din jur și le imită.

Se pricepe să aleagă ținute care să transmită un anumit mesaj – chiar dacă mesajul acestor schițe pare a fi „nu te apropia, că-ți zbor capul de pe umeri" – și nu e ca și când aș crede că nu vrea să mă ajute, dar efortul pe care l-a depus pentru toate astea, acum, când nunta ei e atât de aproape, mi se pare neobișnuit.

— Bine, spun eu. Ce dorești de la mine?

— Ce vrei să zici? întreabă ea cu o atitudine inocentă.

— Vrei să redevenim prietene, îi explic, folosind o exprimare mai modernă. Apreciez intenția. Vrei să vin la nunta ta, ceea ce e grozav, pentru că și eu vreau să vin. Dar toate astea... E prea de tot.

— Pot să fiu drăguță, spune ea, dar fără să-mi întâlnească privirea.

Aștept. Câteva clipe, niciuna dintre noi nu vorbește. Știu că a văzut hainele lui Cardan împrăștiate pe jos. Faptul că nu m-a luat la întrebări în prima clipă ar fi trebuit să-mi sugereze de la început că vrea ceva de la mine.

— Fie, oftează Taryn. Nu e mare scofală, dar vreau să-ți vorbesc despre o problemă.

— Nu mai spune, zic eu, fără să-mi pot stăpâni zâmbetul.

Îmi aruncă o privire grozav de agasată.

— Nu vreau ca Locke să fie Maestru de Ceremonii.

— Cu asta sunt de acord.

— Dar ai putea să faci ceva în privința asta!

Taryn își frământă mâinile în poală.

— Locke tânjește după experiențe dramatice, confirmă ea. Și, din postura de Maestru de Ceremonii, are posibilitatea să creeze tot felul de – nici nu știu cum să le spun – *povești.* Când vine vorba despre petreceri, pe el nu-l interesează neapărat mâncarea și băutura și muzica, cât dinamica dintre participanți, din care s-ar putea isca conflicte.

— Așa... fac eu, închipuindu-mi cam care ar fi consecințele pe plan politic.

Niciuna bună.

— Vrea să vadă cum reacționez la ceea ce face, spune ea.

Asta așa e. De exemplu, a vrut să vadă dacă Taryn îl iubea atât de mult încât să-l lase să mă curteze în timp ce ea ar fi așteptat pasivă, tăcută și îndurerată. Cred că ar fi vrut să afle același lucru și în ceea ce mă privește pe mine, dar s-a dovedit că sunt deosebit de arțăgoasă.

Taryn explică mai departe:

— Și mai e și Cardan. Și Cercurile de la Curte. Deja a început să vorbească cu Ciocârliile și Mierlele, să le caute slăbiciunile, să vadă ce conflicte poate stârni și prin ce metode.

— Locke le-ar putea fi util Ciocârliilor, spun eu. Le-ar oferi un subiect de baladă.

Cât despre Mierle, dacă Locke se crede în stare să țină pasul cu desfrâul lor, i-aș spune să-i dea bătăie, dar am destulă minte să nu dau glas acestor gânduri.

— Când începe să-ți povestească planurile sale, preț de o clipă ți se par amuzante, chiar dacă sunt oribile, explică Taryn. Va fi cumplit dacă rămâne Maestru de Ceremonii. Nu-mi pasă că are amante, dar nu vreau să stea departe de mine. Te rog, Jude. Fă ceva. Știu că vrei să-mi spui că m-ai prevenit în privința lui, dar nu-mi pasă.

Am alte probleme de rezolvat, îmi vine să-i zic.

— Sunt aproape sigură că Madoc ți-ar spune că nu trebuie să te măriți cu el. Pun pariu că și Vivi ar fi de aceeași părere. De fapt, pun pariu că deja ți-au spus că nu e nevoie s-o faci.

— Însă tu mă cunoști prea bine ca să-ți răcești gura de pomană.

Taryn clatină din cap.

— Când sunt cu el, mă simt ca eroina unei povești minunate. A poveștii *mele*. Nu mă simt bine când nu e lângă mine.

În situația asta, nu știu ce să-i spun. Aș putea să-i atrag atenția că mai degrabă ea e cea care născocește o poveste, în care Locke e protagonistul, pe când ea joacă rolul iubitei lui, care nici nu mai există când nu se regăsește în pagină.

Dar îmi amintesc de momentele pe care le-am petrecut cu Locke, îmi amintesc cât de deosebită și apreciată și frumoasă mă simțeam. Când mă gândesc la acele momente în prezent, mă simt mai degrabă ca o toantă.

Probabil chiar *aș putea* să-i ordon lui Cardan să-i retragă titlul lui Locke, dar m-ar urî dacă mi-aș folosi puterea într-o problemă atât de meschină și personală. În ochii lui ar părea un semn de slăbiciune. Iar Locke și-ar da seama că a pierdut titlul din cauza mea, din moment ce nu e niciun secret că mi-e antipatic. Ar descoperi că am asupra lui Cardan o putere de neînțeles.

Și toate lucrurile de care se plânge Taryn se vor întâmpla oricum. Nu e nevoie ca Locke să fie neapărat Maestrul de Ceremonii al Înaltului Rege ca să creeze astfel de probleme; titlul respectiv îi permite doar să le stârnească la un nivel mai înalt.

— Am să vorbesc cu Cardan, spun eu, mințind.

Taryn își îndreaptă privirea spre hainele lui, împrăștiate pe podea, și zâmbește.

Capitolul 10

Pe măsură ce festivalul de Luna Vânătorului se apropie, desfrâul de la palat capătă noi proporții. Tonul petrecerilor se schimbă - devin mai frenetice, mai sălbatice. Nu mai e nevoie să fie prezent Cardan ca să se iște asemenea desfrâu. Acum zvonurile îl înfățișează ca pe o persoană în stare să tragă cu o săgeată în iubita sa de dragul distracției și astfel se înfiripă legenda lui.

Întâmplări din anii primei lui tinereți - momentele în care a dat buzna la cursuri călare, certurile în care a fost implicat, faptele sale crude - sunt amintite și povestite iar și iar. Cu cât poveștile sunt mai înfiorătoare, cu atât sunt mai apreciate. Poate că zânele n-or fi în stare să mintă, dar legendele se răspândesc aici ca oriunde altundeva, perpetuate de ambiția, invidia și fanteziile fiecăruia.

În fiecare după-amiază pășesc printre trupurile zânelor adormite pe coridoare. Nu toate fac parte din grupul curtenilor. Servitorii și paznicii par să cadă și ei pradă acestei energii nebunești și se întâmplă să-și lase sarcinile și să se dedea desfrâului. Zâne despuiate aleargă de colo-colo în grădinile regatului și troacele din care înainte se adăpau caii acum sunt pline permanent cu vin.

Mă întâlnesc cu Vulciber, sperând să aflu mai multe informații legate de Marea de Jos, dar nu are ce să-mi relateze. Deși sunt conștientă că Nicasia voia doar să mă atragă într-o capcană, îi iau la rând în gândul meu pe toți cei care ar fi putut să mă trădeze. Mă epuizez întrebându-mă cine și cu ce scop ar fi făcut-o, agitându-mă în așteptarea ambasadorului Lordului Roiben și căutând vreo cale de a prelungi acest an și o zi pentru care am luat tronul cu împrumut. Ce bine ar fi fost dacă i-aș fi cerut lui Cardan să-mi destăinuie numele lui adevărat când l-am încolțit cu arbaleta ațintită spre el. Studiez în continuare hârțoagele mele roase de vreme, îmi înghit otrăvurile și plănuiesc o mie de contralovituri împotriva unor atacuri care s-ar putea să nu vină niciodată.

Cardan s-a mutat în odăile vechi ale lui Eldred și camerele cu podeaua arsă au fost zăbrelite din interior. Dacă îl deranjează să doarmă unde a dormit tatăl său, nu o arată deloc. La sosirea mea, îl găsesc întins fără grijă, în timp ce servitorii dau jos tapiseriile și înlătură divanele, ca să facă loc pentru un pat nou, făcut după indicațiile lui.

Și nu e singur. I s-a alăturat un grup mic de curteni – câțiva pe care nu-i cunosc, plus Locke, Nicasia și sora mea, care deja s-a îmbujorat de la cât vin a băut și zace pe covor, în dreptul șemineului, râzând în hohote.

— Plecați, le spune Cardan când mă zărește în tocul ușii.

— Dar, Maiestate, se roagă o fată de el.

Trupul ei e colorat tot în nuanțe de auriu și crem și poartă o rochie albastră, ușoară. Din colțurile sprâncenelor îi răsar antene lungi și palide.

— Fără îndoială că veștilor atât de anoste pe care vi le aduce seneșalul vostru le trebuie leacul veseliei noastre.

M-am gândit cu atenție la ordinele pe care i le dau lui Cardan. Dacă-i dau prea multe, o să-l sufoc, dacă îi dau prea puține, o să le evite cu ușurință. Dar mă bucur că i-am poruncit să nu-mi refuze niciodată cererile de audiență. Mă bucur și mai mult că i-am interzis să-mi contrazică ordinele.

— Sunt sigur că vă voi putea chema înapoi în cel mai scurt timp, spune Cardan și curtenii părăsesc încăperea cu veselie.

Unul dintre ei are în mână o cană care în mod evident a fost furată din lumea muritorilor, plină până la refuz cu vin. Scrie *Eu sunt numărul 1* pe ea. Locke îmi aruncă o privire ciudată. Când trece pe lângă mine, Taryn mă ia de mână și o strânge plină de speranță.

Mă așez pe un fotoliu fără să aștept vreo invitație specială. Vreau să-i amintesc lui Cardan că asupra mea nu are nicio autoritate.

— Petrecerea de Luna Vânătorului are loc mâine noapte, spun eu.

Cardan se întinde într-un fotoliu din fața mea și mă urmărește cu ochii săi negri, ca și când el ar trebui să fie precaut cu mine.

— Dacă vrei să știi ce s-a pus la cale, ar fi trebuit să-l reții pe Locke. Eu știu prea puține. Se pare că va fi o ocazie pentru încă un spectacol de-al meu. Eu voi țopăi vesel în timp ce tu îți vei urzi intrigile.

— Orlagh a Mării de Jos e cu ochii pe tine...

— Toți sunt cu ochii pe mine, spune Cardan jucându-se agitat cu inelul său cu sigiliu, întorcându-l pe o parte și pe alta.

— Văd că nu te deranjează, spun eu. Tu însuți ai zis că nu-ți displace să fii rege. Poate chiar te distrezi.

Mă privește bănuitor.

Mă străduiesc să afișez un zâmbet sincer, ca răspuns. Sper să fiu convingătoare. Trebuie să fiu convingătoare.

— Putem să obținem amândoi lucrurile pe care le râvnim. Poți să domnești mult mai mult de un an. Nu trebuie decât să prelungești valabilitatea jurământului tău. Îngăduie-mi să te îndrum vreo zece, douăzeci de ani, și împreună putem să...

— Nu prea cred, spune el, tăindu-mi vorba. În fond, îți dai seama cât de periculos ar fi să-l pui pe Oak să-mi ia locul. E doar cu un an mai mare. Nu e pregătit. Dar, în ciuda acestui fapt, în numai câteva luni, vei fi nevoită să-mi poruncești să abdic de la tron în favoarea lui sau să încheiem o înțelegere care să presupună încredere reciprocă – nu doar să am eu încredere în tine, fără nicio speranță că aș putea s-o câștig și eu pe a ta.

Sunt nespus de supărată pe mine însămi pentru că mi-am închipuit că ar fi de acord să prelungim situația actuală.

Îmi zâmbește cum nu se poate mai mieros.

— Poate că atunci vei deveni cu adevărat seneșalul meu.

Strâng din dinți. Cândva, o poziție atât de înaltă precum cea de seneșal mi-ar fi depășit și cele mai fanteziste aspirații. Acum pare o ofertă umilitoare. Puterea e infecțioasă. Puterea e lacomă.

— Ai grijă, îi spun eu. Aș putea să fac astfel încât lunile rămase să treacă deosebit de greu.

Chipul lui zâmbitor nu se clintește.

— Ai vreun ordin nou pentru mine? întreabă el.

Ar trebui să-i spun mai multe despre Orlagh, dar nu pot suporta gândul că ar putea să se bucure de oferta ei. Nu pot să îngădui căsătoria respectivă și, în momentul de față, n-am chef să fiu tachinată din cauza asta.

— Să nu te îneci cu băutura mâine, îl atenționez. Și să ai grijă de sora mea.

— Taryn pare că se simte destul de bine în seara asta, constată el. Are bujori în obraji și veselie pe buze.

— Să ne asigurăm că starea asta nu se va schimba, spun eu.

Cardan ridică din sprâncene.

— Ai vrea să o seduc și să i-o fur lui Locke? Aș putea să încerc, fără îndoială. Nu-ți promit că voi reuși, dar poate că te vei amuza pe seama încercării mele.

— Nu, nu, nici gând, nu face așa ceva, mă împotrivesc și nu analizez șocul de panică fierbinte pe care mi l-au provocat cuvintele lui. Ziceam doar să nu-l lași pe Locke să scoată ce e mai rău din el când e și ea în preajmă, asta-i tot.

Mijește ochii.

— N-ar trebui să-ți dorești tocmai situația opusă?

Într-adevăr, poate că *ar fi mai bine* ca Taryn să-și descopere nefericirea alături de Locke cât mai curând. Dar e sora mea și nu vreau ca eu să fiu vreodată cauza durerii ei. Clatin din cap.

Cardan schițează un gest cu mâna.

— Cum dorești. O voi înfășura pe sora ta în satin și sac și o voi proteja de ea însăși pe cât îmi e posibil.

Mă ridic.

— Consiliul vrea ca Locke să pună la cale ceva amuzant pentru Grimsen. Dacă iese bine, poate că fierarul îți va face un pocal care nu se va goli de vin niciodată.

Cardan se uită la mine pe sub gene cu o privire pe care mi-e greu s-o interpretez și apoi se ridică și el. Mă ia de mână.

— Nimic nu e mai dulce, spune el, sărutându-o, decât deliciile rare.

Pielea mi se înfierbântă și mă înroșesc.

Când ies, micul lui grup de prieteni e pe coridor, așteaptă să fie primiți din nou. Am impresia că surorii mele îi e puțin rău, dar, când mă vede, afișează îndată un zâmbet larg și mincinos. Unul dintre băieți a compus o melodie și o cântă iar și iar, tot mai repede. Râsetele lor cuprind întregul coridor, precum croncănitul unor ciori.

...

Traversând palatul, trec pe lângă o încăpere în care s-au adunat câțiva curteni. Aici, așezat pe covor în timp ce prăjește un țipar în flăcările unui foc de cămin imens, îl găsesc pe Seneșalul și Poetul de Curte al fostului Înalt Rege, Val Moren.

E înconjurat de artiști și muzicieni. De la moartea majorității membrilor familiei regale, s-a trezit în centrul uneia dintre facțiunile de la Curte, Cercul Ciocârliilor. Poartă în păr tulpinițe cu spini și fredonează încet. E muritor, ca mine. Probabil că e și nebun.

— Bea un pahar cu noi, spune una dintre Ciocârlii, dar eu refuz.

— Draga de Jude, atât de frumușică.

Când Val Moren întoarce privirea spre mine, în ochii lui văd flăcări vii. Începe să curețe pielea arsă și să mănânce din carnea moale și albicioasă a țiparului. Îmi vorbește printre îmbucături,.

— De ce nu ai venit să-mi ceri sfatul până acum?

Se spune că la un moment dat a fost iubitul Înaltului Rege Eldred. A venit la Curte înainte de surorile mele și de mine. Cu toate acestea, nu a făcut niciodată cauză comună cu noi, semenii săi muritori. Niciodată nu a încercat să ne ajute, să ia legătura cu noi, să ne alunge singurătatea cât de puțin.

— Ai vreun sfat de dat?

Se uită la mine și-și vâră unul dintre ochii țiparului în gură. Îl ține pe limbă, lucitor în lumina focului. Apoi îl înghite.

— Se poate. Dar nu are importanță.

Sunt prea obosită și n-am răbdare pentru ghicitori.

— Să ghicesc. N-are importanță pentru că, dacă ți-aș cere vreun sfat, ai refuza să mi-l dai?

Val Moren izbucnește într-un râs aspru, pustiit. Mă întreb cât de bătrân o fi. Pare tânăr, dar muritorii nu îmbătrânesc atât timp cât nu părăsesc regatul Elfhame. Deși nu sesizez nicio urmă de bătrânețe pe chipul lui, i-o observ în privire.

— O, ba am să-ți dau cel mai bun sfat pe care ți l-a dat cineva vreodată. Numai că n-ai să-l asculți.

— Atunci ce rost are să apelez la tine? îi răspund iritată și dau să-i întorc spatele.

N-am timp să ascult și să mă chinui să interpretez cine știe ce versuri de doi bani.

— Sunt un jongler foarte priceput, spune el ștergându-și mâinile de pantaloni și umplându-i de pete.

Vâră mâna în buzunar și scoate o piatră, trei ghinde, o bucată de cristal și ceea ce pare a fi un iadeș.

— Vezi tu, jonglatul înseamnă doar să arunci în aer două obiecte în același timp.

Începe să arunce ghindele dintr-o mână în alta, după care introduce și osciorul. Câteva Ciocârlii își dau ghionturi, șoptind încântate.

— Indiferent câte obiecte introduci, ai numai două mâini, și poți arunca numai câte două. Trebuie doar să le arunci din ce în ce mai repede și din ce în ce mai sus.

Adaugă în joc piatra și cristalul, care zboară între mâinile lui atât de iute, încât îmi e greu să văd clar ce anume aruncă înainte și-napoi. Casc gura uluită.

Apoi toate se prăbușesc pe podeaua de piatră. Cristalul se face bucăți. Una dintre ghinde se rostogolește de foc.

— Sfatul meu, spune Val Moren, e să înveți să jonglezi mai bine decât mine, seneșalule.

Câteva clipe mă înfurii atât de tare, încât nu mă pot mișca. Simt că iau foc de furie, înșelată, cum mă simt, de singura persoană care ar fi putut să înțeleagă cât de dificil este să trăim aici, fiind ceea ce suntem.

Înainte să fac ceva ce apoi voi regreta, mă întorc pe un călcâi și plec.

— Ți-am prevestit că n-ai să asculți sfatul meu, strigă el în urma mea.

Capitolul 11

În seara petrecerii de Luna Vânătorului, toată Curtea se mută în Pădurea Albă, unde copacii sunt îmbrăcați în nenumărate țesături de mătase, care în ochii mei de muritoare arată ca un cocon de molii sau poate ca o pradă prinsă într-o pânză de păianjen.

Locke a dat ordin să se ridice o construcție din pietre netede, îmbinate ca în corpul unui zid, care să întruchipeze cu aproximație un tron. În loc de spătar a fost încorporată o stâncă înaltă și locul pe care se stă e o piatră lată. Construcția se înalță mult deasupra poienii. Și în vârful ei stă Cardan, cu coroana lucindu-i pe cap. În focul de tabără din apropiere ard frunze de salvie și coada-șoricelului. Preț de o clipă amețitoare pare uriaș, ca scos dintr-un mit, un adevărat Înalt Rege al Tărâmului Zânelor, și nu marioneta cuiva.

Încetinesc pasul uluită și mă cuprinde panica.

Regele este un simbol viu, o inimă vie, o stea pe care e scris viitorul regatului Elfhame. Ai observat, fără îndoială, că, de când a început domnia lui, insulele s-au schimbat. Furtunile izbucnesc mai aprig. Culorile sunt puţin mai vii și mirosurile mai tari... Când el se îmbată, supușii săi ameţesc fără să înţeleagă de ce. Unde îi cade sângele, cresc lucruri.

Sper doar că n-o să mi se observe teama pe chip. Când ajung înaintea lui Cardan, fac o plecăciune, bucuroasă că am un motiv să nu-l privesc în ochi.

— Regele meu, spun eu.

Cardan se ridică de pe tron și își descheie mantia făcută în întregime din pene negre, lucioase. La degetul mic de la o mână poartă un inel nou, cu o piatră roșie, care oglindește văpăile focului de tabără. Un inel foarte familiar. Inelul *meu*.

Îmi amintesc că m-a luat de mână în apartamentul lui.

Scrâșnesc din dinți, aruncând o privire la mâna mea goală. Mi-a furat inelul. L-a furat și nu mi-am dat seama. Gândacul l-a învățat cum să facă asta.

Mă întreb dacă Nicasia ar considera asta o trădare. Mie cam așa mi se pare.

— Să ne plimbăm puțin, spune el, luându-mă de mână și conducându-mă prin mulțime.

Hobi și grigi, cu piele verde, cu piele brună, cu aripi zdrențuroase, cu veșminte negre, prețioase – toate zânele din Elfhame s-au adunat astă-noapte în ținutele lor cele mai de preț. Trecem pe lângă un bărbat într-o haină cu frunze aurii și pe lângă altul cu o vestă din piele verzuie, cu o pălărie care se răsucește spre vârf ca o ferigă. Pe pământ sunt așternute pături acoperite cu platouri cu struguri de mărimea pumnului meu și cireșe roșu-aprins, ca niște rubine.

— Ce facem? îl întreb pe Cardan, care mă conduce spre marginea codrului.

— Mi se pare obositor să-mi fie comentate toate conversațiile, spune el. Vreau să știi că sora ta nu e prezentă în noaptea asta. M-am asigurat că nu va veni.

— Și ce a pus la cale Locke? întreb eu, încăpățânându-mă să nu-i arăt recunoștință și să nu-i laud dexteritatea cu care a șterpelit inelul. E limpede că și-a pus în joc reputația cu evenimentul ăsta, adaug eu.

Cardan se strâmbă.

— Nu-mi obosesc frumosul meu căpșor cu astfel de probleme. Se presupune că toate eforturile le faceți voi. Ca furnica din fabulă, care trudește în noroi, în timp ce greierele petrece toată vara cântând.

— Și nu are nimic când vine iarna, adaug eu.

— Nu am nevoie de nimic, spune el, clătinând din cap cu o îngândurare plină de umor. În fond, eu sunt Regele Porumb, menit să fie sacrificat pentru ca micul Oak să-mi ia locul la primăvară.

Deasupra noastră se aprind globuri care strălucesc cu o lumină caldă, magică, în timp ce plutesc pe cerul nopții, dar cuvintele lui mi-au stârnit un fior de groază.

Mă uit în ochii lui. Îmi înconjoară șoldurile cu brațul, de parcă ar avea de gând să mă tragă mai aproape. Câteva clipe amețitoare, stupide, parcă ceva tremură în aerul dintre noi.

Sărută-mă până mi s-o face silă.

Firește, nu încearcă să mă sărute. Nu a tras nimeni cu săgeți în el, nu s-a îmbătat până la delir, nu e plin de dispreț față de propria-i persoană.

— N-ar trebui să fii aici, furnicuțo, spune el, eliberându-mă. Întoarce-te la palat.

Apoi pornește înapoi, prin mulțime. Curtenii se înclină în calea lui. Câteva zâne, cele mai îndrăznețe, îl apucă de haină, flirtează cu el, încearcă să-l ademenească la dans.

Iar el, care cândva a sfâșiat aripa unui băiețel pentru că nu i s-a închinat, îngăduie acum toată această familiaritate râzând prietenos.

Ce s-a schimbat? A devenit altfel pentru că l-am silit eu? Sau pentru că a scăpat de Balekin? Ori poate nu s-a schimbat deloc, iar eu văd aceste lucruri numai pentru că asta vreau să văd?

Încă simt pe piele apăsarea caldă a degetelor sale. Ceva nu e deloc în regulă cu mine dacă doresc ceea ce urăsc, dacă doresc pe cineva care mă disprețuiește, cu toate că și el mă dorește pe mine. Singura mea alinare e faptul că nu știe ce simt.

Indiferent ce desfrâu depravat a pus la cale Locke, trebuie să rămân ca să mă întâlnesc cu reprezentantul trimis de Curtea Termitelor. Trebuie să-mi plătesc datoria față de Lordul Roiben cât de curând, ca să scap și de povara asta. În orice caz, cu greu mă pot jigni mai mult decât au făcut-o până acum.

În clipa în care Cardan ajunge din nou la tron, își fac apariția Nicasia și Grimsen, a cărui mantie e prinsă cu acea agrafă în formă de molie.

Grimsen îi ține un discurs menit, fără îndoială, să-l măgulească și scoate ceva dintr-un buzunar. Pare a fi un cercel – o singură nestemată, ca o picătură, pe care Cardan o ridică în lumină și o admiră. Se pare că fierarul i-a adus primul obiect magic făurit de el în slujba regatului Elfhame.

În copacul din stânga lor zăresc bufnița cu față de hob, Snapdragon, clipind des și urmărind ce se petrece dedesubt. Deși nu-i zăresc, Stafia, împreună cu alți câțiva spioni, se află în preajmă, supraveghind petrecerea de la o distanță suficientă încât să poată interveni dacă sesizează vreun pericol.

Un muzician ca un fel de centaur, cu trup de cerb de la brâu în jos, face un pas în față – poartă în mâini o liră sculptată sub forma unei zâne pixi, ale cărei aripi constituie curbura superioară a instrumentului. Corzile lui par să lucească în diferite culori. Muzicianul începe să cânte, acompaniat de vocea sculpturii de pe instrumentul său.

Nicasia se apropie încet de locul unde s-a așezat fierarul. Poartă o rochie de culoare violet, care la lumină se preschimbă într-un albastru ca de păun. Are părul împletit sub forma unei coronițe, iar pe frunte poartă un lănțișor de care atârnă zeci și zeci de mărgele sclipind cu nuanțe violete, albastre și arămii.

Când Grimsen întoarce privirea spre ea, expresia de pe chip i se înseninează. Mă încrunt.

Jonglerii încep să arunce în aer felurite obiecte – de la șobolani vii la săbii lucitoare. Se împart prăjituri cu miere și vin.

În sfârșit, o zăresc pe Dulcamara, de la Curtea Termitelor, cu părul ei roșu ca macul împletit în spirale și cu sabia ei lungă legată la spate, peste rochia argintie, văluroasă. Pornesc spre ea, străduindu-mă să nu-i arăt cât de intimidată mă simt.

— Bine ați venit, îi spun. Cărui fapt îi datorăm onoarea vizitei voastre? Poate că regele vostru a descoperit ce aș putea face...

Îmi taie vorba aruncând o privire spre Cardan.

— Lordul Roiben vrea să știi că, până și la Curțile inferioare, auzim zvonurile.

Într-o clipă, fac agitată un inventar al tuturor întâmplărilor despre care se poate să fi auzit Dulcamara și îmi amintesc că zânele au început să răspândească zvonul cum că Cardan a tras cu o săgeată în una dintre iubitele sale, de dragul distracției. Curtea Termitelor este una dintre puținele Curți la care locuiesc atât zâne Seelie, cât și Unseelie; nu-mi dau seama dacă ar fi putut să se supere din cauza zânei rănite sau dacă doar s-au neliniștit la gândul că noul Înalt Rege ar putea fi puțin instabil.

— Chiar și în absența mincinoșilor pot apărea minciuni, spun eu luând aminte. Indiferent ce zvonuri veți fi auzit, pot să vă relatez ce s-a întâmplat cu adevărat.

— Și eu ar trebui să te cred? Mă îndoiesc, îmi replică ea zâmbind. Putem să-ți cerem datoria în orice moment, fată muritoare. De exemplu, Lordul Roiben m-ar putea trimite să-ți fiu gardă personală.

Tresar. Zice *gardă*, dar e limpede că vrea să zică *spioană*.

— Sau am putea să-l împrumutăm pe fierarul vostru, pe Grimsen. I-ar putea făuri Lordului Roiben o sabie care să rupă cu ușurință orice legământ.

— Nu am uitat de datoria pe care o am față de voi. De fapt, speram să-mi permiteți s-o răscumpăr acum, spun eu, îndreptându-mă de spate și luând o postură pe măsura autorității mele. Însă Lordul Roiben ar face bine să nu uite că...

Mă întrerupe mârâind la mine:

— Ai grijă să nu uiți *tu*.

Și pleacă cu pași apăsați, iar eu rămân singură, gândindu-mă la toate replicile mai chibzuite pe care ar fi trebuit să i le dau. Încă sunt datoare Curții Termitelor și încă nu am găsit nicio cale de a-mi prelungi stăpânirea asupra lui Cardan. Încă n-am idee cine ar fi putut să mă trădeze și nu știu ce să fac în privința Nicasiei.

Măcar petrecerea asta nu pare mai neplăcută decât celelalte, în ciuda lăudăroșeniei lui Locke. Mă întreb dacă nu cumva chiar aș putea să-i fac pe plac lui Taryn și să-i iau titlul de Maestru de Ceremonii, pentru simplul fapt că e anost.

Ca și cum Locke mi-ar fi auzit gândurile, bate din palme și face liniște în mulțime. Muzica se oprește subit, precum și dansurile și jongleriile, până și râsetele.

— Am o nouă distracție pentru voi, anunță el. A sosit momentul să încoronăm un nou monarh. Regina Veseliei.

Unul dintre muzicieni improvizează o melodie veselă. În public, din loc în loc, izbucnesc râsete.

Mă străpunge un fior. Am auzit de jocul ăsta, deși nu l-am văzut niciodată jucat. E destul de simplu. Se răpește o fată muritoare, participanții o îmbată cu vinul zânelor și cu lingușirile și săruturile lor, apoi o conving că o vor sărbători oferindu-i o coroană – și în tot acest timp varsă insulte pe capul ei neștiutor.

Dacă Locke a adus aici vreo fată muritoare ca să se amuze pe seama ei, va avea să-mi dea socoteală. Am să-l leg de stâncile negre ale insulei Insweal, ca să-l devoreze sirenele.

În timp ce mă gândesc toate astea, Locke spune:

— Dar cu siguranță numai un rege poate încorona o regină.

Cardan se ridică de pe tron și coboară treptele de piatră până la el. Mantia lungă, din pene, mătură pământul în urma lui.

— Ei, unde e? întreabă Înaltul Rege ridicând din sprâncene.

Nu pare încântat de situație și sper că-i va pune capăt înainte să înceapă. Ce l-ar putea amuza la jocul ăsta?

— Nu ghicești? Avem o singură muritoare printre noi, spune Locke. Păi, Regina Veseliei nu va fi nimeni alta decât Jude Duarte.

Pentru o clipă, mintea îmi îngheață cu totul. Nu mai pot gândi. Apoi văd rânjetul lui Locke și chipurile hlizite ale zânelor de la Curte și mă cuprinde o groază cumplită.

— Haideți s-o aplaudăm! spune Locke.

Chiuie toți cu vocile lor inumane, iar eu mă încordez toată ca să-mi stăpânesc panica. Privesc spre Cardan și zăresc în ochii lui o sclipire periculoasă – n-am să găsesc niciun sprijin în el.

Nicasia zâmbește triumfător și, lângă ea, Grimsen, fierarul, se face că nu vede ce se întâmplă. Dulcamara mă urmărește de la marginea codrului, așteptând să vadă ce voi face.

Se pare că în sfârșit Locke a făcut ceva cum trebuie. I-a promis bucurii și divertisment Înaltului Rege și sunt perfect convinsă că în clipa asta Cardan e nespus de bucuros.

Aș putea să-i ordon să împiedice orice ar urma să se întâmple. Știe și el acest lucru, ceea ce înseamnă că se așteaptă să fiu îngrozită de ce urmează să facă, dar nu într-atât încât să-i dau porunci și astfel să dezvălui totul.

Evident, sunt dispusă să îndur multe până să fac asta.

Ai s-o regreți. Nu o spun cu voce tare, dar îl privesc pe Cardan fix și gândesc cuvintele astea cu atâta intensitate, încât parcă i le-aș urla.

Locke dă semnalul și apare un grup de impi purtând cu ei o rochie ruptă, hidoasă, și o coroniță din crengi împletite. Pe această coroană improvizată sunt fixate patru ciuperci mici și dezgustătoare, de tipul celor care produc un praf de o duhoare îngrozitoare.

Șoptesc o înjurătură.

— Veșminte noi pentru noua noastră regină, spune Locke.

Din loc în loc se aud râsete și strigăte uluite. Jocul ăsta e de o cruzime deosebită, se joacă cu fete muritoare fermecate astfel încât să nu-și dea seama că sunt batjocorite. În asta constă distracția, în naivitatea lor. Se bucură de rochii care în ochii lor par somptuoase. Se entuziasmează cu lăcomie văzând coroane care parcă strălucesc pline de nestemate. Amețesc visând la promisiunea unei iubiri adevărate.

Datorită geasului pe care mi l-a dăruit Prințul Dain, am devenit imună la farmecele zânelor, dar, chiar dacă n-aș fi, toți cei de la Curte se așteaptă din partea seneșalului uman al Înaltului Rege să poarte vreun talisman de protecție – un șirag de scorușe sau o legătură mică de crenguțe de stejar, frasin și păducel. Toți știu că văd înfățișarea adevărată a rochiei și coroanei pe care mi le dă Locke.

Curtenii mă urmăresc entuziasmați, cu respirația întretăiată. Sunt convinsă că n-au mai văzut o Regină a Veseliei conștientă că e batjocorită. Ăsta e un joc cu totul nou.

— Spuneți-ne cum vi se pare domnița noastră, îl îndeamnă Locke pe Cardan în gura mare, cu un zâmbet straniu.

Înaltul Rege se încruntă o clipă, ca apoi să-și destindă chipul și să-și întoarcă privirea la public.

— Jude m-a tulburat adesea în vise, spune el cu glas răsunător. Chipul ei apare în coșmarul meu cel mai frecvent.

Curtenii izbucnesc în râs. Obrajii mi se înfierbântă, pentru că regele le-a spus un secret și s-a folosit de el ca să râdă de mine.

În vremea când Eldred era Înalt Rege, ospețele sale erau cumpănite, dar venirea unui Înalt Rege nou nu provoacă doar o reînnoire a tărâmului, ci și a Curții în sine. Îmi dau seama că-i încântă pe supușii săi cu capriciile și cu înclinația sa spre cruzime. A fost nesăbuit să cedez tentației de a crede că și-a schimbat câtuși de puțin firea sa dintotdeauna.

— Unii dintre noi nu consideră că muritorii ar putea fi frumoși. De fapt, unii dintre voi ar jura că Jude e chiar urâtă.

Preț de o clipă, mă întreb dacă nu cumva Cardan *dorește* să mă înfurii atât de tare încât să-i poruncesc să înceteze și să dezvălui pactul nostru înaintea întregii Curți. Dar nu e așa, mi se pare doar, pentru că inima îmi bubuie în tâmple și abia mai pot să gândesc.

— Însă eu cred că e vorba doar despre faptul că frumusețea ei este... unică.

Cardan face o pauză pentru a permite izbucnirea unor noi râsete în mulțime, a unor chiote și mai grosolane, apoi conchide:

— Dureroasă. Neliniștitoare. *Tulburătoare.*

— Poate că are nevoie de veșminte noi, care-i să-i evidențieze farmecul, spune Locke. Podoabe mai prețioase pentru o fată atât de prețioasă.

Spre încântarea zânelor adunate împrejur, impii înaintează, vrând să-mi tragă peste cap și peste rochie cârpa lor zdrențuită și roasă.

Alte râsete. Simt că tot trupul mi se înfierbântă. Pe de o parte, îmi vine să fug, dar, pe de alta, vreau să le arăt că nu au puterea să mă intimideze.

— Stați, strig îndeajuns de tare încât să-mi audă toți cuvintele.

Impii șovăie. Expresia lui Cardan e imposibil de descifrat.

Mă aplec, apuc marginea rochiei de pe mine și o trag peste cap. E simplă – fără corset, fără încheietori – și se dezbracă la fel de simplu. Stau în mijlocul mulțimii în lenjeria intimă, provocându-i să zică ceva. Provocându-l pe Cardan să vorbească.

— *Acum* sunt pregătită să îmbrac rochia mea nouă, spun eu.

Izbucnesc urale din loc în loc, de parcă cei de față n-ar înțelege că scopul jocului e umilirea. Spre surprinderea mea, Locke pare de-a dreptul încântat.

Cardan vine la mine, devorându-mă din priviri. Nu știu dacă aș mai suporta încă o lovitură din partea lui. Din fericire, pare să-și fi pierdut cuvintele.

— Te urăsc, îi șoptesc înainte să apuce să vorbească.

Îmi întoarce fața spre el.

— Mai spune o dată, zice el, în timp ce impii îmi piaptănă părul și-mi așază pe cap coroana hidoasă și urât mirositoare.

Vorbește în șoaptă. Vorbele lui sunt doar pentru mine.

Mă desprind de el, dar nu înainte să-i văd expresia de pe chip. Arată ca atunci când a fost obligat să-mi răspundă la întrebări, când a recunoscut dorința pe care o simțea față de mine. Arată de parcă mi-ar face o mărturisire.

Roșesc toată, confuză, pentru că sunt atât furioasă, cât și rușinată. Întorc capul.

— Regină a Veseliei, a sosit momentul pentru primul tău dans, îmi spune Locke, împingându-mă spre mulțimea de zâne.

Degetele lor cu gheare mă apucă de brațe. Râsete inumane îmi răsună în urechi și începe muzica. Dansul începe din nou și, de data asta, mă alătur și eu vâltorii. Sar și calc pământul în ritmul zguduitor al tobelor, inima mi se aprinde pe melodia unui flaut. Mă învârt iar și iar, purtată de colo-colo de mâinile celor din mulțime. Împinsă și îmbrâncită, ciupită și învinețită.

Încerc să mă împotrivesc farmecelor muzicii, să mă eliberez din vârtejul dansului, dar nu pot. Când încerc să încetinesc pasul, cei din jur mă poartă după ei până când muzica pune stăpânire pe mine din nou. Lumea se transformă într-o vijelie nebună de zgomote și stofe învălurite, de ochi lucitori, ca de cerneală, și de dinți prea ascuțiți.

Mă pierd în această vâltoare, pierd controlul asupra propriei mele ființe, ca și când aș fi iarăși un copil, ca și când n-aș fi încheiat pactul cu Dain, nu m-aș fi otrăvit și n-aș fi cucerit tronul. Ăsta nu e vreun farmec. Nu mă pot opri din dans, nu-mi pot opri trupul, deși groaza mă cuprinde din ce în ce mai tare. N-am să mă opresc. O să dansez până când o să mi se tocească tălpile pantofilor, până când o să-mi sângereze picioarele, până când am să mă prăbușesc.

— Opriți muzica! strig eu cât de tare pot, pe un ton de țipăt disperat. Sunt Regina Veseliei, sunt seneșalul Înaltului Rege, îmi veți permite să aleg eu dansul!

Muzicienii se opresc. Dansatorii încetinesc pasul. E doar un moment de răgaz, dar nu credeam că pot obține nici atât. Tremur toată de furie, de spaimă și de sforțare împotriva propriului meu trup.

Mă îndrept de spate, pretinzând, împreună cu toți ceilalți, că sunt îmbrăcată în haine somptuoase, și nu în cârpe.

— Să dansăm unul pe perechi! spun eu, închipuindu-mi cum ar fi rostit cuvintele mama mea vitregă, Oriana.

De data asta, vocea mea se aude exact așa cum îmi doresc, stăpânită și poruncitoare.

— Și eu voi dansa cu regele meu, care astă noapte m-a copleșit cu daruri și vorbe dulci.

Curtenii se uită la mine cu ochii lor umezi, lucitori. Așa s-ar fi așteptat să vorbească o Regină a Veseliei, sunt sigură că așa au mai vorbit nenumărate muritoare înaintea mea, în alte circumstanțe.

Sper că îi neliniștește gândul că mint.

În fond, dacă insulta lor e că sunt muritoare, atunci riposta mea e următoarea: și eu locuiesc aici și cunosc regulile. Poate că le cunosc chiar mai bine decât voi, din moment ce voi v-ați născut cu ele, pe când eu a trebuit să le învăț. Poate că le cunosc mai bine decât voi, pentru că voi vă bucurați de o mai mare libertate în a le încălca.

— Dansezi cu mine? îl întreb pe Cardan pe un ton usturător, făcând o plecăciune adâncă. Căci ești la fel de frumos în ochii mei pe cât sunt eu în ai tăi.

În mulțime răsună sâsâituri. Am marcat un punct împotriva lui Cardan și curtenii nu știu cum să reacționeze. Le plac întâmplările neobișnuite, le plac surprizele, dar poate că acum se întreabă dacă le-a plăcut și surpriza asta.

Totuși se pare că jocul meu le-a captat atenția.

Zâmbetul lui Cardan e insondabil.

— Cu mare plăcere, îmi răspunde și muzicienii încep să cânte din nou.

Mă cuprinde în brațe.

Am mai dansat o dată, la încoronarea Prințului Dain. Înainte de începutul măcelului. Înainte să-mi fi proptit cuțitul la beregata lui și să-l fi luat prizonier. Mă întreb dacă spre acel episod i se îndreaptă gândurile în timp ce mă învârte de jur împrejur în Pădurea Albă.

Se prea poate să nu fie antrenat în mânuitul sabiei, dar, așa cum i-a spus fetei cotoroanței, se pricepe la dansat. Îl las să conducă, să mă îndrume să fac o serie de pași pe care de una singură cu siguranță i-aș fi încurcat. Inima îmi zvâcnește și pielea mi-e umedă de transpirație.

Deasupra noastră se adună în zbor molii cu aripi ca de hârtie, înălțându-se în cerc de parcă ar fi atrase de stele în mod tragic.

— Orice-mi vei face, spun eu, prea înfuriată ca să tac, eu îți voi face altele și mai crunte.

— O, îmi replică el, strângându-mi degetele în ale lui. Fii convinsă că nu uit asta nicio clipă.

— Atunci *pentru ce*? îl întreb mânioasă.

— Ai impresia că eu am pus la calea umilirea ta? face el, râzând scurt. Eu? Asta îmi sună a efort.

— Nu-mi pasă dacă ai făcut-o tu sau altcineva, pufnesc eu, prea supărată ca să-mi mai pot înțelege emoțiile. Îmi pasă doar că ți-a plăcut.

— Și de ce să nu-mi placă când văd cum te chinui? M-ai păcălit, spune Cardan. M-ai luat de fraier și ai făcut din mine Regele Fraierilor.

— Înaltul Rege al Fraierilor, completez eu discuția.

Ni se întâlnesc privirile și resimțim amândoi șocul descoperirii simultane că trupurile ni s-au apropiat prea mult. Îmi simt cu o intensitate prea mare pielea, perlele de transpirație de pe buze, unduirea coapselor. Simt prea puternic căldura cefei lui sub degetele mele împletite, vârfurile aspre ale părului lui și dorința de a-mi plimba mâinile prin el. Inspir parfumul lui – de mușchi, lemn de stejar și piele. Mă holbez la gura lui înșelătoare și mi-o închipui lipită de a mea.

Situația e de-a dreptul aiurea. În jurul nostru, petrecerea se încinge iarăși. Unii curteni ne aruncă priviri, pentru că unii curteni îl urmăresc mereu pe Înaltul Rege, dar jocul lui Locke a luat sfârșit.

Întoarce-te la palat, a spus Cardan, și eu nu am luat în seamă avertismentul lui.

Îmi amintesc expresia de pe chipul lui Locke în momentul în care a vorbit Cardan, nerăbdarea din privirea lui. Nu pe mine mă urmărea. Mă întreb dacă nu cumva umilirea mea a fost un țel secundar, momeala fixată în cârligul lui.

Spuneți-ne cum vi se pare domnița noastră.

Spre imensa mea ușurare, la sfârșitul dansului, muzicienii se opresc din nou și privesc spre Înaltul Rege, așteptând instrucțiunile sale.

Mă despart de el.

— Sunt istovită, Maiestate. Vă cer permisiunea să mă retrag.

Câteva clipe mă întreb ce voi face dacă Cardan nu-mi va îngădui să plec. I-am dat multe ordine, dar niciunul care să-l silească să-mi menajeze sentimentele.

— Ești liberă să pleci sau să rămâi, după cum dorești, spune Cardan cu generozitate. Regina Veseliei e bine-venită oriunde s-ar duce.

Îi întorc spatele, părăsesc petrecerea, cu chiu cu vai, și mă sprijin de un copac, trăgând în piept aerul răcoros al mării. Mi s-au înroșit obrajii și fața mi s-a înfierbântat.

La marginea Pădurii Albe, privesc valurile care se sparg de stâncile negre. După o clipă, observ niște siluete pe nisip, ca și când umbrele s-ar mișca de la sine. Clipesc. Nu sunt umbre. Sunt selke, care se ridică din mare. Pe puțin douăzeci. Își azvârlă pieile lucioase de focă și scot săbii argintii.

Marea de Jos a venit la ospățul Lunii Vânătorului.

Capitolul 12

Alerg înapoi, agățând în grabă rochia lungă de crengile spinoase ale arbuștilor din cale. Mă duc îndată la cel mai apropiat membru al gărzii. Se sperie când mă vede venind în grabă, îmbrăcată încă în zdrențele Reginei Veseliei.

— Marea de Jos, spun gâfâind. Selke. Se apropie. Protejați-l pe rege.

Nu ezită, nu se îndoiește de spusele mele. Își adună cavalerii și pornesc spre tron, ca să-l înconjoare. Cardan le urmărește manevrele debusolat și apoi cu un fior scurt, subit, de panică. Fără îndoială că și-a amintit cum Madoc a ordonat gărzilor sale să înconjoare podiumul la ceremonia de încoronare a Prințului Dain, chiar înainte ca Balekin să înceapă să ucidă-n stânga și-n dreapta.

N-apuc să-i explic situația, că selkele se ivesc dintre copacii Pădurii Albe, cu trupurile lor lucioase despuiate, purtând doar legături lungi de alge și perle în jurul gâtului. Instrumentele tac. Râsetele se întrerup.

Întind mâna la coapsă și scot cuțitul lung pe care-l țin acolo.

— Ce înseamnă asta? se răstește Cardan, ridicându-se în picioare.

O femeie-selkă se înclină și face un pas în lateral. În urma lor vine mica nobilime a Mării de Jos. Pășind pe picioare pe care nu știu dacă le aveau acum o oră, traversează poiana îmbrăcate în rochii șiroind de apă și tunici și pantaloni până la genunchi, cu o nonșalanță desăvârșită. Au o înfățișare feroce, chiar și în ținuta lor de fast.

Mă uit în mulțime după Nicasia, dar nici ea și nici fierarul nu sunt de găsit. Locke s-a așezat pe unul dintre brațele tronului, dând de înțeles că, din moment ce Cardan e Înalt Rege, înseamnă că nu e mare lucru să fii Înalt Rege.

— Maiestatea Voastră, spune un bărbat cu pielea cenușie, purtând o haină lungă, ce pare a fi confecționată din piele de rechin.

Vocea lui e ciudată, de parcă n-ar mai fi vorbit de mult.

— Orlagh, Regina Mării de Jos, continuă el, ne-a trimis cu un mesaj pentru Înaltul Rege. Îngăduiți-ne să vă vorbim.

Semicercul de cavaleri se strânge în jurul lui Cardan.

Cardan nu răspunde imediat. În loc de asta, se așază.

— Marea de Jos e bine-venită la ospățul de Luna Vânătorului. Dansați. Beți. Să nu spună nimeni că am fi gazde neospitaliere, chiar și față de musafirii neinvitați.

Bărbatul îngenunchează, dar privirea nu-i e deloc umilă.

— Măreață este generozitatea voastră. Cu toate acestea, nu ne vom putea bucura de ea până când mesajul doamnei noastre nu va fi fost transmis. Trebuie să ne dați ascultare.

— Trebuie? Bine atunci, se înduplecă Înaltul Rege după un moment.

Face un gest delicat.

— Ce are de spus doamna voastră?

Bărbatul cu pielea sură îi face semn unei fete îmbrăcate cu o rochie albastră, udă, cu părul strâns și împletit. Când deschide gura, îi văd dinții subțiri, cumplit de ascuțiți și ciudat de translucizi. Intonează cuvintele ca pe o melodie:

Marea caută un mire,
Uscatul, o mireasă.

Să ne unim, ca apele
din adâncuri să nu iasă.
De veţi nesocoti o dată Marea,
Sângele vi-l vom lua.
De două ori nesocotire,
Lutul vostru îl vom avea.
De trei ori nesocotire,
Coroana voastră va pleca.

Auzind acestea, zânele tărâmului, curtenii și petiționarii, servitorii și nobilii fac ochii mari.

— E o propunere? întreabă Locke.

Mi se pare că ar fi vrut să-l audă numai Cardan, dar vocea lui răsună limpede în tăcerea așternută.

— Mă tem că e o amenințare, îi răspunde Cardan.

Se uită mânios la fată, la bărbatul cu pielea cenușie, la toată lumea.

— Ați transmis mesajul. Eu nu am niciun vers simpatic să trimit drept replică – e vina mea că am ales un seneșal care nu-mi poate fi și Poet de Curte –, dar promit să arunc în apă câteva hârtii mototolite după ce voi fi pregătit un răspuns.

Câteva momente nu mișcă nimeni, toți rămân pe loc, încremeniți.

Cardan plesnește din palme, făcând zânele apelor să tresară.

— Ei? strigă el. Dansați! Veseliți-vă! Nu pentru asta ați venit?

Vocea lui răsună autoritar. În momentul ăsta nu mai are doar înfățișarea unui Înalt Rege; *vorbește* ca un Înalt Rege.

Mă străbate fiorul unei premoniții.

Curtenii Mării de Jos, îmbrăcați în hainele lor ude leoarcă, cu perle strălucitoare, îl privesc cu ochi reci și palizi. Chipurile lor sunt atât de inexpresive, încât nu pot să-mi dau seama dacă strigătele lui Cardan i-au ofensat. Însă, când se reia muzica, se iau unii pe alții de mâinile lor membranate și se pierd în mulțimea venită să petreacă, sărind și dănțuind ca și când așa s-ar distra și ei sub valuri.

Spionii mei au rămas ascunși în timpul acestei confruntări. Locke se ridică leneș de pe tron și se ia la dans cu două selke aproape nude. Nicasia nu și-a făcut apariția nici acum și, uitându-mă după Dulcamara, n-o văd nici pe ea. În ținuta asta nu mă simt în stare să vorbesc cu nimeni în mod oficial. Îmi smulg coroana împuțită de pe cap și o arunc în iarbă.

Mă gândesc să mă descotorosesc încet de rochia asta zdrențuroasă, dar, înainte s-o fac, Cardan îmi face semn să mă apropii de tron.

Nu fac nicio plecăciune. În fond, în noaptea asta am și eu rang de conducător. Sunt Regina Veseliei și nu-mi arde de glume.

— Credeam că vrei să pleci, se răstește el.

— Iar eu credeam că Regina Veseliei e bine-venită oriunde s-ar duce, i-o întorc șuierând.

— Întrunește Consiliul Viu în camerele mele, la palat, îmi spune el pe un ton rece, distant și regal. Voi veni și eu îndată ce reușesc să părăsesc ospățul.

Încuviințez și pornesc prin mulțime și abia după ce străbat poiana pe jumătate descopăr următoarele două lucruri: o dată, că mi-a dat o poruncă; și apoi, că m-am supus.

...

Ajunsă la palat, trimit câțiva paji să-i cheme pe cei din Consiliu. Îl trimit pe Snapdragon să le ceară spionilor mei să afle unde s-a dus Nicasia. Mă așteptam să rămână ca să audă răspunsul lui Cardan, dar, având în vedere că a fost atât de nesigură în privința sentimentelor lui Cardan încât să tragă într-o rivală de-a ei, mă gândesc că poate nu se grăbește să afle ce are de spus.

Chiar dacă ar crede că o alege pe ea în locul războiului, tot n-ar avea motive de bucurie.

Ajung la odăile mele, mă dezbrac repede și mă spăl. Vreau să scap de parfumul ciupercilor, de duhoarea focului de tabără și de umilința suferită. E o binecuvântare că am la dispoziție hainele mele vechi. Trag pe mine o rochie brună, ștearsă, prea simplă pentru actuala mea poziție, dar comodă. Îmi prind părul la spate cu mișcări hotărâte.

Tatterfell nu mai e aici, dar e limpede că mi-a făcut o vizită. Camerele mele au fost puse în ordine și hainele au fost călcate și întinse pe umerașe.

Pe birou găsesc un bilet pentru mine: *Din Partea Marelui General al Oștilor Înaltului Rege, pentru Seneșalul Maiestăţii Sale.*

Rup plicul. Mesajul e mai scurt decât cuvintele înșirate pe dinafară:

Vino numaidecât în camera de război.
Nu aștepta sosirea Consiliului.

Inima îmi zvâcnește în surdină. Mă gândesc să mă prefac că n-am citit mesajul și să nu mă duc, pur și simplu, dar asta ar fi o lașitate din partea mea.

Dacă Madoc încă speră să-l urce pe Oak pe tron, atunci nu poate îngădui această alianță prin căsătorie cu Marea de Jos. Nu e nevoie să știe că, măcar în privința asta, sunt întru totul de partea lui. Asta este o ocazie bună să-l fac să-mi arate mâna lui.

Așa că pornesc cu inima strânsă spre camera lui de război. Încăperea mi-e cunoscută; m-am jucat aici când eram mică, sub o masă mare, de lemn, pe care era întinsă o hartă a Tărâmului Zânelor, cu figurine mici, sculptate, reprezentând Curțile și armatele lor. Adică cu „păpușile" lui, după cum le numea Vivi.

Intru și descopăr camera cufundată în penumbră. Pe o masă mică, înconjurată de scaune simple, cu suprafețe tari, ard discret câteva lumânări.

Îmi amintesc că odată, cu trupul adunat în unul dintre scaunele astea, citeam o carte, în timp ce lângă mine se urzeau comploturi sângeroase.

Așezat chiar în acel scaun, Madoc înalță privirea, se ridică și-mi face semn să mă așez în fața lui, ca și când am fi pe picior de egalitate. E interesant cât de grijuliu se poartă cu mine.

Pe masa cu hărți strategice se află numai câteva figurine. Orlagh și Cardan, Madoc și o figurină pe care o recunosc abia după ce o privesc cu atenție. Mă uit la mine însămi, reprezentată în lemn cioplit. Seneșal. Maestră a Spionilor. Făuritoare a Regilor.

Brusc, mă înspăimânt când mă gândesc la tot ce am făcut ca să-mi obțin locul pe această masă.

— Am primit mesajul, îi spun, luând loc.

— În urma celor petrecute astă-noapte, mi-am zis că poate în sfârșit o să reconsideri unele dintre deciziile pe care le-ai luat, spune el.

Dau să-i răspund, dar Madoc mă întrerupe, ridicând o mână cu gheare.

— Dacă aș fi în locul tău, continuă el, orgoliul m-ar împinge să pretind altceva. După cum știi, zânele nu pot minți, cel puțin, nu prin cuvinte. Dar putem fi înșelători. Și suntem în stare să ne înșelăm pe noi înșine așa cum poate face orice muritor.

Mă ustură faptul că a aflat despre încoronarea mea drept Regină a Veseliei și că întreaga Curte a râs de mine.

— Crezi că nu știu ce fac?

— Ei bine, spune el cu grijă, nu sunt sigur. Te văd umilindu-te alături de cel mai tânăr și mai nechibzuit dintre prinți. Ți-a promis ceva?

Mă mușc de obraz ca să mă abțin să mă răstesc la el. Oricât de înjosită m-aș simți deja, dacă el mă consideră o netoată, atunci trebuie să mă silesc să joc rolul unei netoate.

— Nu sunt seneșalul Înaltului Rege?

Îmi e greu să joc teatru cât timp râsetele curtenilor încă îmi răsună în urechi. Cât timp încă simt duhoarea acelor ciuperci în păr și încă mă gândesc la cuvintele nesuferite ale lui Cardan.

Dureroasă. Neliniștitoare. Tulburătoare.

Madoc oftează și-și întinde mâinile în față, cu degetele răsfirate.

— Știi de ce pe Eldred nu l-a interesat fiul său cel mai tânăr? Baphen i-a prevestit un destin nefericit în momentul nașterii. În ciuda acestui fapt, cât timp poartă Coroana Însângerată sunt nevoit să-i slujesc, așa cum am fost obligat să-i slujesc tatălui lui, așa cum ar fi trebuit să-i slujesc lui Dain, sau chiar lui Balekin. Oportunitatea care s-a ivit la încoronare – oportunitatea de a schimba mersul destinului – s-a pierdut.

Nu mai spune nimic câteva clipe. Oricum ar formula, sensul e același. Oportunitatea s-a pierdut pentru că i-am furat-o eu. Din cauza mea, Oak nu e Înalt Rege și Madoc nu se poate folosi de influența sa pentru a reface regatul Elfhame după propriul chip.

— Dar tu, spune Madoc, care nu ești legată prin jurământ. Care îți poți încălca promisiunile...

Îmi amintesc ce mi-a zis după ultima ședință a Consiliului Viu, când ne-am plimbat umăr la umăr: *Pe tine nu te leagă niciun jurământ. Dacă regreți mișcarea pe care ai făcut-o, fă alta. Sunt și alte jocuri care merită jucate.* Se pare că a decis să dezvolte ideea aceasta acum.

— Vrei să-l trădez pe Cardan, spun eu, ca să clarific situația.

Madoc se ridică și mă invită la masa de strategie.

— Nu știu ce ai aflat despre Regina Mării de Jos de la fiica ei, dar să știi că Marea de Jos a fost cândva un ținut asemănător lumii de pe uscat. Existau multe fiefuri, cu mulți conducători printre selke și sirene. Când Orlagh a venit la putere, i-a vânat pe toți ceilalți conducători mai mici și i-a ucis, ca toată Marea de Jos să i se supună numai ei. Au rămas până astăzi câteva căpetenii ale mărilor pe care nu le-a supus, dintre care unele s-au dovedit a fi prea puternice, pe când altele se află prea departe. Dar să fii convinsă că, dacă-l va căsători pe Cardan cu fiica ei, o va împinge pe Nicasia să procedeze la fel pe uscat.

— Să le omoare pe căpeteniile Curților inferioare? întreb eu.

Madoc zâmbește.

— Pe ale tuturor Curților. La început, poate că vor părea o serie de accidente - sau ordine nesăbuite. Sau poate că va fi încă un măcel.

Îl privesc cu atenție. În fond, ultimul măcel i s-a datorat, cel puțin în parte.

— Și nu ești de acord cu filosofia lui Orlagh? N-ai fi procedat la fel dacă ai fi obținut puterea tronului?

— Eu n-aș fi făcut-o în favoarea mării, spune el. Are de gând să transforme uscatul în vasal.

Întinde mâna și ridică o figurină mică de pe masă, cea sculptată după chipul reginei Orlagh.

— Ea crede într-o pace impusă cu forța, sub o domnie absolută, conchide el.

Privesc masa.

— Ai vrut să-mi câștigi respectul, spune el. Ai presupus, și ai presupus bine, că nu voi vedea potențialul tău adevărat decât după ce mă vei fi învins. Ei bine, mi-ai câștigat respectul, Jude. Dar ar fi mai bine pentru amândoi să punem capăt conflictului dintre noi și să ne concentrăm asupra interesului nostru comun: puterea.

Cuvintele lui parcă reverberează în atmosfera apăsătoare. Un compliment livrat sub forma unei amenințări.

— Acum, vino iarăși de partea mea, continuă el. Întoarce-te la mine, înainte să acționez cu adevărat împotriva ta.

— Ce ar însemna să mă întorc? îl întreb.

Mă privește cercetător, de parcă s-ar întreba câte îmi poate spune cu voce tare.

— Am un plan. La momentul potrivit, ai putea să mă ajuți să-l înfăptuiesc.

— Un plan la care nu am contribuit și despre care nu vrei să-mi spui mai nimic? întreb eu. Dacă mă interesează mai mult puterea pe care o am deja?

Madoc zâmbește, arătându-și dinții.

— Atunci aș spune că nu o cunosc atât de bine pe fiica mea. Pentru că Jude, așa cum o știu eu, i-ar smulge inima din piept acelui băiat pentru ceea ce i-a făcut în noaptea asta.

Rușinată de reproșul pe care mi-l aruncă în față cu privire la cele întâmplate la petrecere, încep să mă răstesc.

— Tu ai îngăduit să fiu umilită pe tărâmul ăsta de când eram mică. Le-ai permis zânelor să mă rănească, să râdă de mine și să mă mutileze.

Îi arăt mâna cu degetul lipsă, îi arăt locul din care l-a smuls cu dinții unul dintre paznicii lui. În mijlocul aceleiași mâini se vede cicatricea rămasă de când mi-am străpuns palma cu un cuțit, silită de Dain.

— Am fost fermecată și luată pe sus la petreceri și am fost lăsată să plâng de una singură, continui. Din câte văd eu, singura diferență între cele întâmplate în noaptea asta și întâmplările din toate celelalte nopți în care am îndurat înjosiri fără să crâcnesc este că pe acestea din urmă le-am suportat în interesul tău, pe când umilirea din noaptea asta am suferit-o în interesul meu.

Madoc pare tulburat.

— N-am știut.

— N-ai vrut să știi, i-o întorc eu.

Îți îndreaptă privirea spre masă, spre piesele așezate pe ea, spre mica figurină care mă reprezintă pe mine.

— Argumentul ăsta e o lovitură desăvârșită, drept în ficat, dar ca ripostă nu sunt sigur că e la fel de bun. Băiatul ăla nu e vrednic...

Și-ar fi terminat fraza, dar s-a deschis ușa și în pragul ei a apărut Randalin, cu robele impuse de funcția sa îmbrăcate în grabă.

— A, sunteți amândoi aici. Foarte bine. Întâlnirea urmează să înceapă. Să ne grăbim.

Dau să-l urmez, dar Madoc mă prinde de braț. Îmi vorbește în șoaptă.

— Ai încercat să ne previi în privința celor întâmplate. În noaptea asta nu-ți cer decât să te folosești de puterea ta de seneșal ca să împiedici încheierea vreunei alianțe cu Marea de Jos.

— Bine, spun eu, gândindu-mă la Nicasia și la Oak și la toate planurile mele. Asta pot să-ți garantez.

Capitolul 13

Consiliul Viu se întrunește în apartamentul vast al Înaltului Rege, în jurul unei mese incrustate cu simbolul neamului Salcei, format din flori unduitoare, ghimpi și rădăcini răsucite.

Nihuar, Randalin, Baphen și Mikkel sunt așezați, pe când Fala stă în picioare în centrul încăperii, cântând versuri scurte:

Peștișori. Peștișorii-și pun picioare.
Nunta cu un pește face viața o-ncântare.
Frige-o-ntr-o tigaie și oasele-i culege.
Sângele de pește face tronul rece.

Cardan se întinde pe o canapea din apropiere cu un aer dramatic, fără a da nicio atenție celor de la masă.

— E ridicol. Unde e Nicasia?

— Trebuie să discutăm această ofertă, spune Randalin.

— *Ofertă?* se miră Madoc zeflemitor, luând loc. După modul în care ne-a fost propusă, nu văd cum Regele s-ar putea căsători cu fata aia fără să dea impresia că uscatul se teme de mare și că e dispus să cedeze în fața pretențiilor ei.

— Se poate să fi procedat într-o manieră ușor grosolană, spune Nihuar.

— E vremea să ne pregătim, constată Madoc. Dacă doamna vrea război, îi vom face pe plac. Mai curând voi strânge toată sarea din mare decât să permit regatului Elfhame să tremure în fața mâniei lui Orlagh.

Tocmai de asta mă temeam, că Madoc ne-ar putea implica într-un război, dar uite că războiul vine peste noi fără să-l fi instigat el.

— Bine, atunci, conchide Cardan, închizând ochii, de parcă ar avea de gând să tragă un pui de somn chiar aici. Înseamnă că nu e nevoie să fac nimic.

— Ai putea s-o iei pe Nicasia drept consoartă, și nu ca soție, spune Randalin. Să faci cu ea un moștenitor capabil să domnească atât peste uscat, cât și peste mare.

— Așadar, nu mai sunt nevoit să mă căsătoresc la porunca lui Orlagh, ci numai să procreez? întreabă Cardan mânios.

— Aș vrea să aflu părerea lui Jude, spune Madoc, spre marea mea surprindere.

Toți membrii Consiliului întorc privirile spre mine. Par de-a dreptul uluiți de cuvintele lui Madoc. Până acum, la aceste întâlniri, singura mea valoare a fost cea de legătură între ei și Înaltul Rege. Și acum, din moment ce Cardan se reprezintă pe sine însuși, aș putea la fel de bine să fiu o figurină mică, din lemn, așezată pe o masă de strategie, că tot atât se așteaptă ei să vorbesc.

— Pentru ce? întreabă Randalin.

— Pentru că data trecută nu am ascultat-o. Ne-a spus că Regina Mării de Jos avea să acționeze împotriva uscatului. Dacă i-am fi dat atenție, poate că acum nu ne-am chinui să dezvoltăm strategii pe fugă.

Randalin tresare.

— Asta așa e, confirmă și Nihuar, de parcă s-ar strădui să găsească o explicație pentru acest semn tulburător de competență din partea mea.

— Poate ne spune ce altceva mai știe, spune Madoc.

Mikkel ridică din sprâncene.

— Mai e și altceva? întreabă Baphen.

— Jude? mă încurajează Madoc.

Îmi cântăresc bine următoarele cuvinte.

— După cum am spus, Orlagh a luat legătura cu Balekin. Nu știu ce informații i-o fi transmis el, dar Marea își trimite zânele pe uscat ca să-i aducă daruri și mesaje.

Cardan pare surprins și în mod evident nemulțumit. Îmi dau seama că nu i-am povestit aceste lucruri, deși le-am adus la cunoștință Consiliului.

— Știai și de Nicasia? întreabă el.

— Ăăă, păi... încerc eu să-i explic potincnindu-mă.

— Preferă să se sfătuiască cu Consiliul, dar atât, spune Baphen cu o expresie vicleană pe chip.

De parcă eu aș fi de vină că niciunul dintre ei nu m-a ascultat.

Randalin se uită la mine mânios.

— Nu ne-ai explicat cum anume ai aflat aceste lucruri.

— Dacă vreți să știți dacă am secrete, aș putea la fel de bine să vă pun aceeași întrebare și vouă, îi amintesc eu. Până acum, ale mele nu v-au interesat deloc.

— Prinț al uscatului, prinț sub valuri scufundat, spune Fala. Prinț al închisorilor, prinț al pungașilor.

— Balekin nu are stofă de strateg, spune Madoc, ceea ce se apropie cel mai mult de o mărturisire a faptului că el a pus la cale executarea lui Eldred, de până acum. Dar e ambițios. Și orgolios.

— *De veţi nesocoti o dată Marea, Sângele vi-l vom lua,* spune Cardan. Bănuiesc că e vorba despre Oak.

Eu și Madoc facem un schimb de priviri. Singurul lucru asupra căruia suntem de acord este că Oak trebuie ferit de pericole. Mă bucur că se află într-un loc îndepărtat, pe continent, supravegheat atât de spioni, cât și de cavaleri. Dar, dacă Cardan are dreptate cu privire la semnificația acelor versuri, mă întreb dacă nu cumva va avea nevoie de și mai multă protecție.

— Dacă Marea de Jos are de gând să-l răpească pe Oak, atunci poate că i-a promis lui Balekin să-i redea coroana, spune Mikkel. Ar fi mai convenabil pentru ei să existe doar doi membri ai neamului regal, pentru ca unul să-l încoroneze pe celălalt. Al treilea membru e în plus. Al treilea membru e periculos.

E un mod ocolit de a spune că Balekin ar trebui ucis, înainte să apuce să-l asasineze el pe Cardan.

Nici pe mine nu m-ar deranja să moară Balekin, dar Cardan se opune cu încăpățânare execuției fratelui său. Îmi amintesc ce mi-a spus la Curtea Umbrelor: *Oi fi eu putred, dar am o virtute, anume că nu sunt ucigaș.*

— Voi considera aceste cuvinte drept un sfat, sfetnicii mei, spune Cardan. Acum aș vrea să vorbesc cu Nicasia.

— Dar încă nu am hotărât... intervine Randalin și se oprește, văzând privirea furioasă a lui Cardan ațintită asupra lui.

— Jude, adu-o aici, spune Înaltul Rege al regatului Elfhame.

Încă o poruncă.

Mă ridic, scrâșnind din dinți, și pornesc spre ușă. Dincolo de ea mă așteaptă Stafia.

— Unde-i Nicasia? întreb eu.

Aflu că a fost dusă în odăile mele și lăsată în grija Gândacului. O găsesc așezată pe divanul meu, cu rochia de un cenușiu de porumbel aranjată în jurul ei de parcă ar poza pentru un portret. Mă întreb dacă nu cumva a fugit de la ospăț ca să-și poată schimba hainele pentru audiența care urmează.

— Uite cine a venit! exclamă când dă cu ochii de mine.

— Înaltul Rege îți solicită compania, îi spun.

Îmi zâmbește ciudat și se ridică.

— Măcar de-ar fi adevărat.

Pornim pe coridor. Cavalerii pe lângă care trecem se uită după Nicasia. Are o înfățișare atât maiestuoasă, cât și oropsită, iar când se deschid ușile masive ale apartamentului lui Cardan, pășește înăuntru cu fruntea sus.

Cât timp am fost plecată, un servitor a adus ceai. Ne așteaptă într-un ibric, în centrul unei mese scunde. O ceașcă abureşte între degetele subțiri ale lui Cardan.

— Nicasia, zice el leneș. Mama ta a trimis un mesaj pentru amândoi.

Fata se încruntă și se uită la sfetnicii din jur, sesizând că nu o invită nimeni să ia loc și să bea ceai.

— A fost ideea ei, nu a mea.

Cardan se înclină înainte și nu mai e somnoros sau plictisit, ci un lord al zânelor teribil din cap până-n picioare, cu privirea goală și de o putere incalculabilă.

— Se prea poate, dar pun pariu că știai. Nu te juca cu mine. Ne cunoaștem prea bine ca să mai folosim asemenea tertipuri.

Nicasia coboară privirea în pământ, atingându-și obrajii cu genele.

— Vrea un alt fel de alianță.

Poate că Consiliul o vede smerită și supusă, dar eu nu sunt atât de naivă.

Cardan se ridică și aruncă ceașca de perete, spulberând-o în bucăți.

— Spune-i Reginei Mării de Jos că, dacă mă mai amenință o dată, va descoperi că fiica ei mi-a devenit prizonieră, și nu mireasă.

Nicasia pare șocată.

Randalin își regăsește glasul în sfârșit.

— Nu se cade să arunci cu obiecte spre fiica Mării de Jos.

— Peștișor mic, spune Fala, dă-ți jos picioarele și înoată departe.

Mikkel izbucnește într-un râs aspru.

— Nu trebuie să ne pripim, spune Randalin neajutorat. Prințesă, îngăduie-i un răgaz Înaltului Rege, să se gândească.

M-am temut că regele va fi încântat, măgulit sau tentat. Dimpotrivă, e în mod evident furios.

— Dă-mi voie să vorbesc cu mama mea.

Nicasia privește în jur, la consilieri, la mine, și apoi parcă se hotărăște să nu încerce să-l convingă pe Cardan să ne poftească afară. În schimb, uitându-se doar la el, îi vorbește de parcă n-am fi aici.

— Marea e aspră, după cum sunt și metodele reginei Orlagh. Își comunică cererile ca pe niște porunci, deși ar trebui să le prezinte cu tact, dar asta nu înseamnă că această dorință a ei nu e înțeleaptă.

— Te-ai mărita cu mine deci? Să unim marea cu uscatul și să ne legăm unul de celălalt într-o căsnicie nefericită?

Cardan se uită la ea cu toată ura pe care cândva o păstra doar pentru mine. Mă simt de parcă lumea s-ar fi răsturnat cu capul în jos.

Dar Nicasia nu dă înapoi. Dimpotrivă, face un pas în față.

— Am deveni legende, îi spune ea. Legendele nu se sinchisesc de un lucru atât de mărunt precum fericirea.

Apoi, fără a aștepta să i se permită să plece, se întoarce și părăsește încăperea. Fără a primi niciun ordin, gărzile se dau în lături și-i fac loc să treacă.

— Ei bine, intervine Madoc, fata aceea se poartă de parcă ar fi deja regină.

— Afară, strigă Cardan și, văzând că nu reacționează nimeni, gesticulează mânios. Afară! Afară! Sunt sigur că doriți să continuați dezbaterea de parcă n-aș fi de față, așa că duceți-vă în altă parte, unde nu voi fi de față. Mergeți și nu mă mai deranjați!

— Iertare, spune Randalin. Am vrut doar să...

— Afară! urlă el, moment în care până și Fala pornește spre ieșire. Mai puțin Jude, strigă el după mine. Auzi? Rămâi câteva clipe.

Auzi? Mă întorc spre el, încă înfierbântată de umilința suportată în noaptea asta. Mă gândesc la toate secretele și planurile mele și la ce ar însemna un război cu Marea de Jos, la riscurile pe care mi le-am asumat și toate pierderile definitive pe care deja le-am suferit.

Îi las pe ceilalți să plece și aștept până când ultimul membru al Consiliului Viu a părăsit încăperea.

— Mai dă-mi un singur ordin, îi spun, și îți arăt eu ce înseamnă rușine adevărată. Jocurile lui Locke vor părea o nimica toată pe lângă ce-o să te pun eu să faci.

Acestea fiind zise, ies pe hol, în urma celorlalți.

...

La Curtea Umbrelor iau în calcul mișcările posibile.

Să-l omor pe Balekin. Mikkel nu s-a înșelat când a zis că așa i-ar fi mai greu Mării de Jos să smulgă coroana de pe capul lui Cardan.

Să-l căsătoresc pe Cardan cu altcineva. Îmi amintesc de Mama Măduvă și aproape că-mi pare rău că am intervenit atunci. Dacă Cardan ar fi luat-o mireasă pe fata unei cotoroanțe, poate că Orlagh nu s-ar fi apucat s-o facă pe pețitoarea cu atâta îndrăzneală.

Firește, m-aș fi confruntat cu alte probleme.

O durere de cap mi se înfiripă în dosul ochilor. Îmi masez puntea nasului cu degetele.

Nunta lui Taryn va avea loc în curând și Oak va sosi în numai câteva zile. Nu-mi place situația asta, din moment ce Orlagh a devenit o amenințare pentru regat. Oak e o piesă prea valoroasă pe harta strategică, e prea important pentru Balekin și prea periculos pentru Cardan.

Îmi amintesc ziua în care l-am văzut pe Balekin ultima oară, influența pe care o exercita asupra paznicului, modul în care se purta, de parcă ar fi fost un rege exilat. Și toate rapoartele pe care le primesc de la Vulciber sugerează că situația nu s-a schimbat mai deloc. Pretinde condiții de lux, primește musafiri veniți de sub ape, care lasă bălți și perle în urma lor. Mă întreb ce i-or fi spus, ce promisiuni i-or fi făcut. În ciuda convingerii Nicasiei că nu va fi nevoie de Balekin, probabil că el speră tocmai la situația opusă.

Atunci îmi amintesc încă ceva – îmi amintesc de femeia care a vrut să-mi vorbească despre mama mea. A fost de față în tot acest timp și, dacă e dispusă să-mi dea anumite informații ca să-și răscumpere libertatea, poate că ar consimți să vândă și altele.

În timp ce mă întreb ce aș putea să aflu de la ea, îmi trece prin gând că ar fi mult mai util să-i trimit *eu* informații lui Balekin, în loc să le iau eu de la el.

Dacă i-aș îngădui acelei prizoniere să creadă că o eliberez temporar ca să-mi povestească despre mama mea, aș putea să-i strecor niște informații. Ceva despre Oak, despre locul unde se află sau vulnerabilitățile lui. N-ar minți când le-ar spune mai departe. Ar crede că a auzit adevărul și că vorbește adevărul.

Încerc să construiesc un plan mai departe și realizez că e prea devreme pentru asta. Ce trebuie să fac acum e să-i dau prizonierei informații mai simple, pe care să le spună mai departe, informații pe care le pot controla și verifica, astfel încât să fiu sigură că e o sursă bună.

Balekin a vrut să-i trimită un mesaj lui Cardan. Voi face în așa fel încât să reușească.

Curtea Umbrelor a început să formalizeze redactarea de documente pentru evidența locuitorilor regatului, dar niciunul dintre înscrisurile actuale nu vizează alți prizonieri ai Turnului, pe lângă Balekin. Traversez coridorul spre biroul recent amenajat al Bombei.

O găsesc aruncând cuțite într-un tablou cu un apus.

— Nu-ți plăcea? întreb, arătând tabloul.

— Ba mi-a plăcut destul de mult, spune ea. Acum îmi place și mai mult.

— Trebuie să aducem aici o prizonieră din Turnul Uitării. Avem destule uniforme cât să îmbrăcăm o parte dintre noii recruți? Cavalerii de acolo îmi cunosc chipul. Vulciber ar putea să înlesnească vizita, dar prefer să nu risc. E mai bine să falsificăm niște acte și s-o scoatem de-acolo fără prea multe întrebări.

Se încruntă, gânditoare.

— Pe cine vrei?

— E o femeie.

Iau o foaie de hârtie și schițez cât pot de clar planul ultimului etaj inferior.

— Era închisă undeva mai sus, pe scări. Aici. Era singură.

Bomba se încruntă.

— Poți s-o descrii?

Ridic din umeri.

— Față subțire, coarne. Aș zice că e destul de drăguță. Toți arătați bine.

— Ce fel de coarne? întreabă Bomba, aplecând capul într-o parte, ca și când ar fi căzut pe gânduri. Drepte? Încovoiate?

Arăt spre fruntea mea, spre locul din care țin minte că-i ieșeau coarnele.

— Scurte. Cam ca ale unei capre. Și avea și coadă.

— Nu sunt atât de multe zâne în Turn, explică Bomba. Femeia pe care mi-ai descris-o...

— O cunoști? întreb eu.

— Nu i-am vorbit niciodată, spune Bomba. Dar știu cine e – sau cine a fost: una dintre iubitele lui Eldred, care i-a născut un băiat. E mama lui Cardan.

Capitolul 14

Când Gândacul conduce prizoniera înăuntru, lovesc cu unghiile în suprafața biroului vechi al lui Dain.

— O cheamă Asha, spune el. *Doamna* Asha.

Asha e slabă și atât de palidă, încât tenul îi bate spre cenușiu. Nu prea seamănă cu femeia pe care am văzut-o râzând în globul de cristal.

Se uită în jur ca într-un extaz confuz. E limpede că se bucură că a părăsit Turnul Uitării. Cu o privire flămândă, soarbe toate detaliile din jur, chiar și în această cameră destul de modestă.

— Pentru ce a fost închisă? întreb eu, prefăcându-mă că nu știu.

Sper că, în acest mod, va face ea prima mișcare și-mi va dezvălui mai multe.

Gândacul mormăie și joacă teatru după exemplul meu.

— A fost consoarta lui Eldred, care a azvârlit-o în temniță când s-a plictisit de ea.

Fără îndoială, a fost mai mult de atât, dar eu am reușit să aflu doar că la mijloc a fost moartea unei alte iubite de-a Înaltului Rege și că, cumva, a fost implicat și Cardan.

— Ghinion, spun eu și arăt spre scaunul din fața biroului meu. Cel în care, în urmă cu cinci luni, a fost legat Cardan. Ia loc.

Se așază și întoarce privirea iute spre mine.

— Mi-a foarte sete.

— Chiar așa? o întreabă Gândacul, lingându-și un colț al gurii cu limba sa neagră. Poate că te-ar înviora o cupă de vin.

— Mi-e și rece, îi spune ea. Mi-e rece până-n oase. Rece ca marea.

Schimb o privire cu Gândacul.

— Tu rămâi aici cu Regina noastră a Umbrelor și mă ocup eu de restul.

Nu știu ce am făcut ca să merit un titlu atât de extravagant și mă tem că mi-a fost atribuit așa cum unui trol imens i s-ar da porecla „Micuțul", dar ea pare impresionată.

Gândacul iese din cameră și ne lasă singure. Îl urmăresc câteva clipe, gândindu-mă la Bomba și la secretul ei. Apoi mă întorc spre Doamna Asha.

— Ai spus că ai cunoscut-o pe mama mea, îi amintesc eu, sperând ca astfel s-o trag de limbă, până când găsesc o cale de a trece la subiectul care mă interesează cu adevărat.

Pe chipul ei se citește o ușoară surpriză, de parcă lucrurile din jur i-ar fi distras atenția într-atât, încât a uitat de ce a venit aici.

— Semeni foarte mult cu ea.

— Secretele ei, o încurajez eu. Ai spus că știi secrete despre ea.

În sfârșit, zâmbește.

— Evei i s-a părut obositor să trăiască chiar fără *nimic* din viața ei dinainte. A, da, inițial, i-a plăcut să trăiască în Tărâmul Zânelor – tuturor le place la început, dar, în cele din urmă, li se face dor de casă. Obișnuiam să traversăm marea și să ne plimbăm printre muritori, întorcându-ne cu mici obiecte cărora le simțea lipsa. Ciocolate caramelizate. Parfum. Ciorapi. Firește, toate astea s-au petrecut înainte să apară Justin.

Justin și Eva. Eva și Justin. Mama și tatăl meu. Mi se strânge inima la gândul că Asha i-a cunoscut mai bine decât am reușit eu vreodată.

— Firește, repet eu.

Se apleacă înainte, peste birou.

— Semeni cu ea. Semeni cu amândoi.

Și tu semeni cu el, gândesc eu.

— Bănuiesc că știi povestea, spune Asha. Cum unul dintre ei sau chiar amândoi au ucis o femeie și i-au dat foc trupului ca să ascundă de Madoc dispariția mamei tale. Aș putea să-ți povestesc. Să-ți povestesc cum s-au petrecut lucrurile.

— Tocmai pentru asta te-am adus aici, îi zic. Ca să-mi spui tot ce știi.

— Ca apoi să mă azvârli înapoi în Turn? Nu. Informațiile pe care le dețin au un preț.

Înainte să pot răspunde, se deschide ușa și intră Gândacul, purtând un platou cu brânză și pâine neagră și o cană aburindă cu vin condimentat. Poartă o mantie pe umeri și, după ce așază mâncarea pe birou, o întinde împrejurul ei ca o pătură.

— Mai dorești și altceva? întreabă el.

— Tocmai asta se pregătea să-mi zică, intervin eu.

— Libertatea, spune ea. Vreau să scap din Turnul Uitării și vreau să părăsesc insulele Insmoor, Insweal și Insmire în siguranță. Mai mult, vreau să-mi promiți că Înaltul Rege al regatului Elfhame nu va afla niciodată că am fost eliberată.

— Eldred a murit, îi spun eu. Nu ai de ce să-ți faci griji în privința asta.

— Știu cine e Înaltul Rege, mă corectează ea aspru. Și nu vreau să mă găsească după ce voi fi eliberată.

Gândacul ridică din sprâncene.

În tăcerea care se lasă, Asha ia o gură mare de vin. Apoi mușcă dintr-o bucată de brânză.

Îmi dau seama că probabil Cardan știe unde fusese trimisă mama lui. Faptul că nu a făcut nimic ca s-o scoată de acolo, că nici măcar nu s-a dus s-o vadă de când a devenit Înalt Rege, toate acestea nu sunt întâmplătoare. Mă gândesc la băiatul din globul de cristal, la manierea reverențioasă în care se uita după ea și mă întreb ce s-a schimbat. Eu abia mi-o amintesc pe mama mea, dar aș face multe numai de-aș putea s-o revăd, chiar și pentru o clipă.

— Zi-mi ceva de valoare, spun eu. Și apoi am să mă gândesc.

— Adică nu voi obține nimic azi? întreabă ea.

— Nu ți-am dat să mănânci, nu te-am îmbrăcat în hainele noastre? Pe lângă astea, îți voi permite să te plimbi puțin în grădini înainte să te întorci la Turn. Să te bucuri de mireasma florilor și să simți iarba sub tălpi, îi spun eu. Să-ți fie limpede: n-am să mă rog de tine să-mi împărtășești amintiri liniștitoare și povești de dragoste. Dacă poți să-mi oferi mai mult de atât, atunci poate că voi găsi pentru tine o recompensă acceptabilă. Dar să nu-ți închipui că am nevoie de tine.

Strâmbă din buze.

— Bine, atunci. Când mama ta era însărcinată cu Vivienne, pe pământurile lui Madoc a venit o cotoroanță. Aceasta avea talentul profeției și citea viitorul în cojile de ou. Și știi ce a spus? Că pruncului Evei îi era hărăzit să devină o armă mai măreață decât oricare dintre cele pe care avea să le făurească Justin vreodată.

— E vorba de Vivi? întreb eu vehement.

— De pruncul ei, răspunde Asha. Deși probabil că se gândea la cel pe care-l purta în pântec la acea vreme. Poate că de aceea a plecat. Ca să protejeze copilul de puterile sorții. Dar nimeni nu poate scăpa de soarta sa.

Strâng din buze și nu spun nimic. Mama lui Cardan ia încă o gură de vin.

Nu voi permite să mi se citească pe chip sentimentele.

— Încă nu e de ajuns, spun eu, concentrându-mă asupra speranței că informațiile acestea vor ajunge și la Balekin, asupra speranței că am găsit o cale de a-l păcăli. Dacă-ți vine în minte ceva mai important, poți să-mi trimiți un mesaj. Spionii noștri urmăresc scrisorile care pătrund și ies din Turnul Uitării - de regulă, le găsesc când sunt predatc la palat. Poți să scrii orice și să adresezi mesajele oricui - atât timp cât acestea trec prin mâna unui paznic, le vom vedea și noi. Îți va fi ușor să mă anunți dacă-ți amintești vreo informație mai valoroasă.

Spunând acestea, mă ridic de pe scaun și părăsesc încăperea. Gândacul vine după mine, pe hol, și mă strânge ușor de braț.

Câteva clipe bune nu fac nicio mișcare și nu spun nimic, încerc doar să-mi adun gândurile.

Clatină din cap.

— I-am pus câteva întrebări pe drumul până aici. Mi se pare că a vrăjit-o viața de la Curte și favoarea Înaltului Rege și s-a intoxicat cu dansuri, cântece și vin. Pe Cardan l-a lăsat să fie alăptat de o pisică neagră, ai cărei pui muriseră înainte de naștere.

— A trăit numai din lapte de pisică? exclam eu.

Gândacul mă privește nedumerit, de parcă mi-ar fi scăpat cu totul însemnătatea istorisirii sale.

— După ce Asha a fost surghiunită în Turn, Cardan a fost trimis la Balekin, spune el.

Îmi amintesc iarăși de globul găsit în biroul lui Eldred, în care l-am văzut pe Cardan îmbrăcat în zdrențe, căutând aprobarea femeii din camera mea, care venea numai atunci când se purta oribil. Un prinț abandonat, crescut cu lapte de pisică și cruzime, lăsat să hălăduiască prin palat ca o mică stafie. Îmi amintesc când mă ascundeam la Conacul Scorburos și am urmărit cum Balekin a fermecat un muritor încât acesta să-l bată pe fratele lui mai mic pentru că-și mânuise sabia cu neglijență.

— Du-o înapoi la Turn, îi spun Gândacului.

Ridică din sprâncene.

— Nu vrei să afli mai multe despre părinții tăi?

— O încântă prea mult să-mi spună poveștile astea. Am să obțin informațiile de la ea fără să mă obosesc cu atâtea târguri.

Mai mult, am plantat o sămânță mai importantă. Acum trebuie doar să văd dacă va crește ceva din ea.

Gândacul îmi zâmbește discret.

— Îți face plăcere, așa-i? Să te joci cu noi. Să tragi de sforile noastre și să privești cum dansăm.

— Te referi la zâne?

— Mă gândesc că ți-ar plăcea s-o faci și cu muritorii, dar ai căpătat exercițiu trăind printre noi.

Gândacul nu o spune dezaprobator, dar, chiar și așa, mă simt extrem de expusă.

— Și poate că unii dintre noi au o savoare mai aparte, adaugă el.

Se uită la mine fix, privind de-a lungul nasului său răsucit, de goblin, până când îi răspund.

— O spui ca pe-un compliment?

Îmi zâmbește larg.

— În orice caz, nu e o insultă.

Capitolul 15

A doua zi primesc rochii, cutii întregi, împreună cu pardesie și jachete scurte și ingenios lucrate, pantaloni de catifea și cizme înalte. Toate arată de parcă ar aparține unei persoane feroce, o persoană mai bună, dar și mai rea decât mine.

Încep să mă îmbrac și, până să termin, Tatterfell intră în odaie. Insistă să-mi pieptene părul pe spate și să-l prindă cu o agrafă nouă, cioplită sub forma unei broaște, cu o singură piatră de crisoberil drept ochi.

Îmi admir pardesiul de catifea neagră, cu margini argintii, și mă gândesc cu câtă grijă a ales Taryn fiecare articol. Vreau să mă gândesc numai la asta, și la nimic altceva.

Cândva mi-a spus că m-a urât pentru că fusesem martoră la momentul în care a fost umilită de curteni. Oare de asta mi-e atât de greu să uit ce s-a petrecut cu Locke? Pentru că ea a fost martoră la întâmplarea respectivă și acum, de fiecare dată când o văd, îmi amintesc iarăși cum a fost să fiu înșelată?

Însă, când îmi privesc noile haine, mă gândesc câte ai de câștigat când ai pe cineva care te cunoaște atât de bine, care-ți înțelege visurile și temerile. Eu nu i-am povestit lui Taryn toate faptele oribile pe care le-am comis și nu i-am spus despre toate talentele teribile pe care le-am dobândit, dar ea m-a înveșmântat de parcă ar fi știut.

În ținuta mea nouă, pornesc spre locul în care se întrunește Consiliul în grabă și ascult dezbaterile aprinse ale celorlalți, care vor să afle dacă Nicasia chiar i-a transmis lui Orlagh mesajul mânios al lui Cardan și dacă peștii pot să zboare (întrebarea lui Fala).

— Nu are importanță dacă l-a transmis sau nu, spune Madoc. Înaltul Rege și-a exprimat decizia în mod limpede. Din moment ce nu va accepta să se căsătorească, trebuie să luăm în considerare că Orlagh va acționa conform amenințărilor ei. Ceea ce înseamnă că va atenta la sângele lui.

— Te grăbești, îi replică Randalin. Nu ar trebui să vedem dacă nu cumva tratatul și-a păstrat valabilitatea?

— Ce rost are să mai discutăm asta? întreabă Mikkel, privind-o pe Nihuar cu colțul ochiului. Curțile Unseelie nu pot supraviețui cu speranțe deșarte.

Reprezentanta Seelie își țuguie buzele mici, ca de insectă.

— Stelele arată că urmează o vreme de mare neliniște, spune Baphen. Observ semne cum că ar urma să apară un monarh nou, dar nu știu dacă se referă la o eventuală înlăturare a lui Cardan, o cădere a lui Orlagh sau la posibilitatea ca Nicasia să devină regină.

— Am un plan, intervine Madoc. Oak va sosi în Elfhame în curând. În momentul în care Orlagh își va trimite agenții după el, am de gând s-o prind în flagrant.

— Nu, spun eu, atrăgând privirile surprinse ale tuturor asupra mea. Nu poți să-l folosești pe Oak drept momeală.

Madoc nu pare deosebit de deranjat de izbucnirea mea.

— Poate că asta pare că fac...

— Pentru că asta faci.

Îl privesc încruntată, amintindu-mi toate motivele pentru care n-am vrut ca Oak să devină Înalt Rege avându-l regent pe Madoc.

— Dacă Orlagh pune la cale răpirea lui Oak, atunci ar fi mai bine să aflăm când va acționa, înainte s-o facă. Și cea mai bună cale de a face acest lucru ar fi să orchestrăm o oportunitate.

— Ce zici de *înlăturarea* oportunitații, în schimb? întreb.

Madoc clatină din cap.

— N-ar fi vorba decât de speranțele deșarte împotriva cărora ne-a avertizat Mikkel. Deja i-am scris lui Vivienne. Au de gând să sosească săptămâna asta.

— Nu putem să-l aducem pe Oak aici, mă împotrivesc eu. Era periculos și înainte, dar acum e prea mult.

— Ai impresia că va fi în siguranță în lumea muritorilor? pufnește Madoc. Crezi că Marea de Jos nu poate să ajungă la el dacă rămâne acolo? Oak e fiul meu, iar eu sunt Marele General al regatului Elfhame și îmi cunosc meseria. N-ai decât să-l protejezi cum vrei, dar lasă restul în seama mea. Nu e momentul pentru o criză de nervi.

Strâng din dinți.

— Criză?

Madoc se uită la mine îndelung.

— E ușor să-ți riști propria viață, nu-i așa? Să te împaci cu pericolele care te amenință. Dar uneori strategul e nevoit să-i pună pe alții în pericol, chiar și pe cei la care ține.

Mă privește cu înțeles, poate ca să-mi amintească de ziua în care l-am otrăvit.

— Pentru binele regatului, conchide el.

Dar eu îmi mușc limba din nou. Nu am cum să câștig disputa asta de față cu toți membrii Consiliului. Mai ales din moment ce nu sunt convinsă că am dreptate.

Trebuie să aflu mai multe despre planurile Mării de Jos și asta cât mai repede. Dacă există vreo cale alternativă care să nu implice periclitarea lui Oak, am de gând să o descopăr.

Randalin pune diverse întrebări legate de garda personală a Înaltului Rege. Madoc cere ca Curțile inferioare să trimită mai multe trupe ca de obicei. Atât Nihuar, cât și Mikkel se împotrivesc. Îi las să se certe în voie și mă străduiesc să-mi adun gândurile.

La sfârșitul ședinței primesc o foaie de hârtie cu două mesaje. Unul a fost trimis de Vivi la palat. Mă roagă să mă duc să-i iau pe ea, pe Oak și pe Heather și să-i aduc în Elfhame, pentru nunta lui Taryn, în mai puțin de o zi – mai devreme chiar decât a propus Madoc. Al doilea mesaj e de la Cardan, care-mi cere să mă prezint în sala tronului.

Înjur printre dinți și dau să plec. Randalin mă prinde de mânecă.

— Jude, spune el. Permite-mi să-ți dau un sfat.

Mă întreb dacă urmează să-mi facă observații.

— Seneșalul nu reprezintă doar vocea regelui, continuă el. Ci și mâinile lui. Dacă nu-ți convine să colaborezi cu Generalul Madoc, găsește un nou Mare General, pe cineva care nu s-a făcut vinovat de trădare.

Știam că Randalin se contrazice adesea cu Madoc la întâlnirile Consiliului, dar habar n-aveam că ar vrea să scape de el. În orice caz, nu-mi inspiră deloc mai multă încredere decât Madoc.

— O idee interesantă, spun eu pe un ton cât se poate de neutru și părăsesc încăperea.

...

Îl găsesc pe Cardan întins pe tron, cu un picior lung atârnat peste unul dintre brațe.

În sala mare, petrecerea e încă în toi. Cheflii somnoroși se adună în jurul meselor încărcate și acum cu bunătăți. În aer se simte mirosul de pământ proaspăt întors și de vin proaspăt vărsat. Croindu-mi drum spre podium, o zăresc pe Taryn dormind pe un covor. Un băiat pixi necunoscut doarme lângă ea, cu aripile ca de libelulă tresărind din când în când, ca și cum ar visa că zboară.

Locke, cât se poate de treaz, stă așezat la marginea podiumului și strigă la muzicieni.

Cardan se întoarce iritat și își lasă picioarele pe podea.

— Care e problema mai exact?

Un băiat cu trup de cerb de la bust în jos face un pas înainte. Mi-l amintesc de la ospățul de Luna Vânătorului, unde a cântat. Vorbește cu o voce tremurătoare.

— Iertare, Maiestate. Numai că mi-a fost furată lira.

— Și ce anume dezbatem? întreabă Cardan. Lira ori e aici, ori nu e, nu-i așa? Dacă nu e, lasă un flautist să cânte.

— El mi-a furat-o.

Băiatul arată spre unul dintre ceilalți muzicieni, care are părul de iarbă.

Cardan se întoarce spre hoț cu o privire agasată.

— Lira *mea* avea corzi făcute din părul unor muritori frumoși care au murit în mod tragic la vârste fragede, bâiguie zâna cu părul de iarbă. Mi-au trebuit zeci de ani s-o confecționez și era foarte greu de întreținut. Glasurile muritorilor îngânau cu amar când cântam la ea. Până și Măriei Voastre v-ar fi dat lacrimile, nu vă fie cu supărare.

Cardan face un gest nerăbdător.

— Dacă ai terminat cu lauda de sine, spune-mi limpede care e problema aici? Nu am întrebat de instrumentul *tău*, ci de *al lui*.

Zâna cu părul de iarbă pare să roșească, pielea lui capătă o nuanță verzuie mai întunecată – bănuiesc că asta nu e atât culoarea trupului, cât a sângelui lui.

— El a împrumutat-o de la mine într-o seară, spune el, arătând spre băiatul-cerb. După aceea lira a început să-l obsedeze și nu s-a lăsat până n-a distrus-o. N-am făcut decât să iau lira *lui* ca s-o înlocuiesc pe a mea, căci, chiar dacă e de o calitate inferioară, trebuie să am la ce cânta.

— Ar trebui să-i pedepsești pe amândoi, spune Locke. Pentru că au adus în atenția Înaltului Rege o problemă atât de frivolă.

— Ei bine? face Cardan, întorcându-se iarăși spre băiatul care a pretins primul că i-a fost furată lira. Să-mi pronunț judecata?

— Încă nu, vă implor, spune băiatul-cerb, cu urechile tremurându-i de spaimă. Când am cântat la lira lui, vocile celor care muriseră, al căror păr fusese folosit în crearea corzilor, mi-au vorbit. Ei erau adevărații stăpâni ai lirei. Și, când am distrus-o, i-am salvat pe ei. Vedeți, erau închiși în instrument.

Cardan se prăbușește pe tron și-și dă capul pe spate de frustrare, mișcând coroana într-o parte.

— Ajunge, spune el. Amândoi sunteți hoți și pe deasupra și neiscusiți.

— Dar nu înțelegeți chinul lor, țipetele...

Apoi băiatul-cerb își acoperă gura cu mâna, amintindu-și că se află în prezența Înaltului Rege.

— Nu ai auzit niciodată că virtutea cuprinde *propria-i* recompensă? îl întreabă Cardan pe un ton amabil. Asta pentru că nu-ți aduce *nicio altă* recompensă.

Băiatul râcâie podeaua cu o copită.

— Ai furat o liră și, la rândul tău, lira ți-a fost furată, spune Cardan încet. Există dreptate în asta.

Se întoarce spre muzicianul cu părul de iarbă.

— Iar tu ai căutat să rezolvi nedreptatea de unul singur, deci bănuiesc că ai obținut un rezultat satisfăcător. Dar amândoi m-ați supărat. Dă-mi instrumentul acela.

Amândoi par nemulțumiți, dar muzicianul cu părul de iarbă se apropie și cedează lira unei gărzi.

— Fiecare dintre voi va avea ocazia să cânte la ea și cine va cânta mai dulce, o va primi. Căci arta e deasupra viciilor și virtuților.

Pe când băiatul-cerb începe să cânte, urc treptele cu grijă. Nu mă așteptam ca lui Cardan să-i pese într-atât încât să asculte plângerile muzicienilor și nu pot să-mi dau seama dacă judecata lui e genială sau dacă e doar un nemernic. Mă tem că iarăși interpretez acțiunile pe măsura așteptărilor mele.

Muzica e nespus de duioasă, îmi face pielea și trupul să tremure până-n oase.

— Maiestate, spun eu. M-ați chemat.

— A, da.

Părul ca pana corbului îi cade pe față, acoperindu-i unul dintre ochi.

— Așadar, suntem în război?

Preț de o clipă, mi se pare că se referă la noi doi.

— Nu, îi răspund. Cel puțin, până la următoarea lună plină, nu.

— Nu vă puteți opune mării, intervine Locke cu aer de filosof.

Cardan râde încet.

— De opus, ne putem opune oricui. Să și învingem, asta e cu totul altă problemă. Nu-i așa, Jude?

— Jude e o adevărată învingătoare, spune Locke rânjind.

Apoi se întoarce spre muzicieni și bate din palme.

— Ajunge. Următorul.

Văzând că regele nu-l contrazice pe Maestrul său de Ceremonii, băiatul-cerb îi dă lira zânei cu părul de iarbă, fără nicio tragere de inimă. Un nou val muzical inundă palatul de sub colină, o melodie pătimașă, care-mi iuțește bătăile inimii.

— Ziceai că trebuie să pleci, îi amintesc lui Locke.

Acesta rânjește.

— Găsesc că mi-e foarte bine aici, spune el. Cred că nu ai nimic atât de intim de vorbit cu Înaltul Rege.

— E păcat că n-ai să afli cu certitudine. Du-te. Acum.

Mă gândesc la sfatul lui Randalin, care mi-a amintit că am o anumită putere. Așa o fi, dar, chiar și așa, nu reușesc să scap măcar o jumătate de oră de un biet Maestru de Ceremonii, ca să nu mai vorbesc de Marele General, care, mai mult sau mai puțin, mi-e și tată.

— Du-te, îi poruncește Cardan lui Locke. Nu am chemat-o aici pentru plăcerea *ta*.

— Ești total lipsit de generozitate. Dacă într-adevăr ai fi ținut la mine, tocmai pentru aceea ai fi chemat-o, spune Locke, coborând sprinten de pe podium.

— Du-o pe Taryn acasă, îi strig eu.

Dacă n-ar fi fost ea, l-aș fi pocnit în mutră de-a dreptul.

— Cred că îi place să te vadă așa, îmi spune Cardan. Cu roșu în obraji și înfuriată.

— Nu-mi pasă ce-i place lui, spun eu acru.

— Se pare că *nu-ți* pasă destul de mult.

A spus-o pe un ton sec și, când întorc privirea spre el, nu reușesc să-i citesc emoțiile.

— De ce m-ai chemat? îl întreb.

Își ridică picioarele de pe brațul tronului și se ridică.

— Tu, spune el, arătând spre băiatul-cerb. Astăzi, norocul e de partea ta. Ia lira. Amândoi să faceți bine să nu mă mai deranjați niciodată.

Băiatul-cerb face o plecăciune și zâna cu părul de iarbă se îmbufnează.

Cardan se întoarce spre mine.

— Haide!

Ignorând cu un oarecare efort atitudinea lui autoritară, îl urmez în spatele tronului, coborând de pe podium, până la ușa scundă din peretele de piatră, ascunsă parțial cu iederă. N-am mai fost aici.

Cardan dă iedera la o parte și trecem dincolo.

E o încăpere mică, evident destinată întâlnirilor intime, romantice. Pereții sunt acoperiți de mușchi, presărat cu ciuperci mici, lucitoare, care ne cufundă într-o lumina palidă, lăptoasă. Descopăr o canapea scundă, pe care să te așezi sau să te întânzi, în funcție de situație.

Suntem singuri, așa cum n-am mai fost de mult timp și, când Cardan face un pas spre mine, inima mi se oprește o clipă.

Ridică din sprâncene.

— Fratele meu mi-a trimis un mesaj.

Scoate biletul din buzunar și-l despăturește:

Dacă vrei să-ți salvezi pielea, fă-mi o vizită.
Și ține-ți seneșalul în lesă.

— Așadar, spune el, întinzându-mi biletul. Cu ce ți-ai mai ocupat timpul?

Respir ușurată. N-a durat mult până când Doamna Asha i-a transmis lui Balekin informațiile pe care i le-am strecurat și Balekin n-a întârziat să acționeze ca atare. Un punct pentru mine.

— Am reținut câteva mesaje care-ți erau adresate, mărturisesc eu.

— Și ai hotărât să nu-mi spui despre ele.

Cardan mă privește fără prea multă ranchiună, dar nici nu e tocmai încântat.

— Așa cum ai refuzat să-mi spui despre întâlnirile între Balekin și Orlagh și despre planurile Nicasiei în ceea ce mă privește.

— Uite ce e: este de la sine înțeles că Balekin vrea să te vadă, îi spun, vrând să îndrum conversația departe de lista lui deplorabil de incompletă a faptelor despre care nu i-am spus nimic. Ești fratele lui, pe care l-a găzduit în propria-i casă. Ești singura persoană cu autoritate suficientă pentru a-l elibera și singura care poate chiar ar fi dispusă s-o facă. M-am gândit că, dacă ai fi avut chef să-i arăți milă, ai fi putut să vorbești cu el oricând. Doar n-aveai nevoie de insistențele lui.

— Atunci, ce s-a schimbat? întreabă el, fluturându-mi foaia de hârtie pe sub ochi.

Acum chiar pare supărat.

— De ce mi-a fost îngăduit să primesc mesajul ăsta?

— I-am trimis o sursă de informații, spun eu. Una pe care pot s-o compromit.

— Și trebuie să răspund la bilețelul ăsta? întreabă el.

— Dispune să-ți fie adus ferecat în lanțuri.

Îi smulg hârtia din mână și o îndes în buzunar.

— Aș vrea să aflu ce-și închipuie că poate obține de la tine în urma unei conversații scurte, mai ales din moment ce el nu știe că ai aflat despre legăturile lui cu Marea de Jos.

Cardan mijește ochii. Partea cea mai neplăcută e că nu fac decât să-l înșel din nou, chiar în clipa asta, să-l mint prin omisiune. Să-i ascund faptul că sursa mea de informații, cea pe care pot s-o compromit, e tocmai mama lui.

Credeam că vrei să mă ocup de problemele astea de una singură, îmi vine să zic. *Eu trebuia să conduc și tu trebuia să te distrezi și cu asta, basta.*

— Bănuiesc că ar încerca să țipe la mine până când i-aș face pe plac, spune Cardan. E posibil să reușesc să-l agasez și să fac să-i scape vreo informație. E posibil, dar puțin probabil.

Încuviințez din cap și partea șireată a creierului meu, cea deprinsă cu jocurile de strategie, îmi sugerează o posibilă mișcare.

— Nicasia nu ne-a spus tot ce știe. Fă-o să mărturisească restul și folosește informațiile astfel obținute împotriva lui Balekin.

— Ei bine, nu știu ce să zic, nu cred că ar fi înțelept din punct de vedere politic să-i pun zdrobitoare de degete prințesei mării.

Mă uit la el din nou, la buzele lui moi și la pomeții lui înalți, la frumusețea nemiloasă a chipului său.

— Niciun zdrobitor de degete. Doar tu. Du-te la Nicasia și vrăjește-o.

Cardan ridică din sprâncene.

— Of, haide, îi spun, pe când în minte mi se conturează un plan pe cât de neplăcut, pe atât de sigur. Doar curtenele aproape că atârnă de tine de fiecare dată când te văd.

— Sunt *Regele*, spune el.

— Atârnau de tine și înainte să urci pe tron.

Mă irită faptul că trebuie să-i explic lucrurile astea. Nu se poate să nu știe cum reacționează zânele în prezența lui.

Cardan face un gest agitat.

— Adică în vremea când eram doar *prinț?*

— Folosește-te de vicleșugurile tale, îl îndemn, exasperată și jenată. Sunt convinsă că știi câteva. Doar ea tânjește după tine. N-ar trebui să fie dificil.

Spre surprinderea mea, sprâncenele i se înalță și mai mult.

— Tu chiar vrei s-o fac.

Inspir adânc, pricepând că va trebui să-l conving că va avea succes. Și știu cum aș putea s-o fac.

— Nicasia e cea care a venit prin pasajul secret și a tras în fata pe care o sărutai, spun eu.

— Vrei să zici că a încercat să mă omoare? întreabă el. Zău așa, Jude, câte secrete ții față de mine?

Mă gândesc iar la mama lui și-mi mușc limba. Prea mult.

— Voia să tragă în fata aceea, nu în tine. Te-a găsit în pat cu alta, a devenit geloasă și a tras două săgeți. Din nefericire pentru tine, dar din fericire pentru toți ceilalți, Nicasia nu știe să tragă cu arbaleta. Acum mă crezi că ține la tine?

— Nu știu ce să cred, spune el, furios, poate pe ea, poate pe mine, poate pe amândouă.

— Avea de gând să te surprindă în pat. Fă-i pe plac și obține informațiile de care avem nevoie ca să împiedicăm izbucnirea unui război.

Cardan se apropie subit, atât de mult, încât îi simt respirația în păr.

— Îmi poruncești?

— Nu, spun eu surprinsă, incapabilă să-i întâlnesc privirea. Firește că nu.

Mă ia de bărbie cu degetele și-mi apleacă capul pe spate încât să privesc în ochii lui negri, mistuiți de o mânie fierbinte ca tăciunii.

— Doar crezi că așa ar trebui să fac. Că pot. Că aș fi bun la asta. Prea bine, Jude. Spune-mi cum se face. Crezi că i-ar plăcea dacă aș veni la ea așa, dacă aș privi-o adânc în ochi?

Tot trupul meu e în alertă, plin de o dorință bolnavă, stânjenitoare prin intensitatea ei.

Știe. Sunt convinsă că știe.

— Probabil, îi răspund, cu vocea tremurându-mi ușor. Fă așa cum faci de obicei.

— Of, haide, spune el, pe un ton cuprins de o mânie abia stăpânită. Dacă vrei să mă prostituez, măcar ajută-mă cu un sfat.

Degetele lui încărcate de inele îmi mângâie obrazul, conturul buzei și bărbia, apoi coboară încet de-a lungul gâtului. Mă simt amețită și copleșită.

— Să o ating așa? întreabă el, privindu-mă pe sub genele lăsate.

Umbrele îi reliefează chipul, îi accentuează liniile pomeților.

— Nu știu, spun eu, dar vocea mă trădează.

Sună total nefiresc, înaltă și gâfâită.

Își lipește buzele de urechea mea, sărutându-mă acolo. Îmi atinge umerii ușor și mă face să tremur.

— Și apoi așa? Așa ar trebui s-o seduc?

Simt cum buzele lui formează cuvintele încet, lipite de pielea mea.

— Crezi că ar merge?

Îmi înfig unghiile în podurile palmelor, străduindu-mă să rămân neclintită sub atingerile lui. Îmi tremură tot corpul de încordare.

— Da.

Apoi gura lui o întâlnește pe a mea și buzele mi se deschid. Închid ochii, să nu văd ce urmează să fac. Ridic mâinile și-mi împletesc degetele în buclele lui întunecate. Nu mă sărută cu furie; mă sărută ușor, consumat de dorință.

Totul încetinește, devine lichid și fierbinte. Abia mai pot gândi.

Am tânjit după momentul ăsta și mi-a fost frică de el și acum, când se întâmplă în sfârșit, nu văd cum mi-aș mai putea dori altceva vreodată.

Ne apropiem împleticit de canapea. Mă așază pe perne și îl trag peste mine. Expresia lui o oglindește pe a mea - surpriză și un strop de groază.

— Mai spune-mi o dată ce ai zis la ospăț, mă roagă, suindu-se pe mine, lipindu-și trupul de al meu.

— Ce anume?

Abia mai pot să gândesc.

— Că mă urăști, zice cu glas răgușit. Spune-mi că mă urăști.

— Te urăsc, îi spun, și cuvintele îmi sună ca o mângâiere.

Repet cuvintele iar și iar. O litanie. O vrajă. Un farmec care să mă protejeze de sentimentele mele adevărate.

— Te urăsc, spun. Te urăsc. Te urăsc.

Mă sărută cu mai multă patimă.

— Te urăsc, șoptesc printre buzele lui. Te urăsc atât de mult, încât uneori nu pot să mă gândesc la altceva.

Auzind asta, scoate un sunet aspru, jos.

Una dintre mâinile lui îmi alunecă pe stomac, conturându-mi pielea. Mă sărută din nou și parcă aș cădea într-un hău. Ca un vârf de munte prăbușindu-se din ce în ce mai iute cu fiecare atingere, până când dedesubt rămâne doar sfârșitul nimicitor.

Nu am simțit niciodată ceva asemănător.

Începe să-mi descheie tunica și încerc să nu încremenesc, să nu-i arăt lipsa mea de experiență. Nu vreau să se oprească.

Parcă mi-ar da un geas. Momentul oferă toată plăcerea sinistră a ieșirii din casă pe furiș, toată satisfacția revoltătoare a furtului. Îmi amintește de clipa în care mi-am înfipt un pumnal în palmă, uimită de propria-mi capacitate de a mă trăda pe mine însămi.

Se ridică ca să-și scoată haina și eu mă agit să scap de a mea. Se uită la mine și clipește ca prin ceață.

— Asta e o idee absolut cumplită, spune el cu un fel de uimire în glas.

— Da, îl aprob, azvârlind ghetele din picioare.

Port ciorapi și nu cred că există vreun mod elegant de a-i da jos. În orice caz, eu nu-l văd. Încălcită în ei, mă simt ridicol și îmi dau seama că aș putea să opresc totul acum. Aș putea să-mi strâng hainele și să plec. Dar nu o fac.

Își scoate peste cap cămașa albă, cu manșete, dintr-o singură mișcare elegantă, descoperindu-și pielea goală și cicatricile. Îmi tremură mâinile. Le strânge în ale lui și le sărută cu un fel de reverență.

— Vreau să-ți spun atât de multe minciuni, rostește el.

Mă cutremur toată și inima îmi bubuie în piept în timp ce mâinile lui îmi alunecă peste piele și una se strecoară între coapse. Îi oglindesc mișcările și îi desfac nasturii de la pantaloni cu stângăcie. Mă ajută să-i trag în jos, încolăcindu-și coada în jurul piciorului și apoi înfășurând-o în jurul piciorului meu, moale ca o șoaptă. Întind brațul și-mi lipesc mâna de abdomenul lui neted. Nu-mi îngădui să șovăi în mișcări, dar lipsa mea de experiență e evidentă. Îi simt pielea fierbinte sub palma mea îngroșată de bătături. Degetele lui sunt deosebit de îndrăznețe și de pricepute.

Mă simt de parcă m-aș îneca în senzații.

Cu ochii deschiși, Cardan îmi privește chipul îmbujorat, îmi observă respirația sacadată. Mă chinui să-mi stăpânesc orice sunet stânjenitor. Mult mai intim decât felul în care mă atinge e să fiu privită așa. Urăsc că el știe ce face, iar eu nu. Urăsc că sunt vulnerabilă. Urăsc că-mi dau capul pe spate, expunându-mi gâtul. Urăsc că mă agăț de el, că îmi înfig unghiile în spinarea lui, în timp ce gândurile mi se sfărâmă în bucăți, și urăsc ultimul gând care-mi trece prin cap: că-mi place de el mai mult decât mi-a plăcut vreodată de oricine altcineva și că, dintre toate chinurile la care m-a supus vreodată, cel mai cumplit e că m-a făcut să-mi placă atât de mult de el.

Capitolul 16

Una dintre cele mai dificile provocări cu care se confruntă spionul, strategul și chiar individul de rând, e să aștepte. Îmi amintesc lecțiile Stafiei, care m-a silit să stau ore în șir cu o arbaletă în mână, permanent concentrată, așteptând momentul ideal să trag.

Victoria depinde atât de mult de răbdare.

Rămâne, desigur, să mai și tragi când se ivește ocazia. Să eliberezi toată acea tensiune.

M-am întors în camerele mele și îmi repet aceste lucruri în gând. Nu trebuie să îngădui altor probleme să-mi distragă atenția. Mâine trebuie să-i aduc pe Vivi și pe Oak din lumea muritorilor și trebuie să găsesc ori o strategie mai bună decât a lui Madoc, ori o cale de a face strategia lui Madoc mai sigură pentru Oak.

Mă concentrez asupra lucrurilor pe care i le voi spune lui Vivi, ca să nu mă gândesc la Cardan. Nu vreau să mă gândesc la cele petrecute între noi. Nu vreau să mă gândesc la felul în care i se mișcau mușchii sau la atingerile lui, la suspinele lui ușoare și la buzele lui alunecând peste ale mele.

Categoric nu vreau să mă gândesc la cât de tare a trebuit să-mi mușc buza ca să nu scot niciun zgomot. Sau la faptul că era atât de evident că nu mai făcusem niciunul dintre lucrurile pe care le-am făcut cu el, cu atât mai puțin lucrurile pe care nu le-am făcut.

De fiecare dată când mă gândesc la aceste lucruri, alung amintirea cu toată forța de care sunt în stare. O alung împreună cu vulnerabilitatea imensă pe care o simt, cu senzația că trupul îmi e expus până la nervi. Nu știu cum voi putea să mai dau ochii cu Cardan fără să mă port ridicol.

Dacă nu pot să înfrunt problema Mării de Jos și nu pot să înfrunt problema legată de Cardan, mă voi ocupa de altceva.

E o ușurare să îmbrac costumul de stofă neagră și să încalț cizmele înalte, din piele, să-mi fixez cuțitele la încheieturi și lângă pulpa piciorului. E o ușurare să fac mișcare, să pornesc prin codri și să mă furișez într-o locuință prost păzită. Când în încăpere intră unul dintre locatari, cuțitul meu îi apare la beregată înainte să poată scoată vreun sunet.

— Locke, spun eu cu miere în glas. Ești surprins?

Se întoarce spre mine și zâmbetul fermecător îi șovăie.

— Floricica mea. Ce faci?

După o clipă de uluire, îmi dau seama că mă confundă cu Taryn. Oare chiar nu ne poate deosebi?

Hăul amar din locul în care ar trebui să-mi fie inima e mulțumit la acest gând.

— Dacă-ți închipui că sora mea ți-ar pune un cuțit la gât, poate c-ai face bine să amâni nunta, îi spun, făcând un pas în spate și arătând cu vârful cuțitului spre un scaun. Haide. Ia loc.

Se așază chiar în clipa în care izbesc scaunul cu piciorul, doborându-l pe spate cu el cu tot. Se întoarce pe-o parte și se holbează la mine indignat.

— Nepoliticos.

E tot ce spune, numai că pe chipul lui observ ceva nou.

Frica.

Timp de cinci luni am folosit toată stăpânirea de sine pe care am deprins-o într-o viață de ținut capul plecat. M-am străduit să mă port de parcă aș fi avut numai o fărâmă de putere, puterea unui slujitor de vază, fără să uit, în același timp, că de fapt eu conduc. O demonstrație de echilibristică - idee care mă duce cu gândul la lecția de jonglat pe care mi-a oferit-o Val Moren.

Am permis acestei probleme întruchipate de Locke să-mi scape de sub control.

Îmi așez piciorul pe pieptul lui și apăs încet, ca să-i amintesc că, dacă ar fi să-l lovesc cu putere, i-aș frânge oasele.

— M-am săturat să fiu politicoasă. N-o să ne mai jucăm cu cuvintele și nici n-o să mai născocim ghicitori. E o idee proastă să-l umilești pe Înaltul Rege. E o idee și mai proastă să mă umilești pe mine. Faptul că zbori din floare-n floare sub ochii surorii mele e pur și simplu prostie. Poate ai crezut că sunt prea *ocupată* ca să mă răzbun? Ei bine, Locke, vreau să înțelegi că, pentru tine, *o să-mi fac timp.*

Se albește. E limpede că nu știe ce să creadă despre mine în momentul ăsta. Știe că l-am înjunghiat pe Valerian cândva, dar nu știe că l-am omorât și nici că i-am mai omorât și pe alții de atunci. Habar nu are că am devenit spioană și apoi maestră a spionilor. Până și despre duelul dintre mine și Taryn a auzit doar din povești.

— A fost o glumă când te-am făcut Regina Veseliei, spune Locke, uitându-se în sus la mine cu un fel de afecțiune în ochii săi de vulpe, cu un zâmbet discret în colțurile gurii, de parcă m-ar îndemna să zâmbesc odată cu el. Haide, Jude, lasă-mă să mă ridic. Chiar vrei să cred că mi-ai face rău?

Îi răspund pe un ton dulce, prefăcut.

— M-ai acuzat cândva că m-am implicat în marele joc. Cum l-ai numit? „Jocul regilor și al prinților, al reginelor și coroanelor." Ei, ca să-l joc cu succes, trebuie să fiu nemiloasă.

Încearcă să se ridice, dar apăs mai tare piciorul și apuc cuțitul mai bine. Nu se mai mișcă.

— Întotdeauna ți-au plăcut poveștile, îi amintesc eu. Spuneai că vrei să aprinzi scânteile unor povești. Ei bine, povestea unei fete care-l omoară pe logodnicul surorii sale gemene sună destul de bine, nu crezi?

Locke închide ochii și-mi întinde mâinile goale.

— Pace, Jude. Poate că am fost prea îndrăzneț. Dar nu pot să cred că vrei să mă ucizi pentru asta. Sora ta ar fi devastată.

— Mai bine să nu fie niciodată mireasă decât să ajungă văduvă, spun eu, dar ridic piciorul de pe pieptul lui.

Se ridică încet și se șterge de prag. Ajuns pe picioare, privește în jur, de parcă nu și-ar mai recunoaște propriul conac, după ce l-a privit de la nivelul podelei.

— Ai dreptate, spun eu în continuare. Nu vreau să-ți fac rău. Vom fi o familie. Vei fi fratele meu, iar eu, sora ta. Să fim prieteni. Dar pentru asta trebuie să-ți cer câteva lucruri. În primul rând, nu mai încerca să mă pui în situații penibile. Nu mai încerca să faci din mine vreun personaj din dramele tale. Alege altă țintă ca să-ți urzești poveștile. În al doilea rând, indiferent ce problemă ai avea cu Cardan, indiferent ce te-a determinat să te joci cu el cu atâta plăcere, indiferent ce ți-a dat impresia c-ar fi distractiv să-i furi iubita și apoi s-o abandonezi în favoarea unei fete muritoare – ca și când ai fi vrut să-i arăți că lucrurile la care ține cel mai mult nu valorează nimic pentru tine –, încetează și uită. Indiferent din ce motiv ai hotărât să mă faci Regina Veseliei, ca să-l chinui folosindu-te de sentimentele pe care bănuiai că le are, renunță. E Înaltul Rege și e prea periculos.

— Periculos, spune el, dar *distractiv.*

Nu zâmbesc.

— Dacă-l vei umili pe rege de față cu curtenii, aceștia vor răspândi zvonuri și supușii lui nu-i vor mai ști de frică. În scurt timp, Curțile inferioare vor cred că pot să i se opună.

Locke încearcă să ridice scaunul rupt și îl sprijină de o masă din apropiere, dar descoperă că nu se mai poate ține pe picioare de unul singur.

— Of, bine, am înțeles, te-ai supărat pe mine. Dar gândește-te puțin. Oi fi tu seneșalul lui Cardan și e clar că-l fascinezi cu șoldurile și buzele și pielea ta caldă de muritoare, dar eu știu că-n adâncul inimii tale, indiferent ce ți-a promis, încă îl urăști. Ți-ar face nespusă plăcere să-l vezi umilit de față cu întreaga Curte. De fapt, dacă n-ai fi fost îmbrăcată în zdrențe și dacă n-ar fi râs lumea de tine, probabil că m-ai fi iertat pentru toate nedreptățile pe care le-am comis față de tine, numai pentru că am pus acel moment la cale.

— Te înșeli, spun eu.

Locke zâmbește.

— Mincinoaso!

— Chiar dacă mi-ar fi făcut plăcere, adaug, trebuie să înceteze.

Pare să evalueze cât de hotărâtă sunt și ce sunt în stare să fac. Sunt convinsă c-o vede înaintea ochilor pe fata pe care a adus-o la el acasă, pe care a sărutat-o și a păcălit-o. Se întreabă, probabil nu întâia oară, cum de am avut atâta noroc încât să fiu aleasă drept seneșal, cum am reușit să pun mâinile pe coroana regatului Elfhame și să fac astfel încât frățiorul meu să așeze coroana pe capul lui Cardan.

— Ultimul lucru e ăsta, spun eu. Îi vei fi credincios lui Taryn. După nuntă, dacă vei vrea să-ți iei iubite, ai face bine s-o ai pe Taryn alături și ar fi bine să fie de acord. Dacă nu va fi o distracție pentru toată lumea, să nu se întâmple.

Se holbează la mine.

— Mă acuzi că nu-mi pasă de sora ta? întreabă el.

— Dacă chiar aș fi crezut că nu-ți pasă de Taryn, n-am mai fi purtat conversația asta.

Locke oftează îndelung.

— Pentru că m-ai fi omorât?

— Dacă te joci cu Taryn, o să te omoare Madoc; eu nici măcar n-aș avea șansa asta.

Îmi vâr cuțitul în teacă și pornesc spre ușă.

— Familia ta caraghioasă ar putea fi surprinsă să descopere că nu orice problemă se poate rezolva prin crime, îmi strigă Locke din urmă.

— Chiar am fi surprinși, îi strig eu înapoi.

Capitolul 17

În cele cinci luni care au trecut de la plecarea lui Vivi și a lui Oak, am vizitat lumea muritorilor numai de două ori. O dată, ca să-i ajut să-și pună la punct apartamentul, iar a doua oară, cu ocazia unei petreceri organizate de Heather de ziua lui Vivi. Atunci, eu și Taryn am stat stânjenite pe marginea unei canapele, am mâncat brânză și măsline în ulei și am sorbit puțin Shiraz, din care fetele de facultate nu ne-au lăsat să bem mai mult, pentru că n-aveam „vârsta legală" ca să putem consuma alcool. Am stat cu nervii încordați toată noaptea, întrebându-mă ce probleme or fi apărut în absența mea.

Madoc i-a trimis lui Vivi un cadou și Taryn s-a ținut de cuvânt și l-a purtat cu ea peste mare – o farfurie de aur plină cu sare, care nu se va goli niciodată. O întorci cu capul în jos și e plină din nou. Mi s-a părut un cadou îngrijorător, dar Heather a râs doar, de parcă ar fi fost vorba despre vreun obiect artizanal cu un compartiment ascuns pe spate.

Nu crede în magie.

Cine știe cum o să reacționeze Heather la nunta lui Taryn? Sper doar că Vivienne a prevenit-o măcar cu privire la câteva dintre lucrurile care se pot întâmpla. Altfel, Heather va afla vestea că sirenele sunt *reale* odată cu vestea că sirenele *au de gând să ne extermine.* M-am gândit că există abordări mai potrivite decât să afle toate aceste vești deodată.

După miezul nopții, Gândacul și cu mine traversăm marea

cu o barcă făcută din papură și suflu. Am luat cu noi o trupă de muritori care au săpat în pământ noi încăperi la Curtea Umbrelor. Luați din paturile lor imediat după amurg, vor fi înapoi înainte de răsărit. Când se vor trezi, vor descoperi monede de aur împrăștiate în așternut și îndesate în buzunare. Nu aur de-al zânelor, care se risipește ca puful de păpădie de pe frunze și pietre, ci aur adevărat – plata pentru o lună de muncă, câștigată într-o singură noapte răpită.

Poate credeți că nu am inimă, din moment ce am îngăduit una ca asta, ba chiar am poruncit-o. Așa o fi. Însă au căzut la învoială, chiar dacă n-au înțeles cu cine se tocmesc. Și garantez că, pe lângă aur, dimineața nu se vor trezi decât cu o mare oboseală în oase. Nu-și vor aminti călătoria până-n Elfhame și nu vor mai face această călătorie niciodată.

Pe drumul spre continent, stau liniștiți în barcă, pierduți în visare, în timp ce valurile mării și vântul ne împing înainte. Deasupra noastră, Snapdragon zboară în același ritm cu barca, atent la pericole. Privesc valurile și mă gândesc la Nicasia, îmi închipui mâini cu membrane între degete, lipite de vas, zâne ale mării croindu-și drum cu ghearele pe barcă.

Nu vă puteţi opune mării, a spus Locke. Sper că se-nșală.

Când ne apropiem de țărm, cobor și încasez șocul apei înghețate în jurul pulpelor și al pietrelelor negre sub tălpi, apoi mă cațăr pe ele, în timp ce în urma mea barca, eliberată de magia Gândacului, se rupe în bucăți. Snapdragon pornește spre est, în căutare de noi muncitori.

Gândacul și cu mine îi ducem pe muritori în paturile lor, uneori alături de câte o iubită adormită, cu grijă să nu-i trezim și acoperindu-i cu aur. Mă simt ca o zână din povești, cum mă furișez prin locuințele oamenilor, le beau caimacul din lapte și leg noduri în părul câte unui copil.

— De obicei e o muncă solitară, spune Gândacul după ce terminăm. A fost o plăcere să te am alături. Mai sunt câteva ore bune între răsărit și ora de trezire – hai să luăm micul dejun împreună.

E adevărat că încă e prea devreme să-i luăm pe Vivi, Heather și Oak. E adevărat și că mi-e foame. În ultima vreme, am tendința să amân mesele până când simt că flămânzesc. Mă simt cam ca un șarpe, care ori face foame, ori înfulecă câte un șoarece întreg.

— Bine.

Gândacul propune să mergem la un restaurant de la șosea. Nu-i spun că n-am mai fost niciodată într-un astfel de loc. Îl urmez prin pădure. Ieșim în preajma unei autostrăzi. De cealaltă parte a drumului se află o clădire viu luminată, cu tejghea și mese cromate. Lângă ea e un indicator care anunță că restaurantul e deschis douăzeci și patru de ore din douăzeci și patru, iar parcarea e enormă, atât de mare încât în momentul de față găzduiește câteva camioane. E foarte devreme și pe autostradă abia circulă vreo mașină, așa că o traversăm fără probleme.

Înăuntru, mă așez cuminte în separeul ales de Gândac. Pocnește din degete și cutia mică de lângă masa noastră începe să cânte zgomotos. Tresar de uimire și Gândacul izbucnește în râs.

O chelneriță vine la masă cu un pix cu capătul ros fixat după ureche, ca în filme.

— Ceva de băut? spune ea înșiruind cuvintele fără pauză, încât abia după câteva clipe înțeleg că a pus o întrebare.

— Cafea, spune Gândacul. Neagră precum ochii Înaltului Rege din Elfhame.

Chelnerița îl fixează cu privirea câteva momente, apoi mâzgălește ceva în carnețel și se întoarce spre mine.

— La fel, spun, pentru că nu știu ce altceva mai au.

După ce pleacă, deschid meniul și mă uit la imagini. Descopăr că au *de toate.* Tone de mâncare. Aripioare de pui glazurate sclipitor, alături de castronașe cu sos alb. O movilă de cartofi feliați, prăjiți numai bine, acoperiți cu cârnați crocanți și ochiuri pufoase. Felii de chec din făină de grâu mai mari decât palma mea, glazurate cu unt și sirop lucitor.

— Știai, întreabă Gândacul, că poporul tău a crezut cândva că zânele au venit și-au furat savoarea mâncării muritorilor?

— Așa au făcut? întreb zâmbind.

Ridică din umeri.

— Unele magii se pierd în negura timpului. Dar mărturisesc că mâncarea muritorilor e foarte sățioasă.

Chelnerița se întoarce cu cafea fierbinte și eu îmi încălzesc mâinile pe ceașcă în timp ce Gândacul comandă castraveți murați și prăjiți cu aripioare de pui picante, un hamburger și-un milkshake. Eu cer o omletă cu ciuperci și un fel de brânză picantă.

Stăm în tăcere o vreme. Gândacul desface câteva pachețele cu zahăr și le varsă în ceașca sa. Eu nu adaug nimic la a mea. M-am obișnuit cu băuturile cu multă frișcă deasupra pe care mi le aducea Vivi înainte, dar cafeaua băută așa, fierbinte și amară, mă înviorează într-un mod plăcut.

Neagră precum ochii Înaltului Rege din Elfhame.

— Deci, începe Gândacul, când ai să-i spui Regelui despre mama lui?

— Ea nu vrea să-i spun, răspund eu.

Gândacul se încruntă.

— Ai adus îmbunătățiri Curții Umbrelor. Ești tânără, dar ești ambițioasă așa cum, poate, numai tinerii pot fi. Eu te judec după trei criterii, și numai după trei – cât de cinstită ești față de noi, cât de capabilă ești și ce anume îți dorești pentru lumea asta.

— Ce legătură are Doamna Asha cu toate astea? întreb eu, chiar în clipa în care chelnerița se întoarce cu comanda noastră. Pentru că deja presimt că are. Nu degeaba ai început discuția cu întrebarea asta.

Omleta mea e enormă, parcă ar fi fost făcută din ouăle adunate dintr-un întreg coteț. Ciupercile au forme identice, ca și când cineva ar fi zdrobit ciuperci adevărate și apoi le-ar fi vărsat în matrițe. Gustul lor e pe potrivă. Mâncarea Gândacului se adună grămadă pe cealaltă margine și, în scurt timp, masa aproape că pârâie sub povara bucatelor.

Mușcă dintr-o aripioară și-și linge buzele cu limba sa neagră.

— Cardan face parte din Curtea Umbrelor. Om păcăli noi lumea din afară, dar între noi nu umblăm cu înșelătorii. Să ascunzi mesaje de la Balekin e una. Dar, când vine vorba despre mama lui... Măcar știe că n-a murit?

— Născocești în jurul lui ditamai tragedia, fără motiv, îi spun. Nu avem de ce să credem că nu știe. Și nu e de-al nostru. Nu e spion.

Gândacul smulge și ultimele bucățele de cartilaj de pe oasele de pui, zdrobindu-le între dinți. A terminat toată farfuria de aripioare și o împinge în lături, trecând la castraveți.

— V-ați înțeles să-l antrenez, așa că l-am luat sub aripă. L-am învățat scamatorii. Să fure din buzunare. Mici trucuri. Se pricepe.

Îmi amintesc moneda care dansa printre degetele lui lungi când zăcea printre ruinele arse ale odăilor sale. Mă încrunt la Gândac.

El izbucnește în râs.

— Nu te uita așa la mine. Tu ai făcut înțelegerea cu el.

Aproape că am uitat de condiția asta, atât de nerăbdătoare eram să-l conving pe Cardan să accepte un an și o zi de supunere. Trebuia să-mi jure ascultare ca să-l pot urca pe tron. I-aș fi promis multe altele, nu numai lecții în arta spionatului.

Dar, când mă gândesc la noaptea în care s-a tras în el, la noaptea în care făcea scamatorii cu moneda, nu pot să nu-mi amintesc cum mă privea, întins în patul meu, amețit și teribil de amețitor.

Sărută-mă până mi s-o face silă.

— Și acum a început să joace teatru, așa-i? spune Gândacul în continuare. Pentru că, dacă e cu adevărat Înaltul Rege al regatului Elfhame, pe care ar trebui să-l urmăm până-n vecii vecilor, atunci mi se pare că suntem un pic necuviincioși, stăpânind regatul în locul lui. Dar, dacă într-adevăr joacă teatru, atunci fără îndoială putem spune că e spion, unul chiar mai priceput decât majoritatea. Ceea ce înseamnă că face parte din Curtea Umbrelor.

Dau cafeau pe gât dintr-o înghițitură usturătoare.

— Nu putem vorbi despre asta.

— Nu, acasă nu putem, spune Gândacul făcându-mi cu ochiul. Motiv pentru care am venit aici.

I-am cerut s-o seducă pe Nicasia. Da, recunosc, probabil că am fost „un pic necuviincioasă" față de Înaltul Rege al regatului Elfhame. Și Gândacul are dreptate: Cardan nu s-a purtat de parcă ar fi fost mai presus de cererea mea. Nu din cauza asta s-a simțit jignit.

— Fie, spun eu învinsă. Am să văd cum îi spun.

Gândacul rânjește.

— Mâncarea-i bună aici, așa-i? Uneori mi se face dor de lumea muritorilor. Dar, de bine, de rău, încă mai am de lucru în Elfhame.

— Să sperăm că de bine, spun eu și iau o îmbucătură din tortul de cartofi feliați pe care l-am primit odată cu omleta.

Gândacul pufnește neîncrezător. A trecut la milkshake. Deja a lins farfuriile și le-a adunat teanc într-o parte. Își înalță cana ca pentru un toast.

— Pentru triumful binelui, dar nu înainte să să ne luăm și noi partea.

— Vreau să te întreb ceva, spun eu, ciocnindu-mi cana de a lui. În legătură cu Bomba.

— Pe ea să n-o implici în povestea asta, contrează el, privindu-mă atent. Și, dacă poți, exclude-o din strategiile tale împotriva Mării de Jos. Știu că-ți place să-ți tot pui capul la bătaie, de parcă te-ai fi îndrăgostit de securea călăului, dar, dacă e musai să mai fie un cap lângă al tău, pe blocul de execuție, alege unul mai puțin arătos.

— Pot să-l aleg chiar și pe-al tău? întreb eu.

— Ar fi mult mai bine, încuviințează el.

— Pentru că o iubești? insist.

Gândacul se uită la mine încruntat.

— Și dacă ar fi așa? M-ai minți în legătură cu șansele pe care le am?

— Nu... dau eu să zic, dar mă întrerupe.

— Îmi place o minciună bună, spune el, ridicându-se și așezând teancuri mici de monede argintii pe masă. Mincinoșii buni îmi plac și mai mult, fapt ce te avantajează. Dar unele minciuni nu merită spuse.

Îmi mușc buza, pentru că nu pot să mai zic nimic fără să destăinui secretul Bombei.

După masă ne despărțim, luând fiecare lujeri de rugină în buzunar. Îl urmăresc în timp ce se îndepărtează și mă gândesc la susținerea pe care i-o oferă lui Cardan. M-am străduit atât de mult să nu mă gândesc la el ca la Înaltul Rege de drept al regatului, încât nici nu mi-a trecut prin minte să mă întreb dacă *el* se consideră Înalt Rege. Și, dacă nu, să mă întreb dacă nu cumva se consideră, în schimb, unul dintre spionii mei.

...

Îmi croiesc drum spre apartamentul surorii mele. Până acum am îmbrăcat haine de-ale muritorilor ca să mă pot plimba prin mall și m-am străduit să mă port în așa fel încât să nu dau de bănuit, dar se pare că, sosind în Maine într-o tunică și cizme de călărie, atrag doar câteva priviri surprinse, dar nicio teamă că aș fi venit de pe altă lume.

Poate că iau parte la un festival medieval, sugerează o fată când trec pe lângă ea. A fost la un astfel de festival în urmă cu câțiva ani și i-a plăcut foarte mult turnirul. A mâncat un picior uriaș de curcan și a încercat miedul întâia oară.

— Te ia valul acolo, îi spun eu.

Fata e de aceeași părere.

Un domn în vârstă, cu un ziar în mână, spune că probabil joc vreo piesă de Shakespeare în parc. Niște bădărani așezați pe trepte îmi strigă că Halloween e în octombrie.

Fără îndoială că zânele au învățat lecția asta cu mult timp în urmă. Nu e nevoie să păcălească oamenii. Oamenii se păcălesc singuri.

Cu acest gând, traversez peluza plină de păpădii, urc scara până la ușa surorii mele și bat.

O deschide Heather. Părul ei roz e proaspăt vopsit pentru nuntă. Preț de o clipă pare descumpănită – probabil din cauza vestimentației mele –, dar apoi zâmbește și deschide ușa larg.

— Bună! Mersi că ai acceptat să conduci pentru noi. Toate bagajele sunt aproape gata. Mașina ta e de ajuns de mare?

— Sigur, mint eu, uitându-mă după Vivi în bucătărie cu un fel de disperare.

Cum își închipuie sora mea mai mare că o să decurgă lucrurile dacă nu i-a spus lui Heather *nimic?* Dacă ea are impresia că am o *mașină*, și nu *lujeri de rugină?*

— Jude! strigă Oak, sărind de pe scaunul său de la masă.

Mă strânge în brațe.

— Putem să mergem? Mergem? Le-am făcut cadouri tuturor la școală.

— Să vedem ce zice Vivi, îi spun, strângându-l la piept.

E mai solid decât îl țin minte. Până și coarnele lui par puțin mai lungi, dar nu se poate să fi crescut atât numai în câteva luni, nu?

Heather apasă pe un buton și aparatul de cafea începe să pufăie. Oak se cațără pe un scaun și-și toarnă în castron cereale de culorile drajeurilor, pe care începe să le mănânce fără lapte.

Mă strecor pe lângă el și mă duc în camera vecină. Acolo e biroul lui Heather, acoperit cu schițe, carioci și acuarele. Deasupra biroului, pe perete, sunt lipite cu scotch exemplare tipărite ale creațiilor ei.

Pe lângă benzile desenate pe care le face, Heather lucrează cu jumătate de normă la un magazin de fotocopiere, ca să poată plăti facturile. Crede că și Vivi are o slujbă, fapt ce ar putea sau nu să fie doar o poveste. Există slujbe potrivite pentru zâne în lumea muritorilor, numai că despre acele slujbe nu-i poți spune iubitei tale muritoare.

Mai ales atunci când, în mod convenabil, nu i-ai spus iubitei că tu nu ești muritoare.

Mobila lor e o colecție de articole cumpărate de la târgurile de garaj, din depozitele de vechituri și de pe marginea șoselei. Pereții sunt acoperiți cu farfurii vechi, ilustrate cu animale caraghioase, cu ochii mari; broderii cu zicale lugubre; și cu colecția de obiecte din epoca disco a lui Heather, cu alte planșe de-ale ei și cu desene făcute de Oak cu creioane colorate.

În unul dintre acestea din urmă apar împreună Vivi, Heather și Oak, ilustrați așa cum vede el lucrurile – Heather are pielea brună și părul roz, Vivi are un ten palid și ochi de pisică, iar Oak are coarne. Pun pariu că lui Heather i se pare adorabil faptul că Oak s-a desenat pe sine și pe Vivi ca pe niște monștri. Pun pariu că i se pare un semn al creativității lui.

O să fie rău de tot. Sunt de acord ca Heather să țipe la sora mea – Vivi o merită cu vârf și îndesat. Dar nu vreau ca Heather să-l sperie pe Oak.

O găsesc pe Vivi în dormitorul ei, încă ocupată cu bagajele. E înghesuit prin comparație cu încăperile în care am crescut și mult mai puțin ordonat decât celelalte camere din apartament. Hainele ei sunt împrăștiate peste tot. De panoul de la capătul patului sunt atârnate eșarfe, pe stâlpii de la piciorul lui sunt prinse brățări și de sub pat se ivesc diverși pantofi.

Mă așez pe saltea.

— Unde crede Heather că urmează să meargă azi?

Vivi îmi surâde larg.

— Ai primit mesajul – se pare că totuși păsările pot fi vrăjite ca să-ți fie de ajutor.

— N-ai nevoie de mine, îi amintesc eu. Ești perfect capabilă să faci toți caii din rugină de care vei avea nevoie vreodată – un lucru pe care eu nu pot să-l fac.

— Heather crede că mergem la nunta surorii mele, Taryn, ceea ce chiar vom face, și că nunta are loc pe o insulă apropiată de coasta statului Maine, unde chiar va avea loc. Vezi? N-am spus nicio minciună.

Încep să înțeleg de ce m-a chemat în ajutor.

— Și, când a propus să conducă ea mașina, tu i-ai zis că va veni sora ta să vă ia.

— Păi, a crezut că vom traversa cu un feribot, ceea ce cu greu aș fi putut să confirm sau să infirm, spune Vivi cu sinceritatea ei liniștită care mereu mi-a plăcut, dar m-a și exasperat.

— Și acum va trebui să-i spui adevărul mai adevărat, o îndemn. Sau – am o propunere. Nu i-l spune. Amână mai departe. Nu veni la nuntă.

— Madoc m-a avertizat că așa ai să zici, face ea încruntată.

— E prea periculos – din motive complicate de care știu sigur că nu-ți pasă, spun eu. Regina Mării de Jos vrea să-și mărite fata cu Cardan și colaborează cu Balekin, care are și el propria agendă. Probabil că se joacă cu el, dar, din moment ce se pricepe mai bine decât el la fapte rele, tot nu e de bine.

— Ai dreptate, spune Vivi. Chiar nu-mi pasă. Jocurile politice sunt plictisitoare.

— Oak e în pericol, mai adaug. Madoc vrea să-l folosească pe post de momeală.

— Mereu există pericole, spune Vivi, aruncând o pereche de ghete peste un teanc de rochii șifonate. Tărâmul Zânelor e ca o capcană imensă pentru șoareci, peste tot numai pericole. Dar, dacă mi-ar fi frică de ele, cum aș mai putea să-l privesc în ochi pe viteazul meu tată? Ca să nu mai zic de sora mea vitează, care ne va proteja în timp ce tata își pune intrigile la cale, continuă Vivi. Cel puțin, el așa a zis.

Oftez adânc. E o mișcare tipică lui să mă prezinte într-un rol pe care nu pot să-l neg, dar care servește scopurilor sale. Și e o atitudine tipică ei să mă ignore și să creadă că ea știe mai bine.

Cineva în care ai încredere deja te-a trădat.

În Vivi am avut încredere mai mult decât în oricine altcineva. I l-am încredințat pe Oak, i-am încredințat adevărul și planurile mele. Am avut încredere în ea pentru că e sora mea mai mare, pentru că nu o interesează Tărâmul Zânelor. Dar acum îmi dau seama că, dacă ea m-ar trăda, toate s-ar duce de râpă.

Aș prefera să nu-mi mai tot amintească faptul că a ținut legătura cu Madoc.

— Și tu ai încredere în tata? Asta e o noutate.

— Sunt multe lucruri la care nu se pricepe, dar se pricepe la intrigi, spune Vivi, iar replica ei nu prea are darul să mă liniștească. Haide! Povestește-mi despre Taryn. Chiar e entuziasmată?

Cum să-i răspund?

— Locke s-a ales cu funcția de Maestru de Ceremonii. Nu prea o încântă titlul lui și nici noua lui atitudine. Am senzația că, măcar în parte, îi place să-și facă de cap pentru că așa o afectează pe ea.

— Asta nu e plictisitor, hotărăște Vivi. Zi mai departe.

Heather intră în cameră cu două cești de cafea. Ne întinde câte una și încheiem discuția.

— Nu știam cum îți place s-o bei, spune ea. Așa că am făcut-o ca pe a lui Vee.

Iau o gură. E foarte dulce. Deja am băut multă cafea în dimineața asta, dar mai iau oricum câteva înghițituri.

Neagră precum ochii Înaltului Rege din Elfhame.

Heather se reazemă de ușă.

— Ai terminat de făcut bagajele?

— Aproape.

Vivi se uită la geamantanul său și mai adaugă o pereche de galoși. Apoi privește în jur, de parcă ar vrea să vadă ce ar mai putea îngrămădi în geantă.

Heather se încruntă.

— Iei toate astea cu tine pentru o săptămână?

— Am pus haine doar deasupra, spune Vivi. Dedesubt sunt mai mult chestii pentru Taryn, care se găsesc greu pe... *insulă.*

— Crezi că e potrivit să mă îmbrac așa cum ți-am zis?

Înțeleg de ce Heather e îngrijorată, din moment ce încă nu ne-a cunoscut familia. Are impresia că tatăl nostru e foarte strict. Habar nu are.

— Sigur, spune Vivi, întorcându-se spre mine. E o rochie trăsnet, argintie.

— Poți să porți ce vrei. Serios, îi confirm lui Heather, amintindu-mi că și rochiile, și zdrențele, și nuditatea sunt toate acceptate în Tărâmul Zânelor.

Va avea de înfruntat probleme mult mai mari.

— Grăbește-te. Să nu rămânem blocați în trafic, spune Heather și iese din cameră.

O aud vorbindu-i lui Oak în cealaltă încăpere, îl întreabă dacă vrea puțin lapte.

— Așa, face Vivi. Ce spuneai?

Oftez îndelung și gesticulez cu ceașca de cafea înspre ușă, holbând ochii.

Vivi clatină din cap.

— Haide. N-o să mai putem vorbi acolo.

— Știi deja, spun eu. Locke o s-o facă pe Taryn nefericită. Dar ea nu vrea să audă, mai ales nu vrea să mă audă pe mine spunând asta.

— Doar v-ați luptat cu săbiile pentru el cândva, observă Vivi.

— Exact, spun eu. Nu sunt obiectivă. Sau nu par obiectivă.

— Știi ce mă întreb eu, adaugă închizând geamantanul și așezându-se pe el, ca să-l turtească.

Înalță privirea și se uită la mine cu ochii ei de pisică, pereche cu ai lui Madoc.

— L-ai manipulat pe Înaltul Rege al Tărâmului Zânelor într-atât încât să-l silești să ți se supună și totuși nu găsești o cale de a manipula un nemernic încât s-o facă fericită pe sora noastră?

Nu e corect, vreau să-i spun. Practic, ultimul lucru pe care l-am făcut înainte să vin aici a fost să-l ameninț pe Locke și să-i poruncesc să nu se joace cu Taryn după căsătorie - că altfel... Totuși cuvintele ei mă rănesc.

— Nu-i atât de simplu.

Oftează.

— Cred că nimic nu e simplu vreodată.

Capitolul 18

Oak mă ține de mână, iar eu îi car geamantanul mic spre parcarea pustie.

Privesc în urmă, spre Heather. Târăște după ea o geantă și niște frânghii de *bungee-jumping,* de care zice că ne putem folosi ca să legăm unul dintre geamantane pe barele de deasupra mașinii. Nu i-am zis că nici măcar nu există o mașină.

— Așadar, spun eu, întorcându-mă spre Vivi.

Vivi zâmbește și-mi întinde mâna. Îi dau lujerii de rugină din buzunar.

N-o pot privi pe Heather. Mă întorc spre Oak. Culege trifoi cu patru foi din iarbă, îi găsește fără niciun efort și îi adună într-un buchet.

— Ce faci? întreabă Heather descumpănită.

— Nu vom merge cu mașina. Vom zbura, spune Vivi.

— Mergem la aeroport?

Vivi râde.

— O să-ți placă la nebunie. Răsari, fugarule, și poartă-ne acolo unde îți poruncesc!

Aud un icnet înăbușit în spatele meu. Apoi Heather țipă. Mă întorc fără să vreau.

Fugarii de rugină au apărut în fața complexului de apartamente – ponei gălbui, costelivi, cu coamă dantelată și ochi ca de smarald, ca un fel de căluți-de-mare veniți pe uscat, ierburi care au prins viață și încep să fornăie și să pufăie. Și Heather, cu mâna peste gură.

— Surpriză! spune Vivi, purtându-se în continuare de parcă n-ar fi mare lucru.

Oak, care în mod evident a așteptat momentul ăsta cu nerăbdare, alege să-și rupă propria vrajă și-și dezvăluie coarnele.

— Vezi, Heather, spune el. Suntem magici. Ești surprinsă?

Se uită la Oak, la poneii de rugină monstruoși și se așază încet pe geamantan.

— Așa, spune ea. E cine știe ce farsă de doi bani sau ceva de genul ăsta, dar cineva să-mi spună ce se petrece, că altfel mă întorc în casă și vă încui pe dinafară.

Oak pare cumplit de dezamăgit. Chiar se aștepta ca Heather să se bucure. Îl cuprind pe după umeri și-l mângâi liniștitor.

— Haide, puiule, îi spun. Hai să încărcăm bagajele, o să vină și ele. Mami și tati abia așteaptă să te vadă.

— Mi-e dor de ei, îmi spune el. Mi-e dor și de tine.

Îl sărut pe obrazul său catifelat și-l ridic în spinarea calului. Privește în spatele meu, spre Heather.

Aud cum Vivi începe să-i explice.

— Tărâmul Zânelor există cu adevărat. Magia e adevărată. Vezi? Nu sunt om și nici fratele meu nu e. Și te ducem pe o insulă magică o săptămână. Nu-ți fie teamă. Nu suntem din ăia înfricoșători.

Reușesc să iau frânghiile din mâinile leșinate ale lui Heather, în timp ce Vivi îi arată urechile sale ascuțite și ochii de pisică și încearcă să justifice faptul că nu i-a spus nimic din toate astea până acum.

Suntem fără îndoială din ăia înfricoșători.

...

După câteva ore ne aflăm în salonul Orianei. Heather încă pare uluită și supărată și se plimbă de colo-colo, privind în jur, holbându-se la arta stranie de pe pereți, la modelele tulburătoare, cu scarabei și țepi, din urzeala draperiilor.

Oak stă în poala Orianei și o lasă să-l legene în brațe, de parcă ar fi redevenit un copil mic. Îi tot aranjează părul cu degetele ei palide – zice că e prea scurt –, iar el îi spune povești lungi și încâlcite despre școală, despre stele, care sunt altfel în lumea muritorilor, și despre gustul untului de arahide.

Doare puțin să-i privesc, pentru că nu Oriana i-a dat naștere lui Oak, după cum nici noi nu suntem copiii ei, dar, cu toate astea, e limpede că Oriana îi e mamă lui Oak, deși a refuzat cu hotărâre să fie și mama noastră.

Vivi scoate cadouri din geamantan. Pungi cu boabe de cafea, cercei din sticlă, de forma unor frunze mici, conserve cu *dulce de leche.*

Heather vine la mine.

— Toate astea sunt reale.

— Reale cu adevărat, îi confirm.

— Și e adevărat că aceștia sunt elfi, că Vee e elf, ca în povești?

Heather privește în jur din nou, precaută, de parcă s-ar aștepta ca un unicorn de culorile curcubeului să străpungă tencuiala și să dea buzna în încăpere.

— Da, spun eu.

Pare șocată, dar nu chiar supărată pe Vivi, ceea ce e un lucru bun. Poate că e prea de tot ca să mai fie și supărată, cel puțin deocamdată.

Sau poate că Heather chiar e încântată. Poate că Vivi a avut dreptate să-i dezvăluie adevărul în felul ăsta și doar a avut nevoie de câteva minute ca să-și revină. Ce știu eu despre dragoste?

— Și lumea asta e...

Heather se oprește o clipă.

— Oak e un fel de prinț? întreabă ea. Are coarne. Și Vivi are ochii ăia ai ei.

— Ochi de pisică, ca ai tatălui ei, spun eu. Ești copleșită, fără îndoială.

— Pare înspăimântător, din câte am auzit, spune Heather. Tatăl tău. Pardon, tatăl lui Vivi. Ea zice că nu e și tatăl vostru adevărat.

Tresar, deși sunt sigură că Vivi n-a vrut să zică nimic rău. Poate că nici n-a zis-o cu cuvintele astea.

— Pentru că tu ești om, încearcă să mă lămurească Heather. Ești om, nu?

Încuviințez din cap și pe chipul ei apare o ușurare evidentă. Râde încet.

— Nu e ușor să trăiești în Tărâmul Zânelor dacă ești om, îi spun. Hai să ne plimbăm puțin. Vreau să-ți spovestesc câteva lucruri.

Heather încearcă să surprindă privirea lui Vivi, dar ea încă e așezată pe covor și scotocește în geamantan. Văd mai multe podoabe, pachete de lemn-dulce, panglici pentru păr și un pachet mare, acoperit cu hârtie albă și o fundă aurie, având pe toată lungimea lui inscripționat cuvântul *Felicitări*.

Neștiind ce altceva să facă, Heather mă urmează. Vivi pare să nici nu observe.

E ciudat că mă aflu iarăși în casa în care am crescut. Mă tentează să fug în sus pe scări și să dau de perete ușile de la fosta mea cameră, să văd dacă mai găsesc acolo vreo urmă a copilăriei mele. Mă tentează să intru în biroul lui Madoc și să-i scotocesc prin hârtii, ca o spioană ce sunt.

În loc de asta, ies în curte și pornesc spre grajduri. Heather trage aer în piept. I-au atras privirea turnurile vizibile deasupra codrului.

— Ți-a explicat Vee regulile? întreb din mers.

Heather clatină din cap, evident derutată.

— Reguli?

Vivi mi-a fost alături de multe ori, în momente în care nimeni altcineva nu m-a ajutat, așa că sunt convinsă că ține la noi. Totuși mi se pare o inconștiență voită că a trecut cu vederea cât de greu ne-a fost mie și lui Taryn ca muritoare, cât de precaute a trebuit să fim și cât de precaută trebuie să fie Heather cât se află aici.

— Mi-a zis să stau pe lângă ea, spune Heather, probabil observându-mi frustrarea și dorind s-o apere pe Vivi. Și să nu merg nicăieri fără măcar un membru al familiei ei.

Clatin din cap.

— Nu e suficient. Uite ce e, zânele pot fermeca obiectele încât să pară altceva decât sunt. Se pot juca cu mintea ta – pot să te vrăjească, să te convingă să faci unele lucruri la care nici nu te-ai gândi în mod obișnuit. Și mai e fructul zânelor. Dacă guști din el, n-o să te mai gândești decât cum să obții cât mai multe.

Parcă aș fi Oriana.

Heather se uită la mine cu oroare și, poate, neîncredere. Oare am exagerat? Încerc din nou, pe un ton mai liniștitor.

— Suntem dezavantajați aici. Zânele nu au vârstă, sunt nemuritoare și magice. Și nu toate îi au la inimă pe oameni. Deci să fii mereu cu ochii în patru, să nu faci înțelegeri cu nimeni și să ai mereu asupra ta anumite lucruri – scorușe și sare.

— Bine, spune ea.

În depărtare zăresc cele două broaște de călărie ale lui Madoc, scoase în câmp și îngrijite de grăjdari.

— Văd că faci față situației foarte bine, spun eu.

— Am două întrebări.

Vocea și atitudinea ei îmi sugerează deodată că poate îi e mai dificil decât am crezut.

— În primul rând, ce sunt scorușele? În al doilea, dacă Tărâmul Zânelor e așa cum zici, de ce locuiești aici?

Deschid gura, dar apoi o închid la loc.

— E căminul meu, spun în cele din urmă.

— Dar nu e nevoie să fie, mă contrazice. Dacă Vee a putut pleca, poți și tu. Cum ai spus chiar tu, nu ești de-a lor.

— Hai să mergem la bucătărie, îi spun, pornind înapoi spre casă.

Când sosim, Heather fixează cu privirea ceaunul imens, suficient de mare cât să putem face amândouă baie în el. Holbează ochii la potârnichile jumulite întinse pe tejghea, lângă aluatul pregătit pentru o plăcintă.

Mă duc la borcanele de sticlă, pline cu ierburi și mirodenii, și scot câteva scorușe. Iau o sfoară groasă, folosită ca să coși găinile după ce au fost umplute, și, folosindu-mă și de puțină pânză pentru înfășurat brânza, adun boabele într-o legătură mică.

— Poartă asta în buzunar sau în sutien, o îndemn. Ține-le la tine cât stai aici.

— Și boabele astea o să mă protejeze? întreabă Heather.

— Într-o oarecare măsură, spun eu, cosând pentru ea un săculeț cu sare. Să pui puțină sare în tot ce mănânci. Să nu uiți.

— Îți mulțumesc, îmi spune în timp ce îmi strânge mâna ușor. Bine, vreau să zic că nimic din toate astea nu pare real. Îmi dau seama că ce-ți zic e ridicol. Mă aflu aici, lângă tine. Simt mirosul ierburilor și al sângelui păsărilor ălora mici și ciudate. Dacă m-ai înțepa cu acul ăla, m-ar durea. Dar tot nu pare real. Chiar dacă lucrurile astea explică de ce Vee s-a ferit cu atâta încăpățânare să-mi răspundă la întrebări firești, cum ar fi la ce liceu a învățat. În orice caz, am senzația că lumea e întoarsă pe dos.

Când am petrecut timp acolo – la mall, în apartamentului lui Heather – diferențele dintre ei și noi mi s-au părut atât de mari, încât nu pot să-mi închipui cum reușește Heather să accepte situația.

— Orice ai zice, nu-mi vei părea ridicolă, o liniștesc eu.

Privirea ei, în timp ce contemplă conacul, în timp ce soarbe parfumul după-amiezii târzii, e plină de o curiozitate optimistă. Am rămas cu amintirea neplăcută a unei fete cu buzunarele pline de pietre și simt o ușurare incredibilă descoperind că Heather e dispusă să accepte că lumea i-a fost întoarsă cu capul în jos.

Ne întoarcem în salon, unde Vivi ne zâmbește larg.

— Ți-a făcut marele tur?

— I-am făcut un talisman protector, spun eu, pe un ton în măsură să-i arate fără echivoc că ea ar fi trebuit să facă toate astea.

— Foarte bine, se arată Vivi mulțumită, pentru că e nevoie de mult mai mult decât un ton ușor nemulțumit ca să-i atragi atenția în momentele în care treaba merge după placul ei. Oriana mi-a zis că nu prea ai mai dat pe-aici în ultima vreme. Vrajba asta între tine și dragul nostru tată pare serioasă.

— Știi bine câte a pierdut, spun eu.

— Rămâi să iei cina cu noi, mă roagă Oriana, palidă ca o stafie, în timp ce se ridică și mă privește cu ochii ei ca două rubine. Lui Madoc i-ar face plăcere. La fel și mie.

— Nu pot, o refuz, cu o părere de rău sinceră. Am zăbovit aici prea mult, dar ne vom vedea cu toții la nuntă.

— Lucrurile sunt întotdeauna *foarte* dramatice pe-aici, îi spune Vivi lui Heather. Ca într-un poem epic. Toți se poartă de parcă tocmai ar fi ieșit dintr-o baladă despre asasinate.

Heather se uită la Vivi de parcă și ea tocmai ar fi ieșit dintr-o baladă.

— Ah, face Vivi, umblând iarăși în geamantan și scoțând la iveală încă un pachet moale cu o fundă neagră. Poți să-i duci asta lui Cardan? E un fel de a-l felicita că e rege.

— E *Înaltul Rege al regatului Elfhame,* spune Oriana. Nu contează că v-ați jucat împreună când erați mici, nu mai poți să-i spui ca în copilărie.

Rămân stupefiată câteva clipe și nu întind mâinile ca să iau pachetul. Știam că Vivi și Cardan au fost destul de prietenoși unul față de celălalt. Doar Vivi i-a spus lui Taryn despre coada lui, după ce a văzut-o când a fost la scăldat cu el și cu o soră de-ale lui.

Numai că am uitat.

— Jude? întreabă Vivi.

— Cred că ar fi mai bine să i-l dai tu personal, spun eu și cu asta evadez din fostul meu cămin, înainte să ajungă Madoc acasă și să fiu copleșită de nostalgie.

...

Trec pe lângă sala tronului, unde Cardan e așezat la una dintre mesele scunde, cu capul aplecat către Nicasia. Nu-i văd fața, dar o văd pe a ei, cum își lasă capul pe spate, râzând în hohote, arătându-și gâtul lung și subțire. Pare că scânteiază de fericire și că atenția lui este lumina în care frumusețea ei strălucește mai puternic ca oricând.

Îl iubește, descopăr eu stânjenită. Îl iubește, dar l-a trădat cu Locke și e îngrozită că n-o va mai iubi niciodată.

Degetele lui îi ating ușor brațul, coborând până la dosul încheieturii, și îmi amintesc limpede senzația pe care mi-au stârnit-o acele mâini. Pielea mi se înfierbântă când îmi amintesc și o roșeață care începe la gât mi se întinde apoi peste tot.

Sărută-mă până mi s-o face silă, a spus el, iar acum e aproape sigur că s-a îndopat până la refuz cu săruturile mele. Acum e sigur că s-a săturat de ele.

Urăsc să-l văd cu Nicasia. Urăsc gândul că o atinge. Urăsc faptul că ăsta e planul meu, că nu am pe cine să fiu supărată, în afară de mine însămi.

Sunt o idioată.

Durerea te face puternică, mi-a spus Madoc odată, silindu-mă să ridic sabia iar și iar. *Obișnuiește-te cu greutatea ei.*

Mă forțez să-mi iau ochii de la ei. Mă întâlnesc, în schimb, cu Vulciber ca să organizez venirea lui Balekin la palat, în audiență la Cardan.

După aceea cobor la Curtea Umbrelor și ascult informații despre curteni, ascult zvonuri cum că Madoc și-ar aduna trupele, de parcă s-ar pregăti pentru războiul pe care încă sper să-l evit. Dispun ca doi spioni să meargă pe la Curțile inferioare unde locuiesc cei mai mulți *copii de schimb* care nu sunt jurați nimănui, ca să afle ce pot. Discut cu Bomba despre Grimsen, care a făurit pentru Nicasia o broșă incrustată cu nestemate, cu ajutorul căreia ar putea să facă să-i crească aripi delicate din spinare, permițându-i să zboare.

— Ce crezi că urmărește? întreb eu.

— Laude, lingușeli, spune Bomba. Poate că vrea să-și găsească un finanțator nou. Probabil că nici n-ar refuza un sărut.

— Crezi că e interesat de Nicasia de dragul lui Orlagh sau pentru ea însăși? întreb eu.

Bomba ridică din umeri.

— E interesat de frumusețea Nicasiei și de puterea lui Orlagh. Grimsen a plecat în exil împreună cu primul Alderking; cred că, data viitoare când va fi să jure credință cuiva, va fi foarte atent să aleagă un monarh potrivit.

— Sau poate că nu vrea să-și mai jure credința niciodată, spun eu, hotărâtă să-i fac o vizită.

...

Grimsen a ales atât să lucreze, cât și să trăiască în atelierul vechi pe care i l-a încredințat Cardan, deși era năpădit de tufe de trandafiri și în stare proastă.

Apropiindu-mă, observ un fir subțire de fum ieșind de pe horn. Bat în ușă de trei ori și aștept.

După câteva momente, Grimsen deschide ușa, eliberând un val de căldură îndeajuns de fierbinte cât să mă facă să dau înapoi.

— Te știu, spune el.

— Regina Veseliei, recunosc eu, încheind subiectul ăsta.

Izbucnește în râs și clatină din cap.

— L-am cunoscut pe tatăl tău muritor. Cândva a făcut un cuțit pentru mine și a călătorit tocmai până-n Tărâmul Zânelor ca să-mi ceară părerea.

— Și care a fost părerea ta?

Mă întreb dacă asta s-a întâmplat înainte ca Justin să vină în Elfhame, înainte s-o cunoască pe mama mea.

— Avea un talent deosebit. I-am zis că, dacă va munci cincizeci de ani, ar putea să ajungă să făurească cea mai de seamă sabie pe care a făcut-o vreodată un muritor. I-am zis că, dacă va munci *o sută* de ani, poate că va făuri cea mai de seamă sabie făcută vreodată, punct. Nu s-a mulțumit cu aceste cuvinte. Atunci i-am spus că-i voi împărtăși unul dintre secretele mele: că-l voi ajuta să capete experiența a o sută de ani de muncă într-o singură zi, numai de-ar face un târg cu mine. Numai de s-ar lipsi de un lucru pe care nu voia să-l dea.

— Și a acceptat? întreb eu.

Grimsen pare nespus de încântat.

— Chiar așa, ar fi minunat dacă ai putea să afli. Intră.

Oftez și intru. Căldura e aproape de nesuportat și duhoarea metalului îmi copleșește simțurile. În încăperea obscură cel mai mult îmi sare în ochi focul. Duc mâna la cuțitul din mânecă.

Din fericire, traversăm încăperea cu forja și pătrundem în spațiul de locuit al clădirii. E multă dezordine, toate suprafețele sunt încărcate cu obiecte frumoase – nestemate, bijuterii, săbii și cuțite și alte ornamente. Îmi aduce un scaun mic, de lemn, și se așază și el pe o bancă scundă.

Fața lui e aspră, ca pielea tăbăcită, și părul argintiu e zburlit, de parcă ar fi tras de el în timp ce lucra. Astăzi nu e îmbrăcat cu costume și pietre prețioase; poartă un șorț ros, din piele, peste o cămașă cenușie, mânjită cu cenușă. De urechile mari și ascuțite îi atârnă șapte cercei greoi, sub formă de inele aurii.

— Ce te aduce la atelierul meu? întreabă el.

— Speram să descopăr un cadou pentru sora mea. Se căsătorește în numai câteva zile.

— Înseamnă că-ți trebuie ceva deosebit, spune el.

— Meșteșugul tău ți-a câștigat o faimă de legendă, spun eu. Prin urmare, m-am gândit că poate nu-ți mai vinzi produsele.

— Indiferent de faimă, sunt un meșteșugar, spune el, ducându-și mâinile la piept.

Pare încântat de laudele mele.

— Dar e adevărat că nu mai primesc plată în bani, doar în natură.

Trebuia să-mi dau seama că va fi vreo șmecherie la mijloc. Totuși clipesc derutată, plină de inocență.

— Ce aș putea să-ți ofer și să nu ai deja?

— Păi, să vedem, spune el. Spune-mi despre sora ta. E o uniune din dragoste?

— Așa trebuie să fie, spun eu îngândurată. Din moment ce nu va avea niciun câștig practic.

Grimsen ridică din sprâncene.

— Da, înțeleg. Și sora ta seamănă cu tine?

— Suntem gemene, îi precizez.

— Atunci niște nestemate albastre, pe măsura culorilor tale, spune el. Poate un șirag de lacrimi, care să plângă în locul ei? O agrafă cu dinți care să muște soții agasanți? Nu.

Grimsen se plimbă de colo-colo în încăperea înghesuită. Ia în mână un inel.

— Ceva care să-i aducă un copil? întreabă el.

Și apoi, întâlnindu-mi privirea, ia o pereche de cercei, unul în formă de semilună și celălalt în formă de stea.

— Ah, da. Poftim. Asta e ceea ce vrei.

— Ce știu să facă? întreb eu.

Grimsen începe să râdă.

— Sunt frumoși - nu e de ajuns?

Îl privesc neîncrezătoare.

— Ar fi de ajuns, având în vedere cât de frumoși sunt, dar pun pariu că mai e ceva.

Îi place ce spun.

— Ești o fată isteață. Nu numai că sunt frumoși, ci chiar adaugă la frumusețea stăpânei lor. O fac pe acestea mai frumoasă ca înainte, de o frumusețe cumplită. Soțul ei nu se va mișca de lângă ea o vreme.

Expresia cu care mă privește e o provocare. Are impresia că sunt prea înfumurată ca să-i fac surorii mele un asemenea cadou.

Cât de bine cunoaște inima umană și orgoliul ei. Taryn va fi o mireasă încântătoare. Sunt dispusă eu, sora ei geamănă, să mă ascund în umbra ei? Cât de frumoasă îi voi îngădui să devină?

Dar ce cadou ar fi mai potrivit pentru o fată muritoare care urmează să se lege de frumusețea zânelor?

— Ce aș putea să-ți ofer pentru ei?

— Ei, ar fi multe lucruri mărunte. Un an din viața ta. Luciul părului tău. Sunetul râsului tău.

— Râsul meu nu atât de cristalin ca să merite.

— Poate nu e cristalin, dar pun pariu că e rar.

— Ce zici de lacrimile mele? întreb eu. Ai avea cu ce să făurești încă un șirag.

Se uită la mine atent, de parcă ar vrea să ghicească cât de des plâng.

— Îți cer o singură lacrimă, spune în cele din urmă. Și îi vei transmite o propunere Înaltului Rege din partea mea.

— Ce fel de propunere? i-o întorc eu.

— Se știe că Marea de Jos a amenințat uscatul. Spune-i regelui tău că, dacă va declara război, îi voi făuri armură de gheață, să sfărâme orice tăiș care ar încerca să-l atingă și să-i răcească inima într-atât încât să uite orice strop de milă. Spune-i că-i voi pregăti trei săbii care, folosite în aceeași luptă, îi vor sluji precum puterea a treizeci de soldați.

Sunt uluită.

— Îi voi spune. Dar de ce ai face asta?

Grimsen rânjește și scoate o cârpă, cu care începe să lustruiască cerceii.

— Trebuie să-mi recapăt reputația, domnița mea, și nu doar pe cea de făuritor de jucării. Cândva regi și regine veneau și *se rugau* de mine. Cândva am făurit arme și coroane care să schimbe lumea. Stă în puterea Înaltului Rege să-mi redea faima și în puterea mea stă să adaug la puterea lui.

— Și dacă-i place lumea așa cum este ea? întreb eu. Neschimbată.

Râde scurt.

— Atunci îți voi face o sticluță în care să oprești timpul.

Lacrima îmi este extrasă din colțul ochiului cu un sifon lung. Apoi plec cu cerceii pentru Taryn și noi întrebări fără răspuns.

Înapoi în apartamentul meu, ridic cerceii în dreptul propriilor mele urechi. Până și în oglindă, îmi fac ochii să pară lichizi și luminoși. Buzele mele par mai roșii și pielea îmi lucește de parcă tocmai m-am ridicat din baie.

Îi împachetez înainte să mă răzgândesc.

Capitolul 19

Petrec restul nopții la Curtea Umbrelor, unde pun la cale planuri pentru protecția lui Oak. Gărzi înaripate care să-l poată înălța în aer în caz că va fi ademenit de bucuria valurilor în care s-a jucat cândva. O spioană deghizată în dădacă să-l urmeze și să-l îngrijească și să guste din toate bucatele înainte ca el să le bage în gură. Arcași dispuși în copaci, cu vârfurile săgeților ațintite asupra oricui s-ar întâmpla să se apropie prea mult de fratele meu.

Mă gândesc la metode de a anticipa orice acțiune a lui Orlagh și de a afla despre ele îndată ce sunt începute, când aud bătăi în ușă.

— Da? strig eu și Cardan intră în cameră.

Sar în picioare surprinsă. Nu mă așteptam să treacă pe aici, dar iată-l, cu hainele lui scumpe în dezordine. Are buzele ușor umflate și părul vâlvoi. Arată de parcă ar fi venit aici direct dintr-un pat, și nu din al lui.

Îmi aruncă pe birou un sul de hârtie.

— Ei? întreb eu, pe un ton mai rece decât aș putea spera vreodată.

— Ai avut dreptate, spune el ca pe o acuzație.

— Adică? insist.

Se reazemă de tocul ușii.

— Nicasia mi-a destăinuit secretele sale. A fost nevoie doar de puțină bunătate și de câteva săruturi.

Ni se întâlnesc privirile. Dacă aș feri ochii, ar ști că mi-e jenă, deși mă tem că și-a dat seama oricum. Mi se înfierbântă obrajii. Mă întreb dacă voi mai putea să-l privesc vreodată fără să-mi amintesc cum e să-l ating.

— Orlagh va acționa în timpul nunții lui Locke și a surorii tale.

Mă așez din nou în scaun și mă uit la notițele din fața mea.

— Ești sigur?

Încuviințează din cap.

— Nicasia zice că, din moment ce puterea muritorilor crește, uscatul și marea ar trebui să se unească. Și că așa se va și întâmpla, ori în condițiile în care speră ea, ori în condițiile de care mă tem eu.

— Nu sună bine, remarc.

— Se pare că am o afinitate deosebită față de femeile cărora le place să mă amenințe.

Nu știu cum să răspund la observația asta, așa că-i spun despre oferta lui Grimsen, despre armura și săbiile pe care a propus să le facă, care să-i aducă victoria.

— Asta în situația în care ești dispus să înfrunți Marea de Jos.

— Vrea să port război ca să-i redau gloria de altădată? întreabă Cardan.

— Cam așa ceva, îi confirm.

— Asta, da, ambiție, spune Cardan. Se prea poate să ne rămână doar o mlaștină și câțiva pini aprinși, dar măcar cele patru zâne ascunse în vreo peșteră umedă vor fi auzit de numele lui Grimsen. Merită admirată hotărârea cu care-și urmărește scopul. Bănuiesc că nu i-ai zis că declararea unui război îți va reveni ție, și nu mie.

Dacă e cu adevărat Înaltul Rege al regatului Elfhame, căruia ar trebui să-i urmăm până-n vecii vecilor, atunci mi se pare că suntem un pic necuviincioși față de el, având în vedere că stă-

pânim regatul în locul lui. Dar, dacă într-adevăr joacă teatru, atunci fără îndoială putem spune că e spion, unul chiar mai priceput decât majoritatea.

— Nu, evident, spun eu.

Câteva clipe, între noi se lasă o tăcere.

Face un pas spre mine.

— Noaptea trecută...

Îi tai vorba.

— Am făcut-o din același motiv pentru care ai făcut-o și tu. Ca să scap de obsesia asta.

— Și? întreabă el. Ai scăpat?

Îl privesc drept în ochi și-l mint.

— Da.

Dacă mă atinge, dacă face chiar și un pas spre mine, îmi va descoperi minciuna. Nu cred că aș mai putea să-mi ascund dorul de pe chip. Dar, spre ușurarea mea, Cardan strânge din buze și încuviințează din cap, apoi pleacă.

Din camera alăturată, Gândacul îl strigă pe Cardan și se oferă să-l învețe cum să facă o carte de joc să plutească în aer. Aud râsul lui Cardan.

Îmi trece prin minte că poate calea de a scăpa de dorință nu e să te lași pradă ei. Poate că seamănă în anumite privințe cu mitridatismul; poate că am luat o doză fatală, când de fapt ar fi trebuit să mă otrăvesc încet, cu câte un sărut.

...

Nu mă mir când îl găsesc pe Madoc în camera lui de strategie din palat, dar el se miră când mă vede, din moment ce nu e obișnuit cu abilitatea mea de a mă mișca fără zgomot.

— Tată, spun eu.

— Cândva credeam că-mi doresc să-mi zici așa, remarcă el. Dar se pare că, atunci când o faci, rareori urmează ceva bun.

— Nu e cazul, îl liniștesc. Am venit să-ți spun că ai avut dreptate. Nu-mi surâde ideea că Oak va fi în pericol, dar, dacă vom reuși să stabilim condițiile în care va ataca Orlagh, atunci pericolul va fi mai mic.

— Ți-ai petrecut timpul căutând căi de a-l proteja cât stă aici, rânjește Madoc, arătându-și dinții ascuțiți. E dificil să prevezi toate posibilitățile.

— E de-a dreptul imposibil, spun eu oftând și pătrund în adâncul încăperii. Așa că sunt de partea ta. Dă-mi voie să te ajut să păcălești Marea de Jos. Dispun de anumite resurse.

Madoc e general de mult timp. A pus la cale uciderea lui Dain și a scăpat nepedepsit. E mai bun decât mine la lucrurile astea.

— Și dacă vrei doar să-mi pui bețe în roate? întreabă el. Doar nu ai pretenția să te cred pe cuvânt că ești hotărâtă să mă ajuți.

Cu toate că are toate motivele să nu aibă încredere în mine, cuvintele lui mă îndurerează. Mă întreb cum ar fi fost dacă mi-ar fi destăinuit planurile sale de a-l urca pe Oak pe tron înainte de măcelul de la ceremonia de încoronare. Dacă ar fi avut încredere în mine într-atât încât să-mi permită să iau parte la intrigile lui, oare aș fi putut să-mi alung îndoielile? Nu-mi place să mă gândesc că s-ar fi putut întâmpla așa, dar mă tem că ăsta e adevărul.

— Nu l-aș pune pe fratele meu în pericol, spun eu, pe de o parte ca să-i răspund lui și, pe de alta, ca să-mi răspund mie însămi.

— Chiar așa? întreabă el. Nici măcar ca să-l salvezi din ghearele mele?

Trebuie să recunosc că merit acuzația asta.

— Ai spus că vrei să vin iarăși de partea ta. Acum ai ocazia să-mi arăți cum ar fi să lucrez cu tine. Convinge-mă.

Cât timp controlez tronul nu vom putea fi cu adevărat de aceeași parte, dar poate că am putea lucra împreună. Poate că-și va canaliza ambiția în lupta împotriva Mării de Jos și va uita de tron, măcar până când Oak va ajunge la vârsta maturității. Măcar atunci situația va fi diferită.

Madoc arată spre masa pe care e întinsă harta insulelor și pe care se află figurinele lui cioplite.

— Orlagh are la dispoziție o săptămână ca să atace, în afară de cazul în care are de gând să pregătească o capcană în lumea muritorilor în absența lui Oak. Ai desemnat paznici pentru apartamentul lui Vivienne - pe care i-ai ales din afara structurilor militare și care nu arată a cavaleri. O alegere înțeleaptă. Dar nimeni și nimic nu e infailibil. Cred că locul cel mai avantajos pe care să-i tentăm să-l atace ar fi...

— Marea de Jos își va juca mâna la nunta lui Taryn.

— Poftim?

Madoc mă privește cercetător, mijind ochii.

— De unde știi?

— Nicasia, spun eu. Și cred că putem afla informații mai precise dacă acționăm rapid. Am o cale pe care să-i trimit informații lui Balekin, informații în care va avea încredere.

Madoc ridică din sprâncene.

Încuviințez din cap.

— O prizonieră. Deja am transmis informații prin intermediul ei cu succes.

Îmi întoarce spatele și își toarnă un deget dintr-un lichior întunecat, apoi se lasă pe spate, într-un fotoliu cu tapițerie din piele.

— Astea sunt resursele despre care-mi vorbeai?

— N-am venit la tine cu mâna goală, spun eu. Nu ești câtuși de puțin mulțumit că ai ales să ai încredere în mine?

— Aș putea spune că *tu* ești cea care a decis în sfârșit să aibă încredere în *mine*. Acum rămâne de văzut cât de bine vom lucra împreună. Sunt multe alte proiecte la care am putea colabora.

Cum ar fi cucerirea tronului.

— Să abordăm aceste aventuri nefericite una câte una, îl sfătuiesc eu.

— El știe? întreabă Madoc, zâmbind cu un aer cam înspăimântător, dar părintesc. Înaltul nostru Rege are habar cât de bine te pricepi să conduci regatul în locul lui?

— Mai bine ai spera că nu va afla, spun eu, încercând să afișez o încredere neperturbată pe care nu o simt deloc când vine vorba despre Cardan sau despre înțelegerea dintre noi.

Madoc râde.

— O, așa voi face, fata mea, așa cum sper și că-ți vei da seama cât de bine ar fi dacă ai conduce regatul în interesul familiei tale.

...

Balekin vine în audiență la Cardan în ziua următoare. Cardan a petrecut noaptea de unul singur, din câte mi-au spus spionii mei – nicio petrecere zgomotoasă, niciun dezmăț, nicio competiție între lire. Nu știu cum să interpretez asta.

Balekin e adus în lanțuri în sala tronului, dar pășește cu fruntea sus și îmbrăcat în haine mult prea scumpe pentru viața din Turn. Își etalează capacitatea de a obține condiții luxoase, își etalează aroganța, de parcă așa l-ar impresiona pe Cardan, în loc să-l irite.

De cealaltă parte, Cardan are o alură deosebit de impunătoare. Poartă o haină din catifea de culoarea mușchiului, brodată peste tot cu aur strălucitor. Cercelul primit de la Grimsen îi atârnă de lobul urechii, reflectând lumina cu fiecare mișcare a capului. Astăzi sala e liberă de petrecăreți, dar nu e goală. Randalin și Nihuar stau împreună în apropierea podiumului, într-o parte, alături de trei gărzi. Eu mă aflu de cealaltă parte, într-un con de umbră. Servitorii așteaptă în apropiere, pregătiți să toarne vin sau să cânte la harpă, după bunul plac al Înaltului Rege.

Am stabilit împreună cu Vulciber ca Doamna Asha să primească un bilet chiar în momentul în care Balekin părăsește Turnul și vine la palat în audiență.

Pe bilet e scris:

M-am gândit la cererea ta și vreau să negociem. Am posibilitatea să te ajut să părăsești insula imediat după nunta surorii mele. Pentru siguranța lui, frățiorul meu va fi dus înapoi cu barca, pentru că zborul i-a făcut rău. Poți pleca împreună cu el, fără să afle Înaltul Rege, căci, în mod necesar, călătoria aceasta va rămâne secretă. Dacă vei considera că acestea sunt suficiente, trimite-mi răspuns și ne vom întâlni din nou, pentru a discuta despre trecutul meu și viitorul tău.

– J

E posibil ca ea să nu-i spună nimic lui Balekin când acesta se va întoarce la celula sa, dar, din moment ce i-a transmis deja unele informații, iar prințul a sesizat în mod sigur primirea biletului, mă aștept ca acesta să nu accepte ideea că ar fi fost vorba despre un mesaj lipsit de importanță, având în vedere mai ales faptul că Asha e zână și deci nu poate să mintă, ci doar să încerce să evite răspunsurile clare.

— Frățiorul meu, zice Balekin fără să aștepte vreo invitație.

Poartă cătușele la mâini ca și cum ar fi brățări, ca și când i-ar evidenția statului înalt, în loc să-l înfățișeze drept prizonier.

— Ai cerut o audiență la Coroană, spune Cardan.

— Nu, fratele meu, cu tine vreau să vorbesc, nu cu podoaba de pe capul tău.

Nerușinarea perfidă a lui Balekin mă face să mă întreb cu ce scop a cerut, de fapt, întrevederea asta.

Mă gândesc la Madoc și la faptul că, în preajma lui, rămân veșnic un copil. Nu e puțin lucru să judeci persoana care te-a crescut, indiferent ce nelegiuiri ar fi comis. Confruntarea aceasta privește mai puțin momentul prezent și mai mult întinderea vastă a trecutului lor, urzeala ranchiunii și a alianțelor încheiate între ei de-a lungul timpului.

— Ce dorești? întreabă Cardan.

Vorbește pe un ton calm, dar lipsit de autoritatea nonșalantă pe care o afișează de obicei.

— Ce doresc toți prizonierii? spune Balekin. Eliberează-mă din Turn. Dacă dorești să învingi, vei avea nevoie de ajutorul meu.

— Dacă te-ai străduit să obții o întrevedere numai ca să-mi spui asta, eforturile tale sunt zadarnice. Nu, nu te voi elibera. Nu, nu am nevoie de tine.

Cardan pare convins de ceea ce spune.

Balekin zâmbește.

— M-ai închis pentru că ți-e teamă de mine. În fond, l-ai urât pe Eldred mai mult decât mine. Pe Dain l-ai disprețuit. Cum poți să mă pedepsești pentru crime pe care nu le regreți?

Cardan îl privește pe Balekin de parcă nu i-ar veni să creadă ce aude și dă să se ridice de pe tron. Și-a încleștat pumnii. Expresia de pe chipul lui s-ar potrivi mai degrabă cuiva care a uitat unde se află.

— Dar Elowyn? Dar Caelia și Rhyia? Dacă m-ar interesa doar propriile mele dorințe, morțile lor ar reprezenta un motiv suficient să mă răzbun pe tine. Erau surorile noastre și ar fi putut conduce mai bine și decât mine, și decât tine.

M-aș fi așteptat ca Balekin să dea înapoi auzind acestea, dar nu cedează. În schimb, pe chip îi apare un zâmbet subtil și perfid.

— Ele au intervenit pentru binele tău? Te-a primit în locuința sa vreuna dintre aceste surori dragi ale tale? Cum poți să crezi că au ținut la tine, din moment ce nu au îndrăznit să i se opună tatălui nostru de dragul tău?

Preț de o clipă, am senzația că Cardan are de gând să-l lovească. Duc mâna la mânerul sabiei. Voi interveni între ei. Îl voi înfrunta pe Balekin. M-ar bucura să-l înfrunt pe Balekin.

Dar Cardan se prăbușește înapoi pe tron. Furia i se risipește de pe chip și vorbește de parcă n-ar fi auzit ultimele cuvinte ale lui Balekin.

— Ai fost întemnițat nu pentru că mă tem de tine și nici de dragul răzbunării. Nu ai fost pedepsit pentru satisfacția mea. Ești întemnițat în Turn pentru că așa cere dreptatea.

— Nu ești capabil să faci toate astea de unul singur, spune Balekin, privind în jur, în sală. Niciodată nu ai vrut să faci eforturi, niciodată nu te-ai sinchisit să lingușești diplomații sau să-ți îndeplinești datoria în defavoarea propriilor plăceri. Încredințează-mi mie sarcinile dificile, în loc să le lași în seama unei muritoare față de care te simți îndatorat și care te va dezamăgi.

Privirile lui Nihuar, Randalin și ale câtorva dintre gărzi se întorc spre mine, dar Cardan rămâne cu ochii pe fratele său. După un lung moment, îi răspunde:

— Să devii regentul meu, cu toate că am trecut de vârsta maturității? Te prezinți înaintea mea nu cu remușcări, ci ca înaintea unui câine neascultător pe care ai vrea să-l disciplinezi.

În sfârșit, Balekin pare jenat.

— Deși uneori am fost aspru cu tine, m-am purtat așa numai ca să te fac să devii mai puternic. Ai impresia că-ți permiți să trăiești în indolență și vicii și totuși să reușești în poziția de conducător? Fără mine, n-ai fi nimic. Fără mine, *nu vei fi nimic.*

Gândul că Balekin ar putea spune asemenea lucruri, fără să le creadă minciuni, mă îngrozește.

Cât despre Cardan, acesta zâmbește discret și îi răspunde liniștit.

— Mă ameninți, iar pe tine te lauzi. Îți trădezi ambițiile. Chiar și dacă aș fi luat în considerare propunerea ta, acum, auzind micul tău discurs, m-aș fi convins că nu ești diplomat câtuși de puțin.

Înfuriat, Balekin face un pas înspre tron și gărzile ocupă spațiul dintre ei. Pot să văd dorința instinctivă a lui Balekin de a-l pedepsi pe Cardan.

— Te joci de-a regele, spune Balekin. Și, dacă cumva nu-ți dai seama de acest lucru, atunci ești singurul. Dacă mă trimiți înapoi în temniță, vei pierde ajutorul meu și vei pierde regatul.

— Pe aceasta, spune Cardan. A doua variantă, cea în care nu ai nicio implicare. Pe aceasta o aleg.

Se întoarce către Vulciber.

— Audiența s-a încheiat.

Când Vulciber și ceilalți paznici pornesc să-l conducă pe Balekin înapoi la Turnul Uitării, acesta întoarce privirea spre mine. Și în ochii lui văd o ură atât de adâncă, încât mă tem că, dacă nu vom avea grijă, întregul Elfhame s-ar putea îneca în ea.

...

Cu două nopți înaintea nunții surorii mele mă privesc în oglinda lungă din apartamentul meu și scot încet sabia Piarză-Noapte. Exersez toate pozițiile, cele învățate de la Madoc și cele învățate la Curtea Umbrelor.

Apoi înalț sabia, prezentând-o oponentei mele. O salut pe fata din oglindă.

Înainte și-napoi, dansez de-a lungul podelei, înfruntând-o. Lovesc și parez, parez și lovesc. Simulez un atac. Mă feresc. Privesc cum i se adună transpirația pe frunte. Lupt până când transpirația îi pătează cămașa, până când începe să tremure de epuizare.

Tot nu e de ajuns.

Nu o voi putea învinge niciodată.

Capitolul 20

Capcana pentru Orlagh e pregătită. Petrec ziua discutând detaliile cu Madoc. Am pregătit trei locuri și momente potrivite în care Marea de Jos ar putea ataca cu încredere: barca în sine, care va purta o țintă falsă, e o alegere evidentă. E nevoie de un hob care să joace rolul lui Oak, ghemuit sub o mantie, și barca trebuie vrăjită astfel încât să poată zbura.

Înainte de asta, există un moment în timpul recepției de la nuntă când Oak va porni de unul singur prin labirintul de gard viu. O parte dintre tufișuri vor fi înlocuite cu zâne-copac, care vor rămâne nevăzute până-n momentul în care vor trebui să atace.

Și chiar înainte de asta, în momentul sosirii la moșia lui Locke pentru nuntă, vom da impresia că Oak coboară dintr-o caleașcă pe un teren deschis, vizibil dinspre mare. Vom folosi și atunci o momeală. Eu voi aștepta în caleașcă, împreună cu adevăratul Oak, până când toată familia va fi coborât și – sperăm noi – marea va fi atacat. Apoi caleașca va înconjura conacul și noi vom pătrunde înăuntru pe o fereastră. În situația asta, copacii din apropierea țărmului vor fi plini de *spriți* pregătiți să zărească zânele Mării de Jos, pentru capturarea cărora s-a pregătit o plasă ascunsă sub nisip.

Trei ocazii în care vom putea să surprindem Marea de Jos când încearcă să-i facă rău lui Oak. Trei ocazii pentru a-i face să regrete.

Nici pe Cardan nu-l neglijăm. Garda lui personală a fost instruită să rămână în alertă maximă. Și lui i-a fost desemnată o echipă de arcași care să-i urmărească fiecare mișcare. Și, firește, ne bizuim pe spionii noștri.

Taryn vrea să-și petreacă ultima noapte dinaintea nunții alături de surorile sale. Prin urmare, împachetez o rochie, împreună cu cerceii pentru sora mea și le leg în spinarea aceluiași cal cu care am fost la insula Insweal. Leg sabia Piarză-Noapte de una dintre gențile atașate de șa. Și pornesc călare spre moșia lui Madoc.

Noaptea e încântătoare. Un vânt ușor adie printre copaci, cu parfum de pin și măr-veșnic. În depărtare aud sunet de copite. Vulpile se strigă între ele cu țipetele lor aspre, ciudate. De undeva, de departe, se aude muzică de flaut și cântecele ascuțite, fără cuvinte, ale sirenelor dintre stâncile țărmului.

Apoi, deodată, sunetul copitelor se apropie. Prin codru se apropie călăreți. Șapte indivizi, călare pe cai sfrijiți, cu ochii ca niște perle. Au fețele acoperite și armura mânjită cu vopsea albă. Le aud râsetele și-mi dau seama că se separă în grupuri mai mici, ca să mă atace din mai multe părți. Preț de o clipă, mă gândesc că e vorba despre vreo greșeală.

Unul dintre călăreți înalță un topor, care lucește în lumina lunii de-un pătrar și-mi îngheață sângele în vine. Nu, nu mă înșel. Au venit să mă omoare.

Experiența mea în luptele călare e limitată. Mă așteptam să devin cavaler al regatului și să fiu însărcinată cu apărarea vieții și onoarei vreunui nobil, nu să călăresc la război alături de Madoc.

Acum, pe măsură ce se apropie, mă întreb cine ar fi putut să cunoască precis această vulnerabilitate. Madoc știe, cu siguranță. Poate că așa s-a gândit să mă răsplătească pentru faptul că l-am trădat. Poate că a fost un tertip să mă convingă că are încredere în mine. Doar știa că urma să vin la conacul său în noaptea asta. Și toată după-amiaza am plănuit capcane întocmai precum cea de față.

Îmi amintesc, plină de regret, de avertismentul Gândacului: *Data viitoare, ia cu tine pe cineva din garda regală. Ia pe cineva dintre noi. Ia un nor de spriți sau un spriggan beat. Numai ia pe cineva.*

Dar n-am luat pe nimeni. Sunt pe cont propriu.

Îmi opintesc calul. Trebuie doar să traversez codrul și să mă apropii de conac – atunci voi fi în siguranță. Sunt gărzi acolo și, indiferent că Madoc sau altcineva a trimis călăreții, nu va permite unui musafir, și cu atât mai puțin unei persoane aflate sub protecția sa, să fie ucis pe pământurile sale.

Ar însemna să încalce regulile bunei-cuviințe.

Trebuie doar să ajung până acolo.

Țâșnesc prin pădure și aud sunetul copitelor în urmă. Privesc în spate. Vântul îmi suflă în față și părul îmi intră în gură. Călăreții înaintează cu distanțe mari între ei, încearcă să ajungă în fața mea ca să-mi poată tăia calea spre Madoc și să mă silească să merg spre coastă, unde nu aș avea cum să mă ascund.

Se apropie tot mai mult. Îi aud strigându-și unul altuia, dar cuvintele lor se pierd în vuietul vântului. Calul meu e iute, dar ai lor curg ca apa în noapte. Privind în urmă, văd cum unul dintre ei își scoate arcul și săgețile cu pene negre în capăt.

Întorc calul într-o parte, dar imediat dau cu ochii de alt călăreț, care-mi stă în cale.

Sunt înarmați și poartă armură. Eu am la mine numai câteva cuțite și sabia Piarză-Noapte, legată în spate, laolaltă cu gențile, și, înăuntrul uneia dintre ele, o arbaletă mică. M-am plimbat prin pădurea asta de sute de ori în copilărie; niciodată nu m-am gândit că s-ar putea ca la un moment dat să-mi trebuiască armură de luptă aici.

O săgeată vâjâie pe lângă mine și se apropie încă un călăreț, cu sabia scoasă.

Mi-e imposibil să scap de ei.

Mă ridic în scări – un truc care nu știu dacă o să-mi reușească – și mă apuc de prima ramură rezistentă pe lângă care trec. Unul dintre armăsarii cu ochi albi își arată dinții și mușcă din coasta calului meu. Sărmana mea iapă nechează disperată și lovește din picioare. În lumina lunii, mi se pare că disting ochii de chihlimbar ai unui călăreț, chiar înainte ca acesta să atace cu sabia sa lungă.

Sar și mă ridic pe ramură. Câteva clipe, nu fac decât să mă țin de ea strâns, trăgându-mi sufletul, în timp ce călăreții trec pe sub mine. Aceștia se opresc și își întorc caii. Unul dintre ei ia o înghițitură dintr-o ploscă și pe buze îi rămâne o pată aurie.

— Pisicuță, strigă un altul. Coboară din copac și vino la vulpi!

Mă ridic în picioare și alerg de-a lungul ramurii, păstrând în minte învățăturile Stafiei. Trei cavaleri îmi dau târcoale dedesubt. În aer străfulgeră sclipirea unui topor aruncat înspre mine. Mă feresc, străduindu-mă să nu alunec. Arma trece vijelios pe lângă mine și se înfige în trunchiul copacului.

— Bună încercare, le strig eu, încercând să nu par îngrozită.

Trebuie să scap de ei. Trebuie să mă cațăr mai sus. Dar apoi ce? Nu pot să mă lupt cu toți șapte. Chiar de-aș vrea să încerc, sabia mea încă e legată de șaua calului. N-am decât câteva cuțite.

— Coboară, fată umană, spune un călăreț cu ochi argintii.

— Am auzit de pofta ta de violență. Am auzit de ferocitatea ta, spune altă zână cu o voce adâncă și melodioasă, care ar putea să aparțină unei femei. Nu ne dezamăgi, spune ea.

O a treia zână își potrivește în coardă încă o săgeată cu vârful negru.

— Dacă e să fiu pisică, dați-mi voie să vă zgârii puțin, spun eu, scoțând două cuțite de forma unor frunze de la brâu și lansându-le în două arcuri strălucitoare spre călăreți.

Unul dintre ele își ratează ținta, pe când celălalt se izbește de armură, însă sper că le-am distras atenția îndeajuns cât să pot smulge toporul din trunchi. Apoi țâșnesc. Sar din creangă-n creangă, înconjurată de săgeți zburătoare, și-i mulțumesc în gând Stafiei pentru tot ce m-a învățat.

Apoi o săgeată mă nimerește în coapsă.

Nu reușesc să-mi stăpânesc strigătul de durere. O iau din loc iarăși, în pofida șocului, dar viteza m-a lăsat. Următoarea săgeată zboară atât de aproape de coastele mele, încât numai norocul mă salvează.

Ei văd prea clar, până și pe întuneric. Văd mult mai bine decât mine.

Toate avantajele sunt de partea lor. Sus în copaci, atâta vreme cât nu am unde să mă ascund, nu le ofer decât o țintă ceva mai dificil de nimerit, suficient de dificil cât să fie o provocare. Și, cu cât obosesc mai mult, cu cât sângerez mai puternic, cu cât mă doare mai tare, cu atât mai mult încetinesc. Dacă nu schimb regulile jocului, am să pierd.

Trebuie să echilibrez lupta. Trebuie să fac o mișcare pe care n-o așteaptă. Nu văd, așa că trebuie să mă încred în celelalte simțuri.

Trag aer în piept, ignorând durerea din picior și săgeata care a rămas înfiptă în el, apoi, cu toporul în mână, sar de pe creangă, urlând.

Călăreții dau să-și întoarcă bidivii ca să se ferească de mine.

Îl nimeresc pe unul dintre ei în piept. Tăișul toporului îi îndoaie armura spre interior. Ceea ce e o mare ispravă – sau așa ar fi fost, dacă nu mi-aș fi pierdut echilibrul un moment mai târziu. Cad și arma îmi zboară din mână. Mă izbesc de pământ cu putere și rămân fără aer. Mă rostogolesc îndată ca să evit loviturile de copite. Capul îmi zbârnâie și piciorul parcă mi-ar lua foc în clipa în care mă ridic. Am frânt săgeata care-mi ieșea din coapsă, dar am împins vârful și mai mult înăuntru.

Călărețul pe care l-am izbit atârnă din șa, cu trupul moale și cu sângele bolborosindu-i în gură.

Un alt călăreț își întoarce calul în apropiere, în timp ce un al treilea se năpustește asupra mea în linie dreaptă. Scot un cuțit și arcașul care se apropie dă să schimbe arcul pe sabie.

Acum sunt una contra șase, ceea ce e mult mai bine, mai ales din moment ce patru dintre călăreți zăbovesc în urmă, de parcă nu s-ar fi gândit că și ei pot fi răniți.

— Sunt destul de feroce pentru voi? le strig.

Călărețul cu ochi argintii vine spre mine și îmi azvârl cuțitul. Nu-l nimerește pe el, dar se înfige în coasta calului. Animalul se ridică pe picioarele din spate. Numai că, în timp ce călărețul încearcă să-l stăpânească, altul dintre ei pornește spre mine. Apuc toporul, inspir adânc și încerc să mă concentrez.

Calul scheletic mă privește cu ochii săi albi, lipsiți de pupile. Pare flămând.

Dacă voi muri aici, în pădure, numai pentru că n-am fost mai bine pregătită, numai pentru că n-am fost îndeajuns de grijulie cât să-mi leg naibii de curea propria-mi sabie, mă voi mânia cumplit pe mine însămi.

Văzând cum se apropie călărețul, îmi încordez trupul, dar nu știu dacă voi fi în stare să-i resping atacul. Disperată, mă chinui să născocesc altă soluție.

La apropierea calului, mă arunc la pământ, împotrivindu-mă oricărui instinct de supraviețuire, oricărui imbold de a fugi din calea uriașei fiare. Aceasta năvălește peste mine, iar eu înalț toporul și-l cobor vertical. Sângele îmi împroașcă fața.

Creatura aleargă încă o bucată de drum și apoi se prăbușește cu un țipăt înfiorător, ascuțit, prinzând sub trup piciorul călărețului.

Mă ridic, mă șterg pe față și imediat îl zăresc pe cavalerul cu ochi argintii, care se pregătește să atace. Îi rânjesc, înălțând toporul însângerat.

Călărețul cu ochi aurii pornește spre camaradul lui doborât, strigând la ceilalți. Auzindu-l, cavalerul cu ochi argintii își întoarce calul și țâșnește spre tovarășii săi. Cavalerul țintuit de pământ începe să se zbată și ceilalți doi cavaleri îl eliberează și-l urcă pe unul dintre ceilalți cai. Apoi toți șase pornesc în noapte și niciunul nu mai râde.

Aștept, de teamă că s-ar putea întoarce, de teamă că din umbre s-ar putea ivi un pericol și mai cumplit. Minutele trec. Cel mai puternic zgomot e al respirației mele răgușite și al sângelui care-mi duduie în urechi.

Tremurând și cuprinsă de dureri, pornesc la pas prin pădure. Îmi descopăr calul întins pe iarbă și pe armăsarul călărețului mort devorându-l. Agit toporul și acesta din urmă o ia la fugă. Dar sărmana mea iapă nu e cu nimic mai puțin moartă.

Geanta din spinarea ei a dispărut. Probabil că a căzut în timpul cursei, împreună cu hainele și arbaleta mea. Am rămas și fără cuțite, sunt împrăștiate prin pădure, pe unde le-am aruncat, rătăcite printre tufișuri. Măcar n-am pierdut sabia Piază-Noapte, e aici, legată de șa. Cu degetele înțepenite, dezleg sabia făurită de tatăl meu.

Folosind-o ca pe-un baston, reușesc să ajung cu chiu, cu vai, până la conacul fortificat al lui Madoc și mă curăț de sânge la pompa din curte.

Înăuntru o găsesc pe Oriana așezată în dreptul unei ferestre, lucrând la un gherghef. Se uită la mine cu ochii săi rozalii și nu se sinchisește să zâmbească, așa cum ar fi făcut un om, ca să mă liniștească.

— Taryn e la etaj cu Vivi și cu iubita ei. Oak doarme și Madoc își urzește intrigile.

Îmi cercetează înfățișarea.

— Ai căzut într-un lac? întreabă ea.

Încuviințez din cap.

— Caraghios, nu?

Oriana mai face o cusătură. Pornesc spre scări, dar îmi vorbește din nou înainte să pun piciorul pe prima treaptă.

— Ar fi atât de grav dacă Oak ar rămâne cu mine în Tărâm? întreabă ea.

Urmează o tăcere de câteva momente, apoi șoptește:

— Nu vreau să pierd dragostea lui.

Detest faptul că sunt nevoită să-i spun ceea ce știe și ea deja.

— Aici nu s-ar mai sfârși coada de curteni veniți să-i strecoare otravă în ureche, șoapte despre regele care ar putea fi Oak, numai de-ar fi înlăturat Cardan – iar asta i-ar putea face pe cei loiali lui Cardan să-și dorească la rândul lor să scape de Oak. Și astea nici măcar n-ar fi pericolele cele mari. Atât timp cât Balekin trăiește, cel mai sigur loc pentru Oak e departe de Tărâm. Mai e și problema legată de Orlagh.

Oriana încuviințează din cap cu o privire sumbră și se întoarce iarăși spre fereastră.

Poate că simte nevoia doar să găsească alt vinovat, pe cineva responsabil de necesitatea acestei despărțiri. Iar eu oricum nu prea îi sunt simpatică.

Totuși, țin minte ce înseamnă să duci dorul locului în care te-ai născut, să duci dorul celor care te-au crescut.

— Nu vei pierde dragostea lui niciodată, spun eu încet, așa cum a vorbit și ea adineaori.

Sunt convinsă că m-a auzit, dar nu se întoarce.

Cu acestea, urc scările, cu piciorul zvâcnindu-mi de durere. Când ajung la palier, Madoc iese din biroul său și mă privește de jos. Adulmecă aerul. Mă întreb dacă simte mirosul sângelui care încă mi se prelinge pe picior, mirosul de praf, transpirație și apă rece, de fântână.

Un fior rece îmi trece prin oase.

Mă duc în fosta mea cameră și închid ușa. Strecor mâna în spatele tăbliei patului și descopăr mulțumită că unul dintre cuțitele mele a rămas aici, legat în piele și ușor prăfuit. Îl las unde l-am găsit, cu un sentiment de siguranță ceva mai pronunțat.

Șchiopătez până la vechea mea cadă, îmi mușc obrazul ca să pot face față durerii și mă așez pe margine. Apoi îmi spintec pantalonii și inspectez ciotul de săgeată care mi-a rămas înfipt în picior. Vergeaua e cioplită din lemn de salcie mânjit cu cenușă. Descopăr că partea vizibilă a vârfului e făcută din corn crestat.

Mâinile încep să-mi tremure și-mi dau seama cât de iute îmi bate inima și cât de amețită sunt.

Rănile provocate de săgeți sunt dificile, pentru că, cu fiecare mișcare, se agravează. Trupul nu se poate vindeca atât timp cât are înăuntru un vârf ascuțit, care lezează țesuturile, și, cu cât acesta e lăsat mai mult, cu atât devine mai greu de scos.

Inspir adânc și strecor un deget pe lângă vârful de săgeată, apăsând pe el încet. Mi se taie respitația de durere și capul îmi vâjâie o clipă, dar măcar săgeata nu pare să mi se fi înfipt în vreun os.

Îmi fac curaj, iau cuțitul și fac o tăietură de-un deget în josul pielii. E o senzație cumplită și ajung să respir scurt și iute, în timp ce îmi înfig, cu grijă, degetele în piele și smulg vârful. Îmi curge mult sânge, înspăimântător de mult. Apăs rana cu palma, încercând să opresc șuvoiul.

O vreme sunt prea amețită ca să fac altceva decât să stau locului.

— Jude?

E Vivi, a deschis ușa. Se uită la mine scurt și apoi la cadă. Ochii ei de pisică se holbează.

Scutur din cap.

— Să nu spui nimănui.

— Sângerezi, spune ea.

— Du-mă... dau eu să spun, dar mă opresc, amintindu-mi că trebuie să leg rana, lucru la care nu m-am gândit.

Poate că starea mea nu e atât de bună pe cât am crezut. Șocul nu se simte întotdeauna din primul moment.

— Adu-mi un ac cu ață – dar nu fir subțire, ci mătase aspră, folosită la brodat. Și o pânză, ca să mențin presiunea pe rană.

Vivi se încruntă, privind cuțitul din mâna mea și rana atât de proaspătă.

— Ți-ai făcut-o singură?

Asta mă aduce la realitate o clipă.

— Da, mi-am tras *singură* o săgeată în picior.

— Bine, bine.

Îmi întinde o cămașă de pe pat și iese din cameră. O apăs pe rană, sperând să încetinesc sângerarea.

Se întoarce cu un ac și ață albă. În scurt timp, firul ăla n-o să mai fie alb.

— Bun, spun eu, străduindu-mă să mă concentrez. Vrei s-o ții sau s-o coși?

— O țin, spune ea, uitându-se la mine ca și când și-ar fi dorit să existe și o a treia opțiune. Nu crezi c-ar fi mai bine s-o chem pe Taryn?

— În noaptea dinaintea nunții ei? Nici gând.

Încerc să trec ața prin gaura acului, dar mâinile îmi tremură atât de tare, încât mi-e greu.

— Bun, acum apropie marginile rănii.

Vivi se așază în genunchi și face întocmai, strâmbând din nas. Mi se taie respirația și mă străduiesc să nu leșin. Mai durează numai câteva minute, apoi am să mă întind și-am să mă odihnesc, îmi promit eu. Alte câteva minute și toate vor fi ca înainte, de parcă nu s-ar fi întâmplat nimic.

Încep să cos. Doare. Doare și doare și doare. La sfârșit, clătesc piciorul din nou și rup o fâșie din porțiunea cea mai curată a cămășii ca să-l înfășor.

Vivi se apropie.

— Poți să te ții pe picioare?

— Lasă-mă un minut, spun eu, clătinând din cap.

— Și cu Madoc ce facem? întreabă ea. Am putea să-i spunem...

— Nu spunem nimănui, o contrazic și, ținându-mă strâns de marginea căzii, ridic piciorul și-l scot afară, reușind cu chiu, cu vai să-mi stăpânesc țipetele.

Vivi deschide robinetul și apa năvălește în cadă, curățând sângele.

— Hainele tale sunt ude leoarcă, spune ea, încruntându-se.

— Dă-mi o rochie de-acolo, îi zic. Caută una gen sac.

Mă silesc să mă duc șchiopătând la un scaun, pe care mă așez greoi. Apoi îmi dau jos haina și cămașa de dedesubt. M-am dezbrăcat de la brâu în sus, dar nu pot să fac mai mult din cauza durerii.

Vivi îmi aduce o rochie – atât de veche, încât Taryn nu s-a obosit să mi-o aducă la palat – și o strânge, ca să mi-o poată trece peste cap, apoi mă ajută să-mi scot brațele prin mâneci, ca și când aș fi un copil. Cu mare grijă, îmi dă jos ghetele și ce a mai rămas din pantaloni.

— Poți să te întinzi, spune ea. Odihnește-te. Eu și Heather îi putem distrage atenția lui Taryn.

— Mă descurc, o asigur.

— Nu mai ai nimic de făcut, asta-i tot ce spun.

Vivi arată de parcă s-ar gândi mai bine la avertismentul meu, de a nu veni aici.

— Cine ți-a făcut-o? întreabă ea.

— Șapte călăreți – poate cavaleri. Dar, dacă mă întrebi cine a poruncit atacul... nu știu.

Vivi oftează îndelung.

— Jude, vino cu mine în lumea oamenilor. Nu ești obligată să trăiești în „normalitatea" asta. Lumea asta nu e normală.

Mă ridic din scaun. Mai bine calc pe piciorul rănit decât să mai aud asemenea lucruri.

— Ce-ai fi făcut dacă n-aș fi venit la tine? întreabă ea hotărât.

Acum că m-am ridicat, trebuie să mă mișc în continuare, ca să nu-mi pierd elanul. Pornesc spre ușă.

— Nu știu, spun eu. Dar un lucru știu sigur. Pericolele mă pot căuta și în lumea muritorilor. Rămânând *aici*, pot să mă asigur că tu și Oak aveți gărzi care să vă protejeze *acolo*. Ascultă, înțeleg că ceea ce fac ți se pare stupid. Dar nu te purta de parcă n-ar avea rost.

— Nu asta am vrut să zic, mă contrazice ea, dar eu deja am ieșit pe hol.

Deschid brusc ușa de la camera lui Taryn și le găsesc pe ea și pe Heather râzând. La sosirea noastră, se opresc.

— Jude? exclamă Taryn.

— Am căzut de pe cal, îi spun eu și Vivi nu mă contrazice. Deci? Despre ce bârfim?

Taryn e agitată, umblă prin cameră și ba atinge rochia fină pe care o va îmbrăca mâine, ba ține coronița împletită din tulpinițe și frunze cultivate în grădinile goblinilor, la fel de proaspete ca în clipa în care au fost culese.

Îmi dau seama că cerceii pe care i-am cumpărat pentru ea nu mai sunt, i-am pierdut o dată cu geanta. Sunt împrăștiați printre frunze și tufișuri.

Servitorii ne aduc vin și prăjituri, așa că ling glazura dulce și mă pierd în sunetul liniștitor al conversației lor. Durerea din picior mă deranjează, dar nu atât cât mă deranjează amintirea râsetelor acelor călăreți, amintirea momentului în care au încercuit copacul în care urcasem. A momentului în care am fost rănită, înspăimântată și total singură.

...

În ziua nunții lui Taryn mă trezesc în patul copilăriei mele. Mă simt de parcă m-aș fi deșteptat dintr-un somn adânc și, preț de o clipă, sunt derutată, dar nu pentru că n-aș ști unde mă aflu, ci pentru că nu-mi amintesc *cine* sunt. În aceste câteva momente, clipind în lumina dimineții târzii, sunt iarăși fiica lui Madoc, care visează să devină cavaler la Curte. Apoi năvălește peste mine ultima jumătate de an, precum gustul, de acum familiar, al otrăvurilor pe care le înghit.

Precum durerea înțepătoare a cusăturilor neglijente.

Mă ridic în capul oaselor și desfac pânza, ca să-mi privesc rana. E umflată și urâtă, ca și cusătura. Și piciorul mi-a înțepenit.

Gnarbone, un servitor uriaș, cu urechi lungi și coadă, intră în cameră, amintindu-și să bată abia după aceea. Poartă în mâini o tavă cu micul dejun. Într-o clipă, îmi acopăr trupul de la brâu în jos cu păturile.

Așază tava pe pat, fără nicio vorbă, și apoi se duce în baie. Aud curgerea apei și simt mirosul de ierburi mărunțite. Rămân nemișcată, așteptând să plece.

Aș putea să-i spun că sunt rănită. Ar fi simplu. Dacă i-aș cere lui Gnarbone să trimită după un chirurg militar, ar face-o. Bineînțeles, le-ar spune lui Madoc și Orianei. Dar chirurgul mi-ar coase rana așa cum trebuie și m-ar salva de la infecție.

Chiar dacă Madoc a trimis călăreții, tot cred că m-ar îngriji. Legile curtoaziei, până la urmă. Dar ar considera că, astfel, aș recunoaște că am nevoie de ajutorul lui, că el a învins. Că m-aș întoarce acasă definitiv.

Și totuși, în lumina dimineții, sunt destul de sigură că nu Madoc a trimis călăreții, chiar dacă a fost genul de capcană la care ar recurge. El n-ar fi trimis în veci niște asasini care să ezite și să o ia la fugă în ciuda avantajului numeric.

După ce iese Gnarbone, îmi beau cu poftă cafeaua și pornesc spre baie.

E aromată și lăptoasă și numai cufundată în apă îmi permit să plâng. Numai sub apă pot să accept că era să mor, că am fost îngrozită și că aș vrea să am pe cineva căruia să-i pot spune lucrurile astea. Îmi țin respirația până când nu mai am ce ține.

După baie, îmbrac un halat vechi și mă duc la pat. Încerc să mă hotărăsc dacă ar merita să trimit un servitor înapoi la palat ca să-mi aducă altă rochie sau dacă ar fi mai bine să iau, pur și simplu, una de-a lui Taryn, când Oriana intră în cameră cu un maldăr de stofă argintie.

— Servitorii mi-au spus că ai venit fără niciun bagaj, zice ea. Bănuiesc că ai uitat că la nunta surorii tale trebuie să porți o rochie nouă. Sau orice rochie, numai să fie.

— Cel puțin o persoană va fi goală, îi replic. Știi bine că e adevărat. Nu am participat nici măcar la o singură petrecere în Tărâmul Zânelor unde *toţi* să aibă haine pe ei.

— Ei, dacă ăsta e planul tău, spune ea, dând să plece. Atunci bănuiesc că tot ce-ți trebuie e un colier frumos.

— Stai, o opresc. Ai dreptate. Nu am nicio rochie și am nevoie de una. Nu pleca, te rog.

Când Oriana se întoarce iar spre mine, pe chipul ei observ urma unui zâmbet.

— Cât de neobișnuit e să te aud spunând exact ce vrei să spui, fără s-o faci cu ostilitate.

Mă întreb cum e pentru ea să locuiască în casa lui Madoc, să fie soția supusă a lui Madoc și totuși să fi fost implicată în subminarea tuturor intrigilor lui. Oriana e mult mai subtilă decât aș fi crezut.

Și mi-a adus o rochie.

Mi se pare o mare generozitate din partea ei, dar apoi Oriana întinde rochia pe pat.

— E una de-a mea, spune ea. Cred că-ți va veni bine.

Rochia e argintie și mă duce cu gândul la o armură din zale. E minunată, cu mâneci evazate de la antebraț în jos și tăiate în lungime pentru a expune pielea, dar cu un decolteu foarte mare, care pe Oriana ar arăta într-un fel, iar pe mine, cu totul altfel.

— E puțin cam... îndrăzneață pentru o nuntă, nu crezi?

Ar trebui s-o port fără sutien.

Oriana mă fixează cu privirea câteva clipe, cu o expresie perplexă, aproape ca a unei insecte.

— Aș putea s-o probez, mă învoiesc, amintindu-mi că numai cu o clipă în urmă am zis în glumă că voi participa la nuntă dezbrăcată.

Din moment ce ne aflăm în Tărâmul Zânelor, Oriana nu dă niciun semn că s-ar pregăti să plece. Îi întorc spatele, sperând că așa îi voi distrage atenția de la picior în timp ce mă dezbrac. Apoi trag rochia pe gât și o las să-mi curgă pe șolduri. Sclipește în chip minunat, dar, după cum mă așteptam, îmi lasă pieptul foarte expus. Adică *foarte* expus.

Oriana aprobă din cap mulțumită.

— Voi trimite pe cineva să-ți aranjez părul.

În scurt timp, o fată pixi mlădioasă mi-a și împletit părul sub forma coarnelor de berbec și a înfășurat capetele cu panglici argintii. Îmi machiază pleoapele și buzele cu și mai mult argintiu.

Apoi, îmbrăcată, cobor la parter ca să mă alătur familiei în salonul Orianei, de parcă ultimele luni nici n-ar fi existat.

Oriana poartă o rochie de un violet-pal și un colier de petale proaspete, care i se înalță până la bărbia fardată. Vivi și Heather sunt îmbrăcate amândouă cu haine de-ale muritorilor, Vivi cu o rochie vaporoasă, imprimată cu un model cu ochi, pe când Heather poartă o rochie scurtă, rozalie, acoperită cu paiete mici, argintii. Și-a prins părul cu clame roz, sclipitoare. Madoc poartă o tunică mov-închis, iar Oak poartă și el culori asemănătoare.

— Ia uite, spune Heather. Amândouă purtăm rochii argintii.

Taryn încă n-a ajuns. Așteptăm în salon, bem ceai și mâncăm pâinițe nedospite.

— Chiar crezi c-o s-o facă până la capăt? întreabă Vivi.

Heather îi aruncă o privire scandalizată și o lovește ușor peste picior.

Madoc oftează.

— Se spune că învățăm mai bine din greșelile noastre, nu din succese, rostește el privind spre mine cu subînțeles.

Taryn coboară în sfârșit. A fost îmbăiată în rouă de liliac și îmbrăcată cu o rochie cu mai multe straturi suprapuse, incredibil de fine, cu frunzulițe și flori prinse între ele, care să-i expună silueta ca pe un lucru delicat și fermecător, dar și ca un buchet viu.

Are părul împletit sub forma unei coroane, presărată cu boboci încântători.

E foarte frumoasă și dureros de umană. În toată pânza aceea străvezie, pare mai curând o ofrandă, nu o mireasă. Ne zâmbește tuturor cu timiditate, strălucind de bucurie.

Ne ridicăm cu toții și-i spunem cât de frumoasă e. Madoc îi ia mâinile și i le sărută, privind-o așa cum ar face orice tată mândru de fata lui. Chiar dacă e de părere că nunta ei e o greșeală.

Urcăm în caleașcă, împreună cu hobul scund care se va da drept Oak și care, după ce intrăm cu toții, își schimbă haina și se așază timorat într-un colț.

În drum spre moșia lui Locke, Taryn se apropie de mine și mă ia de mână.

— După căsătorie, lucrurile se vor schimba.

— Unele, da, spun eu, deși nu știu exact la ce se referă.

— Tata a promis să-l țină din scurt, îmi șoptește ea.

Îmi amintesc că Taryn m-a rugat să-i iau lui Locke funcția de Maestru de Ceremonii. Probabil că lui Madoc îi va ocupa ceva timp, daca vrea să-i tempereze excesele lui Locke, ceea ce nu e un lucru rău.

— Ești fericită pentru mine? întreabă ea. Sincer?

Taryn a fost cea mai apropiată ființă din viața mea. A știut toate emoțiile mele, suferințele mele, de la cele mici la cele mari.

— Vreau ca *tu* să fii fericită, spun eu. Astăzi și întotdeauna.

Îmi zâmbește agitată și-mi strânge degetele.

O țin încă de mână când zărim labirintul din gard viu. Văd trei fete pixi, îmbrăcate în rochii diafane, zburând și chicotind pe deasupra vegetației, iar dincolo de ele, numeroase alte zâne, care deja au început să forfotească. Locke a organizat o nuntă pe măsura titlului de Maestru de Ceremonii.

Capitolul 21

Prima capcană nu e declanșată. Hobul coboară odată cu familia, în timp ce Oak și cu mine ne ascundem în caleașcă. Inițial, când ne ghemuim între băncile capitonate, îmi zâmbește vesel, dar în clipa următoare zâmbetul îi dispare de pe chip și în locul lui apare e expresie îngrijorată.

Îi iau mâna și o strâng.

— Ești gata să dăm buzna printr-o fereastră?

Auzind acestea, se bucură din nou.

— Din caleașcă?

— Da, spun eu și aștept ca aceasta să înconjoare conacul.

Atunci, cineva bate în ușă. Privesc afară discret și o văd pe Bombă înăuntrul clădirii. Îmi face cu ochiul, iar eu îl ridic pe Oak și i-l întind, cu copitele înainte, prin fereastra caleștii.

Mă cațăr și eu cu stângăcie în urma lui. Rochia asta e ridicol de sumară și încă îmi simt piciorul înțepenit și mă doare. În starea asta mă prăbușesc pe podeaua de piatră din casa lui Locke.

— Vreo veste? întreb eu, ridicând privirea la Bombă.

Clatină din cap și-mi întinde mâna.

— Încă de la început încercarea asta a avut cele mai puține șanse. Eu pariez pe labirint.

Oak se încruntă, așa că îi masez umerii.

— Nu ești obligat s-o faci, îi spun eu, deși nu știu ce ne-am face dacă s-ar răzgândi.

— Sunt bine, mă liniștește fără să mă privească în ochi. Unde-i mama?

— Am s-o găsesc eu pentru tine, rămurică, îl asigură Bomba, luându-l cu blândețe de după umărul său subțire și îndrumându-l afară din încăpere. În dreptul ușii se uită în urmă, la mine, și scoate ceva din buzunar.

— Mi se pare că te-ai rănit, spune ea. Din fericire, nu pregătesc doar explozive.

Spunând acestea, îmi aruncă un obiect. Îl prind, fără să-mi dau seama despre ce-ar fi vorba, și-l întorc în palmă. Un borcănaș cu unguent. Înalț privirea ca să-i mulțumesc, dar deja a dispărut.

Destupând flaconul, inspir aroma amară de ierburi. După ce-mi întind crema pe piele, durerea se estompează. Unguentul stinge căldura a ceea ce probabil că era o infecție în devenire. Piciorul încă mă irită, dar nicidecum ca înainte.

— Seneșalul meu, spune Cardan și aproape că scap flaconul.

Îmi las rochia peste picioare și mă întorc.

— Ești gata să-l primești pe Locke în familia ta? întreabă el.

Data trecută când am vizitat conacul, în labirintul viu, buzele lui erau pătate cu *nevermore* auriu și m-a privit în timp ce-l sărutam pe Locke cu o intensitate pe care am crezut-o a fi ură.

Acum mă privește cu o expresie nu tocmai diferită și tot ce vreau e să mă arunc în brațele lui. Vreau să-mi înăbuș temerile în îmbrățișarea lui. Vreau să-mi spună ceva cu totul atipic pentru el, să-mi spună că totul va fi bine.

— Frumoasă rochie, rostește el în schimb.

Îmi dau seama că probabil Curtea crede că sunt înamorată de Înaltul Rege, din moment ce am îndurat să fiu încoronată drept Regină a Veseliei și totuși să rămân seneșalul lui. Probabil că toată lumea crede, după cum crede și Madoc, că sunt supusa lui. Chiar și după ce m-a umilit, m-am întors, târâș, la el.

Dar dacă cumva chiar *devin* înamorată de el?

Cardan are mai multă experiență în dragoste decât mine. S-ar putea folosi de asta împotriva mea, exact așa cum a procedat cu Nicasia, la cererea mea. Poate că în sfârșit a găsit o cale de a întoarce situația în favoarea lui.

Ucide-l, spune o parte din ființa mea, cea pe care mi-o amintesc din noaptea în care l-am luat prizonier. *Ucide-l înainte să te facă să-l iubești.*

— N-ar trebui să fii singur, spun eu, gândindu-mă că, dacă Marea de Jos va ataca, atunci nu trebuie să-i prezentăm nicio țintă ușoară. Nu în noaptea asta.

Cardan rânjește.

— Nici nu aveam de gând.

Concluzia implicită, cum că de cele mai multe ori ar petrece noaptea cu altcineva, mă supără, ceea ce detest.

— Foarte bine, îi replic, cu senzația că aș înghiți fiere. Dar, dacă ți-ai pus în gând să te bagi în pat cu vreuna - sau, mai curând, cu mai multe -, alege pe cineva dintre gărzi. Și să vă păzească alte câteva gărzi.

— O veritabilă orgie.

Pare încântat de idee.

Îmi tot vine în gând expresia fixă cu care m-a privit când eram amândoi goi, înainte să-și pună cămașa și să-și încheie manșoanele acelea elegante. *Ar fi trebuit să cădem la pace,* a spus el atunci, netezindu-și agitat pe spate părul acela negru ca cerneala. *Ar fi trebuit să cădem la pace cu mult înainte.*

Dar niciunul dintre noi nu a încercat, nici atunci, nici după aceea.

Jude, a spus el, mângâindu-mi pulpa piciorului, *te temi de mine?*

Îmi dreg glasul, alungând amintirile.

— Îți poruncesc să nu rămâi singur începând cu apusul din noaptea asta și până mâine, la răsărit.

Tresare, de parcă l-ar fi mușcat ceva. Nu se aștepta să-i mai dau ordine în modul ăsta autoritar, ca și când n-am încredere în el.

Înaltul Rege al regatului Elfhame face o plecăciune superficială.

— *Dorința* ta... pardon. *Porunca* ta îmi e poruncă, spune el.

Nu pot să mă uit la el cât iese din cameră. Sunt o lașă. Poate că e durerea din picior, poate e grija pentru Oak, dar îmi vine să strig după el, îmi vine să-i cer iertare. În cele din urmă, când sunt sigură că a plecat, îmi croiesc drum spre petrecere. În câțiva pași sunt pe coridor.

Îl găsesc pe Madoc rezemat de perete. Cu brațele încrucișate la piept, se uită la mine și scutură din cap.

— N-am înțeles niciodată. Până acum.

Mă opresc.

— Poftim?

— Am venit să-l iau pe Oak, dar te-am auzind vorbind cu Înaltul Rege. Iartă-mă, dar am tras cu urechea.

Abia mai pot gândi din cauza bubuitului din tâmple.

— Nu e ce cre...

— Dacă n-ar fi fost, n-ai fi știut la ce mă refer, mi-o întoarce Madoc. Ai fost foarte vicleană, fata mea. Nu-i de mirare că n-am reușit să te tentez cu nicio ofertă. Am spus că nu te voi subestima, dar așa am făcut. Te-am subestimat și am subestimat și ambiția și aroganța ta.

— Nu, spun eu. Nu înțelegi...

— Ba cred că înțeleg, îmi replică și nu mai așteaptă să-i explic că Oak nu e pregătit să preia tronul, că am vrut să evit vărsarea de sânge că nici nu știu dacă voi mai putea să păstrez puterea pe care o am după un an și o zi.

E prea furios ca să asculte toate astea.

— În sfârșit, am priceput. Pe Orlagh și pe Marea de Jos le vom răpune împreună. Dar, după ce acestea vor fi dispărut, vom fi doar noi, de-o parte și de alta a tablei de șah. Și, când te voi învinge, îți promit că o voi face cu toată seriozitatea cu care aș învinge orice oponent care s-a dovedit a-mi fi egal.

Înainte să-mi vină în minte vreo replică, mă apucă de braț și mă duce afară, în grădină.

— Haide, spune el. Trebuie să ne jucăm rolurile până la capăt.

Afară, clipind în lumina soarelui de după-amiază târzie, Madoc se desparte de mine și se duce să le vorbească unor cavaleri de lângă o fântână ornamentală. Înclină din cap înainte să plece, gestul cuiva care-și recunoaște adversarul.

Mă străbate un fior. Când l-am înfruntat la Conacul Scorburos, după ce i-am pus otravă în pahar, am crezut că deveniserăm dușmani. Dar acum e mult mai grav. Știe că stau între el și coroană și nu mai contează dacă mă iubește sau mă urăște – va face tot posibilul să-mi smulgă această putere din mâini.

Din lipsă de alte opțiuni, intru în labirint, spre ospățul care are loc în inima lui.

Cotesc de trei ori și am senzația că musafirii sunt tot mai departe. Sunetele devin estompate și aud râsete tot mai vagi din toate direcțiile. Gardul viu e suficient de înalt cât să mă dezorienteze.

După alte șapte cotituri, m-am rătăcit de-a binelea. Pornesc înapoi, dar descopăr că labirintul și-a schimbat forma. Potecile nu mai sunt unde erau înainte.

Bineînțeles. Nu se putea să fie un labirint normal. Nu, trebuie neapărat să-mi vrea răul.

Îmi amintesc că prin frunziș sunt zânele-copac, pregătite să-l apere pe Oak. Nu știu dacă ele îmi joacă festa asta, dar sunt sigură că cineva mă ascultă când vorbesc.

— Am să-mi croiesc calea drept prin voi, le spun pereților vii. Haideți să jucăm cinstit.

Aud cum crengile tresar în spatele meu. Mă întorc și descopăr o cărare nouă.

— Ar fi bine să fie într-adevăr drumul spre petrecere, mormăi eu, pornind la pas.

Sper că poteca asta nu duce la temnița secretă, destinată celor care pun în pericol labirintul.

Cotesc iarăși și descopăr o întindere de floricele albe și un turn de piatră miniatural. Dinăuntru, aud un sunet straniu, pe jumătate mârâit, pe jumătate scâncet.

Scot sabia Piarză-Noapte. Puține ființe suspină în Tărâmul Zânelor. Iar cele specifice regiunii ăsteia – cum ar fi *urlătoarele* – sunt foarte periculoase.

— Cine-i acolo? strig eu. Ieși afară, că, de nu, intru eu la tine.

Spre surprinderea mea, cu pași mărunți, își face apariția Heather. Urechile i s-au lungit și s-au acoperit cu blană, precum cele ale pisicilor. Nasul ei și-a schimbat forma, iar deasupra sprâncenelor și din pometi i-au crescut mustăți scurte.

Și mai grav, din moment ce nu pot privi dincolo de înfățișarea asta, înseamnă că vraja nu i-a ascuns doar temporar înfățișarea adevărată. E o vrajă adevărată, care mi se pare că încă nu și-a terminat treaba. Sub ochii mei, pe brațe îi apare un strat pufos de blană, cu petice de diferite culori, ca ale unei pisici tigrate.

— Ce... ce s-a întâmplat? bâigui eu.

Heather deschide gura, dar, în loc să-mi răspundă, miorlăie amar.

Nu mă pot abține să râd. Nu pentru că ar fi amuzant, ci pentru că m-am speriat. Apoi mă simt vinovată, mai ales când o aud sâsâind.

Mă așez pe vine, strâmbându-mă din cauza cusăturii de la picior.

— Nu intra în panică. Îmi pare rău. Doar că m-ai luat prin surprindere. De asta te-am prevenit să ții talismanul ăla la tine.

Heather miorlăie șuierat încă o dată.

— Mda, spun eu, oftând. Nimănui nu-i place să audă „ți-am spus eu". Nu te teme. Nemernicul care și-a închipuit că ar fi o farsă haioasă o să aibă o grămadă de regrete. Haide.

Heather vine după mine, tremurând. Când dau s-o cuprind cu brațul pe după umeri, se ferește și șuieră din nou. Măcar încă poate merge pe două picioare. Măcar a rămas îndeajuns de umană cât să stea lângă mine și să n-o ia la fugă.

Pătrundem adânc în labirint și, de data asta, gardul viu nu-și mai bate joc de noi. Cotim de trei ori și ajungem printre musafiri. Susurul blând al unei fântâni se contopește cu sunetul conversației.

Privesc în jur, în căutarea vreunui cunoscut.

Taryn și Locke nu sunt aici. Probabil că au găsit vreun umbrar, la adăpostul căruia își spun jurăminte intime – își urzesc căsătoria magică adevărată, fără martori, plină de mister. Într-o lume în care nu există minciuni, promisiunile nu trebuie declarate public ca să devină obligatorii.

Vivi se apropie în grabă și o ia de mâini pe Heather. Aceasta și-a strâns degetele, sub forma labelor de pisică.

— Ce s-a întâmplat? întreabă Oriana mânioasă.

— Heather? întreabă Oak, ca să se convingă că ea e.

Heather îl privește cu ochi ca ai surorii mele. Mă întreb dacă asta a fost esența farsei. O pisică unei fete cu ochi de pisică.

— Fă ceva, o roagă Vivi pe Oriana.

— Nu mă pricep atât de mult la astfel de farmece, spune ea. Nu am avut niciodată vreo afinitate pentru dezlegatul blestemelor.

— Cine a făcut-o? Tot ei pot s-o desfacă.

Vocea mea e aspră, ca un mârâit, ca a lui Madoc. Vivi înalță ochii la mine cu o expresie ciudată pe chip.

— Jude, mă avertizează Oriana, dar Heather arată cu încheieturile pumnului.

În mijlocul a trei fauni, care cântă la flaut, văd un băiat cu urechi de pisică. Mă reped la el. Duc mâna la mânerul sabiei; toate frustrările mele, provocate de toate situațiile pe care nu le pot stăpâni, se concentrează în dorința de a îndrepta această singură problemă.

Cu cealaltă mână îi azvârl cupa cu vin verde dintre degete. Băutura se adună printre trifoi și apoi se scurge în pământul de sub picioarele noastre.

— Ce înseamnă asta? se răstește el.

— Ai blestemat-o pe fata aceea, îi spun. Înlătură blestemul *acum*.

— Îmi admira urechile, relatează băiatul. I-am dăruit ceea ce-și dorea. A fost o favoare.

— Asta am să zic și eu după ce-am să te spintec și am să-ți vântur măruntaiele în aer ca pe o flamură, spun eu. *N-am făcut decât să-i îndeplinesc dorința. În fond, dacă n-ar fi dorit să-l spintec în două, mi-ar fi îndeplinit rugămintea cât se poate de firească.*

Uitându-se la cei din jur cu o privire furioasă, traversează iarba cu pași grei și rostește câteva cuvinte. Efectul blestemului începe să se risipească. Dar, recăpătându-și umanitatea, Heather începe să plângă. Se cutremură și suspină adânc.

— Vreau să plec, spune ea în cele din urmă, cu o voce plânsă și tremurătoare. Vreau să merg acasă chiar acum și să nu mă mai întorc niciodată.

Vivi ar fi trebuit s-o pregătească mai bine, să se asigure că va purta mereu un talisman – sau, mai bine, chiar două. N-ar fi trebuit sub nicio formă s-o lase să se plimbe de una singură.

Mă sperie gândul că, într-o anumită măsură, e vina mea.

Eu și Taryn i-am ascuns lui Vivi cele mai dificile momente din viața noastră de oameni trăind printre zâne. Cred că Vivi s-a gândit că, din moment ce surorile ei s-au descurcat, și lui Heather îi va fi bine. Dar nouă nu ne-a fost ușor niciodată.

— Va fi bine, o calmează Vivi, masând-o pe Heather pe spate, cu mișcări circulare, liniștitoare. Ești în siguranță. A fost doar puțin ciudat. Mai târziu o să ți se pară că a fost o întâmplare haioasă.

— N-o să i se pară haios, spun eu și Vivi mă străfulgeră cu o privire mânioasă.

Suspinele continuă. În cele din urmă, Vivi o ia ușor cu degetul de bărbie și-i înalță capul, ca s-o privească drept în ochi.

— Ești în siguranță, o încredințează Vivi din nou și în vocea ei aud nuanțele magiei.

Vraja face ca întregul trup al lui Heather să se înmoaie.

— Nu ții minte ce s-a întâmplat în ultima jumătate de oră. Te distrai de minune la petrecere, dar apoi te-ai împiedicat și ai căzut. Ai plâns pentru că te-ai lovit la genunchi. Nu e caraghios?

Heather privește în jur stânjenită și se șterge la ochi.

— Sunt cam ridicolă, spune ea râzând. Se pare că doar am tras o sperietură.

— Vivi, șuier eu.

— Știu ce vrei să spui, îmi șoptește Vivi. Dar e ultima oară când procedez așa. Și, ca să-ți răspund înainte să întrebi, nu, n-am mai făcut așa ceva până acum. Dar nu e nevoie să țină minte toate astea.

— Firește că trebuie să țină minte, o contrazic. Altfel, n-o să aibă mai multă grijă data viitoare.

Sunt atât de furioasă, încât abia pot vorbi, dar trebuie s-o fac pe Vivi să înțeleagă. Trebuie s-o fac să înțeleagă că până și amintirile oribile sunt de preferat golurilor stranii și senzației pustiitoare că emoțiile tale n-au noimă.

Dar, înainte să-i pot explica lucrurile astea, Stafia apare lângă mine. Împreună cu Vulciber. Amândoi sunt îmbrăcați în uniforme.

— Vino după noi, spune Stafia, cu o bruschețe neobișnuită.

— Ce e? îi întreb eu, pe un ton aspru.

Am rămas cu mintea la Vivi și la Heather.

Stafia are o înfățișare mai sumbră ca niciodată.

— Marea de Jos a acționat.

Mă uit în jur, după Oak, dar îl găsesc în locul în care l-am lăsat numai cu câteva clipe în urmă, alături de Oriana, urmărind-o pe Heather, care tot repetă că n-are nimic. Pielea dintre sprâncenele lui se încruntă ușor, dar, în rest, nu pare să fie în vreun pericol, în afară de cel al influențelor nefaste.

Îl zăresc pe Cardan în celălalt capăt al grădinii, aproape de Taryn și de Locke, care tocmai s-au întors din locul tainic în care și-au făcut jurămintele. Taryn are o privire timidă și obrajii îmbujorați. Zânele se apropie în grabă ca s-o sărute – goblini și grigi, doamne de la Curte și cotoroanțe. Deasupra, cerul e senin și vântul dulce, pătruns de parfumul florilor.

— Turnul Uitării. Vulciber insistă să vezi cu ochii tăi, spune Bomba.

Nici măcar n-am simțit-o când s-a apropiat. E îmbrăcată toată în negru și are părul prins într-un coc strâns.

— Jude?

Mă întorc spre spionii mei.

— Nu înțeleg.

— Îți vom explica pe drum, spune Vulciber. Ești gata?

— Numai o clipă.

Ar trebui s-o felicit pe Taryn înainte să plec. Să o sărut pe obraji și să-i spun vorbe frumoase, ca să știe că am fost și eu aici, chiar dacă apoi a trebuit să plec. Dar, întorcând privirea spre ea și încercând să-mi dau seama cât de repede aș putea încheia socotelile, ochii meu rămân fixați asupra cerceilor pe care-i poartă.

De loburile urechilor ei atârnă o lună și o stea. Aceleași pe care le-am cumpărat de la Grimsen. Cele pe care le-am pierdut în pădure. Nu le purta în momentul în care am urcat în caleașcă, deci trebuie să le fi primit...

Lângă ea, Locke zâmbește cu zâmbetul lui de vulpe și, când face câțiva pași, observ că șchioapătă puțin.

Câteva clipe nu fac decât să mă holbez la el, pentru că mintea mea refuză să accepte ceea ce vede. Locke. Locke a fost printre călăreți, Locke și prietenii lui m-au atacat în noaptea dinainte să se căsătorească. Un fel de petrecere a burlacilor. Probabil că s-a gândit să se răzbune pe mine pentru faptul că l-am amenințat. Ori asta, ori poate s-a gândit că nu va reuși niciodată să-i rămână credincios lui Taryn și a hotărât să năvălească el peste mine înainte să vin eu la el.

Arunc o ultimă privire înspre ei și-mi dau seama că acum nu mai e nimic de făcut.

— Transmite-i veștile legate de Marea de Jos și Marelui General, îi spun Bombei. Și ai grijă să nu...

— Am să-l supraveghez eu pe fratele tău, mă asigură ea. Și pe Înaltul Rege.

Întorc spatele petrecerii de nuntă și pornesc în urma lui Vulciber și a Stafiei. În apropiere ne așteaptă armăsari galbeni, cu coamă lungă, gata înșeuați și cu căpăstrul pus. Sărim în spinările lor și pornim spre temniță.

...

De afară, singurul indiciu vizibil cum că s-ar fi întâmplat ceva îl reprezintă valurile, mai înalte decât le-am văzut vreodată. Apa s-a adunat pe stâncile cu suprafețe inegale.

Înăuntru descopăr trupurile. Cavaleri care zac palizi și nemișcați. Cei câțiva întinși pe spate au gurile pline de apă, de parcă buzele lor ar fi marginile unor cești. Alții sunt întinși pe o parte. Ochii tuturor au fost înlocuiți cu perle.

S-au înecat pe uscat.

Cobor scările în grabă, îngrozită că mama lui Cardan ar fi putut păți ceva. Dar o găsesc aici, e vie și mă privește clipind din umbră. Câteva clipe rămân nemișcată în fața celulei ei, cu mâna pe piept, respirând ușurată.

Apoi scot sabia Piarză-Noapte și lovesc perfect vertical, între gratii și lacăt. Se aprind scântei și ușa se deschide. Asha mă privește bănuitoare.

— Pleacă, îi spun. Uită de înțelegerea noastră. Uită totul. Pleacă de-aici.

— De ce faci asta? întreabă ea.

— Pentru Cardan, îi răspund.

Las nespusă a doua parte: *Pentru că mama lui încă e vie, pe când a mea nu e, pentru că, chiar dacă te urăște, măcar merită șansa să ți-o poată spune în persoană.*

Îmi mai aruncă o privire uluită și pornește în sus, pe scări.

Trebuie să știu dacă Balekin mai e aici, dacă e în viață. Cobor mai departe, orientându-mă în întuneric cu o mână lipită de perete și cu cealaltă pe sabie.

Stafia mă strigă, probabil din cauza apariției subite a Ashei, dar eu mă concentrez asupra țelului meu. Încep să cobor treptele mai repede și cu pași mai siguri.

Descopăr că celula lui Balekin e goală, gratiile au fost îndoite și smulse și covoarele lui somptuoase sunt umede și acoperite cu nisip.

Orlagh l-a răpit pe Balekin. A răpit un prinț al Tărâmului fix de sub nasul meu.

Îmi blestem scăparea. Știam că se întâlnesc, știam că urzesc intrigi cot la cot, dar eram convinsă, din cauza Nicasiei, că Orlagh chiar vrea să facă din Cardan un mire al mării. Nu mi-a trecut prin cap că Orlagh ar putea trece la fapte înainte să primească răspuns. Și nu m-am gândit că, atunci când a amenințat să ia sânge, s-a referit la Balekin.

Balekin. Ar fi dificil să pună coroana Tărâmului pe capul lui fără ajutorul lui Oak. Dar, dacă Cardan s-ar întâmpla să abdice vreodată, ar urma o perioadă de instabilitate, o altă încoronare, o altă șansă pentru ca Balekin să ajungă domnitor.

Mă gândesc la Oak, care nu e pregătit pentru nimic din toate provocările astea. Mă gândesc la Cardan, care trebuie convins să mi se jure din nou, mai ales în urma celor întâmplate.

Încă înjur de mama focului în momentul în care aud un val izbindu-se de stânci, îndeajuns de puternic cât să facă Turnul să se cutremure. Stafia mă strigă din nou, dar de la o distanță mai mică decât mă așteptam.

Mă întorc și dau cu ochii de el în cadrul ușii. Lângă el au apărut trei zâne ale mării, care mă privesc cu ochi palizi. Îmi trebuie câteva clipe să pricep priveliștea dinaintea ochilor, să-mi dau seama că Stafia nu e imobilizat, că nici măcar nu pare speriat. Să-mi dau seama că e vorba despre trădare.

Obrajii mi se încing. Vreau să mă înfurii, dar, în loc de asta, nu simt decât vuietul asurzitor care-mi urlă în minte, copleșind orice altceva.

Marea se izbește iarăși de țărm, lovind versantul Turnului. Mă bucur că deja am sabia Piarză-Noapte în mână.

— De ce? întreb eu și în urechi îmi răsună cuvintele Nicasiei, zgomotoase precum țărmul asaltat: *Cineva în care ai încredere deja te-a trădat.*

— L-am slujit pe Prințul Dain, spune Stafia. Nu pe tine.

Dau să vorbesc, dar aud foșnete în spate. Urmează o durere în ceafă și apoi nimic.

Cartea a doua

Au furat-o pe mica Bridget,
șapte ani cu ei a stat;
Și-napoi la semeni vrând să meargă,
în zadar i-a căutat.
Au adus-o înapoi încet,
După ale nopții vise,
Și-au crezut că doarme adânc,
Când de durere ea murise.
De atunci o țin la ei,
În adâncul unui lac,
Și-n jurul patului așteaptă
Deșteptarea ei din somn de veac[*].

– **William Allingham**

[*] Fragment din poezia „The Fairies"; varianta în română aparține traducătorului (n.t.).

Capitolul 22

Mă trezesc pe fundul mării.

La început intru în panică. Am apă în plămâni și simt o apăsare puternică pe piept. Deschid gura ca să țip și reușesc să scot un sunet, dar nu cel la care mă așteptam. Mă șochează într-atât, încât mă opresc și pricep că nu mă înec.

Sunt vie. Respir apă, cu mare efort, dar o respir.

Sub mine e un pat din coral umplut cu varec, ai cărui lujeri flutură sub puterea curenților. Sunt înăuntrul unei clădiri, care și ea pare făcută din coral. Prin ferestre apar și dispar diverși pești.

Nicasia plutește la capătul patului, cu picioarele înlocuite de o coadă lungă. Văzând-o aici, în apă, parcă aș vedea-o prima oară, cu părul albastru-verzui răsucindu-se în jurul capului și cu ochii ei palizi, cu tentă metalică, lucind sub valuri. Pe uscat era frumoasă, dar aici amintește de elementele naturii, e de o frumusețe înfiorătoare.

— Asta-i pentru Cardan, spune ea și imediat strânge pumnul și-mi dă una în stomac.

N-aș fi crezut că sub apă e posibil să-ți iei suficient avânt cât să lovești pe cineva, dar asta e lumea ei, cu care se armonizează numai bine.

— Au, fac eu.

Încerc să ating locul în care m-a lovit, dar mâinile îmi sunt legate în cătușe grele, care nu-mi permit să ajung până acolo. Întorc capul și descopăr pe podea stâncile de care sunt ancorată. Mă cuprinde un nou val de panică, împreună cu o senzație de irealitate.

— Nu știu cu ce l-ai păcălit, dar o să aflu, spune ea, neliniștindu-mă prin faptul că bănuiala ei se apropie atât de mult de adevăr.

Însă asta înseamnă că, de fapt, nu știe *nimic*.

Mă silesc să mă concentrez pe asta, pe aici și acum, pe posibilitățile pe care le am ca să formulez un plan. Dar e dificil, având în vedere cât de furioasă sunt – furioasă pe Stafie, pentru că m-a trădat, furioasă pe Nicasia și pe mine însămi, mereu pe mine însămi mai mult decât pe oricine altcineva. Sunt furioasă pe mine pentru că am ajuns în postura asta.

— Ce s-a întâmplat cu Stafia? mă răstesc eu. Unde e?

Nicasia mijește ochii la mine.

— Ce?

— V-a ajutat să mă răpiți. L-ați plătit? întreb eu, străduindu-mă să vorbesc pe un ton calm.

Cel mai mult vreau să știu răspunsul la întrebarea pe care nu pot s-o pun – știe ce planuri are Stafia în privința Curții Umbrelor? Dar, ca să aflu acest lucru și să-l împiedic, trebuie să evadez.

Nicasia îmi mângâie obrazul și-mi netezește părul pe spate.

— Preocupă-te de propria ta persoană.

Poate că a vrut să fiu adusă aici doar din cauza geloziei ei personale. Poate că totuși pot să scap din situația asta.

— Ai impresia că l-am păcălit pentru că mă place mai mult decât pe tine, îi spun. Dar tu ai tras în el cu o săgeată. Evident că-i place mai mult de mine.

Se face albă la față și gura i se cască de surpriză, apoi se strâmbă de furie când pricepe aluzia mea – anume că i-am spus. Poate că nu-i o idee grozavă s-o întărât cât timp sunt în postura asta neputincioasă, dar sper că așa îmi va spune unde mă aflu.

Și cât timp trebuie să rămân aici. Deja a trecut o bucată de timp de când am leșinat. Timp în care Madoc a fost liber să pregătească un război, cunoscând amploarea influenței pe care o am asupra Coroanei, în care Cardan a fost pe deplin liber să facă orice i-a poftit inima, în care poate Locke a avut ocazia să-i batjocorească pe toți și să-i ademenească în intrigile lor dramatice, timp în care Consiliul ar fi putut să încurajeze capitularea înaintea mării și eu nu pot să fac nimic ca să previn toate acestea.

Cât timp o să mai stau aici? Cât mai e până când cinci luni de muncă se vor duce pe apa sâmbetei? Îmi amintesc de ziua în care Val Moren a jonglat cu diverse obiecte și le-a lăsat să se prăbușească în jurul său. De chipul lui și de ochii lui insensibili, umani.

Nicasia pare să-și fi recăpătat stăpânirea de sine, dar își mișcă înainte și-napoi coada lungă.

— Ei bine, de-acum ești a noastră, muritoareo. Cardan va regreta ziua în care ți-a acordat încrederea sa.

Vrea să mă înspăimânte și mai mult, dar eu simt o mică ușurare. Nu consideră că am vreo putere deosebită. Au impresia că am o vulnerabilitate deosebită. Au impresia că mă pot controla așa cum ar face-o cu orice alt muritor.

Dar ușurarea e ultimul lucru pe care trebuie să-l arăt.

— Mda, Cardan ar face bine să aibă mai multă încredere în tine, fără îndoială. Chiar pari de încredere. Nu e ca și când l-ai trăda chiar în clipa asta.

Nicasia duce mâna la banduliera pe care o poartă la piept și scoate un obiect ascuțit - un dinte de rechin. Cu el în mână, se uită la mine.

— Aș putea să-ți fac rău și nu ți-ai aminti.

— Dar ți-ai aminti tu, spun eu.

Nicasia zâmbește.

— Poate că aș prețui o asemenea amintire.

Inima îmi zvâcnește în piept, dar refuz să-mi arăt spaima.

— Vrei să te învăț unde trebuie înfipt vârful? întreb eu. E o muncă delicată să provoci durere fără să faci daune permanente.

— Ești prea proastă ca să-ți fie frică?

— O, dar îmi este frică, îi spun eu. Numai că nu de tine. Cei care m-au adus aici - mama ta, bănuiesc, și Balekin - consideră că pot să le fiu utilă. Mi-e frică de planul *lor*, dar nu de tine, un torționar inept, fără valoare în vreun plan.

Nicasia spune un cuvânt și o durere cumplită îmi strivește plămânii. Nu pot să respir. Deschid gura, dar nu fac decât să-mi sporesc agonia.

De s-ar termina repede, gândesc eu. Dar nu se termină îndeajuns de repede.

...

Când mă trezesc a doua oară, sunt singură.

Zac nemișcată, înconjurată de apă, cu plămânii curați. Patul n-a dispărut de sub mine, dar îmi dau seama că plutesc deasupra lui.

Mă doare capul și în stomac simt o durere provocată de combinația dintre foame și vânătaia lăsată de pumnul Nicasiei. Apa e rece, de o răceală care mi se prelinge în vene și-mi încetinește sângele. Nu știu cât timp am fost inconștientă, cât a trecut de când am fost răpită din Turn. Pe măsură ce timpul trece și peștii vin să mă ciupească de picioare și de păr, de cusătura rănii de la picior, mânia mi se risipește și mă cuprinde disperarea. Disperarea și regretele.

Îmi doresc s-o fi sărutat pe Taryn pe obraz înainte să fi plecat. Îmi doresc să mă fi asigurat că Vivi a înțeles că, dacă iubește o muritoare, trebuie să fie mai grijulie cu ea. Îmi doresc să-i fi spus lui Madoc că dintotdeauna am vrut ca Oak să aibă tronul.

Îmi doresc să fi plănuit mai multe planuri. Îmi doresc să fi lăsat în urmă mai multe instrucțiuni. Îmi doresc să nu fi avut încredere în Stafie niciodată.

Sper că lui Cardan îi e dor de mine.

Nu știu cât timp plutesc așa, de câte ori intru în panică și mă zbat în lanțuri, de câte ori povara apei dimprejur mă apasă atât de mult încât mă sufoc. Un triton intră în cameră înot. Se deplasează prin apă cu mișcări uimitor de grațioase. Are părul de un verde dungat și aceleași dungi îi acoperă și restul trupului. Ochii lui mari sticlesc în lumina indiferentă.

Face câteva gesturi și scoate niște sunete pe care nu le înțeleg. Apoi, adaptându-și clar așteptările la situația de față, vorbește.

— Am venit să te pregătesc pentru cina cu regina Orlagh. Dacă-mi faci probleme, pot la fel de ușor să te las inconștientă. Așa speram să te găsesc.

Încuviințez din cap.

— Fără probleme. Am înțeles.

În încăpere pătrund și alte zâne ale mării, unele cu cozi verzi, altele cu cozi galbene și unele cu vârfurile cozilor negre. Înoată în jurul meu, holbându-se cu ochii lor mari și lucioși.

Una dintre ele mă dezleagă și alta mă ridică în capul oaselor. În apă, aproape că nu cântăresc nimic. Trupul meu se mișcă încotro e împins.

Când încep să mă dezbrace, intru în panică din nou, e un fel de reacție instinctuală, animalică. Mă zvârcolesc în brațele lor, dar mă țin ferm și-mi trag o rochie diafană peste cap. E scurtă și subțire, și abia se poate numi îmbrăcăminte. Se înfoaie în jurul meu și sunt convinsă că mare parte a trupului mi se vede prin ea. Evit să privesc în jos, de teamă că mă voi înroși.

Apoi sunt înfășurată în lanțuri de perle și părul mi-e prins la spate sub o coroană din scoici și o plasă din varec. Rana de la picior mi-a fost legată cu un bandaj din iarbă-de-mare. În cele din urmă, sunt condusă prin vastul palat de coral, luminat slab, din loc în loc, de meduze strălucitoare.

Zânele mării mă aduc într-o sală de banchete fără tavan, încât, când ridic privirea, deasupra mea zăresc bancuri de pești și chiar și un rechin, iar deasupra lor văd o lumină tremurătoare, probabil a suprafeței mării.

Se pare că soarele e pe cer.

Regina Orlagh stă pe un jilț enorm, ca un tron, la capătul mesei, al cărei corp e incrustat cu scoici și pe suprafața căreia mișună crabi și stele de mare vii, corali în formă de evantai și anemone care adie în curenții apei.

Regina are o înfățișare de-o regalitate imposibilă. Ochii ei negri îmi scrutează trupul și tresar, înțelegând că am înaintea ochilor pe cineva care domnește de generații întregi de-ale muritorilor.

Lângă ea șade Nicasia, într-un jilț cu puțin mai prejos decât al mamei sale. Iar în celălalt capăt al mesei e așezat Balekin, într-un scaun mult mai modest decât ale lor.

— Jude Duarte, spune el. Acum știi ce înseamnă să fii prizonier. Cum e să putrezești într-o celulă? Să te gândești că acolo vei muri?

— Nu știu, îi răspund. Am știut de la început că voi fi eliberată.

Auzind acestea, regina Orlagh izbucnește în râs, lăsându-și capul pe spate.

— Să zicem că ai fost eliberată, într-un anumit sens. Vino aici.

Simt magia din cuvintele ei și-mi amintesc ce a zis Nicasia, că nu o să-mi amintesc nimic din chinurile pe care o să mi le provoace. Într-adevăr, ar trebui să mă bucur că nu m-a torturat mai mult de atât.

Datorită rochiei mele subțiri, e limpede că nu port niciun talisman. Ei nu știu că Dain mi-a dăruit un geas. Au impresia că sunt întru totul la cheremul farmecelor.

Pot să mă prefac. Pot s-o fac.

Înot până la ea, afișând cu grijă o privire inexpresivă. Orlagh mă privește adânc în ochi și e cumplit de dificil să nu-mi feresc chipul, să o privesc cu seninătate.

— Suntem prietenii tăi, spune Orlagh, mângâindu-mi obrazul cu degetele sale cu unghii lungi. Ne iubești din toată inima, dar nu trebuie să spui asta nimănui din afara acestei încăperi. Ne ești loială și ai face absolut orice pentru noi. Nu-i așa, Jude Duarte?

— Da, spun eu îndată.

— Ce ai fi dispusă să faci pentru mine, micul meu crăiete?

— Orice, regina mea, îi răspund.

Întoarce privirea spre Balekin.

— Vezi? Așa se face.

Balekin pare că se îmbufnează. Are o părere foarte bună despre sine și nu-i place să fie pus la colț. Fiind cel mai în vârstă dintre copiii lui Eldred, l-a urât pe tatăl său pentru că nu l-a considerat potrivit pentru a urca pe tron. Sunt convinsă că urăște felul în care-i vorbește Orlagh. Dacă n-ar fi avut nevoie de alianța asta și dacă nu s-ar fi aflat pe teritoriul ei, mă îndoiesc că i-ar fi permis să se poarte așa cu el.

Poate că aici e o falie pe care o pot exploata.

În scurt timp ne sunt aduse o sumedenie de preparate acoperite cu clopote pline cu aer, astfel încât, chiar și sub apă, să rămână uscate până sunt mâncate.

Pește crud, tăiat în rozete delicate și alte forme ingenioase. Stridii parfumate cu varec prăjit. Icre lucioase, roșii și negre.

Nu știu dacă pot să mănânc fără să mi se dea voie în mod explicit, dar mi-e foame și sunt dispusă să risc eventuale observații.

Peștele crud, cu un gust subtil, e amestecat cu ierburi piperate. Nu credeam că ar putea să-mi placă, dar chiar îmi place. Înghit rapid trei felii subțiri de ton.

Capul încă mă doare, dar stomacul începe să fie mai bine.

În timp ce mănânc, mă gândesc la ceea ce trebuie să fac: să-i ascult cu atenție și să mă port de parcă aș avea încredere în ei, de parcă le-aș fi loială. Ca să pot face asta, trebuie să-mi închipui că chiar așa gândesc, măcar în parte.

Mă uit la Orlagh și-mi imaginez că ea m-a crescut, în loc de Madoc, că sunt un fel de soră a Nicasiei, care uneori s-a purtat urât cu mine, dar, în fond, mi-a purtat de grijă. În privința lui Balekin, imaginația mea se revoltă, dar mă străduiesc să mă gândesc la el ca la un membru al familiei, ca la cineva în care încep să am încredere, pentru că așa fac toți ceilalți. Îi privesc zâmbind, un zâmbet generos, care aproape că nu-mi mai pare mincinos.

Orlagh întoarce ochii spre mine.

— Spune-mi despre tine, crăiete mic.

Zâmbetul aproape că începe să-mi tremure, dar îmi concentrez gândurile la faptul că am burta plină, la frumusețea acestui peisaj uimitor.

— Nu sunt multe de spus, încep eu să vorbesc. Sunt o fată muritoare care a fost crescută în Tărâmul Zânelor. Ăsta e cel mai interesant lucru despre mine.

Nicasia se încruntă.

— L-ai sărutat pe Cardan?

— Contează? întreabă Balekin iritat.

Mănâncă stridii, apucându-le una câte una cu o furculiță mică.

Orlagh nu-i răspunde, doar încuviințează din cap către Nicasia. Îmi place gestul ăsta, faptul că o pune pe fiica sa înaintea lui Balekin. E bine că e ceva ce-mi place la ea, ceva la care să mă gândesc ca să pot păstra căldura din glasul meu.

— E important dacă ăsta ar fi motivul pentru care a refuzat să încheie o alianță cu Marea de Jos, spune Nicasia.

— Nu știu dacă ar fi bine să răspund, spun eu, privind în jur cu o expresie, sper eu, sincer derutată. Dar, da, l-am sărutat.

Nicasia pare distrusă. Din moment ce acum sunt „fermecată“, nu pare să mai creadă că de față cu mine trebuie să afișeze o manieră stoică.

— De mai multe ori? Te iubește?

Nu mi-am dat seama cât de mult a sperat că am mințit atunci când i-am zis că l-am sărutat.

— De mai multe ori, dar, nu. Nu mă iubește. Nici pe departe.

Nicasia se întoarce spre mama ei și dă din cap, indicându-i că a obținut răspunsurile pe care și le dorea.

— Îmi închipui că tatăl tău e foarte supărat pe tine pentru că i-ai năruit toate planurile, spune Orlagh, trecând la alt subiect.

— Chiar este, îi confirm.

Scurt și concis. Fără minciuni pe care nu e nevoie să le spun.

— De ce nu i-a spus Generalul lui Balekin despre descendența lui Oak? întreabă ea mai departe. N-ar fi fost mai simplu decât să-l caute pe Prințul Cardan prin tot regatul Elfhame, după ce a obținut coroana?

— Nu îmi face confidențe, îi răspund. Nu atunci și cu siguranță nici acum. Tot ce știu e că a avut un motiv.

— Fără îndoială, spune Balekin, că avea de gând să mă trădeze.

— Dacă Oak ar fi devenit Înalt Rege, atunci Madoc ar fi ajuns să conducă de fapt Elfhame, adaug, pentru că oricum știu deja acestea.

— Și tu n-ai vrut să se întâmple așa.

Un servitor intră purtând o batistă mică, din mătase, plină cu pești. Orlagh înfige o unghie lungă în unul dintre ei, făcând să țâșnească prin apă, spre mine, un firișor de sânge.

— Interesant.

Din moment ce nu e o întrebare, nu e nevoie să răspund.

Alți servitori încep să strângă farfuriile.

— Și ai fi dispusă să ne duci la ușa lui Oak? întreabă Balekin. Să ne conduci în lumea muritorilor și să-l răpești de la sora ta mai mare, să-l aduci aici, la noi?

— Desigur, mint eu.

Balekin îi aruncă o privire lui Orlagh. Dacă l-ar lua pe Oak, ar putea să-l crească sub apele mării, l-ar putea căsători cu Nicasia și ar obține o linie a neamului Salcei a lor, credincioasă Mării de Jos. Ar obține mai multe căi de a ajunge la tron, pe lângă Balekin, fapt care n-are cum să-i fie pe plac.

E un joc de durată, dar în Tărâmul Zânelor e o abordare acceptabilă.

— Această creatură, Grimsen, i se adresează Orlagh Nicasiei, ești convinsă că ar putea făuri o coroană nouă?

Preț de o clipă am senzația că inima mi s-a oprit. Mă bucur că nimeni nu se uita la mine, pentru că, în acel moment, am simțit că nu-mi voi putea ascunde groaza.

— A făurit Coroana Însângerată, spun Balekin. Dacă a reușit asta, sigur mai poate să facă una.

Dacă nu le va trebui Coroana Însângerată, atunci nu le va trebui nici Oak. N-ar fi nevoiți să-l crească, nici să-l pună să așeze coroana pe capul lui Balekin. Nici n-ar fi nevoie să-l țină în viață.

Orlagh îi aruncă o privire agasată. Așteaptă să răspundă Nicasia.

— E fierar, spune Nicasia. Nu-și poate desfășura meșteșugul sub valurile mării, așa că va favoriza mereu uscatul. Dar, odată cu moartea lui Alderking, tânjește după glorie. Vrea un Înalt Rege care să-i poată oferi acest lucru.

Ăsta e planul lor, îmi spun în gând, încercând să-mi astâmpăr panica. *Le știu planul.* Dacă voi reuși să evadez, voi putea să-l împiedic.

Un cuțit în spinarea lui Grimsen, înainte să termine coroana. Uneori mă îndoiesc de competența mea în postura de seneșal, dar niciodată de priceperea cu care știu să ucid.

— *Crăiete mic*, spune Orlagh, îndreptându-și atenția spre mine din nou. Spune-mi ce ți-a promis Cardan în schimbul ajutorului tău.

— Dar ea... vrea să intervină Nicasia, însă privirea lui Orlagh o reduce la tăcere.

— Fata mea, spune regina Mării de Jos, nu observi ce se află drept sub ochii tău. Cu ajutorul acestei fete, Cardan a câștigat tronul. Nu mai căuta să afli ce putere ar avea ea asupra lui - ci caută să afli ce putere a avut el asupra ei.

Nicasia se întoarce spre mine cu o privire iritată.

— Ce vrei să zici?

— Ai spus că Prințul nu o avea la inimă. Și totuși ea l-a ajutat să devină Înalt Rege. Gândește-te că poate Cardan și-a dat seama că i-ar putea fi utilă și s-a folosit de talentele ei, ademenind-o cu săruturi și lingușeli, cam așa cum ai procedat și tu în cazul micului fierar.

Nicasia pare tulburată, de parcă toate convingerile ei despre lume ar fi fost zdruncinate. Poate că nu l-a considerat pe Cardan capabil de asemenea intrigi. Totuși, observ că ideea asta o mulțumește cumva. Dacă Cardan m-a atras de partea lui prin seducție, atunci nu mai e nevoie să se teamă că i-aș fi dragă. Trebuie doar s-o preocupe talentele mele, în măsura în care acestea îi sunt utile.

— Ce ți-a promis ca să te convingă să-i dăruiești Coroana din Elfhame? întreabă Orlagh cu o delicatețe iscusită.

— Mereu mi-am dorit să-mi găsesc locul în Tărâmul Zânelor. Mi-a spus că-mi va oferi postul de seneșal și că mă va așeza de-a dreapta lui, așa cum a fost Val Maron la Curtea lui Eldred. Că va avea grijă să fiu respectată, chiar temută.

Bineînțeles, asta e o minciună. Nu mi-a promis niciodată nimic, iar Dain mi-a promis mult mai puțin de atât. Dar, vai, dacă cineva - dacă Madoc - mi-ar fi făcut asemenea promisiuni, mi-ar fi fost foarte greu să refuz.

— Tu vrei să zici că l-ai trădat pe tatăl tău și l-ai urcat pe tron pe neghiobul acela în schimbul unei *slujbe?* se răstește Balekin neîncrezător.

— Și rolul de Înalt Rege al regatului Elfhame e o slujbă, îi răspund eu. Și uite câte sacrificii s-au făcut pentru obținerea lui.

Tac câteva momente și mă întreb dacă nu cumva am vorbit prea dur ca ei să mai creadă că sunt fermecată, dar Orlagh zâmbește.

— Adevărat, draga mea, spune ea după o pauză. Și nu cumva și noi ne punem încrederea în Grimsen oferindu-i o răsplată asemănătoare?

Balekin pare nemulțumit, dar nu o contrazice. Le e mult mai ușor să creadă că mintea din spatele acestui complot a fost Cardan, și nu o muritoare.

Reușesc să mănânc încă trei felii de pește și să beau un fel de ceai din orez prăjit și alge, printr-un pai ingenios care împiedică amestecarea cu apa mării, apoi sunt condusă la o peșteră marină. Nicasia se alătură paznicilor care mă duc acolo.

Nu e câtuși de puțin un dormitor, ci o cușcă. Însă, când sunt împinsă înăuntru, descopăr că, deși sunt încă leoarcă, încăperea e uscată și plină cu un aer pe care, brusc, nu pot să-l mai respir.

Mă înec și trupul îmi intră în convulsii. Iar din plămâni îmi țâșnește toată apa aceea, împreună cu câteva bucăți de pește parțial digerat.

Nicasia izbucnește în râs.

Apoi, cu vocea încărcată de farmec, îmi vorbește.

— Nu e o cameră încântătoare?

Nu văd decât podeaua din piatră aspră. Niciun fel de mobilă, nimic.

Îmi spune pe un ton visător:

— O să-ți placă la nebunie patul cu baldachin, plin de cuverturi. Și noptierele ingenios lucrate și propriul tău ibric de ceai aburit. Va fi cald și delicios de fiecare dată când vei bea din el.

Așază pe jos un pahar cu apă de mare. Bănuiesc că ăsta e ceaiul. Dacă aș bea din el, după cum propune ea, trupul mi se va deshidrata rapid. Muritorii rezistă câteva zile fără apă potabilă, dar, din moment ce atâta vreme am respirat apă sărată, s-ar putea să am probleme deja.

— Știi, spune ea, în timp ce eu mă prefac că admir camera, privind în jur uluită, ca o toantă, nimic din ce aș putea să-ți fac nu va fi atât de cumplit precum ce-ți vei face singură.

Mă întorc spre ea, încruntându-mă, de parcă n-aș înțelege.

— Nu contează, încheie ea, și mă lasă să petrec restul după-amiezii foindu-mă pe podeaua tare, străduindu-mă să dau impresia că asta ar fi culmea confortului.

Capitolul 23

Mă trezesc amețită și cu crampe îngrozitoare. Fruntea mi-e acoperită de sudoare rece și brațele și picioarele îmi tremură incontrolabil.

De aproape un an îmi otrăvesc trupul zi de zi. Sângele meu s-a obișnuit cu doze mult mai puternice decât cele pe care le luam la început. E dependent de ele. Acum nu mai pot trăi fără otravă.

Zac pe podeaua de piatră și încerc să-mi adun gândurile. Încerc să-mi amintesc de câte ori a fost plecat Madoc în campanie și-mi spun că a stat în condiții neplăcute de fiecare dată. Uneori dormea întins pe pământ, sprijinindu-și capul pe o grămadă de ierburi și pe propriile-i brațe. Uneori era rănit și totuși lupta mai departe. Nu a murit.

Nici eu nu voi muri.

Îmi tot repet acest lucru, dar nu știu dacă reușesc să mă conving.

Trec zile în șir și nu vine nimeni.

Mă dau bătută și beau apa de mare.

Uneori, zăcând așa, mă gândesc la Cardan. Mă gândesc cum trebuie să fi fost să crească precum un membru respectat al familiei regale, puternic și lipsit de iubire. Hrănit cu lapte de pisică și neglijat. Să fie bătut din motive aleatorii de către fratele cu care semăna cel mai mult și care părea că ține la el mai mult decât oricine altcineva.

Îmi închipui cum ar fi să se aplece înaintea ta toți acei curteni și să-ți permită să te stropșești la ei și să-i lovești. Dar, pe oricâți i-ai umili sau i-ai răni, ai ști mereu că pe ei cineva îi consideră vrednici de iubire, pe când pe tine, nu.

În ciuda faptului că am crescut printre zâne, nu pricep întotdeauna cum gândesc și simt. Seamănă mai mult cu muritorii decât își închipuie, dar, în clipa în care îmi îngădui să uit că nu sunt oameni, imediat fac în așa fel încât să-mi amintească. Chiar și numai din motivul ăsta, ar fi o prostie să cred că am cunoscut inima lui Cardan din povestea asta. Dar mă tot întreb.

Mă întreb ce s-ar fi întâmplat dacă aș fi recunoscut că nu am scăpat de obsesia față de el.

...

Vin după mine în cele din urmă. Îmi îngăduie să mănânc și să beau puțin. Deja am slăbit prea mult ca să mai fie nevoie să mă prefac că sunt fermecată.

Le spun detaliile pe care le-am reținut cu privire la camera de strategie a lui Madoc și ce anume crede despre intențiile lui Orlagh. Le povestesc uciderea părinților mei cu detalii sângeroase. Le povestesc o aniversare de-a mea, le jur credința mea, le explic cum am pierdut degetul și că am ascuns adevărul.

Ajung chiar să mint demonstrativ, la porunca lor.

Și apoi trebuie să mă prefac că uit când îmi spun să uit. Trebuie să mă prefac că sunt sătulă când îmi spun că m-am îmbuibat și că sunt beată de la atâta vin închipuit, când, de fapt, n-am băut decât o cană cu apă.

Trebuie să-i las să mă plesnească.

Nu pot să plâng.

Uneori, când zac pe podeaua rece, de piatră, mă întreb dacă există vreo limită până la care îi las să meargă, dacă va apărea vreo situație în care mă voi vedea nevoită să ripostez, chiar dacă așa mi-aș găsi sfârșitul.

Dacă chiar există, atunci sunt o proastă.

Dar, poate, dacă nu există, atunci înseamnă că sunt un monstru.

— Fată muritoare, spune Balekin într-o după-amiază, când rămânem singuri în încăperile pline de apă ale palatului.

Nu-i place să-mi spună pe nume, poate pentru că nu-i place să și-l amintească, pentru că mă consideră o ființă la fel de neimportantă precum toate fetele umane care au trecut vreodată pe la Conacul Scorburos.

Sunt deshidratată până la epuizare. Uită periodic să-mi aducă apă proaspătă și mâncare, oferindu-mi iluzia acestora atunci când mă rog de ei. Mi-e greu să mă concentrez asupra oricărei probleme.

În ciuda faptului că eu și Balekin suntem singuri într-o cameră din coral, iar paznicii vin în patrulă la intervale pe care le măsor în mod automat, nici măcar nu încerc să lupt și să evadez. Nu am nicio armă și am rămas cu foarte puțină energie. Chiar dacă aș reuși să-l omor pe Balekin, nu știu să înot atât de bine cât să ajung la suprafață înainte să fiu prinsă.

Planul meu s-a rezumat la rezistență, la supraviețuire, în fiecare oră, în fiecare zi lipsită de soare..

Nu pot fi fermecată, dar asta nu înseamnă că nu pot fi frântă.

Nicasia a spus că mama ei e stăpână peste multe teritorii ale Mării de Jos și că palatul de față, construit în stânca insulei Insweal și pe fundul mării de la picioarele ei, este numai unul dintre ele. Dar e o suferință constantă să știu că sunt atât de aproape de casă, și totuși atât de departe sub ea.

Cuștile atârnă în apă peste tot în palat, o parte sunt goale, pe când în altele sunt închiși muritori cu pielea din ce în ce mai cenușie, care arată de parcă ar fi murit, dar care din când în când fac câte o mișcare care arată că nu e așa. *Înecații*, îi numesc paznicii uneori și, mai mult decât de orice altceva, mă tem că voi deveni una de-a lor. Îmi amintesc când mi s-a părut că o văd pe fata salvată din conacul lui Balekin la ceremonia de încoronare a lui Dain, pe fata aceea care s-a aruncat în mare, care în mod sigur se înecase. Acum nu mai sunt atât de convinsă că doar mi s-a părut.

— Spune-mi, zice Balekin astăzi. De ce mi-a furat coroana fratele meu? Orlagh are impresia că înțelege de ce, pentru că înțelege dorința de putere, dar pe Cardan nu-l înțelege. Niciodată nu s-a sinchisit prea mult să depună efort. Îi place să-i cucerească pe cei din jur. Îi place să creeze necazuri, dar nu suportă efortul adevărat. Și nici Nicasia nu-l înțelege, chiar dacă refuză s-o recunoască. Se poate ca acel Cardan pe care-l cunoaște ea să te fi manipulat, dar nu ca să ajungi până aici.

E o încercare, gândesc eu fără sens. O încercare pe care trebuie s-o depășesc mințind, dar mă tem că puterea de a gândi coerent m-a părăsit.

— Nu sunt oracol, îi răspund, gândindu-mă la Val Moren, care și-a găsit refugiul în ghicitori.

— Atunci dă-ți cu presupusul. Când ai defilat prin fața celulei mele din Turnul Uitării, ai dat de înțeles că ar fi făcut-o pentru că fusesem prea sever cu el. Dar tu, mai ales, trebuie să-ți fi dat seama că-i lipsea disciplina și că eu urmăream doar să-l întăresc.

Probabil că și-a amintit turneul în care am luptat eu și Cardan și modul în care m-a chinuit. M-am împleticit în amintiri, în minciuni. Sunt prea epuizată ca să mai născocesc povești.

— În vremea pe care am petrecut-o împreună, îmi aduc aminte că a dat buzna, în timpul unei lecții predate de un învățat stimat, călare pe un cal și beat, că a încercat să mă dea de mâncare unor nixe și că a atacat pe cineva la un ospăț, spun eu. Nu mi-a părut un tânăr disciplinat. Mi s-a părut că făcea mereu ce dorea.

Balekin pare surprins.

— Căuta atenția lui Eldred, spune el după o vreme. De bine sau de rău, dar, de cele mai multe ori, de rău.

— Atunci poate că vrea să fie Înalt Rege de dragul lui Eldred, îi replic. Sau ca să-i terfelească amintirea.

Asta pare să-i atragă atenția. Deși am spus-o numai ca să sugerez ceva care să-i distragă atenția de la motivele lui Cardan, acum, după ce mi-au scăpat dintre buze, mă întreb dacă nu cumva conțin un sâmbure de adevăr.

— Sau poate că s-a supărat pe tine pentru că i-ai tăiat capul lui Eldred. Sau pentru că din cauza ta au murit toți frații și surorile lui. Sau pentru că se temea că-l vei omorî și pe el.

Balekin tresare.

— Liniște, îmi poruncește, iar eu rămân tăcută, după cum îmi și doream.

După câteva clipe, își întoarce privirea spre mine.

— Spune-mi care dintre noi merită să fie Înalt Rege, eu sau Prințul Cardan?

— Tu, îi răspund îndată, uitându-mă la el cu o expresie plină de adorație.

Nu-i atrag atenția asupra faptului că Cardan nu mai e prinț.

— Și ai fi dispusă să-i spui și lui acest lucru? întreabă el.

— Îi voi spune orice dorești, îi promit cu toată sinceritatea pe care, cu chiu, cu vai, reușesc să mi-o induc.

— Ai fi dispusă să intri în camerele lui și să-l înjunghii iar și iar, până când tot sângele i se va fi scurs? întreabă Balekin, aplecându-se în față.

A spus toate acestea încet, de parcă i le-ar fi spus unei iubite. Nu pot stăpâni tremurul care mă cuprinde și sper că-l va interpreta drept altceva decât dezgust.

— Pentru tine? întreb eu, închizând ochii, pentru a-i feri de chipul lui mult apropiat. Pentru Orlagh? Mi-ar face plăcere.

Balekin izbucnește în râs.

— Câtă sălbăticie.

Încuviințez din cap, străduindu-mă să-mi domolesc entuziasmul stârnit de ideea unei misiuni departe de mare, unei oportunități să evadez.

— Orlagh mi-a dăruit atât de multe, m-a primit de parcă i-aș fi fost fiică. Vreau s-o răsplătesc. Cu toate că apartamentul meu și delicatesele care-mi sunt servite sunt minunate, nu este menirea mea să zăbovesc.

— Simpatic discurs. Uită-te la mine, Jude.

Deschid ochii și-mi ridic privirea la el. Părul negru îi flutură în jurul chipului și aici, sub apă, se văd țepii de la încheieturile degetelor și de pe lungimea brațelor, precum țepii unui pește.

— Sărută-mă, spune el.

— Poftim?

Sunt de-a dreptul surprinsă.

— Nu vrei să mă săruți? întreabă el.

E o nimica toată, îmi spun eu, *și categoric e mai bine decât să fiu pălmuită.*

— Credeam că ești iubitul lui Orlagh, îi răspund. Sau al Nicasiei. Nu se vor supăra?

— Câtuși de puțin, îmi replică, privindu-mă cu atenție.

Orice ezitare din partea mea ar părea suspectă, așa că mă apropii de el prin apă și-mi lipesc buzele de ale lui. Apa e rece, dar sărutul lui e și mai rece.

— Acum sărută-mă ca și când aș fi Cardan.

Ca să câștig un moment de gândire, mă uit în ochii lui de bufniță și-mi înalț mâinile de-a lungul brațelor lui. E limpede că e un test. Vrea să știe în ce măsură mă controlează. Dar am impresia că vrea să mai știe ceva, ceva legat de fratele său.

Mă forțez să mă aplec iarăși în față. Au același păr negru și aceiași pomeți. Nu trebuie decât să mă prefac.

...

A doua zi îmi aduc un ulcior cu apă limpede, de râu, pe care o dau bucuroasă pe gât. Iar în ziua următoare încep să mă pregătească pentru întoarcerea la suprafață.

...

Înaltul Rege a încheiat o înțelegere ca să mă recupereze.

Mă gândesc la toate poruncile pe care i le-am dat, dar niciuna nu a fost atât de precisă încât să-l silească să mă răscumpere într-o astfel de situație. A fost liber de stăpânirea mea și acum mă aduce înapoi de bunăvoie.

Nu știu ce înseamnă asta. Poate că a fost necesar din cauza situației politice; poate pur și simplu nu i-a convenit să tot meargă la întruniri.

Știu doar că tremur de ușurare și sunt îngrozită la gândul că ar putea fi vorba despre un fel de joc. Dacă nu mergem cu adevărat la suprafață, mă tem că nu voi fi în stare să-mi ascund dezamăgirea.

Balekin „mă farmecă" din nou și mă silește să le repet jurământul de loialitate, să le jur dragostea mea, să le jur că sunt hotărâtă să-l ucid pe Cardan.

Balekin vine la peșteră, unde pășesc agitată înainte și-napoi, aud fiecare zgomot pe care-l fac tălpile mele goale pe piatră ca pe un zgomot cumplit. Niciodată nu am mai petrecut atât de mult timp în singurătate și niciodată nu am mai fost nevoită să joc un rol atâta vreme. Mă simt pustiită, împuținată.

— După ce ne întoarcem în Elfhame, n-o să ne mai putem vedea atât de des, spune el, de parcă ar fi posibil să mi se facă dor de el.

Sunt atât de agitată, încât nu am destulă încredere în mine cât să vorbesc.

— Vei veni la Conacul Scorburos când va fi cu putință.

Mă miră faptul că se așteaptă să trăiască la Conacul Scorburos și că n-o să se întoarcă în Turn. Presupun că libertatea lui reprezintă o parte din prețul plătit pentru eliberarea mea și iarăși mă surprinde faptul că Cardan a fost de acord cu asta.

Încuviințez din cap.

— Dacă am nevoie de tine, îți voi da un semnal, o pânză roșie scăpată în calea ta. Când o vei vedea, trebuie să vii numaidecât. Am încredere că vei reuși să inventezi vreun motiv.

— Așa voi face, îl asigur, tresărind la sunetul puternic al propriei mele voci.

— Trebuie să recapeți încrederea Înaltului Rege, să ajungi să fii singură cu el și să găsești o cale de a-l ucide. Nu încerca s-o faci atât timp cât sunt alții în jur. Trebuie să fii isteață și să ai răbdare, chiar de va fi nevoie să vă vedeți de mai multe ori. Și poate reușești și să afli mai multe despre planurile tatălui tău. După moartea lui Cardan va trebui să acționăm iute și să punem stăpânire pe armată.

— Da, spun eu.

Inspir adânc și îndrăznesc să pun întrebarea care mă interesează cu adevărat.

— Aveți coroana?

Balekin se încruntă.

— O vom obține în curând.

Câteva momente lungi nu scot nici un cuvânt. Las tăcerea să se prelungească.

Atunci Balekin spune:

— Grimsen are nevoie să-ți îndeplinești tu sarcina înainte s-o poată făuri. Trebuie să moară fratele meu.

— A, spun eu și gândurile încep să mi se învârtă în minte.

Cândva, Balekin și-a riscat poziția pentru a-l salva pe Cardan, dar acum, când Cardan îi stă în drumul spre coroană, pare dispus să-l sacrifice pe fratele său. Încerc să pricep situația asta, dar nu sunt în stare să mă concentrez. Gândurile vin și-mi scapă.

Balekin rânjește ca un rechin.

— S-a întâmplat ceva?

Sunt aproape de prăpastie.

— Sunt puțin amețită, îi răspund. Nu știu ce s-a întâmplat. Știu că am mâncat. Cel puțin, așa îmi amintesc.

Se uită la mine cu o privire îngrijorată și cheamă un servitor. În câteva clipe, îmi e adus un platou cu pește crud, scoici și icre roșii. Balekin privește cu scârbă în timp ce le devorez pe toate.

— Vei evita orice talisman sau altă formă de protecție, înțelegi? Fără scorușe, fără crenguțe de stejar, frasin și păducel. Nu vei purta nimic din astea. Nici măcar nu te vei atinge de ele. Dacă ți se dă un astfel de talisman, aruncă-l pe foc îndată ce ai posibilitatea s-o faci fără observe nimeni.

— Am înțeles, spun eu.

Servitoarea nu mi-a mai adus apă limpede, ci vin. Îl beau cu sete, ignorând gustul ciudat și faptul că-mi încețoșează mintea.

Balekin îmi mai dă câteva porunci și mă străduiesc să-l ascult, dar, când pleacă, deja sunt amețită de la vin, istovită și cuprinsă de greață.

Mă ghemuiesc pe podeaua rece a celulei mele și, preț de o clipă, chiar înainte să închid ochii, aproape că-mi vine să cred că mă aflu în încăperea somptuoasă pe care au născocit-o pentru mine cu farmecele lor. În noaptea asta, parcă aș dormi pe o saltea cu pene.

Capitolul 24

A doua zi, capul îmi zvâcnește în timp ce sunt din nou îmbrăcată și părul mi-e împletit. Sirenele și tritonii mă înveșmântează în propriile mele haine – în rochia argintie pe care am purtat-o la nunta lui Taryn, care acum are o culoare ștearsă, din cauza expunerii la sare, și e mai jerpelită, fiind ciupită de creaturile Mării de Jos. Îmi dau înapoi până și sabia Piarză-Noapte să o leg la brâu, deși teaca a ruginit și pielea arată de parcă ceva s-ar fi înfruptat din ea.

Apoi sunt dusă înaintea lui Balekin, care poartă culorile și stema Mării de Jos. Se uită la mine îngândurat și-mi prinde perle noi în urechi.

Regina Orlagh a organizat o procesiune vastă de ființe ale mării. Sirene, tritoni, creaturi călărind țestoase și rechini enormi, selkele, sub forma lor ca de focă, toate înaintează împreună, spintecând apa. Zânele călare pe țestoase înalță stindarde lungi și roșii, fluturând în urmă.

Sunt așezată pe o țestoasă, lângă o sirenă cu două banduliere încărcate cu cuțite. Aceasta mă ține strâns și eu nu mă zbat, deși mi-e greu să stau locului. Frica e cumplită, dar combinația dintre speranță și frică e și mai rea. Mă străpunge când una, când cealaltă și inima îmi bate atât de tare și respir atât de scurt și iute, încât ajunge să mă doară pieptul.

Când începem să ne înălțăm, sus, tot mai sus, mă cuprinde o senzație de ireal.

Pe malul insulei, Cardan așteaptă călare pe un armăsar sur, învelit cu o mantie căptușită cu blană, cu un aer deosebit de nobil. E înconjurat de cavaleri purtând armuri aurii și verzui. De o parte a lui stă Madoc, călare pe un dereș voinic. De cealaltă parte stă Nihuar. Copacii sunt plini de arcași. Aurul bătut al frunzelor de stejar din coroana lui Cardan par să strălucească în lumina ștearsă a apusului.

Tremur. Simt că s-ar putea să mă fac bucăți de atâta tremurat.

Orlagh vorbește de la locul ei, din mijlocul procesiunii.

— Rege al regatului Elfhame, după cum am convenit, din moment ce ți-ai împlinit angajamentul, ți-am înapoiat seneșalul în siguranță. Și ți-o aduc escortată de noul Ambasador al Mării de Jos, Balekin, al Neamului Salcei, fiu al lui Eldred, fratele tău. Nădăjduim că alegerea acestuia îți va fi pe plac, din moment ce cunoaște atâtea obiceiuri ale uscatului.

Chipul lui Cardan e imposibil de citit. Nu se uită la fratele său. În schimb, întoarce privirea spre mine. Atitudinea lui e de gheață.

Eu sunt mică, împuținată, neputincioasă.

Cobor privirea, pentru că, dacă n-aș face-o, aș începe să mă port prostește. *Ți-ai împlinit angajamentul,* a spus Orlagh. Ce o fi făcut pentru ea în schimbul înapoierii mele? Încerc să-mi amintesc poruncile pe care i le-am dat, să văd dacă eu i-am forțat mâna.

— Ai promis că o vei înapoia întreagă și sănătoasă, spune Cardan.

— Și așa și este, după cum poți vedea, îi replică Orlagh. Fata mea, Nicasia, Prințesa Mării de Jos, o va ajuta, cu mâinile ei regale, să pășească pe uscat.

— Să o ajute? întreabă Cardan. Nu ar fi trebuit să aibă nevoie de ajutor. Ai ținut-o în frig și umezeală prea mult timp.

— Poate că nu o mai dorești, îi răspunde Orlagh. Poate că vrei să primești altceva în locul ei, Rege din Elfhame.

— O voi lua, spune el, pe un ton atât posesiv, cât și disprețuitor. Iar fratele meu îți va fi ambasador. Toate vor fi așa cum am convenit.

Face semn spre doi cavaleri, care pornesc prin apă până la mine și mă ajută să descalec, mă ajută să merg. Mi-e rușine de picioarele mele nesigure, de slăbiciunea mea, de ridicolul faptului că încă sunt îmbrăcată în rochia Orianei, menită pentru o petrecere de mult încheiată.

— Încă nu suntem în război, continuă Orlagh. Dar nici nu am încheiat pace. Gândește-te bine la următoarea ta mișcare, rege al uscatului, acum, că știi care este prețul sfidării.

Cavalerii mă conduc până pe plajă, dincolo de celelalte zâne. Nici Cardan, nici Madoc nu întorc privirile când trec pe lângă ei. Printre copaci, la marginea codrilor, așteptă o caleașcă, în care sunt ajutată să urc.

Unul dintre cavaleri își dă jos casca. E o zână pe care am mai văzut-o în trecut..., dar nu o recunosc.

— Generalul mi-a dat ordin să vă conduc la locuința domniei sale, spune ea.

— Nu, spun eu. Trebuie să ajung la palat.

Nu mă contrazice, dar nici nu cedează.

— Trebuie să mă supun ordinului primit.

Și, deși îmi dau seama că ar trebui să mă împotrivesc, că altă dată așa aș fi făcut, acum nu o fac. O las să închidă ușa caleștii. Mă las pe spătarul banchetei și închid ochii.

Când mă trezesc, caii stârnesc praful în fața conacului lui Madoc. Cavalerul deschide ușa și Gnarbone mă ridică cu totul și mă scoate din caleașcă, cu ușurința cu care eu îl ridicam pe Oak, de parcă aș fi făcută din rămurele și frunze, nu din carne și oase. Mă duce în vechiul meu dormitor.

Tatterfell ne așteaptă. Îmi desprinde părul și-mi dă jos rochia, luând-o pe Piarză-Noapte și îmbrăcându-mă într-o cămașă de noapte. Un alt servitor aduce pe o tavă un ibric cu ceai fierbinte și un platou cu carne de vânat friptă, al cărei sânge se scurge în pâinea prăjită. Mă așez pe covor și mănânc, adunând zeama de carne cu pâinea unsă cu unt.

Așa și adorm. Mă trezesc când mă scutură Taryn.

Clipesc ca prin ceață și mă ridic stângaci în picioare.

— Gata, îi zic. Cât am zăcut așa?

Taryn clatină din cap.

— Tatterfell spune că ai dormit toată ziua și toată noaptea. S-a temut că poate te-ai îmbolnăvit de vreo boală umană – de aceea m-a chemat. Haide, măcar urcă și tu în pat.

— Ești căsătorită, îmi amintesc brusc.

Odată cu acest gând îmi amintesc și de Locke, de călăreții lui și de cerceii pe care trebuia să i-i dăruiesc. Toate par să se fi petrecut cu atât de mult timp în urmă...

Taryn încuviințează din cap și-mi atinge fruntea cu dosul mâinii sale.

— Și arăți ca o stafie. Dar nu cred că ai febră.

— Sunt bine, o asigur, mințind în mod automat.

Trebuie să merg la Cardan și să-l avertizez cu privire la Stafie. Trebuie să merg la Curtea Umbrelor.

— Mai lasă orgoliul la o parte, continuă ea și văd că i s-au adunat lacrimi în ochi. Ai dispărut în noaptea nunții mele și nici măcar n-am știut, am aflat abia dimineața. Mi-a fost atât de teamă. Când Marea de Jos ne-a scris că te-au capturat, ei bine, Înaltul Rege și Madoc s-au acuzat reciproc. Nu știam ce avea să se întâmple. În fiecare dimineață m-am dus la țărm și am privit în apă, sperând să te văd. Am întrebat toate sirenele dacă erai bine, dar niciuna nu a vrut să-mi răspundă.

Încerc să-mi închipui spaima care trebuie s-o fi copleșit, dar nu reușesc.

— Se pare că și-au rezolvat neînțelegerile, îi spun amintindu-mi cum stăteau împreună pe plajă.

— Oarecum.

Se strâmbă la mine și eu încerc să-i zâmbesc.

Taryn mă ajută să urc în pat și-mi aranjează pernele la cap. Simt că mă doare tot trupul, mă simt plină de vânătăi, secată de vlagă și mai muritoare ca oricând.

— Vivi și Oak? o întreb. Sunt bine?

— Bine mersi, îmi răspunde. S-au întors acasă cu Heather, care pare să fi încheiat săptămâna petrecută în Tărâmul Zânelor fără probleme deosebite.

— A fost fermecată, îi amintesc.

Preț de o clipă observ că pe chipul ei apare o furie subită, cruntă și sinceră.

— Vivi n-ar trebui să procedeze așa, spune Taryn.

Mă bucur că nu sunt singura care gândește așa.

— Cât timp am lipsit?

— Puțin peste o lună, îmi răspunde, interval care mi se pare imposibil de scurt.

Am senzația că în adâncul mării am îmbătrânit cu o sută de ani.

Și asta nu e singura problemă. Am depășit jumătatea intervalului de un an și o zi pe care mi l-a promis Cardan. Îmi las capul pe perne din nou și închid ochii.

— Ajută-mă să mă ridic, o rog.

Taryn clatină din cap.

— Lasă-i pe cei din bucătării să-ți aducă niște supă.

Nu-i e greu să mă convingă. Ca răsplată, Taryn mă ajută să îmbrac haine care cândva îmi erau strâmte, dar care acum atârnă pe mine. Rămâne cu mine și-mi dă să mănânc supa, lingură cu lingură.

Când e gata de plecare, își ridică fustele și scoate un cuțit lung, de vânătoare, dintr-o teacă prinsă de jartieră. În acel moment e limpede că am crescut în aceeași casă.

Așază cuțitul pe cuvertură, lângă un talisman pe care-l scoate din buzunar.

— Uite, spune ea. Ia-le. Știu că ai să te simți mai sigură cu ele alături. Dar trebuie să te odihnești. Promite-mi că n-ai să faci nimic nechibzuit.

— Abia mă țin pe picioare.

Îmi aruncă o privire severă.

— Nimic nechibzuit, îi promit eu.

Înainte de plecare mă îmbrățișează, iar eu mă țin puțin cam mult de umerii ei, bucurându-mă de mirosul uman de piele și transpirație. Nu de ocean, nu de ace de pin, nici de sânge, nici de flori nocturne.

Adorm cu mâna pe cuțitul ei. Nu știu când mă trezesc, dar mă trezesc din cauza zgomotelor unei dispute.

— Indiferent care-ar fi ordinele Marelui General, am venit aici să-l văd pe seneșalul Înaltului Rege și nu accept alte scuze sau amânări!

E vocea unei femei, o voce care-mi pare familiară. Mă dau jos rostogolindu-mă din pat și ies amețită pe hol, la balcon, de unde pot privi dedesubt. Dau cu ochii de Dulcamara, de la Curtea Termitelor. Înalță ochii spre mine. Are o rană nouă pe față.

— Iertare, strigă ea pe un ton care arată că nu dă doi bani pe așa ceva. Dar trebuie să vă cer o audiență. De fapt, am venit să vă amintesc de obligațiile voastre, printre care și aceea de a mă primi.

Îmi aduc aminte de Lordul Roiben, cu părul lui alb ca sarea, și de promisiunea pe care i-am făcut-o acum jumătate de an ca în schimb să-l susțină pe Cardan. S-a jurat Coroanei și noului Înalt Rege, dar cu o condiție precisă.

Într-o bună zi, îi voi cere regelui tău o favoare, a spus el.

Cum am răspuns eu? Am încercat să negociez: *O favoare de aceeași valoare,* precizez eu. *Și care să ne stea în putință.*

Bănuiesc că a trimis-o pe Dulcamara ca să ceară acea favoare, deși nu știu cum pot să-l ajut când sunt într-o asemenea stare.

— Oriana e la ea în salon? Dacă nu, conduceți-o acolo pe Dulcamara și voi veni să vorbesc cu ea, spun eu, ținându-mă de balustradă, ca să nu cad.

Gărzile lui Madoc nu par încântate, dar nici nu mă contrazic.

— Pe aici, spune unul dintre servitori și, aruncându-mi o ultimă privire ostilă, Dulcamara îl urmează.

Astfel câștig timpul necesar să cobor încet scările.

— Tatăl vostru a poruncit să nu ieșiți, îmi spune una dintre gărzi, care s-a obișnuit cu mine în postura de copil de care trebuie avut grijă, și nu cea de seneșal al Înaltului Rege, față de care ar trebui să se poarte mai formal. Dorește să vă odihniți, adaugă.

— Adică nu a poruncit să nu primesc musafiri aici, dar numai pentru că nu s-a gândit la posibilitatea asta.

Garda nu mă contrazice, doar se încruntă.

— Voi ține cont de grija lui – și de a ta, îi spun.

Reușesc să ajung la salonul Orianei fără să mă prăbușesc. Și, dacă e să mă țin cam mult de pervazurile ferestrelor sau de marginile meselor, nu-i așa de rău.

— Aduceți puțin ceai, vă rog, cât mai fierbinte, îi poruncesc unei servitoare care mă urmărește cu puțin prea multă atenție.

Mă pregătesc moral și mă desprind de perete, intru în salon, o salut pe Dulcamara cu un gest al capului și mă așez încet într-un fotoliu, deși ea a rămas în picioare, cu mâinile împreunate la spate.

— Acum vedem cum arată loialitatea Înaltului vostru Rege, spune ea, făcând un pas spre mine, cu o expresie atât de ostilă pe chip, încât mă întreb dacă nu cumva scopul ei nu se limitează la a-mi vorbi.

Instinctele mă imboldesc să mă ridic în picioare.

— Ce s-a întâmplat?

Auzind întrebarea, Dulcamara râde.

— Știi prea bine. Regele vostru a dat permisiune Mării de Jos să ne atace. S-a întâmplat acum două nopți, din senin. Mulți dintre ai noștri au fost răpuși înainte să pricepem ce se întâmpla, iar acum ni se interzice să contraatacăm.

— Vi se interzice să contraatacați?

Mă gândesc la ce a spus Orlagh, că încă nu suntem în război, dar cum se poate ca uscatul să nu fie în război dacă marea deja a atacat? Ca Înalt Rege, Cardan le e dator supușilor săi cu sprijinul armatei sale – al armatei lui Madoc – când aceștia sunt amenințați. Dar nu s-a mai auzit să se interzică contraatacuri.

Dulcamara își arată dinții.

— Consoarta Lordului Roiben a fost rănită, spune ea. Grav.

Zâna pixi cu pielea verde și ochii negri, care vorbea de parcă ar fi fost muritoare. Cea cu care se sfătuia conducătorul înspăimântător al Curții Termitelor, cu care râdea.

— Va supraviețui? întreb eu, pe un ton blând.

— Așa să speri, muritoareo, se stropșește Dulcamara. Altfel, Lordul Roiben își va îndrepta eforturile spre nimicirea regelui vostru băiat, în ciuda jurămintelor sale.

— Vă vom trimite cavaleri, spun eu. Elfhame trebuie să îndrepte această greșeală.

Scuipă pe podea.

— Nu pricepi. Înaltul vostru Rege a făcut acest lucru de dragul tău. Asta a fost condiția cu care regina Orlagh a acceptat să te elibereze. Balekin a ales Curtea Termitelor drept țintă, Marea de Jos ne-a atacat și Cardan al vostru ne-a părăsit. N-a fost vorba despre nicio greșeală.

Închid ochii și-mi masez puntea nasului cu degetele.

— Nu, spun eu. Asta nu se poate.

— Balekin ne poartă pică de multă vreme, fiică a noroiului.

Tresar la auzul acestei insulte, dar nu o corectez. Poate să se răstească la mine cât vrea. Înalta Curte a abandonat Curtea Termitelor din cauza mea.

— N-ar fi trebuit să ne alăturăm Înaltei Curți. N-ar fi trebuit să ne jurăm regelui vostru neghiob. Mesajul ăsta am venit să ți-l transmit și încă unul pe lângă. Ești datoare Lordului Roiben cu o favoare și ai face bine să i-o acorzi.

Mă tem de lucrul pe care ar putea să-l ceară. E periculos să promiți favoruri neprecizate, chiar și pentru o muritoare care nu poate fi silită să se țină de promisiune.

— Avem și noi spionii noștri, seneșalule. Aceștia ne spun că ești o ucigașă pricepută. Iată ce dorim de la tine: *ucide-l pe Prințul Balekin.*

— Nu pot să fac asta, spun eu, prea uluită ca să-mi mai cântăresc cuvintele.

Nu mă simt jignită de observația ei cu privire la talentul meu de a ucide, dar să-mi dai o sarcină imposibilă nu e tocmai un compliment.

— E Ambasadorul Mării de Jos, spun eu. Dacă l-aș ucide, aș declanșa un război.

— Atunci declanșează un război.

Cu asta, iese valvârtej din încăpere, lăsându-mă singură în salonul Orianei, să primesc tava cu ceai aburit.

...

După ce pleacă și ceaiul se răcește, urc treptele spre camera mea. Aici, iau cuțitul lui Taryn și pe cel ascuns după patul meu. Cu vârful unuia dintre ele despic buzunarul de la rochie, ca să leg un cuțit de coapsă, pe care să-l pot scoate cu ușurință. În casa lui Madoc sunt o groază de arme – printre care și sabia mea Piarză-Noapte –, dar, dacă aș începe să le caut și să mi le leg de curele așa cum trebuie, gărzile ar observa cu siguranță. Trebuie să creadă că m-am dus, cuminte, *înapoi* la culcare.

Pășind încet până la oglindă, mă uit să văd dacă cuțitul e ascuns sub rochie. Preț de o clipă, nu recunosc persoana care-mi întâlnește privirea. Sunt îngrozită de ceea ce văd – pielea mea a căpătat o paloare bolnăvicioasă și am pierdut din greutate într-atât încât membrele mele au ajuns subțiri ca niște bețe și lipsite de vlagă, iar fața mi-e suptă.

Nu vreau să mai privesc și mă întorc.

Apoi ies pe balcon. Nici în circumstanțe mai bune n-ar fi o nimica toată să încalec balustrada și să cobor zidul până la peluză. Dar, trecând un picior peste ea, îmi dau seama cât de moi mi-au devenit membrele. Nu cred că sunt în stare să cobor.

Așa că aleg opțiunea cea mai apropiată: sar.

Capitolul 25

Mă ridic cu genunchii mânjiți de iarbă și cu palmele murdare și roșii. Am senzația că nu-mi stă prea bine capul pe umeri, de parcă m-aș aștepta să fiu mișcată de vreun curent, deși mă aflu pe uscat.

Inspirând adânc de câteva ori, savurez senzația vântului care-mi suflă în față și foșnetul pe care acesta îl stârnește printre frunzele copacilor. Sunt înconjurată de mirosurile uscatului, ale Tărâmului Zânelor, ale căminului meu.

Mă tot gândesc la cele spuse de Dulcamara: că Cardan a refuzat să pedepsească Marea de Jos pentru atacul lor numai ca eu să fiu înapoiată în siguranță. Nu cred că alegerea asta i-a încântat pe supușii săi. Nici Madoc nu cred că ar considera-o o strategie înțeleaptă. Fapt pentru care mi-e greu să-mi închipui de ce Cardan a fost de acord cu ea, mai ales din moment ce, dacă aș fi rămas prizonieră în Marea de Jos, ar fi scăpat de controlul meu. Niciodată nu m-am gândit că s-ar putea să-i placă atât de mult de mine încât să mă salveze. Și nici acum nu știu dacă să cred acest lucru, în afară de cazul în care el însuși îmi va explica motivele sale.

În orice caz, indiferent de motivul pentru care m-a adus înapoi, trebuie să-l previn cu privire la Stafie, la Grimsen și la coroană, să-i spun despre planul lui Balekin de a mă sili să-l ucid.

Pornesc spre palat pe jos, convinsă că gărzile vor descoperi că am dispărut mult mai târziu decât și-ar da seama grăjdarii că a dispărut un cal. Însă, la scurt timp după ce pornesc, încep să respir cu greutate. La jumătatea drumului sunt nevoită să mă opresc și să mă odihnesc pe o buturugă.

N-ai nimic, îmi spun în sinea mea. *Ridică-te.*

Îmi ia mult timp să ajung la palat. Apropiindu-mă de porți, îmi îndrept umerii și mă străduiesc să nu arăt cât de obosită sunt.

— Seneșale, îmi spune unul dintre paznici. Iertare, dar vă este interzis să intrați în palat.

Nu trebuie să-mi refuzi niciodată cererile pentru întrevederi și nici să dai ordin ca să mă ții departe de tine. Câteva momente pline de delir, mă întreb dacă nu cumva am stat în Marea de Jos mai mult decât mi-a spus Taryn. Poate că anul și ziua au trecut. Dar e imposibil. Mijesc ochii.

— Din porunca cui?

— Iertare, doamna mea, intervine alt cavaler.

Îl cheamă Diarmad. Îl recunosc drept unul dintre cavalerii pe care-i urmărește Madoc, în care consideră că ar putea avea încredere.

— Generalul, tatăl vostru, a dat porunca, adaugă.

— Trebuie să mă văd cu Înaltul Rege, îi spun, chinuindu-mă să simulez un ton autoritar, doar că în vocea mea se strecoară o urmă de panică.

— Marele General ne-a spus să chemăm o caleașcă pentru tine dacă ai veni aici și, la nevoie, să urcăm în ea și să mergem cu tine. Credeți că va fi nevoie să vă acompaniem?

Rămân nemișcată, furioasă și învinsă de șiretlicurile lui Madoc.

— Nu, spun eu.

Cardan *nu poate* să-mi refuze nicio întrevedere, dar poate *să permită* altcuiva să dea un astfel de ordin. Atâta vreme cât Madoc nu i-a cerut încuviințare lui Cardan, situația de față nu contrazice poruncile mele. Și nu cred că i-a fost dificil să ghicească cam ce porunci i-am dat lui Cardan – în fond, în mare parte, cam aceleași porunci i le-ar fi dat și el.

Știam că Madoc își dorește să conducă Tărâmul Zânelor din spatele tronului. Dar nu m-am gândit că ar putea găsi o cale de a trece de partea lui Cardan și de a întrerupe legătura dintre mine și el.

M-au jucat pe degete. Ori împreună, ori separat, m-au jucat pe degete.

Stomacul mi se frământă de neliniște.

Senzația că am fost păcălită, rușinea acestei situații mă tulbură îngrozitor. Îmi încurcă gândurile.

Îmi amintesc cum Cardan stătea călare pe calul lui sur-bălțat pe plajă, îmi amintesc chipul lui impasibil, mantia îmblănită și coroana care-i reliefa asemănarea cu Eldred. L-oi fi păcălit ca să accepte rolul ăsta, dar n-am păcălit și tărâmul ca să-l accepte așa cum a făcut-o. Are o putere reală și, cu cât va rămâne mai mult pe tron, cu atât puterea lui va deveni mai mare.

A devenit Înaltul Rege și a încheiat socotelile cu mine.

De asta m-am temut când am născocit planul ăsta stupid. Poate că n-a dorit puterea asta la început, dar acum, după ce a obținut-o, îi aparține.

Însă cel mai nefericit aspect e tocmai faptul că e logic să nu mai pot ajunge la el, să-mi fie inaccesibil. Faptul că Diarmad și celălalt cavaler mă împiedică să pătrund prin porțile palatului reprezintă concretizarea unei temeri pe care o am de când coroana a fost așezată pe capul lui Cardan. Și, oricât de dureroasă ar fi situația, pare, de asemenea, mai veridică decât ideea pe care încerc să mi-o induc de luni întregi – anume că sunt seneșalul Înaltului Rege al Tărâmului Zânelor, că am putere adevărată și că pot duce jocul ăsta mai departe.

Singura mea e întrebare e de ce nu m-a lăsat să putrezesc pe fundul mării?

Întorcând spatele palatului, pornesc printre copaci, spre una dintre intrările în Curtea Umbrelor. Sper doar să nu dau nas în nas cu Stafia. Dacă se va întâmpla asta, nu știu ce va urma. Dar, dacă voi reuși să ajung la Gândac și la Bomba, atunci poate că am să mă pot odihni o vreme. Și să aflu informațiile care-mi trebuie. Și să trimit pe cineva să-i taie gâtul lui Grimsen, înainte să apuce să termine noua coroană.

Dar, când ajung la intrare, descopăr că s-a surpat. Nu, privind mai atent, îmi dau seama că nu e tocmai adevărat – se văd urmele unei explozii. Forța care a distrus intrarea asta a provocat, de fapt, mai multe pagube de atât.

Nu pot să respir.

Îngenunchez printre acele de pin și încerc să înțeleg ce anume am înaintea ochilor, pentru că am impresia că Curtea Umbrelor a fost îngropată. Trebuie să fi fost opera Stafiei – trădare peste trădare. Sper doar că Gândacul și Bomba sunt în viață.

Aș da orice să fie în viață.

Numai că, neavând nicio cale de a-i contacta, am rămas mai neputincioasă ca niciodată. Cuprinsă de o senzație de amorțeală, pornesc înapoi spre grădini.

Un grup de copii ai zânelor s-a adunat în jurului unui lector. Un băiat dintre Ciocârlii rupe trandafiri albaștri din tufișurile regale, în timp ce, în preajma lui, Val Moren se plimbă de colo-colo, fumând dintr-o pipă lungă, cu cioara sa vânătă cocoțată pe umăr.

Are părul nepieptănat, tasat în unele locuri și împletit cu pânze colorate și clopoței în altele. Ridurile din colțurile gurii arată că râde des.

— Poți să mă ajuți să intru în palat? îl întreb eu.

E puțin probabil, dar nu mai am nicio jenă. Dacă aș reuși să intru, aș putea să aflu ce a pățit Curtea Umbrelor. Aș putea să ajung la Cardan.

Val Moren înalță din sprâncene.

— Știi ce sunt ăștia? mă întreabă el, gesticulând alene înspre băiat, care se întoarce și ne privește atent.

Poate că Val Moren nu poate să mă ajute. Poate că în Tărâmul Zânelor nebunii pot s-o facă pe proștii și să pară profeți – sau poate chiar e un simplu nebun.

Băiatul Ciocârlie culege mai departe florile pentru buchetul său, fredonând o melodie.

— Zâne...? întreb eu.

— Da, da, zice și pare că-și pierde răbdarea. Făpturi ale Văzduhului. Himerice, incapabile să păstreze o singură formă. Precum semințele florilor, împrăștiate în aer.

Cioara zbiară.

Val Moren trage îndelung din pipa sa.

— Când l-am cunoscut pe Eldred, a apărut călare pe un armăsar alb ca laptele și toate visurile vieții mele au devenit praf și cenușă.

— L-ai iubit? întreb eu.

— Bineînțeles, îmi răspunde, dar o spune de parcă ar vorbi despre vremuri de mult apuse, despre o poveste veche, pe care nu face decât s-o repete așa cum s-a obișnuit. După ce l-am cunoscut, sentimentul datoriei pe care-l aveam față de familia mea a fost pe deplin sfâșiat și terfelit, ca o haină veche. Și, în clipa în care și-a pus mâinile pe pielea mea, m-am simțit în stare să ard din temelii moara tatălui meu, numai să mă atingă din nou.

— Asta-i dragoste? întreb eu.

— Dacă nu este dragoste, spune el, atunci e ceva foarte asemănător.

Mă gândesc la Eldred așa cum l-am cunoscut eu, bătrân și ramolit. Dar îmi amintesc și momentul în care a părut că întinerește, când coroana i-a fost ridicattă de pe cap. Mă întreb cât ar mai fi întinerit dacă n-ar fi fost răpus.

— Te rog, spun eu. Ajută-mă să intru în palat.

— Când Eldred a apărut călare pe armăsarul său alb ca laptele, spune el din nou, mi-a făcut o propunere. „Vino cu mine, a spus el, pe tărâmul de sub colină, și-ți voi da să te înfrupți din mere și vin mieros și dragoste. Nu vei îmbătrâni în veci și vei afla tot ce dorești să știi."

— Sună destul de bine, recunosc eu.

— Niciodată să nu faci vreo înțelegere cu ei, îmi spune el, apucându-mă deodată de mână. Nici vreuna înțeleaptă, nici vreuna păguboasă, nici vreuna caraghioasă, nici vreuna stranie, dar, mai ales, să nu faci nicio înțelegere care sună destul de bine.

Oftez.

— Trăiesc aici aproape de-o viață întreagă. Știu bine toate astea!

Cu vocea mea sperii cioara, care sare de pe umărul lui și-și ia zborul spre înaltul cerului.

— Atunci află următoarele, spune Val Moren, privindu-mă. Nu pot să te ajut. Acesta e unul dintre lucrurile la care am renunțat. I-am promis lui Eldred că, după ce voi deveni al lui, voi abandona întreaga umanitate. Că nu voi favoriza niciodată vreun muritor înaintea unei zâne.

— Dar Eldred a murit, insist eu.

— Și totuși promisiunea mea a rămas vie.

Întinde mâinile în față, cu palmele întoarse în sus, ca să-și arate neajutorarea.

— Suntem oameni, spun eu. Știm să mințim. Știm să ne încălcăm jurămintele.

Dar privirea pe care mi-o aruncă e plină de compătimire, ca și când eu sunt cea care se inșală.

Privind cum se îndepărtează, iau o hotărâre. O singură persoană are motive să mă ajute, singura persoană în care pot să am încredere.

Vei veni la Conacul Scorburos când aceasta va fi cu putință, mi-a spus Balekin. Momentul de față e cât se poate de potrivit.

Mă silesc să pornesc la pas, deși drumul prin Pădurea Albă nu e drept și, spre temerea mea, se apropie prea mult de mare. Când mă uit în larg, spre apă, încep să tremur toată. Nu-mi va fi ușor să locuiesc pe o insulă dacă voi lăsa valurile să mă chinuie.

Trec pe lângă Lacul Măștilor. Cobor ochii și văd trei zâne pixi holbându-se la mine cu o aparentă îngrijorare. Vâr mâinile în apa rece și mă spăl pe față. Îndrăznesc chiar să beau din ea, deși e apă fermecată și s-ar putea să fie periculoasă. Totuși, apa limpede îmi era prea dragă ca să pierd o ocazie de a mă bucura de ea.

Văzând Conacul Scorburos în depărtare, mă opresc un moment, atât cât să-mi trag sufletul și să-mi fac curaj.

Mă duc la ușă cu toată încrederea de care sunt în stare. În ușă se bate folosind belciugul din nasul unui chip sculptat, sinistru. Când întind mâna ca să apuc inelul, ochii din chipul sculptat se deschid.

— Te țin minte, zice ușa. Doamna prințului meu.

— Te înșeli, spun eu.

— Rareori.

Ușa se deschide cu un scârțâit ușor, care arată că n-a mai fost folosită de mult timp.

— Bine ai venit! îmi urează ea.

În Conacul Scorburos nu e niciun servitor și niciun paznic. Fără îndoială că prințului Balekin îi e greu să convingă vreuna dintre zâne să-i slujească, din moment ce e limpede că e supus Mării de Jos. Și, cu noile legi date de Cardan, e mai dificil pentru el și să păcălească muritorii astfel încât să-i servească la nesfârșit. Străbat încăperi pustii până când ajung la un salon, unde Balekin bea vin, înconjurat de vreo zece lumânări groase și înalte. Deasupra capului său dansează molii roșii. Când a coborât în Marea de Jos, le-a lăsat în urmă, dar acum, că s-a întors, ele zboară în cercuri deasupra lui de parcă ar fi flacăra unei lumânări.

— Te-a văzut cineva? întreabă el.

— Nu cred, îi răspund, făcând o reverență.

Balekin se ridică și se duce la o masă lungă, sprijinită pe capre, luând în mână o sticluță mică, din sticlă brună.

— Bănuiesc că încă nu ai reușit să-l ucizi pe fratele meu.

— Madoc a poruncit să nu fiu primită la palat, îi spun. Cred că se teme de influența pe care o am asupra Înaltului Rege, însă eu nu pot să-i fac nimic lui Cardan atât timp cât nu-mi este îngăduit să-l văd.

Balekin soarbe din vin și vine la mine.

— Urmează să se țină un bal mascat în cinstea stăpânului uneia dintre Curțile inferioare. Va avea loc mâine și, dacă vei reuși să pleci de lângă Madoc, eu voi găsi o cale de a te furișa înăuntru. Poți să faci rost de un costum și o mască sau trebuie să mă ocup tot eu și de problema asta?

— Pot să găsesc un costum, îl asigur.

— Foarte bine, spune el, înălțând sticluța. Ar fi foarte dramatic dacă l-ai înjunghia cu o ocazie atât de importantă. Va fi mult mai ușor să-l otrăvești. Vreau să ții asta la tine până-n momentul în care vei rămâne singură cu el și apoi să torni conținutul în vinul lui pe furiș.

— Așa voi face, jur eu.

Apoi mă ia de bărbie și-mi vorbește pe un ton fermecat.

— Spune-mi că ești a mea, Jude.

Când îmi așază sticluța în mână, strâng degetele în jurul ei.

— Sunt a ta, prințe Balekin, îi spun, privindu-l în ochi și mințind din toată inima mea frântă. Fă ce dorești cu mine. Sunt numai a ta.

Capitolul 26

Când dau să ies din Conacul Scorburos, brusc sunt copleșită de un val de epuizare. Mă așez amețită pe trepte și aștept să treacă senzația. În mintea mea se înfiripă un plan - un plan care necesită ocrotirea întunericului și impune să fiu odihnită și echipată cât de cât.

Aș putea să merg acasă la Taryn, dar acolo aș da de Locke și Locke a încercat să mă omoare la un moment dat.

Aș putea să mă întorc la conacul lui Madoc, dar probabil că servitorii au fost instruiți să mă înfășoare în pături pufoase și să mă țină într-o captivitate comodă până când Cardan nu va mai fi sub stăpânirea mea și va fi jurat să se supună Marelui său General.

Mă întreb îngrozită dacă cel mai bun lucru este să rămân aici. Nu există servitori, nimeni în afară de Balekin care să mă deranjeze, iar el este ocupat. Cred că nici nu mi-ar observa prezența în această casă imensă, care sună a gol.

Vreau să procedez cu simț practic, dar îmi e dificil să mă opun imboldului de a fugi cât mai iute și mai departe cu putință de Balekin. Oricum, deja mă simt epuizată.

Pentru că m-am mai furișat prin Conacul Scorburos de câteva ori, știu drumul spre bucătărie. Descoperind că sunt cumplit de însetată, beau apă din nou de la o pompă aflată imediat în spatele ei. Apoi urc scările, spre camera în care dormea cândva Cardan. Pereții sunt goi, așa cum îi țin minte;

patul cu baldachin parțial domină încăperea, cu suprafețele sale sculptate ilustrând femei cu sânii goi și aspect de feline.

A avut cărți și hârtii – dispărute acum –, dar dulapul încă e plin de haine extravagante, abandonate. Bănuiesc că nu mai sunt suficient de ridicole pentru gustul Înaltului Rege. Totuși – multe sunt negre ca noaptea și găsesc și pantaloni care mi-ar permite să mă mișc cu ușurință. Mă întind pe patul lui Cardan și, deși mă tem că mă voi foi agitată din cauza nervilor, în mod surprinzător, mă afund imediat într-un somn adânc și lipsit de vise.

Trezindu-mă în lumina lunii, mă duc la șifonierul lui și îmbrac hainele cele mai simple – o tunică de catifea, de pe ale cărei guler și manșete smulg perlele, și o pereche de pantaloni simpli și moi.

Pornesc la drum din nou, simțindu-mă mai întremată. În bucătărie nu găsesc mai nimic de mâncare, dar iau un colț de pâine tare și încep să-l rod în timp ce pășesc prin întuneric.

Palatul regatului Elfhame e o colină imensă și majoritatea camerelor importante – printre care și uriașa sală cu tron – se află în subteran. În vârful colinei crește un copac ale cărui rădăcini șerpuiesc până la o adâncime atât de mare, încât numai prin magie s-ar fi putut extinde astfel. Însă chiar sub copac sunt câteva încăperi cu ferestre din cristal subțire, prin care lumina ajunge înăuntru. Sunt încăperi mai puțin căutate, precum cea în care Cardan a dat cândva foc podelei și în care Nicasia a apărut din șifonier și a tras în el.

Camera aceea e baricadată acum, ușile duble sunt încuiate și ferecate, ca să nu poată fi accesat pasajul care duce până la apartamentul regal. Ar fi imposibil să pătrund acolo dinăuntrul palatului.

Dar eu am de gând să urc pe colină.

Încep urcușul încet și fără zgomot, înfigând cele două cuțite în pământ, ridicându-mă cu ajutorul lor, sprijinindu-mi picioarele pe pietre și rădăcini și repetând procesul iar și iar. Ajung sus, tot mai sus. Zăresc lilieci zburând în cerc deasupra și încremenesc, sperând că nu privește nimeni prin ochii lor. Dintr-un copac apropiat se aude o bufniță și deodată îmi dau seama cât de multe priviri m-ar putea urmări în clipa asta. Nu pot decât să urc și mai repede. Când ajung aproape de primul rând de ferestre, simt că obosesc.

Strâng din dinți și încerc să ignor tremurul mâinilor și nesiguranța din picioare. Respir prea iute și nu vreau decât să mă odihnesc puțin. Dar știu sigur că, dacă m-aș opri, mușchii mi-ar înțepeni și n-aș mai putea s-o iau din loc. Urc mai departe, deși întregul meu trup e cuprins de dureri.

La un moment dat înfig cuțitul în pământ și încerc să mă ridic, dar descopăr că brațul mi-e vlăguit. Nu pot s-o fac. Privesc în josul dealului abrupt și stâncos, spre luminile sclipitoare din jurul intrării în palat. Preț de o clipă, privirea mi se încețoșează și mă întreb ce s-ar întâmpla dacă pur și simplu mi-aș da drumul.

Ceea ce e un gând stupid. M-aș rostogoli până jos, m-aș lovi la cap și m-aș răni cumplit, asta s-ar întâmpla.

Mă țin din răsputeri și urc cu chiu, cu vai, până la geamurile de sticlă. Am studiat hărțile palatului îndeajuns cât să găsesc fereastra corectă după ce privesc doar prin trei dintre ele. Înăuntru e întuneric și nu văd nimic, dar mă pun pe treabă, lovesc cu cuțitul în cristal până când crapă.

Îmi înfășor mâinile în mânecile tunicii și desprind bucăți din el. Apoi cobor în bezna încăperilor părăsite de Cardan. Pereții și mobila încă duhnesc a fum și vin acru. Merg pe pipăite până la șifonier.

De aici mi-e ușor să deschid intrarea în pasaj și să cobor încet pe coridorul șerpuit, până la apartamentul regal.

Mă furișez în camera lui Cardan. Deși soarele încă n-a răsărit, am noroc. Nu e nicio petrecere. Niciun curtean nu doarme pe perne sau în patul lui. Pășesc până la locul unde doarme și-i acopăr gura cu mâna.

Cardan se trezește și se zbate în strânsoarea mea. Apăs atât de tare, încât ajung să-i simt dinții pe piele.

Încearcă să mă apuce de gât și, pentru o clipă, mă tem că nu am destulă putere, că mi-am pierdut exercițiul. Apoi trupul lui se relaxează cu totul, ca și când și-ar fi dat seama cine sunt.

N-ar trebui să se relaxeze așa.

— M-a trimis să te omor, îi șoptesc la ureche.

Un fior îi străbate trupul și mâna îi merge la talia mea, dar, în loc să mă împingă, mă trage în pat, rostogolindu-mă, peste el, pe cuverturile somptuos brodate.

Mâna îmi alunecă de pe buzele lui și cu stupoare mă trezesc în noul pat al Înaltului Rege – în care și acum sunt prea umană ca să mă pot întinde, lângă cineva care mă îngrozește tot mai tare pe măsură ce mă face să simt tot mai mult.

— Balekin și Orlagh pun la cale uciderea ta, îi spun, roșie în obraji.

— Da, articulează el leneș. Atunci, de ce m-am mai trezit?

Mă simt stânjenită, conștientă fiind de apropierea trupului lui și de modul în care, dezmeticit pe jumătate, m-a tras spre el.

— Pentru că sunt greu de fermecat, îi răspund.

Asta îl face să râdă ușor. Întinde mâna și-mi mângâie părul și obrazul supt.

— Aș fi putut să-i spun asta fratelui meu, șoptește el cu o blândețe pentru care sunt de-a dreptul nepregătită.

— Dacă nu l-ai fi lăsat pe Madoc să mă împiedice să te văd, aș fi putut să-ți spun toate astea mai curând. Am informații care nu suferă amânare.

Cardan clatină din cap.

— Nu știu despre ce vorbești. Madoc mi-a spus că te odihnești și că ar trebui să te lăsăm să te recuperezi.

Mă încrunt.

— Înțeleg. Și, fără îndoială, în timpul ăsta Madoc mi-ar fi luat locul de sfetnic al tău, îi zic lui Cardan. Le-a poruncit paznicilor tăi să nu mă lase să intru în palat.

— Le voi da porunci diferite, îmi promite Cardan.

Se ridică în capul oaselor. E descoperit până la brâu și pielea îi lucește argintiu în razele catifelate ale luminilor magice. Continuă să se uite la mine cu o privire ciudată, de parcă nu m-ar fi văzut niciodată sau de parcă ar fi crezut că nu o să mă mai vadă în veci.

— Cardan? îl strig, iar numele lui se simte ciudat pe limbă. M-a vizitat o reprezentată a Curții Termitelor. Mi-a spus ceva...

— Ți-a spus ce au cerut în schimbul eliberării tale, îmi continuă el fraza. Știu ce vei spune. Că a fost nechibzuit să accept prețul lor. Că îmi destabilizează domnia. Că a fost un test menit să-mi măsoare vulnerabilitățile și că l-am picat. Până și Madoc a considerat că mi-am abandonat obligațiile, deși nici soluțiile propuse de el nu prea erau diplomatice. Dar tu nu-i cunoști pe Balekin și pe Nicasia așa cum îi știu eu – e mai bine să creadă că ești importantă pentru mine decât că pot face orice cu tine, fără nicio consecință.

Mă gândesc la modul în care m-au tratat chiar și atunci când m-au considerat o monedă de schimb valoroasă și mă cutremur.

— M-am tot gândit în vremea în care ai lipsit și trebuie să-ți spun ceva.

Cardan mă privește cu o expresie serioasă, aproape gravă, așa cum rareori își îngăduie să fie.

— Când tatăl meu m-a alungat, inițial, m-am străduit să-i demonstrez că nu eram deloc așa cum își închipuia el. Iar când asta nu a funcționat, am încercat să mă port exact așa cum mă vedea el. Credea că sunt rău, așa că am devenit și mai rău. Credea că sunt crud, așa că am devenit groaznic. Mi-am propus să cobor mai prejos de toate așteptările lui. Dacă nu puteam să-i câștig favoarea, am decis să-i câștig mânia. Balekin n-a știut ce să facă cu mine. M-a silit să particip la petrecerile lui desfrânate, să servesc vin și mâncare, ca el să se poată făli cu prințul lui mic și supus. După ce am crescut și am devenit mai năbădăios, a ajuns să-i facă plăcere să mă aibă la îndemână ca să mă poată disciplina. Dezamăgirile lui l-au împins să mă biciuiască, iar temerile lui au scos în evidență defectele mele. Și totuși, el a fost prima persoană care a văzut în mine ceva care i-a plăcut - s-a văzut pe sine însuși. Mi-a încurajat cruzimea și mi-a alimentat furia. Și am decăzut și mai mult. Am fost cumplit, Jude. Față de multe persoane. Față de tine. Nu eram sigur dacă te doream sau dacă doream să dispari din ochii mei, ca să pot alunga sentimentele care mă chinuiau, motiv pentru care am devenit și mai rău. Dar, după ce ai dispărut - după ce ai dispărut cu adevărat, printre valuri -, m-am urât cum nu mă mai urâsem niciodată.

Sunt atât de surprinsă de cuvintele lui, încât tot caut să deslușesc un șiretlic ascuns printre ele. Nu se poate să creadă sincer în spusele sale.

— Poate că mă port prostește, dar nu sunt prost. Îți place ceva la mine, spune el și chipul îi capătă o sclipire malefică, ceea ce mi-l face din nou familiar. Care e provocarea pentru tine? Ochii mei frumoși? Nu are importanță, pentru că sunt mai multe cele care nu-ți plac, știu bine acest lucru. Nu pot să am încredere în tine. Totuși, cât timp ai fost plecată, am fost nevoit să iau multe decizii și am luat multe decizii bune, pentru că mi-am închipuit că îmi ești alături, Jude, dându-mi o grămadă de ordine ridicole, pe care totuși eu le îndeplinesc.

Nu am cuvinte.

Cardan râde și mă ia de umăr cu mâna sa caldă.

— Ori te-am surprins, ori ești cu adevărat bolnavă, așa cum susține Madoc.

Dar, înainte să pot spune ceva, înainte ca măcar să mă gândesc ce aș putea să-i spun, deodată, o arbaletă e ațintită asupra mea. În spatele ei întâlnesc privirea Gândacului și în spatele lui o văd pe Bombă, cu două cuțite în mâini.

— Maiestate, i-am urmărit parcursul. A venit de la casa fratelui vostru ca să vă omoare. Vă rog, coborâți din pat, spune Bomba.

— E ridicol, mă revolt.

— În cazul ăsta, arată-mi ce talismane porți, îmi strigă Gândacul. Scorușe? Măcar ai sare în buzunare? Pentru că Jude, așa cum o cunosc eu, n-ar îndrăzni să umble fără ele.

Buzunarele mele sunt goale, firește, din moment ce Balekin m-ar fi controlat peste tot, și, oricum, nu am nevoie de așa ceva. Dar acum nu prea am ce dovezi să-i prezint Gândacului. Aș putea să le spun despre geasul pe care mi l-a lăsat Dain, dar n-ar avea de ce să mă creadă.

— Vă rog să coborâți din pat, Maiestate, repetă Bomba.

— Mai bine aș coborî eu din pat – doar nu e patul meu, spun eu, apropiindu-mă de panoul de la picioarele lui.

— Rămâi pe loc, Jude, îmi ordonă Gândacul.

Cardan dă cuverturile la o parte. E gol, ceea ce e șocant pentru un moment, dar se duce și trage pe el o cămașă de noapte fără niciun semn că i-ar fi rușine.

— Ea m-a trezit, spune el. Dacă ar fi avut de gând să mă omoare, cred că ar fi procedat puțin altfel.

— Scoate totul din buzunare, îmi poruncește Gândacul. Să-ți vedem armele. Așază-le pe toate pe masă.

Cardan se așază într-un fotoliu și cămașa de noapte lungă i se așterne împrejur ca o robă împărătească.

Nu am mai nimic la mine. Colțul de pâine ros, dar neterminat. Două cuțite mânjite cu pământ și iarbă. Și sticluța cu dop.

Bomba o ridică și întoarce privirea către mine, clătinând din cap.

— Uite ce-avem aici. De unde o ai?

— De la Balekin, spun eu exasperată. Care a încercat să mă farmece astfel încât să-l omor pe Cardan, pentru că trebuie să-l omoare ca să-l poată convinge pe Grimsen să-i făurească o altă coroană a regatului Elfhame. Și asta am venit să-i spun Înaltului Rege. V-aș fi spus vouă mai întâi, dar n-am putut să intru în Curtea Umbrelor.

Bomba și Gândacul fac schimb de priviri neînrezătoare.

— Dacă chiar aș fi fost fermecată, v-aș mai fi spus ceva din toate astea?

— Probabil că nu, spune Bomba. Dar cu veștile astea ai putea foarte bine să ne induci în eroare.

— Nu pot fi fermecată, mărturisesc eu. E parte a unei înțelegeri încheiate cu prințul Dain, care a primit, în schimb, serviciile mele ca spioană.

Gândacul ridică din sprâncene. Cardan mă privește aspru, de parcă ar fi convins că orice legătură cu Dain ar aduce doar probleme. Sau poate că e doar surprins să afle că mai am un secret.

— M-am întrebat ce ți-o fi oferit Dain ca să te convingă să te alături cercului nostru de neisprăviți, spune Bomba.

— În primul rând, mi-a oferit un țel, îi zic, dar și puterea de a mă împotrivi farmecelor.

— Poate că minți în continuare, spune Gândacul, întorcându-se spre Cardan. Pune-o la încercare, îi sugerează el.

— Poftim? face Cardan, îndreptându-se de spate, și Gândacul pare să-și fi amintit deodată cui i se adresează într-o manieră atât de informală.

— N-o mai face pe trandafirul spinos, Maiestate, spune Gândacul ridicând din umeri și rânjind. Nu ți-am dat un ordin. Propun doar s-o farmeci pe Jude, ca să putem descoperi adevărul.

Cardan oftează și se apropie de mine. Îmi dau seama că

e necesar. Îmi dau seama că nu vrea să mă rănească. Știu că *nu poate* să mă farmece. Și totuși mă feresc de el în mod instinctiv.

— Jude? întreabă el.

— Dă-i drumul, spun eu.

Aud cum glasul lui capătă nuanțele magiei, devine amețitor și seducător și mai puternic decât mă așteptam.

— Târăște-te până la mine în patru labe, îmi poruncește el rânjind.

Obrajii mi se înroșesc de jenă.

Rămân pe loc, uitându-mă pe rând la fiecare.

— Sunteți mulțumiți?

Bomba încuviințează din cap.

— Nu ești fermecată.

— Acum spuneți-mi de ce aș avea eu încredere în voi, le cer ei și Gândacului. Stafia a venit împreună cu Vulciber să mă ducă la Turnul Uitării. M-a îndemnat să cobor singură, m-a dus drept în locul în care trebuia să fiu capturată și nici acum nu știu de ce a făcut-o. A mai fost vreunul dintre voi implicat?

— Am aflat că Stafia ne trădase când a fost prea târziu, spune Gândacul.

Încuviințez din cap.

— Am văzut cum arată vechea intrare în Curtea Umbrelor din pădure.

— Stafia a detonat o parte din explozibilii noștri.

Face un semn din cap înspre Bombă.

— A distrus o parte din castel, ca să nu mai zic de catacombele străvechi în care erau ținute oasele lui Mab, spune Cardan.

— Plănuia totul de multă vreme. Am reușit să limitez pagubele, continuă Bomba. Câțiva dintre noi au scăpat nevătămați - Snapdragon e teafăr și te-a văzut în timp ce urcai colina de deasupra palatului. Dar mulți alții au fost răniți în momentul exploziei. Zâna *sluagh* – Niniel – a suferit arsuri grave.

— Și Stafia? întreb eu.

— Ca vântul, răspunde Bomba. A dispărut. Nu știm unde s-a dus.

Îmi spun că, din moment ce Bomba și Gândacul sunt teferi, situația ar fi putut fi mult mai gravă.

— Acum, că suntem în aceeași echipă sumbră, spune Cardan, trebuie să vedem ce vom face în continuare.

— Dacă Balekin consideră că poate să mă strecoare înăuntru la balul mascat, atunci lasă-l să-și concentreze eforturile în sensul ăsta. Am să-mi joc rolul.

Mă opresc și mă întorc spre Cardan.

— Sau aș putea să-l omor, pur și simplu, îi spun.

Gândacul mă lovește ușor la ceafă, râzând.

— Te-ai descurcat de minune, puștoaico, știi asta? Ai răsărit din mare chiar mai puternică decât înainte.

Cobor privirea, pentru că mă surprinde cât de mult îmi doream să-mi spună cineva asta. Când ridic ochii din nou, Cardan mă privește atent. Pare copleșit.

Clatin din cap și nu-l las să dea glas gândurilor care-l apasă.

— Balekin e Ambasadorul Mării de Jos, spune el în schimb, ca un ecou al propriului meu răspuns către Dulcamara.

Mă bucur că am revenit la subiectul ăsta.

— Orlagh îl protejează. Și îl are de partea ei pe Grimsen și o dorință puternică să mă pună la încercare. Dacă ambasadorul i-ar fi ucis, s-ar mânia cumplit.

— Orlagh a atacat deja uscatul, îi amintesc eu. Singurul motiv pentru care încă nu a declarat război deschis e faptul că se străduie să obține toate avantajele posibile. Dar va declara război. Așadar, să dăm noi prima lovitură.

Cardan clatină din cap.

— Vrea *să te omoare*, insist eu. Asta e condiția pusă de Grimsen în schimbul făuririi coroanei pentru Balekin.

— Ar trebui să-i iei mâinile fierarului, spune Bomba. Să i le tai de la încheieturi, ca să nu ne mai facă probleme.

Gândacul aprobă din cap.

— Am să dau de el chiar în noaptea asta.

— Voi trei aveți mereu aceeași soluție pentru orice problemă. *Crima*. Nicio cheie nu se potrivește în toate broaștele.

Cardan se uită la noi cu severitate și ridică mâna sa cu degete lungi, pe care observ că încă se află inelul meu cu rubin.

— Când cineva încearcă să-l trădeze pe Înaltul Rege, *crimă*. Când cineva se uită urât la voi, *crimă*. Când cineva nu vă arată respect, *crimă*. Cineva vă murdărește rufele proaspăt spălate, *crimă*. Cu fiecare cuvânt pe care-l aud, îmi amintesc din ce în ce mai limpede că am fost deșteptat după un somn foarte scurt. Voi cere să mi se aducă puțin ceai și mâncare pentru Jude, care e cam palidă.

Cardan se ridică și trimite un servitor să aducă turte de ovăz, brânză și două ibrice mari cu ceai, dar nu permite nimănui să intre în cameră. Preia cu mâna lui de la ușă tava mare, din lemn cioplit și argint, și o așază pe o măsuță scundă.

Sunt prea flămândă ca să mă abțin să fac sandviciuri din turte și brânză. După ce-l termin pe al doilea și dau pe gât trei cești de ceai, mă simt, într-adevăr, ceva mai bine.

— Să vorbim despre balul mascat de mâine, spune Cardan. A fost organizat în cinstea Lordului Roiben, de la Curtea Termitelor. A bătut tot drumul până aici ca să țipe la mine, iar eu zic să-l lăsăm s-o facă. Dacă Balekin va fi ocupat cu tentativa lui de asasinat până după acel moment, cu atât mai bine. Gândacule, dacă ai putea să-l duci pe Grimsen într-un loc din care să nu ne poată face probleme, ai fi de mare ajutor. A sosit clipa să aleagă o tabără și să plece genunchiul înaintea unuia dintre jucătorii acestei mici partide. Dar nu vreau ca Balekin să fie omorât.

Gândacul soarbe din ceai și ridică dintr-o singură sprânceană stufoasă. Bomba oftează zgomotos.

Cardan se întoarce spre mine.

— De când ai fost răpită, am studiat toată istoria legăturilor dintre mare și uscat, din atâtea surse câte am reușit să găsesc. Din momentul în care prima Înaltă Regină, Mab, a înălțat insulele regatului Elfhame din adâncuri, popoarele noastre s-au încăierat în mici conflicte din când în când, dar mi se pare clar că, dacă ar fi să ne înfruntăm de-a binelea, nu ar rămâne nicio tabără victorioasă. Spuneai că regina Orlagh așteaptă să obțină un avantaj înainte de a declara război. Eu cred mai curând că nu face decât să pună la încercare regimul unui conducător nou – unul pe care speră să-l poată păcăli sau înlocui cu un altul, îndatorat ei. Mă crede tânăr și neajutorat și vrea să-mi măsoare puterea.

— Și care ar fi concluzia? întreb eu. Avem de ales între a îndura jocurile ei, oricât de mortale, și a declanșa un război pe care nu putem să-l câștigăm?

Cardan clatină din cap și bea încă o ceașcă de ceai.

— Îi vom demonstra că nu sunt nici pe departe un Înalt Rege neajutorat.

— Și cum facem asta? întreb eu.

— Cu mare dificultate, spune el. Pentru că mă tem că are dreptate.

Capitolul 27

Mi-ar fi ușor să iau una dintre rochiile din apartamentul meu, dar nu vreau ca Balekin să ghicească că am fost înăuntrul palatului. În schimb, mă duc la Târgul Mătrăgunei din vârful insulei Insmoor, ca să caut o costumație potrivită pentru balul mascat.

Am mai fost aici de două ori, acum mult timp, împreună cu Madoc. Este exact genul de loc de care Oriana voia să ne țină departe pe mine și pe Taryn – plin de zâne nerăbdătoare să facă târguri. E deschis doar în diminețile cețoase, când majoritatea locuitorilor regatului Elfhame dorm, dar, dacă nu voi putea să iau o rochie și o mască de acolo, va trebui să fur una din garderoba unei curtene.

Mă plimb printre tarabe, îngrețoșată puțin de mirosul scoicilor puse la afumat pe un pat de varec, care-mi amintește îndată de Marea de Jos. Trec pe lângă tăvi pline cu animale din sirop de zahăr, păhărele mici din ghindă, pline cu vin, sculpturi enorme din corn și o tarabă unde o femeie adusă de spate pictează simboluri protectoare pe tălpile încălțărilor. Umblu de colo-colo o vreme, dar, în cele din urmă, descopăr o colecție de măști sculptate în piele. Sunt prinse pe un perete și au forme ingenioase, precum chipuri de animale ciudate, goblini hliziți sau muritori grosolani, vopsite toate în culori aurii, verzi și multe altele.

Găsesc o mască cu chip uman, posomorât.

— O vreau pe asta, îi spun vânzătoarei, o femeie înaltă cu spatele elegant arcuit.

Îmi aruncă un zâmbet strălucitor.

— Seneșale, spune ea, recunoscându-mă imediat. Dați-mi voie să v-o fac cadou.

— Sunteți foarte generoasă, îi mulțumesc, puțin disperată. Toate cadourile implică un preț și eu mă chinui să mă achit de datoriile deja existente.

— Aș prefera totuși să...

Îmi face cu ochiul.

— Și, când Înaltul Rege îți va admira masca, îmi vei îngădui să fac una și pentru el.

Încuviințez din cap, bucuroasă că are o cerere clară, fără ocolișuri. Femeia ia masca din mâinile mele, o așază pe masă și scoate un vas cu vopsea de sub un birou.

— Dați-mi voie să fac o mică modificare.

— La ce vă referiți?

Femeia ia o pensulă.

— Aș vrea să semene mai bine cu chipul vostru.

Și, cu câteva mișcări de pensulă, masca chiar ajunge să semene cu mine. Mă holbez la ea și o regăsesc pe Taryn.

— Voi ține minte generozitatea voastră, îi spun în timp ce o împachetează.

Plec și mă uit după pânza fluturând în vânt care arată locul unui magazin de îmbrăcăminte. Doar că acolo nu găsesc decât dantelărie și apoi rătăcesc puțin într-un labirint de spițeri și ghicitoare. Încercând să mă întorc în punctul din care am plecat, trec pe lângă un separeu ocupat de un foc mic. Lângă el, pe un scăunel, stă o cotoroanță.

Amestecă într-un ceaun, din care se înalță aroma legumelor puse la fiert. Când ridică ochii spre mine, o recunosc pe Mama Măduvă.

— Te așezi o clipă lângă foc? întreabă ea.

Ezit. Nu se cade să fii necuviincios în Tărâmul Zânelor, unde legile cele mai înalte sunt cele ale ospitalității, dar mă grăbesc.

— Mă tem că...

— Gustă puțin din supă, mă îndeamnă, luând un castron pe care mi-l întinde. Ți-am pus partea cea hrănitoare.

— Atunci de ce mi-o oferiți mie? o întreb.

Cotoroanța râde încântată.

— Dacă nu i-ai fi răpit fetei mele visul, aș fi putut chiar să te plac. Ia loc. Mănâncă. Spune-mi, pentru ce ai venit la Târgul Mătrăgunei?

— Să cumpăr o rochie, îi răspund eu, luând loc lângă foc.

Primesc castronul, care e plin cu un lichid subțire și brun, neatrăgător.

— Ați putea să vă gândiți că poate fetei voastre nu i-ar fi convenit să aibă drept rivală o prințesă a mării. Măcar am cruțat-o de neplăcerea asta.

Mă privește cercetător.

— Și a fost cruțată și de competiția ta.

— Unii ar spune că e o comoară care merită orice preț, observ eu.

Mama Măduvă gesticulează spre supă și eu, pentru că nu-mi permit să-mi fac dușmani noi, duc castronul la buze. Are gustul unei amintiri pe care n-o pot identifica precis, al serilor călduroase, al bălăcelii în piscine și jucăriilor din plastic azvârlite de colo-colo pe un gazon brun, de vară. Ochii mi se umplu de lacrimi.

Îmi vine s-o scuip pe jos.

Îmi vine s-o beau până la fund.

— Cu asta o să-ți revii numaidecât, spune ea după ce, clipind, alung toate acele trăiri și mă uit la ea cu mânie. Cât despre rochie... Ce mi-ai da în schimb pentru ea?

Dau jos perlele din urechi, cele pe care le-am primit în Marea de Jos.

— Cum vi se par astea? În schimbul rochiei și al supei.

Valorează mai mult decât zece rochii la un loc, dar nu vreau să lungesc negocierile, în orice caz, nu cu Mama Măduvă.

Le ia, își plimbă dinții peste sideful lor și le vâră într-un buzunar.

— Ajung.

Dintr-un alt buzunar scoate o nucă și mi-o întinde.

Ridic din sprâncene.

— Fata mea, nu ai încredere în mine? întreabă ea.

— Câtuși de puțin, răspund eu și ea izbucnește din nou într-un râs strident.

Totuși, nuca asta cuprinde ceva și probabil că e vorba despre un fel de rochie, pentru că, altfel, n-ar mai respecta condițiile schimbului dintre noi. Și n-am de gând s-o fac pe muritoarea naivă și s-o întreb cum funcționează toate. Cu gândul ăsta, mă ridic.

— Nu prea îmi ești simpatică, îmi spune, fapt ce nu mă surprinde, deși mă jignește puțin. Dar locuitorii mării îmi sunt mult mai antipatici.

Discuția astfel încheiată, iau nuca și masca și pornesc înapoi spre insula Insmire și Conacul Scorburos. Privesc valurile dimprejur, oceanul care se întinde în toate direcțiile, cu valurile sale neostoite, veșnic agitate, cu coame albe. Când respir, stropi sărați de apă mi se prind în gât și când merg sunt nevoită să ocolesc smârcurile pline cu crabi mici.

Pare lipsit de speranță să înfrunți ceva atât de vast. Pare ridicol să credem că putem învinge.

...

Când ajung în Conacul Scorburos, Balekin e așezat într-un fotoliu din apropierea scărilor.

— Și pe unde ai petrecut noaptea? întreabă el insinuant.

Mă duc la el și-i arăt masca.

— Am căutat un costum.

Încuviințează din cap, reluându-și expresia plictisită.

— Poți să te pregătești, spune el, făcând un gest vag înspre scări.

Urc la etaj. Nu știu în ce cameră vrea să mă schimb, dar mă duc iarăși în dormitorul lui Cardan. Aici fac o baie. Apoi mă așez pe covorul dinaintea căminului întunecat și desfac nuca. Dinăuntru țâșnește o muselină de culoarea piersicii, grămezi întregi. Scutur rochia. Are un corsaj înalt și mâneci ample, plisate, care încep drept de deasupra coatelor, lăsând umerii descoperiți. Se întinde până la podea, în mai multe pliseuri.

Când o îmbrac, descopăr că materialul se potrivește perfect cu tenul meu, deși nimic nu mă poate face să arăt mai puțin hămesită. Oricât de tare m-ar avantaja rochia, nu pot să scap de senzația că nu încap bine în propria-mi piele. În orice caz, e potrivită pentru noaptea asta.

Dar, încercând s-o potrivesc mai bine, descopăr că ascunde câteva buzunare ingenioase. În unul dintre ele introduc sticluța cu otravă. În altul îmi strecor cel mai mic dintre cuțite.

Apoi încerc să mă fac prezentabilă. Găsesc un pieptăn printre obiectele lui Cardan și încerc să-mi aranjez părul. N-am cu ce să-l prind, așa că-l las să cadă pe după umeri. Îmi clătesc gura. Apoi, punându-mi masca, cobor la Balekin, care mă așteaptă.

De aproape, probabil că cei care mă cunosc bine m-ar recunoaște, dar, altfel, cred că voi reuși să mă pierd în mulțime.

Când mă vede, Balekin nu are altă reacție vizibilă decât o agitație nerăbdătoare. Se ridică în picioare.

— Ai înțeles ce ai de făcut?

Uneori, minciunile îmi provoacă o reală plăcere.

Scot sticluța cu dop din buzunar.

— Am fost spioană pentru prințul Dain. Am făcut parte din Curtea Umbrelor. Poți să ai încredere că voi izbuti să-l omor pe fratele tău.

Asta-i aduce un zâmbet pe față.

— Cardan a fost un copil nerecunoscător când a hotărât să mă întemnițeze. Ar fi trebuit să mă pună alături de el. Ar fi trebuit să mă aleagă drept seneșal. De fapt, ar fi trebuit să-mi dea coroana de-a dreptul.

Tac și mă gândesc la băiețelul pe care l-am văzut în globul de cristal. La băiețelul care încă spera că va fi iubit. Mărturisirea lui Cardan, cu privire la persoana în care s-a transformat după aceea, mă bântuie: *Credea că sunt rău, așa că am devenit și mai rău.*

Cât de bine cunosc sentimentul ăsta.

— Voi plânge moartea fratelui meu cel mai mic, spune Balekin, părând să se înveselească puțin la gândul ăsta. Pe ceilalți nu i-am plâns, dar în onoarea lui voi porunci să fie compuse cântece. El singur va rămâne în amintirea noastră.

Mă gândesc la cererea Dulcamarei, să-l ucid pe prințul Balekin, și la faptul că el a poruncit atacul asupra Curții Termitelor. Poate că tot el a venit cu ideea dinamitării Curții Umbrelor. Îmi amintesc cum s-a purtat în mare, încântat de propria-i putere. Mă gândesc la tot ce-a făcut și la tot ce are de gând să facă și mă bucur că port mască.

— Haide, spune el și îl urmez pe ușă, afară.

...

Numai Locke ar fi în stare să ia hotărârea ridicolă de a organiza un bal mascat cu o ocazie de o importanță politică atât de mare precum primirea Lordului Roiben în urma unui atac asupra ținuturilor sale. Și totuși, când pătrund în palat cu Balekin la braț, evenimentul pare să fi luat avânt. Goblini și grigi, pixi și elfi, toți petrec în cercuri de dans întrepătrunse și nesfârșite. Vinul din miere curge nestăvilit din cornuri și pe mese sunt îngrămădite cireșe coapte, coacăze, rodii și prune.

Mă despart de Balekin și pornesc spre podiumul neocupat, căutându-l pe Cardan în mulțime, dar e de negăsit. În schimb, zăresc o zână cu păr alb ca sarea. În drum spre grupul celor veniți de la Curtea Termitelor, la jumătatea drumului, trec pe lângă Locke.

Îl acostez numaidecât.

— Ai încercat să mă omori.

Locke tresare. Poate că a uitat cum șchiopăta la nunta sa, dar nu se poate să nu-și fi dat seama că voi vedea cerceii din urechile lui Taryn. Poate că, văzând că trece atâta timp fără să sufere nicio consecință, s-a gândit că acestea nu-l vor mai tulbura deloc.

— Nu trebuia să fie ceva atât de grav, spune el, încercând să mă ia de mână, cu un surâs tâmp pe chip. Am vrut doar să te sperii, așa cum m-ai speriat și tu pe mine.

Îmi smulg degetele din strânsoarea lui.

— Nu am timp pentru tine acum, dar am să-mi fac timp în curând.

Taryn, îmbrăcată cu o rochie de bal somptuoasă, cu crinolină, de culoarea albastrului oului de măcăleandru, brodată cu trandafiri delicați, și purtând pe față o mască din dantelă, vine la noi valvârtej.

— Să-ți faci timp pentru Locke? Dar pentru ce?

El ridică din sprâncene, apoi își petrece brațul pe după umerii soției sale.

— Sora ta geamănă e supărată pe mine. A pregătit un dar pentru tine, dar s-a nimerit să ți-l prezint eu în locul ei.

Descrierea asta a evenimentelor e suficient de verosimilă încât mi-e greu să-l contrazic, mai ales observând expresia bănuitoare cu care mă privește Taryn.

— Ce dar? vrea ea să știe.

Ar trebui să-i spun direct despre călăreți, despre faptul că i-am ascuns lupta din pădure, pentru că n-am vrut să o amărăsc în ziua nunții ei, să-i spun că am pierdut cerceii, că l-am răpus pe unul dintre călăreți și că am aruncat cu un cuțit înspre soțul ei. Și că, indiferent că ar fi vrut sau nu să mă omoare, în mod cert era dispus să mă lase să mor.

Dar, dacă aș spune toate astea, m-ar crede?

În timp ce încerc să-mi dau seama ce-ar trebui să-i răspund, Lordul Roiben apare în fața noastră, privindu-mă de sus cu ochii săi argintii, strălucitori.

Locke face o plecăciune. Sora mea face o reverență superbă, iar eu îi imit gestul atât cât pot.

— O onoare, spune ea. Cunosc multe dintre baladele voastre.

— Nu se poate spune că sunt ale mele, răspunde el. Sunt foarte exagerate. Deși e adevărat că sângele sare pe gheață. Versul acela e adevărat.

Sora mea pare descumpănită un moment.

— Ați venit cu consoarta voastră?

— Kaye, da, și ea apare în multe dintre acele balade, nu-i așa? Nu, mă tem că, de data asta, nu a venit. Ultima noastră călătorie până la Înalta Curte s-a dovedit a fi altfel decât îi promisesem eu.

Dulcamara a spus că a fost grav rănită, dar el se pare că evită cu mare grijă să spună acest lucru - într-un mod destul de interesant. N-a spus nicio minciună, dar a reușit să inducă în eroare într-un mod complicat.

— Vă referiți la încoronare, spune Taryn.

— Da, confirmă el. N-a fost tocmai *minibreak*-ul la care ne așteptam.

Auzind acestea, Taryn îi zâmbește firav și Lordul Roiben se întoarce spre mine.

— Aveți amabilitatea să o scuzați pe Jude un moment? o întreabă pe Taryn. Trebuie să discutăm despre un subiect important.

— Desigur, spune ea și Roiben mă ia deoparte, înspre unul dintre colțurile mai întunecoase ale sălii.

— Cum se simte? întreb eu. Kaye?

— Va supraviețui, îmi răspunde cu severitate. Unde e Înaltul vostru Rege?

Privesc iarăși în mulțime și spre podiumul cu tronul neocupat.

— Nu știu, dar va veni. Chiar azi-noapte mi-a comunicat cât de mult regretă pierderile voastre și și-a exprimat dorința de a vă vorbi.

— Știm amândoi cine a fost în spatele atacului, spune Roiben. Prințul Balekin mă consideră vinovat că m-am folosit de influența și de greutatea numelui meu pentru a vă susține pe tine și pe prințișorul tău când a obținut coroana.

Încuviințez din cap, observând ușurată calmul cu care îmi vorbește.

— Mi-ai promis un lucru, continuă el. Acum a sosit momentul să vedem dacă muritorii chiar își respectă cuvântul dat.

— Voi îndrepta situația, îi promit eu. Voi găsi o cale de a îndrepta situația.

Fața lordului Roiben e calmă, dar ochii lui argintii nu sunt și îmi amintesc că și-a câștigat tronul prin crimă.

— Îi voi vorbi Înaltului vostru Rege, dar, dacă acesta nu va putea să-mi ofere satisfacție, va trebui să-ți cer să-ți plătești datoria.

Și cu asta, se întoarce și pleacă cu mantia fâlfâindu-i în urmă.

Sala e plină de curteni care dansează cu pași complicați – dansează într-un cerc care se întoarce în afară, se desprinde în trei cercuri mai mici și iarăși se unește. Îi văd pe Locke și pe Taryn dansând împreună. Taryn știe pașii la perfecție.

În cele din urmă, va trebui să fac ceva în privința lui Locke, dar nu în noaptea asta.

Madoc își face apariția în sală, cu Oriana la braț. Ținuta lui e de culoare neagră, pe când a ei e albă. Arată ca două piese de șah așezate pe marginile opuse ale tablei. În urma lor vin Mikkel și Randalin. Mă uit iute prin încăpere și îl zăresc pe Baphen, care stă de vorbă cu o femeie cu coarne pe care nu o recunosc din prima clipă. Dar apoi tresar.

Doamna Asha. Mama lui Cardan.

Știam că înainte a fost o doamnă a Curții, am văzut-o în globul de cristal de pe biroul lui Eldred, dar parcă acum aș vedea-o întâia oară. Poartă o rochie cu fustă scurtă, cu gleznele descoperite, și pantofi care se aseamănă în mod ingenios unor frunze. Întreaga ei ținută e în nuanțe de toamnă, cu frunze și flori din pânză cusute pe toată lungimea rochiei. Și-a vopsit vârfurile coarnelor în culoarea cuprului, cum de cupru este și coronița de pe frunte, amintind de o coroană adevărată.

Cardan nu mi-a vorbit deloc despre ea și totuși trebuie să se fi împăcat cumva. Probabil că a iertat-o. Privind cum un alt curtean o ia la dans, trag concluzia neliniștitoare că probabil va câștiga putere și influență într-un timp scurt – și că le va folosi pe amândouă în scopuri nefaste.

— Unde e Înaltul Rege? întreabă Nihuar.

Sesizez prezența delegatei Seelie abia când aceasta apare lângă mine și tresar de spaimă.

— De unde să știu eu? mă răstesc la ea. Până astăzi nici nu mi-a fost îngăduit să intru în palat.

Chiar în acel moment, Cardan își face, în sfârșit, apariția. În fața lui pășesc doi membri ai gărzii sale personale, care, după ce îl escortează înăuntru, se dau în lături.

Un moment mai târziu, Cardan se prăbușește la pământ. Se împrăștie pe jos, cu toată ținuta lui regală, și izbucnește în râs. Râde și tot râde, de parcă ăsta ar fi fost cel mai impresionant truc pe care l-a săvârșit până în prezent.

E limpede că e beat. Foarte, foarte beat.

Inima mi se afundă până-n stomac. Mă uit spre Nihuar și observ că privește scena lipsită de orice expresie. Până și Locke, holbându-se la el din celălalt capăt al ringului de dans, pare descumpănit.

În acest timp, Cardan se ridică și înșfacă o liră din mâinile unui goblin muzician uluit. Sare cu stângăcie pe o masă lungă, de banchet.

Zdrăngănind corzile, începe un cântec atât de vulgar, încât întreaga Curte se oprește din dans și ascultă chicotind pe înfundate. Apoi, de parcă ar fi o singură ființă, se alătură toți acestei nebunii. Curtenii Tărâmului Zânelor nu suferă de timiditate. Reiau dansurile, de data asta după cântecul Înaltului Rege.

Eu habar n-aveam că știe să cânte.

Când termină cântecul, cade de pe masă, aterizând în mod penibil pe o latură. Coroana îi alunecă în față și ajunge să-i atârne peste unul dintre ochi. Gărzile lui sar să-l ajute să se ridice, dar el îi alungă gesticulând.

— Ce ziceți de așa o introducere? îl întreabă zgomotos pe Lordul Roiben, deși, de fapt, ei s-au mai întâlnit. Nu puteți să ziceți că sunt un monarh plictisitor.

Întorc privirea spre Balekin, care rânjește satisfăcut. Lordul Roiben parcă a împietrit, îmi e imposibil să-i citesc chipul încremenit. Mă uit la Madoc, care-l urmărește pe Cardan cu scârbă, în timp ce acesta își îndreaptă coroana.

Într-o manieră sumbră, Roiben dă glas problemei pentru care a venit.

— Maiestate, am venit să vă cer să-mi îngăduiți răzbunare în numele poporului meu. Am fost atacați și acum dorim să răspundem.

Am văzut multe persoane incapabile să manifeste atitudinea umilă cu care sunt datoare, însă Lordul Roiben o face cu multă eleganță.

Și totuși, aruncând o scurtă privire la Cardan, îmi dau seama că nu contează.

— Se spune că ești maestru când vine vorba despre vărsat sânge. Bănuiesc că vrei să-ți demonstrezi măiestria.

Cardan îl avertizează cu degetul pe Roiben.

Văzând aceasta, regele Unseelie se încruntă. Probabil că o parte din el ar dori să și-o demonstreze *chiar acum*, dar nu răspunde.

— Cu toate acestea, tocmai la această dorință trebuie să renunți, spune Cardan. Mă tem că ai bătut atâta drum degeaba. Măcar avem vin.

Lordul Roiben mă fixează cu ochii săi argintii și în privirea lui citesc o amenințare.

Lucrurile nu decurg deloc așa cum speram.

Cardan face semn spre o masă plină cu gustări. Cojile fructelor se desprind de miez și câteva explodează, împrăștiind semințe și speriind curtenii din preajmă.

— Și eu am exersat anumite abilități, spune el râzând.

Pornesc spre Cardan, cu gândul de a interveni, dar Madoc mă apucă de mână. Se uită la mine strâmbând din buze.

— Ăsta era planul tău? se răstește la mine în șoaptă. Scoate-l de aici.

— Am să-ncerc, îi replic.

— Am stat deoparte prea multă vreme, îmi spune Madoc fixându-mă cu ochii lui de pisică. Pune-ți marioneta să abdice de la tron în favoarea fratelui tău, altfel vei suporta consecințele. E ultima oară când ți-o cer. Fă-o acum ori niciodată.

Cobor tonul, ca să-i vorbesc pe limba lui.

— După ce mi-ai interzis să pătrund în palat?

— Erai bolnavă, mi-o întoarce el.

— Să muncesc cu tine va însemna mereu să muncesc pentru tine, spun eu. Și asta nu se va întâmpla niciodată.

— Chiar ai de gând să alegi creatura aia în defavoarea propriei tale familii? se stropșește el, privind scurt spre Cardan și întorcând iar ochii la mine.

Tresar, dar, oricâtă dreptate ar avea, în același timp se înșală.

— Fie că mă crezi, fie că nu, tocmai pentru familie fac toate astea, îi spun eu și-l apuc pe Cardan de umăr, sperând să-l pot conduce afară din sală înainte să se mai ivească vreo întâmplare nefericită.

— O, nu prea cred, se împotrivește el. Dragul meu seneșal. Hai să facem un tur al încăperii.

Mă ia de mână și mă trage spre ringul de dans.

Abia se ține pe picioare. De trei ori se împiedică și de trei ori sunt nevoită să-i susțin aproape toată greutatea ca să rămână în picioare.

— Cardan, șuier eu. Comportamentul ăsta nu e câtuși de puțin potrivit pentru un Înalt Rege.

Auzind acestea, începe să chicotească. Mă gândesc cât de grav era azi-noapte, în odăile lui, și cât de departe e acum de acea persoană.

— Cardan, încerc eu din nou. Nu se poate să faci una ca asta. Îți poruncesc să-ți vii în fire. Îți ordon să nu mai bei și să încerci să-ți recapeți sobrietatea.

— Da, dulcea mea hoață, draga mea zeiță. Voi deveni sobru ca o sculptură din piatră, cu prima ocazie.

Și, cu asta, mă sărută pe gură.

Sunt cuprinsă de un amalgam de emoții într-o singură clipă. Sunt furioasă pe el, furioasă și resemnată cu gândul că a eșuat în postura de Înalt Rege, că e atât de corupt, de visător și de slab pe cât și-a dorit Orlagh. Și acum mă sărută în public; mă șochează și faptul că face paradă de relația noastră în ochii Curții întregi. Niciodată nu a fost dispus să arate în public că tânjește după mine. Poate că va reuși să șteargă ideea asta din gândurile curtenilor, dar, în momentul de față, toată lumea știe.

Dar mă cuprinde și o mare slăbiciune, pentru că am visat la săruturile lui cât am zăcut în Marea de Jos și acum, cu buzele lui lipite de ale mele, îmi vine să-mi înfig unghiile în spatele lui.

Îmi atinge buza de jos cu limba și gustul acesta familiar îmi sucește mințile.

Bobul-strigoiului.

Nu e beat; a fost otrăvit.

Mă desprind de el și-l privesc în ochi. Acești ochi atât de familiari, negri, cu margini aurii. Pupilele lui sunt dilatate până la extrem.

— Dulcea mea Jude. Tu ești pedeapsa mea cea mai dragă.

Pleacă de lângă mine dansând și imediat cade iarăși la pământ, râzând în hohote, întinzând brațele de parcă ar vrea să îmbrățișeze încăperea întreagă.

Privesc îngrozită.

Cineva l-a otrăvit pe Înaltul Rege și acum va râde și va dansa până la moarte, înconjurat de curteni, care vor oscila între încântare și dezgust. Vor râde de ridicolul lui în timp ce inima i se va opri.

Încerc să mă concentrez. Antidoturi. Trebuie să existe un antidot. Apă neapărat, ca să-i dezintoxice organismul. Lut. Bomba va ști mai multe. O caut în jur, dar nu văd decât procesiunea amețitoare a curtenilor.

Mă duc la una dintre gărzi.

— Fă rost de o găleată, multe pături și două ulcioare cu apă, apoi du-le în odăile mele. Ai priceput?

— Cum dorești, spune el și se întoarce ca să le dea ordine celorlalți cavaleri.

Mă întorc la Cardan, care, în mod previzibil, a pornit în cea mai nefericită direcție cu putință. Merge drept spre consilierii Baphen și Randalin, care stau de vorbă cu Lordul Roiben și cu cavalerul lui, Dulcamara, chinuindu-se, fără îndoială, să îndrepte situația cât de cât.

Observ chipurile curtenilor și sclipirea din ochii lor, privindu-l cu un fel de ciudă lacomă.

Îl privesc cum ridică o carafă cu apă și o dă pe gât, vărsându-și șuvoi conținutul în gură, până când ajunge să se înece.

— Iertați-ne, spun eu, luându-l de braț.

Dulcamara privește totul cu dispreț.

— Am venit tocmai până aici ca să vorbim cu Înaltul Rege. Nu se poate să plece deja.

A fost otrăvit. Cuvintele îmi stau pe limbă, dar, până să le rostesc, îl aud pe Balekin vorbindu-le:

— Mă tem că Înaltului Rege îi e rău. Cred că a fost otrăvit.

În clipa aceea, prea târziu, pricep strategia lor.

— Tu, îmi spune el. Arată-ne ce ai în buzunare. Ești singura de aici care nu e legată de el prin jurământ.

Dacă într-adevăr aș fi fost fermecată, aș fi fost silită să scot la iveală sticluța cu dop. Și, după ce toată Curtea ar fi văzut-o și ar fi descoperit că ea conține bobul-strigoiului, orice protest din partea mea ar fi fost inutil. În fond, muritorii sunt mincinoși.

— E beat, spun eu și privesc cu încântare expresia uluită de pe fața lui Balekin. În orice caz, nici tu nu mai ești legat de el, domnule Ambasador. Sau, mai bine zis, nu mai ești legat de uscat.

— Am băut prea mult? Doar o ceașcă de otravă la micul dejun și încă una la cină, spune Cardan.

Îi arunc o privire, dar nu mai scot nicio vorbă și-l conduc cu chiu, cu vai pe Înaltul Rege prin sală.

— Unde te duci cu el? întreabă una dintre gărzi. Maiestate, doriți să plecați?

— Cu toții dansăm la porunca lui Jude, spune el și izbucnește în râs.

— Bineînțeles că nu dorește să plece, intervine Balekin. Ocupă-te de celelalte sarcini ale tale, seneșalule, și lasă-mă pe mine să am grijă de fratele meu. Are anumite responsabilități de îndeplinit în noaptea asta.

— Ți se va cere ajutorul dacă va fi nevoie, îi spun eu, sperând să afișez o atitudine suficient de autoritară cât să scap.

Inima îmi bate cu viteză. Nu știu dacă-mi va lua partea cineva, în caz că va fi nevoie.

— Jude Duarte, îl vei lăsa pe Înaltul Rege și-ți vei vedea de treabă, îmi poruncește Balekin.

Sesizându-i tonul, Cardan capătă un moment de luciditate. Îmi dau seama că face mari eforturi să se concentreze.

— Nu va face așa ceva, spune el.

Din moment ce nimeni nu-l poate contrazice, nici măcar când e în starea asta, reușesc, în sfârșit, să-l conduc afară. Port povara grea a Înaltului Rege și împreună pornim pe coridoarele palatului.

Capitolul 28

Garda personală a Înaltului Rege ne urmează de la distanță. Mintea îmi vuiește de întrebări – cum a fost otrăvit? Cine i-a pus în mână băutura? Când s-a întâmplat?

Trimit oameni s-o caute pe Bomba și, dacă n-o găsesc, să aducă un alchimist.

— Îți vei reveni, spun eu.

— Știi, zice el, ținându-se de mine, vorbele astea ar trebui să mă aline. Dar, când muritorii vorbesc așa, cuvintele lor n-au același sens ca atunci când le rostesc zânele, nu? Pentru tine e o rugăminte. Un fel de magie optimistă. Spui că-mi voi reveni pentru că te temi că nu va fi așa.

Câteva clipe nu spun nimic.

— Ai fost otrăvit, spun eu în cele din urmă. Știi asta, nu?

Cardan nu se sperie.

— A, face el. Balekin.

Nu răspund, doar îl așez înaintea focului din camera mea, cu spatele sprijinit de canapea. Arată ciudat aici, cu hainele sale somptuoase contrastând cu covorul modest, cu chipul palid, dar cu obrajii înfierbântați.

Întinde brațul și-mi lipește palma de fața lui.

— E caraghios, nu crezi, că ți-am batjocorit firea de muritoare, când e sigur că vei trăi mai mult decât mine.

— Nu vei muri, insist eu.

— Of, de câte ori mi-am dorit să nu poți minți... Niciodată nu mi-am dorit-o mai mult ca acum.

Se apleacă într-o parte, iar eu apuc unul dintre urcioarele cu apă și-i umplu un pahar. I-l duc la buze.

— Cardan? Bea cât de mult poți.

Nu-mi răspunde și pare să adoarmă.

— Nu.

Îi lovesc obrazul cu tot mai multă putere, până când ajung să-l plesnesc de-a dreptul.

— Trebuie să rămâi treaz.

Deschide ochii. Bolborosește ceva.

— Am să dorm numai puțin.

— În afară de cazul în care vrei să ajungi ca Severin din Fairfold, închis între pereți de sticlă veacuri întregi, în timp ce muritorii se adună la coadă ca să facă fotografii cu trupul lui, vei rămâne treaz.

Se ridică în capul oaselor și se mai îndreaptă de spate.

— Fie, se conformează el. Vorbește-mi.

— Am văzut-o pe mama ta în noaptea asta, îi spun. Era gătită toată. Înainte de asta, am văzut-o în Turnul Uitării.

— Și vrei să știi dacă am uitat de ea? mă întreabă pe un ton glumeț și mă bucur să văd că e suficient de atent cât să-mi poată da una dintre replicile lui tipice.

— Bine că-ți arde de glume.

— Sper că umorul o să mă părăsească ultimul. Așadar, spune-mi despre mama mea.

Încerc să găsesc ceva care să nu fie întru totul negativ. Mă hotărăsc să-i dau un răspuns neutru, precaut.

— Prima dată când am întâlnit-o n-am știut cine era. A vrut să-mi comunice niște informații în schimbul cărora s-o scot din Turn. Și îi era teamă de tine.

— Foarte bine, spune Cardan.

Ridic din sprâncene.

— Atunci cum de a ajuns membră a Curții tale?

— Să zicem că încă mi-e drag de ea într-o anumită măsură, mărturisește el.

Îi torn încă puțină apă și o bea mai greu decât aș fi vrut. Mă grăbesc să-i umplu paharul la loc.

— Sunt atâtea întrebări pe care aș vrea să i le pot pune mamei mele, recunosc eu.

— Ce ai întreba-o?

Bălmăjește cuvintele, dar reușește să termine fraza.

— De ce s-a căsătorit cu Madoc, spun eu, arătând spre pahar, pe care, ascultător, îl duce la buze. Dacă l-a iubit și de ce l-a părăsit și dacă a fost fericită în lumea muritorilor. Dacă chiar a omorât pe cineva și a ascuns trupul printre rămășițele arse ale conacului inițial al lui Madoc.

Cardan pare surprins.

— Mereu uit partea asta a poveștii.

Decid că e timpul să schimb subiectul.

— Tu ai avea asemenea întrebări pentru tatăl tău?

— De ce sunt așa cum sunt?

Din tonul vocii lui, este clar că așteaptă confirmarea mea că este cea mai bună întrebare pentru tatăl lui, deși el se îndoiește de asta.

— Nu există răspunsuri adevărate, Jude. De ce am fost crud cu zânele? De ce m-am purtat urât cu tine? Pentru că am putut. Pentru că mi-a făcut plăcere. Pentru că, o scurtă vreme, în momentele mele cele mai odioase, m-am simțit puternic și, în cea mai mare parte a timpului, mă simțeam neputincios, în ciuda faptului că eram prinț și fiul Înaltului Rege al Tărâmului Zânelor.

— Ăsta e un răspuns, spun eu.

— Chiar așa?

Și apoi, după câteva clipe:

— Ai face bine să pleci.

— De ce? întreb eu iritată.

În primul rând, e camera mea. În al doilea rând, mă chinui să-l țin în viață.

Îmi întoarce o privire solemnă.

— Pentru că am să vărs.

Apuc găleata și el mi-o smulge din mâini, cu trupul chinuit de convulsiile vomitatului. Conținutul stomacului lui arată ca niște ghemotoace de frunze lipite și mă cutremur. Nu știam că bobul-strigoiului are un asemenea efect.

Cineva bate în ușă și mă duc să deschid. Dau cu ochii de Bombă, cu respirația întretăiată. O invit să intre, iar ea trece pe lângă mine și se duce direct la Cardan.

— Ia asta, spune ea, scoțând o sticluță mică. E lut. S-ar putea să ajute la absorbția toxinelor.

Cardan încuviințează, ia sticluța din mâinile ei și înghite conținutul, strâmbându-se.

— Parc-ar fi pământ.

— Chiar *este* pământ, îi confirmă ea. Și a mai apărut o problemă. Două, de fapt. Grimsen deja dispăruse din atelierul lui când am fost să-l prindem. Trebuie să luăm în considerare cazul cel mai nefericit – că s-a dus la Orlagh. Pe lângă asta, uite ce am primit.

Bomba scoate un bilet din buzunar.

— E de la Balekin, spune ea. Mesajul e formulat cu pricepere, dar sensul e unul singur – îți oferă antidotul ție, Jude, dacă-i aduci coroana.

— Coroana? spune Cardan, deschizând ochii, moment în care-mi dau seama că trebuie să-i fi închis și n-am observat.

— Vrea să i-o aduci în grădină, în apropierea trandafirilor, spune Bomba.

— Și dacă nu-i aduce antidotul? întreb eu.

Bomba atinge obrazul lui Cardan cu dosul palmei.

— E Înaltul Rege al regatului Elfhame – se poate folosi de

puterea tărâmului. Dar deja e foarte slăbit. Și nu cred că știe cum se face. Maiestate?

Cardan se uită la ea fără să priceapă mare lucru.

— Ce tot zici acolo? Tocmai am luat o gură întreagă din tărâm, la cererea ta.

Mă gândesc la cuvintele Bombei și la ceea ce știu și eu despre puterile Înaltului Rege.

Ai observat, fără îndoială, că, de când a început domnia lui, insulele s-au schimbat. Furtunile izbucnesc mai aprig. Culorile sunt puţin mai vii și mirosurile mai tari.

Dar toate astea s-au petrecut fără vreun efort conștient din partea lui. Sunt sigură că n-a observat că tărâmul se transformă pentru a-i fi lui pe plac.

Privește-i pe supușii tăi, mi-a spus el la un ospăț de acum câteva luni. *Păcat că niciunul dintre ei nu știe cine e stăpânul lor adevărat.*

Dacă Cardan nu se consideră a fi adevăratul Înalt Rege al Regatului Elfhame, dacă nu-și îngăduie sieși să se folosească de propria sa putere, astea se întâmplă din vina mea. Dacă bobul-strigoiului o să-l omoare, va muri din cauza mea.

— Am să-ți aduc antidotul, îi spun.

Cardan își înalță coroana de pe cap și o privește un moment, de parcă, cumva, n-ar înțelege cum a putut să ajungă în mâinile sale.

— Dacă o pierzi, Oak nu va mai avea parte de ea. Cu toate că mi se pare că încoronarea va fi mai dificilă dacă eu voi muri.

— Ți-am zis deja, n-ai să mori. Și nu-ți iau coroana.

Mă duc în camera din spate și mut de colo-colo obiectele pe care le am în buzunare. Îmbrac o mantie cu glugă mare și-mi pun o mască nouă. Sunt atât de furioasă, încât îmi tremură mâinile. Bobul-strigoiului, la care am fost cândva invulnerabilă, datorită practicării conștiincioase a mitridatismului. Dacă aș fi reușit să iau dozele fără întrerupere, poate că aș fi putut să-l păcălesc pe Balekin, așa cum cândva l-am păcălit pe Madoc. Dar, pentru că am fost sechestrată în Marea de Jos, acum am un avantaj mai puțin și o miză mult mai mare. Mi-am pierdut imunitatea. Sunt la fel de vulnerabilă față de otravă cum e și Cardan.

— Rămâi cu el, da? o întreb pe Bombă, iar ea încuviințează din cap.

— Nu, spune Cardan. Merge cu tine.

Clatin din cap.

— Bomba știe multe despre otrăvuri. Cunoaște și magie. Va avea grijă să nu ți se înrăutățească starea.

Cardan nu mă ia în seamă și o apucă de mână.

— Liliver, sunt regele tău și-ți poruncesc, spune el cu un aer deosebit de demn, pe care nu m-aș fi așteptat să-l văd la o persoană întinsă pe jos, alături de găleata în care tocmai a vomat. Du-te cu Jude.

Mă întorc spre Bombă, dar îmi dau seama după chipul ei că i se va supune - și-a depus jurământul și i-a mărturisit chiar și numele său. Cardan e regele ei.

— Ai naibii... șoptesc unuia, sau poate amândurora.

Jur că voi obține antidotul în curând, dar, chiar și așa, nu mi-e ușor să plec, știind că bobul-strigoiului ar putea totuși să-i oprească inima. Ne urmărește cu privirea sa mistuitoare până la ușă, cu pupilele dilatate și cu coroana încă strânsă în mână.

...

Balekin e în grădină, așa cum a promis, în apropierea unui copac încărcat cu trandafiri albastru-argintii înfloriți. Când ajung la el, observ câteva siluete în preajmă, curteni care au ieșit la o plimbare nocturnă. Asta înseamnă că nu poate să mă atace, dar că nici eu nu pot să-l atac pe el.

În orice caz, nu pot să-l atac fără să afle ceilalți.

— Ești o mare dezamăgire, spune el.

E atât de șocat, încât îmi vine să râd.

— Adică pentru că nu m-am lăsat fermecată. Da, îmi dau seama că situația e foarte tristă pentru tine.

Mă privește cu mânie, dar, de data asta, nu-l are nici măcar pe Vulciber pe-aproape, care să mă amenințe. Poate că funcția de Ambasador al Mării de Jos îi dă impresia că a devenit de neatins.

Nu pot decât să mă gândesc la faptul că l-a otrăvit pe Cardan, că pe mine m-a chinuit, că pe Orlagh a îmboldit-o să atace uscatul. Tremur de furie, dar mă străduiesc să mi-o stăpânesc, ca să pot face ceea ce trebuie făcut.

— Mi-ai adus coroana? întreabă el.

— Am adus-o în apropiere, mint eu. Dar, înainte să ți-o aduc, vreau să văd antidotul.

Scoate o sticluță din haină, aproape identică cu cea pe care mi-a dat-o mie, pe care o scot la rândul meu.

— M-ar fi executat dacă ar fi găsit otrava asta la mine, spun eu, tremurând. Asta era planul tău, așa-i?

— Încă e posibil să fii executată, spune el.

— Uite cum vom face.

Scot dopul de la sticlă.

— Am să beau otrava, iar tu ai să-mi dai antidotul. Dacă are efect, atunci îți voi aduce coroana în schimbul sticlei. Dacă nu are efect, atunci voi muri, da, dar vei pierde coroana pe vecie. Indiferent dacă Cardan va supraviețui sau va muri, coroana e ascunsă suficient de bine încât să n-o mai găsești.

— Grimsen poate să făurească alta pentru mine, spune Balekin.

— Dacă ceea ce zici e adevărat, atunci ce căutăm aici?

Balekin se strâmbă și iau în calcul posibilitatea ca micul fierar să nu fie, de fapt, cu Orlagh. Poate că a dispărut după ce a făcut tot posibilul să ne învrăjbească între noi.

— Ai furat coroana de la mine, spune el.

— Adevărat, recunosc eu. Și am să ți-o dau înapoi, dar nu degeaba.

— Nu pot să mint, muritoareo. Dacă am zis că-ți voi da antidotul, ți-l voi da. Cuvântul meu e suficient.

Îl privesc cu cea mai fioroasă expresie de care sunt în stare.

— Toată lumea știe că trebuie să fii atentă când negociezi cu zânele. Cu fiecare cuvânt, ne înșelați. Dacă chiar ai antidotul, ce ai de pierdut dacă mă lași să mă otrăvesc? Mă gândeam că ar fi o plăcere pentru tine.

Se uită la mine cu o privire cercetătoare. Bănuiesc că e furios că nu sunt fermecată. Trebuie s-o fi luat la fugă când l-am scos pe Cardan din sala tronului. A avut antidotul pregătit de la început? A crezut că-l va putea sili pe Cardan să-l încoroneze? A avut aroganța să-și închipuie că Consiliul nu i-ar fi stat în cale?

— Prea bine, spune el. O doză din antidot pentru tine și restul pentru Cardan.

Destup sticluța primită de la el și o dau pe spate, golind-o cu o grimasă pronunțată. Iarăși mă enervez, gândindu-mă cât rău mi-am făcut, luând doze mici de otravă. Totul în zadar.

— Simți cum bobul-strigoiului acționează asupra sângelui tău? Își va face efectul mult mai repede în cazul tău. Și ai luat o doză foarte mare.

Mă privește cu o expresie atât de încrâncenată, încât îmi dau seama că și-ar fi dorit să mă poată lăsa să mor. Dacă ar putea să-și justifice fapta, ar pleca de lângă mine chiar în clipa asta. Preț de o clipă, mi se pare că asta o să și facă.

Atunci se apropie și destupă sticla din mâna sa.

— Te rog să nu-ți închipui că ți-o voi lăsa ție în mână, spune el. Deschide gurița ca o pasăre mică și eu o să-ți torn doza. Apoi îmi vei da coroana.

Deschid gura ascultătoare și-l las să-mi toarne lichidul amar și gros ca mierea, pe limbă. Sar de lângă el, ca să las iarăși distanță între noi, asigurându-mă că sunt mai aproape de intrarea în palat.

— Mulțumită? întreabă el.

Scuip antidotul în sticluța primită inițial de la el, care cândva conținea bobul-strigoiului, dar care, până în urmă cu câteva momente, a fost plină doar cu apă.

— Ce faci? întreabă el.

Îi pun la loc dopul și i-o arunc Bombei, care o prinde cu îndemânare. Apoi dispare și-l lasă pe Balekin să caște gura la mine.

— Ce ai făcut? se răstește el.

— Te-am păcălit, îi spun. Un mic truc, ca să te induc în eroare. Am vărsat otrava ta și am curățat sticluța. Uiți întruna că și eu am crescut aici, deci și târgurile încheiate cu mine sunt periculoase - și, după cum vezi, eu pot să mint. Și, așa cum mi-ai atras atenția acum multă vreme, timpul meu e scurt.

Balekin își scoate sabia de la brâu. E subțire și lungă. Nu cred că e cea cu care s-a luptat cu Cardan în încăperea sa din turn - sau poate că este.

— Suntem în public, îi amintesc eu. Și încă sunt seneșalul Înaltului Rege.

Se uită în jur, la ceilalți curteni din apropiere.

— Plecați! le strigă el.

Nu mi-a trecut prin cap că l-ar asculta cineva, dar el e obișnuit să fie prinț. S-a obișnuit să-i fi respectate ordinele.

Și, într-adevăr, curtenii parcă dispar printre umbre, lăsând loc pentru duelul pe care în mod sigur n-ar trebui să-l începem. Îmi strecor mâna în buzunar, atingând mânerul cuțitului. Brațul meu nu are întindere mare cu el, nici pe departe cât ar avea cu o sabie. Madoc mi-a explicat de multe ori: *Sabia e armă de război, cuțitul e armă pentru crime.* Mai bine folosesc cuțitul decât să lupt cu mâna goală, dar, mai mult ca orice altceva, îmi doresc s-o fi avut pe Piarză-Noapte.

— Propui un duel? întreb eu. Sunt convinsă că n-ai vrea să-ți dezonorezi numele înfruntând un oponent înarmat atât de modest cum sunt eu.

— Vrei să cred că tu ai vreun strop de onoare? îmi replică, ceea ce, din nefericire, e o observație justă. Ești o lașă. Cum e și cel care te-a crescut.

Face un pas în față, pregătit să mă răpună, indiferent dacă aș fi sau nu înarmată.

— Madoc?

Scot cuțitul. Nu e chiar mic, dar, oricum, n-ajunge nici măcar la jumătatea lungimii sabiei pe care o ține îndreptată spre mine.

— A fost ideea lui Madoc să acționăm în timpul ceremoniei de încoronare. El a susținut că, după ce Dain va fi înlăturat, Eldred va înțelege să așeze coroana pe capul meu. A fost planul lui în întregime, dar el a rămas Mare General, pe când eu am ajuns în Turnul Uitării. Și a ridicat vreun deget ca să mă ajute? Nu. A plecat capul înaintea fratelui meu, pe care îl disprețuiește. Iar tu îi semeni leit, ești dispusă să te milogești, să te umilești și să pleci capul în fața oricui, dacă așa câștigi putere.

Mă îndoiesc că Madoc a avut de gând vreodată în mod serios să-l urce pe Balekin pe tron, indiferent ce i-ar fi lăsat de înțeles acestuia, dar, chiar și așa, cuvintele lui mă ustură. O viață întreagă m-am făcut mică, în speranța că voi găsi un loc acceptabil în Elfhame, și apoi, după ce am izbutit cea mai mare lovitură de stat din câte și-ar fi putut închipui cineva, am fost nevoită să-mi ascund talentele mai mult ca niciodată.

— Nu, spun eu. Te înșeli.

Pare surprins. Până și în Turnul Uitării, când el era prizonier, i-am permis lui Vulciber să mă lovească. În Marea de Jos m-am prefăcut că nu am niciun strop de demnitate. Ce motiv ar avea să creadă că mă privesc pe mine însămi altfel decât mă privește el?

— Tu ești cel care a plecat capul în fața lui Orlagh, în loc să te supui propriului tău frate, continui să-i explic. Tu ești lașul și trădătorul. Și ucigașul propriului neam. Dar, și mai grav, ești un prost.

Își arată dinții și pornește spre mine, iar eu, care am tot simulat modestia și umilința, îmi aduc aminte de talentul meu cel mai supărător: de a scoate din sărite zânele.

— Haide, mă îndeamnă. Fugi ca o lașă ce ești.

Fac un pas înapoi.

Ucide-l pe Prinţul Balekin. Îmi amintesc cuvintele Dulcamarei, dar nu-i aud și vocea. Aud propria-mi voce, răgușită din cauza apei sărate a mării, îngrozită, rece și părăsită.

Îmi amintesc niște cuvinte pe care Madoc mi le-a spus cu mult timp în urmă. *Ce sunt luptele, dacă nu un joc de strategie desfășurat cu mare viteză?*

Scopul luptei nu e să lupți bine; scopul e să câștigi.

Am un dezavantaj în fața sabiei, un mare dezavantaj. Și sunt încă slăbită în urma timpului petrecut în Marea de Jos. Balekin are posibilitatea să păstreze distanța, fără să se grăbească, pe când eu nu pot să trec de sabia lui. Mă va sfâșia în bucăți încet, tăietură cu tăietură. Abordarea cea mai bună pentru mine ar fi să elimin rapid distanța. Trebuie să-i anihilez apărarea și nu am timp să-i măsor priceperea mai întâi. Va trebui să-l atac fulgerător.

Am o singură șansă să nimeresc atacul.

Inima îmi bubuie în tâmple.

Balekin sare la mine, iar eu îi izbesc baza sabiei cu cuțitul din mâna dreaptă și, cu mâna stângă, îl apuc de antebraț și-l sucesc încât să-l dezarmez. Se zbate în strânsoarea mea. Înalț cuțitul spre beregata lui.

— Stai, strigă Balekin. Mă pre...

Sângele îmi stropește mâna și împroașcă iarba. Lucește pe tăișul cuțitului meu. Balekin cade cu fața înainte și se prăbușește.

Totul s-a petrecut atât de repede.

Totul se petrece atât de repede.

Vreau să am vreo reacție. Vreau să tremur sau să mi se facă greață. Vreau să fiu cea care izbucnește în lacrimi. Vreau să fiu oricine altcineva, numai să nu fiu eu, cea care privește în jur ca să se asigure că n-a văzut-o nimeni, care-și șterge cuțitul de pământ, își șterge mâna de hainele lui și pleacă înainte să apară gărzile.

Ești o ucigașă pricepută foc, mi-a spus Dulcamara.

Privesc în urmă și observ că Balekin a rămas cu ochii deschiși, holbându-se în gol.

...

Cardan stă pe canapea. Găleata a dispărut, la fel și Bomba. Se uită la mine cu un zâmbet leneș.

— Rochia ta. Ai îmbrăcat-o la loc.

Îl privesc descumpănită; îmi e greu să privesc dincolo de consecințele faptei pe care tocmai am comis-o - printre care și obligația de a-i spune totul lui Cardan. Dar în clipa de față port rochia pe care o purtam și înainte, cea obținută din nuca Mamei Măduvă. Am murdărit mâneca cu sânge, dar, în rest, e neschimbată.

— S-a întâmplat ceva? întreb eu iar.

— Nu știu, spune el derutat. S-a întâmplat? Ți-am îndeplinit cererea. Tatăl tău e teafăr?

Cerere?

Tatăl meu?

Madoc. Desigur. Madoc m-a amenințat, Madoc îl disprețuia pe Cardan. Dar ce a făcut și ce legătură are cu rochia?

— Cardan, îi rostesc numele, străduindu-mă, atât cât pot, să-mi păstrez calmul.

Mă duc lângă canapea și mă așez. Nu e o canapea mică, dar el stă cu picioarele întinse pe ea, învelite în pături și înălțate cu ajutorul unor perne. Indiferent cât de departe de el mă așez, tot simt că e prea aproape.

— Trebuie să-mi explici ce s-a întâmplat. Eu n-am mai trecut pe aici de o oră întreagă.

Se încruntă.

— Bomba s-a întors cu antidotul, spune el. A spus că vei veni și tu îndată. Încă eram destul de amețit. A venit o gardă și a zis că a apărut o situație de urgență. Bomba s-a dus să vadă despre ce era vorba. Apoi ai apărut tu, după cum a zis ea. Ai zis că ai un plan...

Se uită la mine, de parcă ar aștepta să intervin și să termin eu povestea, să relatez secvența pe care o cunosc. Numai că, firește, nu știu nimic.

După o clipă, Cardan închide ochii și scutură din cap.

— Taryn.

— Nu pricep, spun eu, pentru că nu vreau să pricep.

— Planul tău era ca tatăl tău să ia jumătate din armată, dar, ca să poată acționa independent, trebuia să se elibereze de jurămintele depuse înaintea Coroanei. Aveai pe tine una dintre tunicile tale - cele pe care le porți mereu. Și la urechi purtai niște cercei ciudați. O lună și o stea.

Clatină din cap.

Mă străbate un fior rece.

Când eram copii în lumea muritorilor, eu și Taryn obișnuiam să ne luăm locul una celeilalte și să-i jucăm feste mamei. Până și în Tărâmul Zânelor, de câteva ori, a pretins fiecare că e cealaltă, ca să vedem în ce măsură ar putea să ne reușească. Oare profesorii ar fi fost în stare să sesizeze diferența? Oriana ar fi putut? Madoc? Oak? Dar marele și preaputernicul prinț Cardan?

— Dar cum a reușit să-ți obțină acceptul? întreb eu alarmată. Nu are nicio putere. Ar fi putut să joace rolul meu, dar n-avea cum să te silească...

Cardan își lasă capul în mâinile sale cu degete lungi.

— N-a fost nevoie să-mi poruncească, Jude. N-a fost nevoie să folosească niciun fel de magie. Am încredere în tine. Am avut încredere în tine.

Și eu am avut încredere în Taryn.

În timp ce eu îl omoram pe Balekin, în timp ce Cardan zăcea otrăvit și dezorientat, Madoc a acționat împotriva Coroanei. Împotriva mea. Și a făcut-o având-o alături pe fiica sa, Taryn.

Capitolul 29

Înaltul Rege e dus în propriul apartament, ca să se odihnească. Eu arunc pe foc rochia pătată de sânge, îmbrac un halat și pun la cale un plan. Dacă niciunul dintre curteni nu mi-a văzut fața înainte să-i fi alungat Balekin, pentru că atunci mă ascundea mantia, poate că n-am fost identificată. Pe lângă asta, bineînțeles, pot să mint. Însă problema evitării vinei pentru moartea Ambasadorului Mării de Jos e o nimica toată în comparație cu problema legată de Madoc.

Cu jumătate din armată plecată cu generalul, dacă Orlagh ar decide să atace, nu am idee cum aș putea s-o opresc. Cardan va trebui să aleagă un nou Mare General cât de curând.

Și va trebui să anunțe Curțile inferioare cu privire la dezertarea lui Madoc, ca să fie limpede că acesta nu reprezintă interesele Înaltului Rege. Trebuie să existe o cale de a-l ademeni pe Madoc înapoi la Înalta Curte. E o persoană orgolioasă, dar cu simț practic. Poate că răspunsul are legătură cu Oak. Poate că, în situația asta, speranțele mele pentru domnia lui Oak ar trebui să fie mai transparente. La toate acestea mă gândesc, moment în care cineva îmi bate în ușă.

Afară e o mesageră, o fată cu pielea de culoarea liliacului, purtând uniforma regală.

— Înaltul Rege dorește să vă vadă. Am primit ordin să vă conduc până la odăile sale.

Inspir sacadat. Se prea poate să nu mă fi văzut nimeni, dar Cardan nu are cum să nu ghicească adevărul. Știe cu cine am fost să mă întâlnesc și cât de târziu m-am întors de la întâlnirea respectivă. A văzut sângele care-mi păta mâneca. *Tu îl stăpânești pe Înaltul Rege, nu invers,* mă îmbărbătez eu, dar încurajarea aceasta îmi pare lipsită de substanță.

— Dă-mi voie să mă schimb, spun eu.

Mesagera clatină din cap.

— Regele mi-a cerut răspicat să vă rog să veniți numaidecât.

Când ajung la apartamentul regal, îl găsesc pe Cardan singur, cu o ținută simplă, așezat într-un jilț ca un tron. E palid la față și ochii încă îi lucesc cam tare, de parcă ar mai avea otravă în sânge.

— Te rog, ia loc, mă invită el.

Neliniștită, mă așez.

— Cândva ai venit la mine cu o propunere, spune el. Acum am eu una pentru tine. Înapoiază-mi libera voință. Înapoiază-mi libertatea.

Mi se taie respirația. Sunt surprinsă, deși, probabil, n-ar trebui să fiu. Nimeni nu vrea să fie sub stăpânirea altei persoane, cu toate că, din punctul meu de vedere, balanța de putere dintre noi a sărit încontinuu dintr-o parte în alta, în ciuda jurământului lui. Provocarea de a-l stăpâni mi-a părut asemănătoare cu echilibrarea unui cuțit pe vârful lui, aproape imposibil și probabil periculos. Totuși să renunț la avantajul ăsta ar însemna să renunț la orice fel de putere. Ar însemna să renunț la tot.

— Știi bine că nu voi face asta.

Nu pare deosebit de contrariat de răspunsul meu.

— Ascultă-mă. Îți dorești supunerea mea dincolo de acel an și o zi. S-a scurs mai bine de jumătate din acest interval. Ești pregătită să-l pui pe Oak pe tron?

Nu-i răspund câteva clipe, sperând că o s-o considere o întrebare retorică. Când e clar că nu e cazul, clatin din cap.

— Motiv pentru care te-ai gândit să prelungești jurământul meu. Mai exact, cum ți-ai închipuit că ai putea să faci așa ceva?

Iarăși nu am niciun răspuns. În mod sigur, nu unul bun.

E rândul lui să zâmbească.

— Te-ai gândit că nu am cu ce să negociez.

L-am mai subestimat în trecut și mă tem că voi repeta greșeala.

— Ce fel de târg am putea face? întreb eu. Când eu vreau să-ți repeți jurământul, pentru a-l prelungi măcar cu un an, dacă nu cu zece, în timp ce tu ai vrea să-l anulez cu totul?

— Tatăl și sora ta m-au înșelat, îmi explică Cardan. Dacă Taryn mi-ar fi dat vreo poruncă, mi-aș fi dat seama că era o impostoare. Dar eram bolnav și obosit și nu voiam să te refuz. Nici măcar n-am întrebat de ce îmi cereai una ca asta, Jude. Am vrut să-ți demonstrez că poți să ai încredere în mine, că nu e nevoie să-mi dai ordine ca să te ajut. Am vrut să-ți arăt că eram convins că gândiseși problema până la capăt. Dar nu se poate domni așa. Și nici măcar nu se poate numi încredere, din moment ce știam că-mi poți porunci când te refuz. Tărâmul Zânelor a suferit pentru că am fost unul la gâtul celuilalt. Ai încercat să mă silești să fac ceea ce considerai a fi necesar și, când s-a întâmplat să avem păreri diferite, nu ne-a rămas decât să ne manipulăm reciproc. N-a mers bine, dar nici nu puteam să mă las bătut, pur și simplu. Nu putem continua în felul ăsta. Noaptea asta e o dovadă suficientă a acestui fapt. Trebuie să pot lua decizii singur.

— Ai zis că nu te deranjează atât de tare să-mi asculți ordinele.

E o încercare de umor foarte subțire și nu primesc niciun zâmbet.

În loc de asta, Cardan își întoarce privirea, de parcă i-ar fi greu să-mi întâlnească ochii.

— Un motiv în plus pentru care n-ar trebui să-mi îngădui asemenea libertăți. Ai vrut să devin Înalt Rege, Jude. Lasă-mă să fiu Înalt Rege.

Îmi strâng brațele la piept, într-o postură protectivă.

— Și eu ce voi fi? Supusa ta?

Nu-mi place deloc faptul că argumentele lui au sens, pentru că nu am cum să-i dau ceea ce-mi cere. Nu pot să fac un pas în spate, nu acum, când Madoc face ce vrea, când ne pândesc atâtea pericole. Și totuși nu pot să uit ce mi-a zis Bomba despre Cardan, că nu știe cum să invoce legătura dintre el și tărâm. Și ce mi-a zis Gândacul, că s-ar considera pe sine a fi un spion care se joacă de-a monarhul.

— Mărită-te cu mine, spune el. Fii regina regatului Elfhame.

Simt un fel de șoc rece, de parcă cineva ar fi făcut o glumă crudă pe seama mea. De parcă cineva ar fi privit în sufletul meu și ar fi descoperit acolo cea mai ridicolă, cea mai copilărească dorință cu putință, apoi s-ar fi folosit de ea ca să mă rănească.

— Dar nu poți.

— *Ba pot,* mă contrazice. E adevărat, regii și reginele rareori se căsătoresc cu alt scop decât să lege o alianță politică, dar, atunci, privește propunerea mea în aceiași termeni. Și, devenind regină, n-ai mai avea nevoie de supunerea mea. Ai putea să dai ordine de una singură. Iar eu aș deveni liber.

Nu pot să nu mă gândesc că, numai cu câteva luni în urmă, luptam să obțin un loc la Curte, sperând cu disperare să devin cavaler, și nici măcar atâta lucru n-am reușit să obțin.

Ironia e că tocmai Cardan, care îmi spunea insistent că nu voi găsi niciun loc în Tărâmul Zânelor, îmi propune așa ceva și asta face totul și mai șocant.

Vorbește în continuare.

— Mai mult, doar nu se pune problema că vom fi căsătoriți pe vecie. Căsniciile dintre regi și regine trebuie să dăinuie atât timp cât dăinuie domnia lor, dar, în cazul nostru, nu va dura mult. Doar până când Oak se va maturiza îndeajuns cât să poată prelua Coroana, presupunând că va vrea și el acest lucru. Astfel, ai obține tot ce-ți dorești și nu trebuie decât să mă eliberezi de jurământul meu de supunere.

Inima îmi bate cu atâta putere, încât mă tem că s-ar putea opri subit.

— Tu vorbești serios? reușesc eu să spun.

— Firește că vorbesc serios. Și sincer.

Caut să aflu șiretlicul, pentru că ăsta trebuie să fie un târg din acelea pe care le fac zânele, care par a fi un lucru, dar se dovedesc a fi cu totul altceva.

— Și atunci... Să ghicesc, vrei să te eliberez în schimbul promisiunii că te vei căsători cu mine? Ca apoi să stabilești că nunta va avea loc la paștele cailor, când luna va răsări la vest și valurile vor curge invers?

Scutură din cap, izbucnind în râs.

— Dacă îți vei da acordul, mă voi căsători cu tine în noaptea asta, îmi promite. Chiar și acum. Chiar aici. Facem schimb de jurăminte și gata. Nu e vorba despre o căsătorie între muritori, nu e nevoie să oficieze nimeni vreo slujbă și nici să avem martori cu noi. Eu nu pot minți. Nu pot să te refuz.

— Nu mai e mult până când îți va expira jurământul, spun eu, pentru că ideea de a accepta ce-mi oferă – ideea că aș putea deveni nu numai o membră a Curții, ci chiar stăpâna ei – e atât de tentantă, încât mi-ar fi greu să n-o accept pur și simplu, indiferent de consecințe. Doar gândul că vei mai fi legat de mine câteva luni nu poate fi atât de dureros încât să preferi să te legi de mine ani de-a rândul.

— Ți-am mai zis, într-un an și o zi se pot întâmpla multe. Multe deja s-au întâmplat în jumătate din acest interval.

Se așterne tăcere câteva clipe, timp în care încerc să gândesc limpede. De șapte luni mă apasă întrebarea: ce se va întâmpla după un an și o zi? Asta e o soluție, dar nu mi se pare deloc practică. E ceva ca scos dintr-o reverie, ceva ce ai visa cu ochii deschiși, într-o vale înverzită, o închipuire prea caraghioasă încât să le-o poți destăinui chiar și surorilor tale.

Fetele muritoare nu pot să devină regine în Tărâmul Zânelor.

Îmi imaginez cum ar fi să am propria mea coroană, propria mea putere. Poate că n-ar mai trebui să-mi fie teamă să-l iubesc. Poate că totul ar fi bine. Poate că n-ar mai fi nevoie să mă tem de toate lucrurile de care m-am temut o viață întreagă, că aș fi slabă, neputincioasă și inferioară. Poate că aș deveni puțin magică.

— Bine, încep eu să vorbesc, dar mă lasă vocea.

O spun doar ca pe o șoaptă.

— Bine.

Cardan se apleacă din jilțul său, cu sprâncenele ridicate, dar fără expresia arogantă pe care o poartă de obicei pe chip. Nu pot să-i citesc gândurile.

— Ce e bine?

— Bine, spun eu. Accept. Mă voi mărita cu tine.

Îmi zâmbește malefic.

— Nu m-am gândit că ar putea să-ți pară așa un sacrificiu.

Iritată, mă ridic și mă așez lângă el, pe canapea.

— Nu asta am vrut să zic.

— De regulă, căsătoria cu Înaltul Rege al regatului Elfhame e considerată a fi un lucru nemaipomenit, o onoare de care puține femei ar fi vrednice.

Nu prea aveam de ce să cred că-mi va vorbi sincer la nesfârșit. Dau ochii peste cap, bucuroasă că a revenit la atitudinea lui obișnuită, ca eu să mă pot preface că n-aș fi uluită de ceea ce urmează să se întâmple.

— Așadar, ce trebuie să facem?

Mă gândesc la nunta lui Taryn și la momentele la care noi nu am fost martori. Mă gândesc și la nunta mamei mele, la jurămintele pe care trebuie să i le fi spus lui Madoc și, brusc, mă străbate un fior care sper că n-are legătură cu nicio premoniție.

— E simplu, spune el și se mută pe marginea jilțului. Ne spunem jurămintele. Încep eu – dacă nu cumva preferi să mai așteptăm. Poate că te așteptai la ceva mai romantic.

— Nu, îl contrazic repede, refuzând să recunosc că aș fi avut vreodată gânduri legate de căsătorie.

Își scoate de pe deget inelul meu cu rubin.

— Eu, Cardan, fiul lui Eldred, Înalt Rege al Tărâmului Elfhame, te iau pe tine, Jude Duarte, protejată muritoare a lui Madoc, să-mi fii soție și regină. Să fim legați până când ne vom răzgândi, până când Coroana va fi trecut de la noi.

În timp ce vorbește, încep să tremur, cuprinsă de ceva între speranță și teamă. Cuvintele lui au o importanță atât de mare, încât par ireale, mai ales spuse aici, chiar în camerele lui Eldred. Am senzația că timpul se dilată. Deasupra noastră, ramurile încep să îmbobocească, de parcă tărâmul însuși i-ar fi auzit cuvintele.

Mă ia de mână și-mi pune inelul pe deget. Schimbul de inele nu e un ritual specific zânelor și gestul lui mă surprinde.

— E rândul tău, spune el, spulberând tăcerea.

Îmi zâmbește larg.

— Am încredere că ai să te ții de cuvânt și că ai să mă eliberezi de jurământul de supunere după asta.

Îi zâmbesc la rândul meu, gest care, poate, compensează faptul că am încremenit după ce a terminat de vorbit. Nici acum nu-mi vine să cred că se întâmplă aievea. Când încep să răspund, îi strâng degetele între ale mele.

— Eu, Jude Duarte, îl iau pe Cardan, Înaltul Rege al

Regatului Elfhame, să-mi fie soț. Să fim legați până când ne vom răzgândi, până când Coroana va fi trecut de la noi.

Sărută cicatricea din palma mea.

Încă port sângele fratelui său sub unghii.

Nu am niciun inel pentru el.

Deasupra noastră, bobocii se deschid. Încăperea întreagă se umple de parfumul florilor.

Mă retrag puțin și vorbesc din nou, alungând orice gând legat de Balekin, de viitorul în care va trebui să-i spun ce am făcut.

— Cardan, fiu al lui Eldred și Înalt Rege al regatului Elfhame, renunț la orice drept de stăpânire asupra ta. Te eliberez de jurământul tău de supunere, acum și veșnic.

Cardan oftează și se ridică, un pic nesigur pe picioare. Nu reușesc să accept ideea că sunt... nici măcar nu pot gândi cuvintele. S-au petrecut prea multe în noaptea asta.

— Arăți de parcă nu te-ai fi odihnit nicio clipă.

Mă ridic, ca să fiu sigură că, dacă va cădea, voi putea să-l prind înainte să se lovească de podea, deși nici eu nu știu cât de bine mă pot ține pe picioare.

— Mă voi întinde, spune el, permițându-mi să-l conduc până la patul lui enorm.

Ajunși acolo, nu-mi mai dă drumul.

— Dacă te întinzi și tu cu mine.

Din moment ce nu am de ce să mă împotrivesc, așa și fac, iar senzația de ireal ajunge la culme. Întinzându-mă pe pătura elaborat brodată, îmi dau seama că am descoperit un gest mult mai blasfemiator decât să mă întind în patul Înaltului Rege, mult mai blasfemiator decât să pun pe deget inelul cu sigiliu al lui Cardan și chiar decât să mă așez pe tronul lui.

Am devenit regina Tărâmului Zânelor.

...

Ne sărutăm pe întuneric, amețiți de epuizare. Nu cred că voi putea să adorm, dar așa fac, cu brațele și picioarele împletite cu ale lui, primul meu somn odihnitor de la întoarcerea din Marea de Jos. Mă trezesc din cauza loviturilor în ușă.

Cardan s-a trezit deja și se joacă cu sticluța cu lut pe care i-a adus-o Bomba, aruncând-o dintr-o mână în cealaltă. Încă e îmbrăcat și aspectul său șifonat îi conferă doar un aer desfrânat. Îmi leg halatul mai strâns în jurul trupului. Sunt rușinată de cât de evident e că am dormit în patul lui.

— Maiestate, spune mesagerul – un cavaler. Fratele vostru a murit. Din câte ne dăm seama, pare să fi avut loc un duel.

— Ah, face Cardan.

— Și regina Mării de Jos.

Vocea cavalerului tremură.

— E aici și cere dreptate pentru ambasadorul ei.

— Pun pariu că cere.

Cardan vorbește pe un ton rece, tăios.

— Ei bine, nu prea se cade s-o lăsăm să aștepte. Tu. Cum te cheamă?

Cavalerul ezită.

— Rannoch, Maiestate.

— Sir Rannoch, organizează un grup de cavaleri care să mă escorteze până la apă. Așteptați-mă în curte.

— Dar generalul... vrea el să spună.

— Nu e aici în momentul de față, încheie Cardan.

— În ordine, se supune cavalerul.

Aud cum ușa se închide și Cardan apare de după colț cu o expresie arogantă pe față.

— Ei bine, nevastă, îmi spune el cu o voce de gheață. Se pare că cel puțin un secret ai uitat să incluzi în zestre. Haide, trebuie să ne pregătim pentru prima audiență comună.

Inima mi se prăbușește, dar nu e timp să-i explic și nici n-am vreo explicație bună de dat.

Ajung să alerg pe coridoare îmbrăcată în halat. Înapoi în camerele mele, cer să mi se aducă sabia și-mi îmbrac hainele de catifea, timp în care mă întreb cum voi trăi cu acest nou statut și ce va face Cardan acum, eliberat de orice constrângere.

Capitolul 30

Orlagh ne așteaptă în apele agitate ale oceanului, alături de fiica sa și de un grup de cavaleri călare pe foci și rechini, plus alte ființe cu dinți ascuțiți ale mării. Ea însăși e călare pe o balenă ucigașă, îmbrăcată de parcă ar fi gata de luptă. Pielea îi e acoperită de solzi argintii, lucioși, care par metalici, dar și crescuți din propria ei piele. Părul îi e ascuns sub o cască din os și dinți.

Nicasia stă lângă ea, călare pe un rechin. Astăzi nu are coadă și picioarele lungi îi sunt îmbrăcate într-o armură din scoici.

Peste tot, de-a lungul țărmului, se văd grămezi de varec, aduse la mal ca de o furtună. Mi se pare că văd și alte vietăți în apă. Spinarea unei creaturi mari care înoată aproape de suprafață. Părul muritorilor înecați, fluturând în curent precum iarba-de-mare. Forțele Mării de Jos sunt mai numeroase decât ar părea la prima vedere.

— Unde e ambasadorul meu? se rățește Orlagh. Unde e fratele tău?

Cardan e călare pe armăsarul său sur, purtând haine negre și o mantie stacojie. Alături de el are în jur de douăzeci de cavaleri pe cai, precum și pe Mikkel și pe Nihuar. Pe drumul nostru încoace, aceștia au încercat să afle ce și-a propus să facă, dar el nu s-a consultat cu ei și, mai tulburător, nu s-a consultat nici cu mine. De când a aflat de moartea lui Balekin, a vorbit foarte puțin și a evitat să mă privească. Stomacul mi se strânge de teamă.

Se uită la Orlagh cu o răceală care, din experiența mea, indică furie sau frică. În cazul de față, poate amândouă.

— După cum bine știi, a murit.

— Era răspunderea ta să-l ferești de pericole.

— Chiar așa? întreabă Cardan cu uimire exagerată, apucându-se cu mâna de piept. Credeam că aveam obligația să nu acționez împotriva lui și să nu-l împiedic să se bucure de consecințele propriilor sale acțiuni riscante. Din câte am auzit, a fost implicat într-un mic duel. Duelurile, după cum sunt convins că știi și tu, sunt periculoase. Dar eu nu l-am omorât și nici nu am încurajat asemenea fapte. De fapt, aș putea spune chiar că le-am descurajat.

Mă străduiesc să nu arăt pe chip nimic din ceea ce simt.

Orlagh se apleacă în față, de parcă ar mirosi sânge în apă.

— N-ar trebui să îngădui asemenea nesupunere.

Cardan ridică nepăsător din umeri.

— Poate că ai dreptate.

Mikkel se foiește pe calul său. E limpede că nu-i place cum vorbește Cardan, fără nicio grijă, de parcă ar purta o conversație amicală și de parcă Orlagh n-ar fi venit să-i știrbească din putere, să-i slăbească domnia. Și, dacă ar ști că Madoc a dispărut, poate că ar ataca direct.

Uitându-mă la ea, la privirea disprețuitoare a Nicasiei și la ochii umezi, siniștri, ai selkelor, sirenelor și tritonilor, mă simt neputincioasă. Am renunțat la puterea pe care o aveam asupra lui Cardan și, în schimb, am primit jurământul lui de nuntă. Dar, din moment ce nu știe nimeni, e ca și cum nu s-ar fi întâmplat.

— Am venit să cer dreptate. Balekin era ambasadorul meu și, dacă tu nu consideri că trebuia să-l protejezi, eu, una, aveam această responsabilitate. Trebuie să o dai mării pe ucigașa lui, căreia nu i se va da iertare. Dă-mi-l pe seneșalul tău, pe Jude Duarte.

Preț de o clipă am senzația că nu mai pot să respir. E ca și cum m-aș îneca din nou.

Cardan ridică din sprâncene. Vorbește pe un ton liniștit.

— Dar abia s-a întors din mare.

— Așadar, nu negi vinovăția ei? întreabă Orlagh.

— De ce aș face-o? întreabă și Cardan. Dacă Balekin s-a duelat cu ea, nu mă mir că a pierdut; fratele meu se credea expert în mânuirea sabiei – o exagerare gravă a propriilor calități. Dar e dreptul meu să o pedepsesc sau s-o cruț, după cum consider de cuviință.

Nu-mi place deloc că vorbește despre mine de parcă n-aș fi chiar lângă el, având în vedere că mi-a jurat ca soț. Dar e adevărat, gândul că regina lui ar fi ucis un ambasador ar implica o problemă politică și mai mare.

Orlagh nu întoarce privirea spre mine. Mă îndoiesc sincer că o interesează altceva pe lângă faptul că Cardan a făcut concesii mari ca să-i fiu înapoiată și, amenințându-mă acum, crede că va obține și altele.

— Rege al uscatului, nu am venit aici să-ți înfrunt limba ascuțită. Sângele meu e rece și prefer să folosim săbii. Cândva, te-am considerat vrednic să devii partenerul fetei mele, cea mai prețioasă ființă a mării. Prin ea am fi putut încheia o pace adevărată.

Cardan se uită la Nicasia și, cu toate că Orlagh îi lasă o poartă deschisă, el tace câteva momente. Și, când vorbește, nu spune decât:

— Ca și tine, nu am înclinație spre iertare.

Observ o schimbare în postura reginei Orlagh.

— Dacă vrei război, nu ar fi înțelept din partea ta să-l declari de pe o insulă.

În jurul ei, valurile se agită din ce în ce mai tare și coamele lor din spumă albă se înalță. Chiar dincolo de marginea uscatului încep să se lege vârtejuri mici, care se adâncesc și se risipesc, dând naștere altora noi.

— Război?

Se uită la ea de parcă ar fi zis ceva deosebit de derutant, care-l irită.

— Vrei să cred că chiar ai de gând să lupți? Mă provoci cumva la duel?

E limpede că încearcă s-o întărâte, dar nu-mi dau seama cu ce scop.

— Și dacă te-aș provoca? întreabă ea. Ce-ai face, băiete?

Zâmbetul care apare pe buzele lui arcuite e plin de voluptate.

— Dedesubtul fiecărui petic al mării tale se află pământ. Pământ vulcanic, încins. Îndrăznește să mă înfrunți și-ți voi arăta de ce e în stare acest băiat, doamna mea.

Întinde mâna și deasupra apei pare că răsare ceva ca o zgură. Nisip. Nisip plutitor.

Apoi, peste tot, în jurul Curții Mării de Jos, apa începe să spumege.

Fac ochii mari la el, sperând să-i surprind privirea, dar el se concentrează. Nu știu ce magie face, dar despre asta vorbea Baphen când a zis că Înaltul Rege e legat de tărâm, că e o inimă vie, o stea pe care e scris viitorul regatului Elfhame. Asta e putere adevărată. Și, văzându-l pe Cardan cum o mânuiește, înțeleg cât de inuman e, cât de transformat, cât de departe de orice control al meu.

— Încetează! strigă Orlagh când apa trece de la învolburare la clocot.

O porțiune a oceanului fierbe, clocotește și zânele Mării de Jos țipă și se împrăștie, înotând departe. Câteva foci răsar pe stâncile negre de la mal, strigând una la alta în limba lor.

Rechinul Nicasiei se lasă într-o parte și ea cade în apă.

Printre valuri țâșnesc aburi fierbinți. Înaintea ochilor mei răsare un nor alb, imens. Când se risipește, observ că din adâncuri se încheagă pământ nou, stâncă fierbinte, care se răcește sub privirile noastre.

Pe insula care crește din ce în ce, Nicasia stă îngenuncheată, privind atât cu uimire, cât și cu oroare.

— Cardan! strigă ea.

Un colț al gurii lui e ridicat, într-un mic zâmbet, dar privirea îi e tulbure. Considera că trebuie s-o convingă pe Orlagh că nu e neajutorat.

Acum văd că a găsit o cale de a face acest lucru. Așa cum a găsit o cale de a ieși de sub controlul meu.

În luna pe care am petrecut-o în Marea de Jos s-a schimbat. A început să urzească intrigi. Și a devenit tulburător de eficient.

La aceste lucruri mă gândesc în timp ce privesc cum crește iarba printre degetele de la picioarele Nicasiei și cum peste tot, pe culmile dealurilor care se înalță molcom, apar flori sălbatice, cum răsar copaci și arbuști și cum în jurul trupului Nicasiei începe să se formeze trunchiul unui copac.

— Cardan! țipă ea, în timp ce coaja de copac se înfășoară în jurul ei, imobilizând-o până la brâu.

— Ce ai făcut? strigă Orlagh pe când scoarța se înalță în continuare, întinzând ramuri pe care cresc muguri de frunze și flori înmiresmate.

Petalele se scutură deasupra valurilor.

— O să inunzi uscatul acum? o întreabă Cardan pe Orlagh cu un calm desăvârșit, de parcă n-ar fi înălțat o a patra insulă din mare. O să trimiți apa sărată să corupă rădăcinile copacilor noștri și să otrăvească râurile și lacurile noastre? O să cufunzi fructele noastre sub valuri și-o să trimiți sirenele și tritonii să ne taie beregatele și să ne fure trandafirii? O s-o faci, știind că fiica ta va avea parte de o soartă asemănătoare?

Haide, te provoc.

— Eliberează-o pe Nicasia, spune Orlagh înfrântă.

— Sunt Înaltul Rege al Tărâmului Zânelor, îi amintește Cardan. Și îmi displace să mi se dea ordine. Ai atacat uscatul. Mi-ai răpit seneșalul și l-ai eliberat pe fratele meu, care a fost închis pentru uciderea tatălui nostru, Eldred, cu care ai fost aliat. Cândva, ne-am respectat unul altuia ținutul. Ți-am permis prea multă lipsă de respect și ai ajuns să-ți întinzi ghearele prea departe. Acum, regină a Mării de Jos, vom încheia o înțelegere, precum cea pe care ai încheiat-o cu Mab. Vom încheia o înțelegere sau vom declanșa un război și, dacă va fi să luptăm, nu voi arăta niciun strop de milă. Nimeni și nimic din ce ți-e drag nu va fi ferit.

Orlagh ezită un moment, iar eu îmi țin respirația, neștiind ce va urma.

— Prea bine, Înalte Rege. Să legăm o alianță. Dă-mi-o pe fiica mea și vom pleca.

Expir. A fost înțelept din partea lui s-o preseze, deși a fost înfiorător. În fond, dacă ar fi aflat de plecarea lui Madoc, ar fi putut decide să profite de acest avantaj. Mai bine că a adus povestea asta la punctul culminant.

Și planul a dat roade. Cobor privirea, ca să-mi ascund zâmbetul.

— Îngăduie-i Nicasiei să rămână aici, să-ți servească drept ambasadoare în locul lui Balekin, spune Cardan. Pe aceste insule a crescut și aici trăiesc mulți dintre cei care o iubesc.

Asta îmi șterge zâmbetul de pe față. Pe noua insulă, scoarța copacului se desprinde de pielea Nicasiei. Mă întreb ce are de gând, de ce o aduce înapoi în Elfhame? Odată cu ea, inevitabil vor apărea noi probleme.

Și totuși poate că tocmai probleme de acest gen își dorește.

— Dacă dorința ei e să rămână aici, poate să rămână. Ești

mulțumit? întreabă Orlagh.

Cardan înclină din cap.

— Sunt. Nu voi fi condus de mare, oricât de falnică i-ar fi regina. Sunt Înaltul Rege și trebuie să domnesc. Dar trebuie, de asemenea, să fiu drept.

Face o pauză. Și apoi se întoarce spre mine.

— Și astăzi voi face dreptate. Jude Duarte, negi că l-ai ucis pe prințul Balekin, Ambasador al Mării de Jos și frate al Înaltului Rege?

Nu știu ce vrea să spun. Ar fi mai bine dacă aș nega? În cazul ăsta, n-ar fi pus problema astfel – arătând clar că convingerea lui e că l-am omorât pe Balekin. În tot timpul ăsta, Cardan a avut un plan. Nu pot decât să am încredere în el că are un plan și acum.

— Nu neg că ne-am duelat și că am câștigat, spun eu, cu un tremur în glas mai mare decât aș fi vrut.

Toate privirile zânelor se întorc spre mine și, preț de o clipă, uitându-mă la chipurile lor nemiloase, simt din plin absența lui Madoc. Orlagh zâmbește, arătându-și dinții ascuțiți.

— Ascultați judecata mea, spune Cardan pe un ton autoritar. O exilez pe Jude Duarte în lumea muritorilor. Fie ca până în clipa în care va fi iertată de Coroană, dacă va fi iertată, să nu pună piciorul în Tărâmul Zânelor și, de va nesocoti această poruncă, își va pierde viața.

Fac ochii mari.

— Dar nu poți să faci una ca asta!

Se uită la mine pentru un lung moment, dar cu o privire blândă, de parcă s-ar aștepta să accept exilul fără crâcnire. De parcă aș fi o petiționară de rând. De parcă aș fi un nimic.

— Firește că pot, răspunde el.

— Dar sunt regina Tărâmului Zânelor, strig eu și, câteva momente, se lasă tăcerea.

Apoi toți din jurul meu izbucnesc în râs.

Simt că mi se înfierbântă obrajii. Lacrimi de frustrare și mânie îmi înțeapă ochii în clipa în care, cu o mică întârziere, începe să râdă și Cardan.

Atunci, cavalerii mă înșfacă de încheieturile mâinilor. Sir Ranoch mă dă jos de pe cal. Într-un moment de nebunie mă gândesc să mă lupt cu el, de parcă n-aș fi înconjurată de douăzeci de cavaleri.

— Neagă atunci! strig eu. Neagă-mă!

Bineînțeles, nu poate, așa că nu o face. Privirile ni se întâlnesc și e clar că zâmbetul neobișnuit de pe chipul lui îmi este menit numai mie. Îmi amintesc ce a însemnat să-l urăsc din toată inima mea, dar îmi amintesc prea târziu.

— Vino cu mine, doamna mea, spune Sir Ranoch, și nu pot decât să-l ascult.

Totuși nu mă pot abține să privesc în urmă. Văd cum Cardan face primul pas pe insula nouă. Arată ca un conducător desăvârșit, așa cum fusese tatăl lui, și ca un monstru fără pereche, așa cum și l-a dorit fratele lui. Cu părul ca pana corbului fluturându-i pe lângă tâmple, cu mantia stacojie înfoindu-se împrejur, cu ochii oglindind pustietatea rece și cenușie a cerului.

— Dacă Insweal e Insula Deznădejdii, Insmire, Insula Puterii, iar Insmoor, Insula de Piatră, spune el, cu glasul răzbind pe întinderea pământului nou format, fie ca acest nou pământ să fie Insear, Insula Cenușii.

Epilog

Zac pe canapea în fața televizorului. Înaintea mea, pe o farfurie, se răcesc batoane de pește făcute la cuptorul cu microunde. Pe ecran stă bosumflat un patinator animat. *Nu prea știe să patineze,* gândesc eu. *Sau poate că e un patinator extraordinar.* Tot uit să citesc subtitrarea.

Nu mă pot concentra la nimic zilele astea.

Vivi intră în cameră și se așază pe canapea.

— Heather nu-mi răspunde la mesaje, spune ea.

Am apărut la ușa lui Vivi acum o săptămână, epuizată, cu ochii roșii de lacrimi. Rannoch și gașca lui m-au purtat în zbor pe unul dintre caii lor și m-au lăsat pe o stradă la nimereală, într-un oraș la nimereală. Am mers și am tot mers până când am făcut bășici pe tălpi și am început să mă îndoiesc de priceperea mea de a mă orienta după stele. În cele din urmă, am intrat într-o stație de benzină unde-și alimenta mașina un taximetrist și mi-am amintit cu surprindere că existau taxiuri. În clipa aia, deja nu-mi mai păsa că n-aveam bani și că probabil Vivi avea să-l plătească cu o grămadă de frunze fermecate.

Dar nu mă așteptam să ajung aici și să aflu că Heather plecase.

După ce ea și Vivi s-au întors din Tărâmul Zânelor, probabil că a pus multe întrebări. Apoi a pus și mai multe întrebări, până când, în cele din urmă, Vivi a recunoscut că o vrăjise. Atunci toate s-au dus pe apa sâmbetei.

Vivi a înlăturat vraja și Heather și-a recăpătat amintirile. Heather s-a mutat din apartamentul lor.

Doarme acasă la părinții ei, așa că Vivi tot speră că se va întoarce. A lăsat aici o parte dintre lucrurile ei. Haine. Masa ei de desenat. Un set de vopsele cu ulei.

— O să-ți scrie când o să fie pregătită, spun eu, deși nu prea sunt convinsă. Vrea doar să-și adune gândurile.

Doar pentru că eu sunt amărâtă din cauza iubirii, nu înseamnă că trebuie să fie și ceilalți la fel.

O vreme nu facem decât să stăm împreună pe canapea și să privim cum patinatorul din desenele animate o dă în bară cu aterizările și se îndrăgostește fără speranță de antrenoarea sa.

În curând, Oak o să sosească de la școală și ne vom preface că totul e normal. Voi merge cu el în zona împădurită a complexului de apartamente și-l voi pune să exerseze cu sabia. Nu-l deranjează, dar i se pare doar o joacă, iar pe mine nu mă lasă inima să-l fac să privească luptele cu sabia cu alți ochi și astfel să-l sperii.

Vivi ia o crochetă de pește din farfuria mea și o trece prin ketchup.

— Cât mai ai de gând să stai bosumflată? Erai epuizată pentru că fuseseși închisă în Marea de Jos. Ți-ai pierdut exercițiul. A câștigat și el un punct împotriva ta. Se mai întâmplă.

— Mă rog, spun eu, în timp ce ea-mi mănâncă crochetele.

— Dacă nu te-ar fi prins, ai fi șters pe jos cu el.

Nici măcar nu înțeleg ce înseamnă asta, dar îmi place cum sună.

Se întoarce spre mine cu ochii ei de pisică, exact ca ai tatălui ei.

— Mi-am dorit să vii în lumea muritorilor. Acum ai venit. Poate că o să-ți placă. Ai și tu puțină răbdare.

Încuviințez din cap cu indiferență.

— Și, dacă n-o să-ți placă, spune ea, ridicând dintr-o sprânceană, poți oricând să i te alături lui Madoc.

— Nu pot, spun eu. A tot încercat să mă recruteze, dar eu l-am tot refuzat. Am pierdut ocazia.

Vivi ridică din umeri.

— Nu i-ar... bine, *i-ar păsa*. Te-ar pune să te milogești o groază și vreo două decenii ar tot aduce vorba în consiliul de război despre ce-ai făcut, ca să te facă să te simți prost. Dar te-ar primi.

Îi arunc o privire severă.

— Și apoi ce? Să lucrăm ca să-l punem pe Oak pe tron? După tot ce am făcut ca să-l protejăm?

— Să-i veniți de hac lui Cardan, spune Vivi cu o sclipire vie în privire.

Niciodată nu s-a grăbit să ierte pe cineva.

Dar, în clipa de față, aspectul ăsta mă bucură.

— Cum? întreb eu, dar porțiunea din creierul meu care se ocupă cu strategiile începe încet, încet să-și reia funcția.

Grimsen a rămas pe tabla de joc. Dacă ar fi putut să facă o coroană pentru Balekin, oare ce-ar putea să facă pentru mine?

— Nu știu, dar nu-ți bate capul cu asta deocamdată, spune Vivi, ridicându-se. E dulce răzbunarea, dar și mai dulce e înghețata.

Se duce la congelator și scoate o cutie cu înghețată de mentă, cu bucăți de ciocolată. Se așază iar pe canapea cu cutia și cu două linguri.

— Deocamdată, acceptă bunătatea asta de înghețată, chiar dacă nu e de nasul reginei exilate a Tărâmului Zânelor.

Știu că nu vrea să râdă de mine, dar titlul ăsta mă irită oricum. Apuc lingura.

Trebuie să fii suficient de puternică încât să lovești iar și iar și iar fără să obosești. Prima lecţie este să devii tu atât de puternică.

Mâncăm scăldate în lumina pâlpâită a televizorului. Telefonul lui Vivi zace tăcut pe măsuța de cafea. Gândurile îmi vuiesc în minte.

Mulțumiri

Mi-ar fi fost mult mai dificil să scriu al doilea volum din această serie fără susținerea, încurajările și observațiile lui Sarah Rees Brennan, Leigh Bardugo, Steve Berman, Cassandra Clare, Maureen Johnson, Kelly Link și Robin Wasserman. Vă mulțumesc, echipa mea îndrăzneață!

Mulțumiri cititorilor care au venit să mă vadă în turneu și celor care mi-au scris ca să-mi spună cât de mult le-a plăcut *Prinţul nemilos*, precum și pentru toate desenele cu personajele cărții.

Le mulțumesc din suflet celor de la Little, Brown Books for Adult Readers, care au susținut viziunea mea sucită. Le mulțumesc în mod deosebit editoarei mele, Alvina Ling, și lui Kheryn Callender, Siena Koncsol, Victoria Stapleton, Jennifer McClelland-Smith, Emilie Polster, Allegra Green și Elenei Yip, printre alții. Iar, din Regatul Unit, le mulțumesc celor de la Hot Key Books, mai ales lui Jane Harris, Emma Matthewson și Tinei Mories.

Mulțumiri Joannei Volpe, lui Hillary Pecheone, Pouya Shahbazian și tuturor celor de la New Leaf Literary, care mi-au înlesnit sarcinile dificile.

Îi mulțumesc lui Kathleen Jennings, pentru ilustrațiile ei încântătoare și evocatoare.

Cel mai mult îi mulțumesc soțului meu, Theo, care m-a ajutat să-mi dau seama ce fel de povești vreau să spun, și fiului nostru, Sebastian, pentru faptul că-mi distrage atenția și, în același timp, mă inspiră.

PRINȚUL NEMILOS

Prima carte din seria „Făpturile văzduhului”

„Firește că vreau să fiu ca ei. Sunt frumoși ca niște săbii făurite într-un foc divin. Vor trăi veșnic. Iar Cardan e chiar mai frumos decât ceilalți. Pe el îl urăsc cel mai mult. Îl urăsc atât de mult, încât uneori, când mă uit la el, abia mai pot să respir.”

Jude avea șapte ani când părinții ei au fost uciși iar ea și cele două surori ale ei au fost răpite și duse să trăiască în înșelătoarea Înaltă Curte a Tărâmului Zânelor. Au trecut zece ani și acum Jude își dorește mai mult decât orice să-și găsească locul aici, în ciuda condiției sale de muritoare. Însă multe dintre zâne detestă oamenii. Mai ales Prințul Cardan, fiul cel mai mic și mai nemilos al Înaltului Rege. Ca să-și câștige locul la Curte, Jude este nevoită să-l sfideze și să suporte consecințele.

Luxuriantă,
plină de pericol, o
carte ca o bijuterie
întunecată.
- LEIGH BARDUGO,
autor bestseller *New York Times #1*
PRINȚUL
NEMILOS
STORIA
BOOKS
COLECȚIA
YOUNG
ADULT
BESTSELLER *NEW YORK TIMES*
HOLLY BLACK

PRINŢESA DE CENUȘĂ

Theodosia avea 6 ani când țara ei a fost invadată și mama sa, Regina de Foc, a fost ucisă sub ochii ei. În acea zi, Kaiserul i-a luat Theodosiei familia, țara și numele și a încoronat-o drept Prințesa de Cenușă – un titlu rușinos, pe care să-l poarte în noua ei viață de prizonieră.

Timp de zece ani, Theo este captivă în propriul palat. Îndură abuzul neîncetat și batjocura Kaiserului și a curtenilor săi. E lipsită de putere și supraviețuiește în această lume nouă doar îngropând-o adânc în ea pe fetița care a fost odată.

Apoi, într-o seară, Kaiserul o forțează să facă inimaginabilul. Cu mâinile pătate de sânge și cu speranța că își va recăpăta tronul pierdut, ea își dă seama că nu este destul doar să supraviețuiești. Theo are o armă: propria minte, mai ascuțită decât orice sabie. Iar puterea nu se câștigă întotdeauna doar pe câmpul de bătălie.

Timp de zece ani, Prințesa de Cenușă își vede țara prădată și poporul înrobit. Dar totul încetează acum.

Bestseller *New York Times*
LAURA SEBASTIAN
PRINȚESA DE CENUȘĂ
STORIA BOOKS
COLECȚIA YOUNG ADULT

Tipar: ARTPRINT
E-mail: office@artprint.ro
Tel.: 021 336 36 33